Jana
Revedin

Flucht nach Patagonien

atb aufbau taschenbuch

Jana Revedin, geboren 1965 in Konstanz, ist Architektin und Schriftstellerin. Nach dem Studium von Architektur und Städtebau in Buenos Aires, Princeton und Mailand promovierte und habilitierte sie an der Universität Venedig und ist heute ordentliche Professorin für Architektur und Städtebau an der Ecole Spéciale d'Architecture Paris.
2018 erschien ihr Bestseller über Ise Frank, »Jeder hier nennt mich Frau Bauhaus«, 2020 ihr Roman »Margherita« über die Renaissance Venedigs in den 1920er Jahren, der ebenfalls zum Bestseller wurde.
Sie lebt sie in Venedig und Wernberg in Kärnten.

Eugenia Errázuriz, die große Muse der Pariser Moderne, wird von Jana Revedin mit diesem Roman wiederentdeckt. Für ihr »letztes Talent«, den Innenarchitekten und Designer Jean-Michel Frank, Jude, Homosexueller, Sozialist, erfindet sie 1937, als Europa sich beinahe schon flächendeckend Hitlers nationalistischem Diktat hingibt, eine mögliche Flucht in ihre Heimat Patagonien. Jean-Michel Frank, obschon von Kind an behindert und schwer depressiv, wagt diese abenteuerliche Reise, doch gemeinsam müssen sie vor Ort entdecken, dass Hitlers »Lebensraum für die arische Rasse« selbst am Südzipfel der Welt schon beklemmende Wirklichkeit ist. Die Flucht nach Patagonien scheint vereitelt, wäre da nicht der junge Schauspieler Thaddäus Lovett, der ihnen schicksalhaft begegnet und der zu Jeans wahrer Liebe wird.

Jana Revedin

Flucht nach Patagonien

Roman

atb aufbau taschenbuch

Die Übersetzungen der Texte von Federico García Lorca und Blaise Cendrars ins Deutsche stammen von der Autorin. Der Abdruck von Cole Porters Liedtext »Anything Goes« erfolgt mit freundlicher Genehmigung des Musikverlags Chappell Music.

MIX
Papier | Fördert gute Waldnutzung
FSC® C083411

ISBN 978-3-7466-3930-7

Aufbau Taschenbuch ist eine Marke der
Aufbau Verlage GmbH & Co. KG

1. Auflage 2023
Vollständige Taschenbuchausgabe

Die Originalausgabe erschien 2021 bei Aufbau,
einer Marke der Aufbau Verlage GmbH & Co. KG
Umschlaggestaltung zero-media.net, München
unter Verwendung eines Bildes von © H. Armstrong Roberts / ClassicStock / Kontributor / Getty Images
Satz Greiner & Reichel, Köln
Druck und Binden CPI books GmbH, Leck, Germany
Printed in Germany

www.aufbau-verlage.de

Für Margherita
und Caterina Revedin,
meine Töchter

»Kunstdinge sind ja immer Ergebnisse
des In-Gefahr-gewesen-Seins,
des in einer Erfahrung
Bis-ans-Ende-gegangen-Seins,
bis wo kein Mensch mehr weiter kann.«

Rainer Maria Rilke

I

Flucht
An Bord der Madrid

1 *Das Kassenbuch*

Am achten Tag ihrer Überfahrt holte Jean ein neues rotes Kassenbuch aus seiner Aktentasche und legte es vor sich auf den Tisch. Es war der 23. Februar 1937, sie saßen in der Bordbibliothek der Madrid, des »komfortabelsten Postschiffs der Norddeutschen Werften«, wie Eugenia ihm den frisch überholten Transportfrachter der Lloyd-Linie noch in Paris angepriesen hatte. Dieses Postschiff war spartanisch eingerichtet, kein Vergleich zu den englischen Ozeandampfern, auf denen Jean sich im vorletzten Sommer von Le Havre nach New York eingeschifft hatte, doch immerhin durfte hier bei den Deutschen eine kleine Bibliothek mit langem Schreibtisch nicht fehlen.

Er schraubte seine Füllfeder auf, sog sie mit Tinte aus Eugenias Tintenglas voll und kritzelte ein paar Probekringel auf das hellbeige Seidenpapier, in das das Kassenbuch eingepackt war. Dann enthüllte er es vorsichtig, öffnete den Buchdeckel, schlug die Vorsatzpapiere um, falzte sie mit einem Kniff seiner Linken und setzte diese drei Sätze auf die erste Seite: »Ich heiße Jean-Michel Frank. Das Michel können Sie vergessen, nach dem Erzengel hat mich nie jemand gerufen. Was für eine Idee auch, in einer jüdischen Familie!«

Er betrachtete das Blatt einen langen Moment. Er hatte gar nicht nachgedacht, was er da schrieb, denn er war Schreiben nicht gewohnt, die drei Sätze hatten wohl in der Luft gehangen, und nun standen sie, aufs Papier geworfen, schwarz auf weiß vor ihm. Seine Identität las man im ersten Satz, doch gleich danach stellte er sie infrage.

War er etwa ein Persönlichkeitsgespaltener? Ein Frühdementer, wie die Ärzte neuerdings die nannten, die sich in mehreren Lebenslinien verirrten?

René hatte ihn seit jeher dazu gemacht. »Wer weiß, wer Jean wirklich ist?«, war eine seiner Standardfragen gewesen, oder: »Wo hocken Jeans Schatten?«

Jedenfalls, das stand außer Frage, war er ein perfekter Fall für Professor Binswanger, den großen Freud-Schüler. Und er wusste das seit Jahren. Genauer gesagt seit Renés Tod.

René hatte er zu Binswanger in die Bellevue Klinik hoch über dem Bodensee geschickt, in dieselbe Klinik, in die er auch seine Mutter hatte einliefern müssen. Nur konnte selbst eine Koryphäe nicht alle Patienten retten. Seine Mutter, die an einer vehement fortschreitenden Demenz gelitten hatte, war schließlich im sanften Wahn aus dem Leben gesegelt. René hingegen, dem Binswanger eine bipolare Depression attestiert hatte, saß trotz dessen jahrelanger Mühen eines Tages noch blutjung, aber tot in der Küche einer muffigen Mansarde in der Rue de Beaune.

Wie würde Jean selbst enden?

Eine gute Frage, die er aufschreiben könnte. Er hatte Zeit hier auf dem Schiff. Er hatte nichts zu tun, und es schrieb sich herrlich auf dem samtigen, schlammfarben linierten Canson-Papier unter seinen Händen, das durch drei rote senkrechte Tabellarstriche in vier ungleichmäßige Felder geteilt war. Jean schraubte die Füllfeder zu, legte sie neben das Kassenbuch und strich mit den Fingerspitzen seiner Rechten über die erste Seite. Das Papier erzeugte einen klitzekleinen Widerstand auf der Haut, einen Widerstand, den man als Vibration bis in den Nacken spüren konnte. Sein Blick ruhte auf den drei schwungvoll geschriebenen Sätzen, zu seiner Überraschung sah seine Handschrift ganz passabel aus.

Wann hatte er das letzte Mal mit dieser Füllfeder geschrieben?

So wie er nicht zeichnen konnte, konnte er nämlich auch nicht schreiben. Beziehungsweise, er zog das Lesen dem Schreiben vor, war ja auch seit seiner Kindheit von anerkannten Schriftstellern und fiebernden Jungliteraten umgeben gewesen. Da verging einem das Selbstvertrauen. Zeichnen und Schreiben erledigte in seiner Einrichtungsboutique heute Chanaux, sein Associé, das Rechnen überließen sie dem Komptorverwalter, der die Bücher führte. Jean selbst war für die Entwürfe und die Kundenbetreuung, die Materialauswahl und die Vertragsabschlüsse zuständig. Sein Schreiben beschränkte sich demnach auf Post- und Briefkarten, und auch die schrieb er nur widerwillig. Billetts zu den Blumenarrangements an seine Mutter oder an deren beste Freundin Eugenia, die jetzt hier vor ihm am schmalen Ende des langen Schreibtisches der Bordbibliothek saß. Briefkarten zu den Geburtstagen seiner Nichten, der kleinen Anne oder der schon etwas größeren Margot, der einzigen Familienmitglieder, die sich im weitverzweigten Frank-Clan wie Verwandte anfühlten. Postkarten oder halbseitige Briefe schließlich, aus Capri oder Hammamet oder Venedig an seine zwei Freunde, an Francis Poulenc und an Cole Porter.

Er betrachtete seine Schrift, das schwungvoll ausholende J und M und F seines Namens, Jean-Michel Frank.

Konnte das die Schrift eines Seelenkranken sein?

Zumindest die eines Krüppels, denn in seinem vierten Lebensjahr hatte ihn die Kinderlähmung erwischt. Mit dem Krüppelsein hatte er sich seither gut arrangiert, hatte gelernt, ohne Drama mit zwei halb gelähmten Beinen und einem schief gewachsenen Rücken zu leben. Mit dem Seelenkranksein hingegen kam er bis heute nicht klar.

Lange genug war er aus seiner tristen Familiengeschichte geflohen, in die Reisen mit seiner Mutter und Eugenia erst, später in die Reisen mit René. Mit ihm war Alkohol in Unmaßen dazugekommen, dann auch Opium, Kokain, schließlich Heroin.

Nach dem Tod seiner Mutter hatte er aber Schluss gemacht mit dieser Flucht, mit dieser galoppierenden Sehnsucht nach dem Sich-Auslöschen. Er hatte begonnen, zunächst an minimalen, dann an größeren, inzwischen an sehr verantwortungsvollen Aufträgen zu arbeiten und so seinem Dasein einen Sinn zu geben. Eugenia hatte ein Talent in ihm entdeckt und ihn in ihrer mütterlich-beharrlichen Art in ein Handwerk gezwungen: das Gestalten von Lebensräumen.

Dieses Handwerk begann damit, Menschen zuzuhören, sich ihrer Träume anzunehmen, um ihre Welt dann in eine überraschend frische und ganz und gar ungewohnte Ordnung zu bringen. Allein, zu dieser Ordnung gelangte man nicht leicht. Man brauchte Zeit dazu. Zahllose Gespräche, langwierige Experimente, Fehler und Rückschläge waren notwendig, wenn man an Jeans Ziel gelangen wollte. Und dieses Ziel war, jedem Auftraggeber, der sich ihm anvertraute, eine ungeahnt neue Freude am Alltag zu schenken. Denn schließlich waren es diese kleinen, beinahe unmerklichen Freuden, die das Leben Tag für Tag ausmachten.

Von den Erfolgen seiner ersten schlichten Interieurs, Erfolgen, die wiedergekehrt waren und sich gefestigt hatten, ja beinahe berechenbar geworden waren, konnte er heute zehren. Er war aufgehoben in der Freude, ja Begeisterung seiner Klienten, eingehüllt wie in einen Mantel.

So war die Sehnsucht nach Selbstvernichtung in den letzten neun Jahren seit dem Tod seiner Mutter in immer weitere Ferne gerückt. Nur nachts war sie da und blieb, nachts, wenn die Welt stillstand und man nicht arbeiten und sich sinnvoll in ein Werk einbringen konnte. Wahrscheinlich würde diese abgrundtiefe Sehnsucht für immer bleiben, er müsste ein Leben lang leben mit ihr.

Tagsüber aber gab es Hoffnung. Ein kleines, sachtes Aufatmen, es war wie der haarfeine Riss in dem Porträt, das der Fotograf von *Harper's Bazaar* kürzlich in Jeans Boutique mit seiner gertenschlanken Leica geschossen hatte. Auf diesem Porträt sah er, es war nicht zu leugnen, zwar aus wie ein Toter. Doch durch den Riss auf dem elfenbeinfarbenen Fotopapier, den nur er sah und in dem genau dieses lautlose Aufatmen schwang, drang ein Lichtstrahl, der seinen rabenschwarzen Augen einen seidigen Widerschein gab.

Während er wieder nach seiner Füllfeder griff, blickte er auf. Im selben Moment auch Eugenia. Ihr Blick trug den seinen, fraglos wie immer. Jean musste die Augen abwenden, in denen vielleicht Tränen standen, er sah sich im Raum um. In der schmalen Bordbibliothek bestand die Einrichtung aus wenigen Möbelstücken. Als Belohnung für diese Beschränkung auf das Wesentliche gab es an der leicht gekrümmten Bugwand aber drei große, in Messingrahmen gefasste Bullaugen mit einem einmaligen Blick auf das Meer. Wahrscheinlich war dieser Blick allein für Jean unerträglich.

Eugenia hatte sich am Kopfende des langen Tisches ihren Arbeitsplatz eingerichtet, so hatte sie die ganze Tischlänge zum Ausbreiten der Kostenvoranschläge, Bankauszüge und der Korrespondenz mit ihren argentinischen Geschäftspartnern zur Verfügung. Jean hatte keine Unterlagen zu sichten. Es gab keinen zu studierenden Plan, keine Ansicht des Bauwerks, auch keine Fotografien der Landschaft, in der das Grandhotel errichtet wurde. Er konnte hier auf der Madrid nichts, aber auch gar nichts für Eugenias Projekt tun, denn weder die Baupläne noch das Raumbuch mit den Möbel- und Zubehörlisten waren rechtzeitig in Paris angelangt.

»Verlässlich, deine Argentinier!«, hatte Jean gespottet, und seit ihrer Abreise war klar, dass er die lange Reihe von wertvollen Tagen hier auf See mit Nichtstun verbringen würde. Mit der Arbeit, mit der Riesenarbeit an der Gesamteinrichtung des Grandhotels, würde er erst in jenem fremden Land beginnen können, in das Eugenia ihn hier verschleppte. Er konnte es beim Einschlafen und beim Aufwachen, und das geschah in den endlosen Nächten auf See einige Male jede Nacht, immer noch nicht glauben, dass er diesem Wahnsinn zugestimmt hatte.

Eugenia fing ihn mit ihrem Blick, und da war sie, die so vertraute, samtige Tiefe, in der seine Seele sich festmachen konnte. Doch da war auch dieses neue, schelmenhafte Blitzen.

Was hatte sie bloß mit ihm vor?

Sie kicherte in sich hinein und wandte sich wieder ihren Bankauszügen zu. Mit ihrem schlohweißen Haar, diesem Schelmenblick und dem frechen, warmgrau und kreideweiß gestreiften Ringelpullover über den Ton in Ton grauen Hosen war sie für den Hochseedekor, der sie hier umgab, wie maßgemacht. Das Greige, das Grau-Beige-Gemisch, die Nicht-Farbe, die Coco Chanel zu Schwarz und Weiß erfunden und die Jean seither in alle seine Gestaltungen übersetzt hatte, stand ihr fabelhaft. Sie sah frisch und ausgeschlafen aus wie eine Siebzehnjährige!

Jean hingegen, wie immer in seinen flanellgrauen Stadt-Zweireiher gezwängt und mit seinen Schlaflose-Nächte-Ringen unter den Augen, musste, obwohl halb so alt wie sie, aussehen wie hundert. Er versuchte, seine ganze Aufmerksamkeit auf das Studium von Eugenias Silhouette in diesem für sie beide ungewohnt maritimen Interieur zu richten, doch das war beinahe unmöglich, denn im Hintergrund war in den Rahmen der Bullaugen der starke Seegang ablesbar. Und zwar klar ablesbar, auch ein Auge zumachen nutzte nichts. Jean stellte den Blick auf endlose Weite, doch das war ebenso umsonst, die Horizontlinie der Meeresebene vor ihm kippte alle paar Sekunden um gute dreißig Grad nach links, dann um gute dreißig Grad nach rechts. Dazu stellte sich jedes Mal ein Unterdruck im Magen ein, ein beklemmendes Gefühl, und erinnerte ihn an die Last, die ihm beim Erwachen aus seinen Albträumen auf Brust und Magen drückte.

Diese Albträume waren immer gleich und immer gleich schrecklich. Doch wenn man aus ihnen erwachte, war zumindest eines sicher, sie waren vorbei. Nicht aber hier, auf diesem Schiff. Denn in dieser »Bibliothek« genannten, doch in Wahrheit nach Teppichleim stinkenen Kajüte war das Fiasko ja in keiner Weise überwunden, sondern stand erst bevor!

Was, wenn sie bei diesem Seegang, der aller Wahrscheinlichkeit nach einen fatalen Sturm ankündigte, untergingen? Und keiner wüsste, wo sie dann hintrieben?

Wer konnte voraussehen, wie lange Jeans schwache Arme ihn über Wasser halten würden, ganz zu schweigen von seinen halb gelähmten Beinen?

Wer ahnte, ob Eugenia ihm nahe bliebe in der Kälte, der Strömung des Ozeans?

Außer zwei Namen auf einer Passagierliste würde nichts von ihnen übrig bleiben. Zwei typisch deutsch-präzise Einträge: Eugenia Huici Arguedas de Errázuriz, Staatsbürgerschaft: Chile, geboren: 15. September 1860 in Valparaíso, Wohnsitz: 11 Rue Masseran, Paris, Reiseziel: Chalet Errázuriz, Isla Victoria, Patagonien.

Bei Jean stände das gleiche verwegene Reiseziel, dazu seine Daten, Staatsbürgerschaft: Deutschland / Frankreich, geboren: 28. Februar 1895 in Paris, Wohnsitz: ebenda, 7 Rue de Verneuil.

Das wäre es gewesen. Das bliebe von ihnen. So wie von René am Ende nur eine solche Handvoll Daten geblieben war. Dazu:

gestorben, Freitod, Paris (Akte XIII / 888 Präfektur Paris), am 18. Juni 1935.

Jean schraubte die Füllfeder wieder auf, er musste weiterschreiben, um sich zu beruhigen, allein auf hoher See mit diesen tausend Ängsten. Seine sicheren Gewohnheiten, jeder feste Boden unter den Füßen waren meilenweit entfernt, er hasste Eugenia dafür. Er starrte sie über den langen Tisch hinweg an, der Blick musste merkbar sein, geradezu wehtun, doch sie rechnete weiter und sah nicht auf. Ihr immer noch sehr dichtes Haar, das sie seit ihrer Abreise aus Paris im Nacken kurz trug, ein Pagenschnitt, der Jean erst entsetzt, doch dann Tag um Tag mehr hingerissen hatte, wippte mit den Zahlen mit, die sie in die Registerzeilen ihrer Buchhaltung eintrug.

Diese größte Mäzenin ihrer Zeit war ein mindestens genauso guter Geschäftsmann wie er. Sie arbeitete unermüdlich, und sie hatte über die Jahre und Jahrzente ihrer Tätigkeit eine Kunst erlernt, die für Jean noch in weiter Ferne lag: Geduld. Sie eilte nie, sie wurde nie ärgerlich und nahm nichts persönlich. Fraglos besaß sie zudem die magische Dimension, die echte Visionäre ausmachte, sie erkannte die Potenziale von Orten und Menschen mit schlafwandlerischer Sicherheit. So wie sie jemanden in Sekundenschnelle verwerfen konnte, wenn er selbstverliebt, gar berechnend war oder auch nur schlicht gewöhnlich, so konnte sie wahre Revolutionäre erahnen und benennen, ohne sich zu irren. In ihr waren eine Weitsicht und Selbstlosigkeit, die Jean nicht gegeben waren. Dafür misstraute er sich viel zu sehr. Doch genau dafür bewunderte er sie.

Das war Unsinn, was er da dachte. Er bewunderte ja nichts Bestimmtes an ihr, keine einzelne ihrer Eigenschaften. Nicht ihre Gelassenheit, nicht ihre Ehrlichkeit, nicht ihre Neugier, nicht ihren frappierenden Humor. Er bewunderte Eugenia *tout court*.

Was sie für Igor Strawinsky und Blaise Cendrars getan hatte, die bettelarm in Paris gestrandet waren! Und erst für diesen widerlichen Pablito Picasso, der ein Narzisst war, aber, zugegeben, sicher auch ein Genie.

Würde auch nur eines dieser Talente sich erkenntlich zeigen, bräuchte Eugenia eines Tages selbst einmal Unterstützung, gar Hilfe?

2 *Kindheit*

Jean begann mit einer neuen Seite. Er könnte in dieser langen Zeit auf See seine von Anbeginn an zerrüttete Identität erforschen. Denn wenn er schon nicht wusste, wer er für sich selbst war, wer war er denn für andere gewesen seit seiner Kindheit?

Er dachte nach, um sich an die Stimmen der Klassenkameraden zu erinnern. Und tatsächlich, die Handvoll Jungen, die in all den Jahren überhaupt mit ihm sprachen, hatten ihn nie Jean gerufen, sondern Marcel, weil er, zugegeben, genauso durch und durch jüdisch und genauso durch und durch effeminiert aussah wie sein berühmter Nachbar Marcel Proust. Der war zu Jeans Grund- und Mittelschulzeit ständig in den Feuilletons präsent gewesen, weil er zunächst am ersten, dann am zweiten und am dritten, zu Jeans Lyzeumszeiten schließlich am vierten Teil seines Lebenswerks *Auf der Suche nach der verlorenen Zeit* geschrieben hatte. Jean musste schmunzeln, während er an Proust dachte. Wie er in den kargen Kriegsjahren weiße Friedensfahnen auf dem Balkon seiner Etage an der Ecke der Avenue Kléber zur Rue de l'Amiral Hamelin gehisst hatte, um ihn zu sich einzuladen, und es gab statt duftigen Madeleines zu indischem Darjeelingtee nichts als heißes Wasser mit einem halben Löffel Malzpulver und einer Träne klebriger Kondensmilch darin, dazu auf dem Gasherd gegrilltes Kommissbrot. Sie hatten untereinander immer Deutsch gesprochen, die Sprache ihrer Mütter, und diese Geheimsprache hatte sie vor dem Chauffeur und der Köchin geschützt wie ein Zaubermantel.

Wie hatte Proust, der sich damals schon gab wie ein alter Herr, obwohl er doch höchstens Mitte vierzig sein konnte, ihn gerufen? Johannes vielleich oder Hans, das Jean übersetzt in ihre deutsche Muttersprache?

Möglich. Jean fiel es schwer, sich zu erinnern, so konzentriert hatte er diesen Nachbarn immer angestarrt, fasziniert von seiner morbiden Aura und vom sanften Klang seiner Stimme. So sehr hatte ihn sein Auftrag begeistert, der über Jahre darin bestanden hatte, ihm an den Nachmittagen nach der Schule die zahlreichen frisch geschriebenen Manuskriptseiten seines zweiten, dann seines dritten Bandes der *Verlorenen Zeit* vorzulesen, damit Proust ihn unterbrechen könnte, um handschriftliche Korrekturen vorzunehmen. Es hatte immer lange Stunden gedauert, die Seiten glichen am Ende Schlachtfeldern, und Jeans Mutter war gekommen, ihn abzuholen, weil es draußen schon dunkelte.

Proust – und jetzt fiel es ihm ein, er hatte nicht Johannes oder Hans zu ihm gesagt, sondern schlicht und einfach »mein Junge« – hatte Jeans Mutter immer wie nebenbei behandelt, eben so, wie man mit einer nahen Verwandten umgeht, deren Wohlwollen einem sicher ist. Tatsächlich waren die beiden ja über ihre mütterlichen Familien, die Weils und die Loewis, direkt verwandt. Vernarrt aber, ja geradezu verliebt war Proust in »die schöne Eugenia«, deren zauberhafte Frische schon bald nach ihrer Ankunft aus dem fernen Chile in Paris als legendär galt und der auch der berühmte Porträtist John Singer Sargent nicht hatte widerstehen können. In den Salons des Großbürgertums wurde seine unglückliche Vernarrtheit in diese Unerreichbare seit Jahren belächelt, hatte sich Eugenia doch schon vor dem Krieg aus dem schrillen Pariser Gesellschaftsleben zurückgezogen.

Apropos, wie hatte seine Mutter ihn genannt? Natürlich nicht Marcel wie die Schulkameraden und auch nicht »mein Junge« wie Proust, sondern?

Jean musste nachdenken, um sich ihre Stimme in Erinnerung zu rufen, ja, natürlich: »Mein kleiner Jean Cheri«. Nie ohne das »Mein kleiner« zu Beginn und das »Cheri« zum Schluss. Diese kurze Namensmelodie war stes von einem Lächeln durchsonnt gewesen, es schwang mit den Worten mit, immer gleich warm, ob die Mutter nun beschäftigt war oder wie so oft in Gedanken versunken, weil von ihrem Mann gekränkt.

»Mein kleiner Jean Cheri«, diese vier Wörter schienen sie jedes Mal aufgerichtet, ja mit tiefer Freude erfüllt zu haben, und im endlosen Vertrauen, das hinter ihnen stand, war er aufgewachsen. Es war dieses Vertrauen, das ihn durchs Leben trug.

»Schaue nie, wer vor dir steht«, hatte sie ihm immer gesagt, »wisse, wer hinter dir steht.« Eine Löwin, bereit zum Sprung, um ihren verkrüppelten Jüngsten zu verteidigen.

Seine großen Brüder?

Er hatte doch Brüder gehabt, stattliche, gut ausgebildete, viel gefragte Brüder. Wie hatten die ihn gerufen?

»Hänschen«. Für Oscar und George war er das Muttersöhnchen gewesen, das verfehlte Mädchen, behindert und nicht herzeigbar, ein peinlicher Ausrutscher. Ihn »Hänschen« zu rufen, mit herbem deutschem Akzent, war für zwei gleich zu Kriegsbeginn eingezogene französische Unteroffiziere die größte Beleidigung, derer sie fähig waren.

Nie zeigten sie sich mit der Mutter auf der Straße, wenn sie mit dem kleinen Jean und der Zofe die Einkäufe erledigte oder zum Spazieren in den Trocadéro-Park ging. Jean war nach seiner Kinderlähmung im Wachstum derart zurückgeblieben, dass er sich schief hielt und merklich humpelte, sommers wie winters war er totenblass. Mit so etwas ging man nicht aus.

Und dabei hatte er doch schon in der Mittelschule die Idee mit dem Regenschirm gehabt! Statt an seinem Behindertenstock war er mit dem Regenschirm seiner Mutter auf die Straße gegangen, der passte in der Größe perfekt.

Sein Vater schließlich? Hatte der ihn je beim Namen genannt, gar gerufen? So wie er Oscar und George rief, samstagmorgens zur Jagd und sonntags zur Kirche?

Jean konnte sich an keine einzige Gelegenheit erinnern. Der Vater war ihm in allem fremd geblieben. Seine harschen Bewegungen, sein strenger Geruch, sein drohender Ton hatten Jean seit jeher abgeschreckt, es hatte nie, über all die Jahre, einen Moment gegeben, in dem die beiden sich direkt gegenübergestanden hätten. Kein einziger direkter Blick zwischen ihnen, kein Lachen, kein Zunicken, nicht einmal ein Verbot, eine Rüge, eine Korrektur. Jean war für ihn unsichtbar geblieben.

Wie hatte sich dieses phantomhafte Nebeneinanderleben eingestellt? Ein früher Selbstschutz, ein angeborenes Verbündetsein mit der Mutter? Oder hatte der Vater gelernt, diesen dritten Sohn, der sich als Frühgeburt eingestellt hatte, zu einem kränklichen Kleinkind herangewachsen war und schließlich von unheilbarer Lähmung befallen wurde, zu übersehen?

3 *Tod überall*

Jean konnte niemanden mehr fragen. Der Vater war tot. Seine Brüder waren tot. Seine Mutter war tot.

Wie viele Erinnerungen ihn hier, auf diesem Schiff nach Übersee, heimsuchten, sie wogen schwer wie Blei. Und wie gut ein neues Kassenbuch und die Möglichkeit zu schreiben da taten, eine als Bordbibliothek ausstaffierte Kajüte, ein Tisch, ein Sessel, eine Leselampe, die vermeintliche Stabilität, vermeintliche Sicherheit gaben, auch wenn die Wahrheit war, dass Jean Angst hatte. Wo kein Horizont mehr war, war kein Halt. Sie hatten die Küste Afrikas heute früh hinter sich gelassen, und bis Brasilien war es eine Ewigkeit. Dazwischen kam der Äquator.

Es war der 23. Februar, in fünf Tagen würde er zweiundvierzig. Doch vielleicht erlebte er diesen Geburtstag ja nicht mehr?

Jean erhob sich so unvermittelt, dass es ihn selbst erschreckte. Eugenia zog die Augenbrauen hoch, sah aber nicht auf. Während er sein Gleichgewicht wiederfand, besänftigte er sie über den Tisch hinweg mit beiden Händen, fischte seinen Regenschirm von der Sesselkante, schritt aufgrund des Seegangs etwas torkelnd an der Wand entlang und öffnete die Pendeltür der Bordbibliothek. Er fand sich dem Barmann gegenüber, der zu dieser Vormittagsstunde nach dem Abräumen der Frühstückstische im Bordrestaurant die elf tagtäglich zweimal gebrauchten Champagnerkelche nachspülte und trocken polierte, um sie auf dem Tresen für den Aperitif vor dem Mittagessen in einer präzise kalkulierten Pyramide aufzubauen. Elf Mitreisende waren sie über den Äquator bis nach Rio de Janeiro und Buenos Aires, das ergab allabendlich beim Dîner mit dem Ersten oder Zweiten Offizier von Captain Cohn ein perfektes letztes Abendmahl.

Jean stieß die Außentür zum Deck nach Steuerbord mit für ihn ungewöhnlichem Schwung auf.

Was hatte ihn so plötzlich hierher nach draußen getrieben? Die Vorstellung eines nahen Todes? Oder eher die Erinnerung an seine Brüder und an seinen Vater?

Auf dem Gästedeck angelangt, konnte er mit Erleichterung feststellen, dass der Seegang nachgelassen hatte. Oder kam es ihm nur so vor?

Hier fehlten die Maßeinheiten der Bullaugenfenster, man konnte die Schräglage des Horizonts an keinem Achsenkreuz festmachen, und für einen Moment fühlte er sich beinahe in Sicherheit. Auch war es an diesem Morgen weit vor der Küste Afrikas erstmals frühlingshaft warm, die Temperatur, die er gut aushielt, oder besser, die sein schief gewachsener Rücken gut aushielt. Dass er kaum schlief und schlecht aß, hatte ja nichts mit dem Klima zu tun.

Sie fuhren mit der Postlinie, demnach hatten sie nur so wenige Passagiere, das Gästedeck war den ganzen Tag bis zum Sonnenuntergang, den sich kaum einer entgehen ließ, leer. Die neun anderen, die man bei den Mahlzeiten im Bordrestaurant und vorher wie nachher an der Bar beobachten konnte – der italienische Tenor mit seiner jungen Frau, die zwei dänischen Forscher, die drei Önologen aus Burgund und das Pärchen englischer Schriftstellerinnen –, hatte er die Küste Frankreichs entlang studiert. Vor der Küste Spaniens war er damit fertig gewesen, und die Tage und Abende vergingen nicht mehr. Gestern dann, vor der Küste Westafrikas, war ihm die Idee gekommen, zu schreiben. Solange Eugenia mit ihrer Buchhaltung beschäftigt wäre, und die zöge sich wahrscheinlich über alle kommenden Vormittage und Nachmittage bis zu ihrer Ankunft in Buenos Aires hin, sie bereitete ein epochales Projekt vor und investierte große Summen, hätte er also zu tun. Ab jetzt war er nicht mehr arbeitslos.

Als Kind hatte sein Leben um seine großen Brüder gekreist, um die ihn jeder beneidete und die doch ihn, den Kleinsten, vollkommen übersahen. Dann, als sein Gesundheitszustand etwas stabiler geworden war und er endlich die Schule besuchen konnte, waren seine ihn hänselnden Schulkameraden zu seinem Lebensinhalt geworden. Schließlich, an den Morgen und Abenden zu Hause in der Avenue Kléber, hatte sein Leben sich um seinen Vater gedreht, dem er zwar niemals genügen konnte, dem er aber doch gefallen wollte. Jean hatte es mit Gut-in-der-Schule-Sein versucht. Doch auch das war, wie alles an ihm, unbeachtet geblieben.

Seine beiden Brüder, diese herrlich wohlgeratenen Brüder, waren als blutjunge Offiziere gleich im ersten Kriegssommer des Jahres 1915 gefallen. Noch nicht Mitte zwanzig, starben sie im Kugelhagel an der deutsch-französischen Front. Daraufhin hatte sich sein Vater, der Bankier, der seine ganze Existenz auf diese zwei vielversprechenden Nachfolger gesetzt hatte, das Leben genommen.

All das war innerhalb von nur fünf Monaten geschehen, am Morgen des 11. November 1915 waren Nanette Frank und ihr kleinster Sohn allein in ihrem Palais in der Avenue Kléber zurückgeblieben. Der Vater lag tot auf dem Kopfsteinpflaster vor dem Eingang des Hotel Baltimore, an der Ecke zur Rue Léo Delibes. Nannchen, die Zofe, hatte mit dem Besen versucht, ihn vom Sprung vom Balkon des vierten Stocks, aus den Mansardenfenstern seiner toten Söhne, abzuhalten. Vergebens. Die Mutter wurde krank darüber, sie sehnte sich hinweg aus dieser Welt.

Das Schiff änderte den Kurs, man konnte jeden Grad der Drehung spüren, dem neuen Lichteinfall nach steuerte es direkt nach Süden. Jean lief ein paar Schritte an der langen Bullaugenfront des Bordrestaurants entlang, das zum Bug hin in eine kleine, offene Tagesbar überging. In der Ferne waren schon die Kapverdischen Inseln am Horizont auszumachen.

Als er jetzt nur einen Schritt aus dem Schutz der Deckwand zur Bugspitze trat, traf ihn der Südwind mit solcher Wucht, dass sein rechtes Bein nachgab und er hinterrücks stolperte, bereit, der Länge nach zu stürzen und auf dem Teakboden entlang bis zur Reling zu rutschen. Kein Mensch wäre da, ihm aufzuhelfen, und so wäre sein Ende ausgemacht.

Warum musste er auch eine so riskante Reise wagen? Hatte er zu Hause nicht Arbeit genug?

Allein, hierzu würde es nicht kommen, denn statt auf den Teakboden zu stürzen und weiter an die Reling zu rutschen, fiel er der Länge nach auf eine Gruppe von Deckchairs. Es tat gar nicht weh.

Er blieb eine Weile liegen und schloss die Augen. Die Morgensonne wärmte seine Lider, und er begann, ohne es zu wollen, laut gegen den Südwind anzulachen.

4 *Schulzeit*

Jean öffnete und schloss die Pendeltür der Bordbibliothek beinahe lautlos und setzte sich wieder an sein Kassenbuch. Eugenia tat so, als hätte sie seine Ankunft nur flüchtig bemerkt, sie schüttelte den Kopf über einer Summenkolonne, die nicht aufzugehen schien. Dabei machte sie sich kerzengerade und fasste sich mit der Rechten, mit dieser schönen, langgliedrigen Rechten, an die Schläfe.

Er sah die Momente auf Deck mit dem Beinahe-Sturz und dem Beinahe-verschollen-Gehen nochmals an sich vorbeiziehen. Und bei diesen Bildern kam in ihm eine Frage auf, die er sich noch nie gestellt hatte.

Warum war ausgerechnet er noch hier? Ausgerechnet er, der einzige Frank, dem man keine Zukunft zugestanden hatte, der keine Zukunft verdient hatte?

Er schrieb diese Frage auf.

Als Schulkind oft krank zu Hause und demnach bei allen intimen Gesprächen im Salon präsent, wie ein Möbelstück, dem man keine Beachtung mehr schenkte, hatte er jahrelang versucht, zwischen seinem Vater, dessen Manieren Damen gegenüber viel zu wünschen übrig ließen, und seiner freigeistigen Mutter, die ihm oft nicht ganz von dieser Welt erschienen war, zu vermitteln. Und hatte doch versagt. Die ständige Demütigung, das ständige Nicht-geachtet-Werden hatte die Mutter schließlich erduldet, genauso wie Jean.

Wie hätte er sich der Gewalt dieses Mannes auch widersetzen können? Schon allein körperlich?

Jean wusste um seine Grenzen, und er wusste um die Grenzen seiner Mutter. Von ihr erinnerte er sich in all den Jahren an kein einziges lautes Wort, ganz einfach weil sie jede Art von Gewalt verabscheute, da sie Recht-haben-Wollen schlicht für Dummheit hielt.

Statt eine aktive Revolution hatte Jean also eine passive begonnen, sozusagen eine Revolte im Geiste. Er hatte den Vater beobachtet, geduldig, penibel, ja beinahe obsessiv, und hatte seine Reaktionen so voraussehbar werden lassen. Als er begriff, wie seine Verhaltensmuster abliefen, hatte er begonnen, ihn zu verachten. Und dann war die Überraschung eingetreten, das Erstaunen. Als Jeans Verachtung nämlich langsam abnahm, weil er für das ewig gleiche Verhalten des Vaters das Interesse verlor, hatte sich ein Neuanfang eingestellt. Jean hatte begonnen, ihn zu übersehen.

Jean musste wieder den Horizont betrachten, wie er sich in den messinggerahmten Bullaugen präzise messbar hin- und herwiegte, dabei machte sich in seinem Magen der inzwischen gewohnte Unterdruck breit.

Léon Frank hatte seiner Frau, wenn sie kurz vor dem Ausgehen stritten, gern mit den Handschuhen oder der Melone in der Hand über den Nacken gestrichen, kein wirklicher Schlag, doch eine strafende, eine verachtende Geste. Daraufhin hatte er jedes Mal, und diese Reaktion war so voraussehbar wie erbärmlich gewesen, mit viel Lärm das Haus verlassen. Monat um Monat, Jahr um Jahr in diesen Käfig der Missachtung eingesperrt, hatte die Mutter schließlich jede Diskussion, ja sogar jedes Gespräch gemieden. Sie hatte sich hinweggestohlen in eine andere, in eine ihr angemessenere Welt, weg aus einem Eheleben, das doch so glanzvoll und so vielversprechend begonnen hatte.

Als junge Eheleute – der Frank- und der Loewi-Clan hatten Cousins ersten Grades, also beinahe Geschwister, verheiratet, die beiden waren unverschämt nahe verwandt – kamen sie als das jüdische Traumpaar des Fin de Siècle in Paris an. Nanette Loewi und Léon Frank waren mit dem bemerkenswerten Vermögen ihrer New Yorker und Frankfurter Bankhäuser ausgestattet und für die französische, von wirtschaftlichen Umstürzen zerrüttete Jahrhundertwende, die ganze Dynastien an den Rand des Bankrotts getrieben hatte, beinahe unermesslich reich. Sie eroberten dank Nanettes weltoffener New Yorker Erziehung eine Stadt, die den aufstrebenden Geldadel mit der unangefochtenen Eleganz der alteingesessenen Aristokratie zu vereinen verstand. Die junge Nanette liebte Paris als das, was es war: eine pulsierende Weltmetropole und zugleich ein beschauliches Dorf. Rund um den Trocadéro-Platz im XVI. Arrondissement, wo seit Jahrhunderten der hugenottisch-protestantische Adel zu Hause war, grüßte sich noch jeder wie bei ihr zu Hause in Manhattans Upper Eastside auf der Straße.

Hier hatten die Loewis für das junge Paar ein Haussmann'sches Prachtpalais auf der Avenue Kléber erstanden. Es war das sonnige Eckhaus zur Rue Léo Delibes und trug die Nummer 88. Bald kannte die ganze Avenue Kléber die junge, deutschstämmige New Yorkerin, die, wie in Amerika üblich, jeden grüßend und sich jedem vorstellend, zu Fuß und nur in Begleitung ihrer Zofe den Einkauf am Samstagsmarkt an der Rue Boissière tätigte. Die Nachbarn konnten den beiden Frauen zusehen, wie sie die nach und nach geborenen drei Frank-Söhne ohne die Hilfe des Kutschers oder des Hausdieners im Trocadéro-Park im Leiterwägelchen ausfuhren. Auch kutschierte Nanette ihren leichten Einspänner eigenhändig durch die ganze westliche Vorstadt bis in den Bois de Boulogne und nahm, außer ihren Söhnen, alle Nachbarskinder mit, die sich solch einen waghalsigen Ausflug zutrauten.

Ihren Kleinsten riefen die Nachbarn seit jeher bei dem Kosenamen, den Nanette ihm gegeben hatte. Für das ganze Viertel war er »der kleine Jean Cheri«, und wenn er, was oft geschah, auf dem Heimweg von der Schule auf seinen gelähmten Beinen schwach wurde und sich auf dem Rondeau unter den mächtigen Platanen der Rue Boissière ausruhen musste, sammelte ihn die Comtesse de la Fressault von der Hausnummer 80 oder Monsieur d'Annunzio von der Hausnummer 44 oder Reverend Paul von der Prälatur, die schräg gegenüber seinem Elternhaus am Eck der Rue Boissière lag, in der Calèche auf. Manchmal brachten ihn aber auch die bretonischen Krabbenfischer oder die Auvergnebauern auf dem Rückweg von ihrem Marktstand nach Hause.

Im Lyzeum war dann René in sein Leben getreten. Er war der einzige seiner Mitschüler, der ihn nicht verhöhnte, und für diese Gnade hatte Jean sich zu allem bereit erklärt. René besetzte sein Leben und belagerte jeden einzelnen seiner Tage mit dem ihm eigenen, perfiden System. Er trennte ihn von allem, was ihn bisher umgeben hatte, von der Literatur, für die er lebte, von der Musik, die ihn am Leben hielt, und machte ihn hörig. Alles, was heimatlos und leer war in ihm, füllte René aus.

Nach dem Lyzeum hatte Jean sich in Jura inskribiert, aufgrund von Renés ständigen Nörgeleien aber nach dem Vorstudium abgebrochen. In der Folge hatte er im Bankhaus seines Vaters und im Börsenhandel seiner Vettern Spitzer eine Lehre gemacht und Vertragsrecht und Buchhaltung gelernt, was ihm heute tatsächlich sehr nützlich war. Doch weder sollte ihm das Bankwesen noch der Börsenhandel zur Berufung werden, besser gesagt, man hatte ihn weder hier noch dort aufgefordert, zu bleiben. Eugenia, die beste Freundin seiner Mutter, musste eingreifen. Sie war es, die endlich eine Arbeit fand, die ihn erfüllen sollte.

Er sah auf die kleine Pendeluhr aus Messing, die auf dem Abschlussbrett des Bücherbords zwischen Heine und Hölderlin stand, der Innenausstatter dieser Lloyd-Linie musste eine gewisse Bildung haben. Es war elf Uhr. Erst elf Uhr!

Wer verlangsamte die Vormittage hier auf See?

Eugenia sah auf, sie schmunzelte.

»Elf Uhr, denke ich? Darf ich, wenn noch ein Fläschchen aufzutreiben ist, mein Glas Sprudelwasser bekommen?«

»Ich bin auf dem Weg.«

»Was schreibt mein Miguel Ángel denn so konzentriert?«

Es war immer wieder rührend zu erleben, wie sie sich mit ihm, wenn nicht auf Deutsch oder Englisch, ihren Kindheitssprachen aus der Schulzeit, übergangslos auf Spanisch, ihrer Muttersprache, unterhielt. Französisch hatte Eugenia zwar passabel sprechen, aber nie gut schreiben gelernt, demnach hatte sie sich in Paris wenige Freunde gemacht, die nicht, so wie sie, von weit her kamen und über Grenzen hinweg denken konnten.

»Dein Miguel Ángel vertreibt die Zeit.«

»Die Zeit … ist uns doch geschenkt, Jean? Warum sie vertreiben?«

»Du hast keine horrenden Ängste.«

»Nur horrende Kosten.«

Er schwieg ertappt. Eugenia konnte all sein existenzielles Drama mit solch simplen drei Wörtern zunichtemachen.

»Horrende Kosten, die du selbst gewollt hast«, gab er trotzig zurück.

»Für dich gewollt, ja! Und du wirst sie wert sein.«

»Ich gehe schon.«

Als er mit zwei randvoll gefüllten Champagnerkelchen aus einer eigens geöffneten Flasche Pol Roger – der Barmann hatte offensichtlich eine Schwäche für ihn – in die Bibliothek zurückkam, war der lange Schreibtisch leer. Die Pendeltür pendelte sich lautlos in ihren Rahmen zurück.

Hatte Eugenia einen weiteren Rechenknoten zu lösen und lief dafür auf dem Gästedeck auf und ab, bei diesem Seegang?

Jean nahm sein rotes Kassenbuch wieder vor, dies wäre ein möglicher letzter Absatz vor ihrem voraussehbaren Tod durch Ertrinken.

Mit Renés Tod vor eineinhalb Jahren war er für Eugenia vom geschenkten Sohn zum Sorgenkind geworden, deshalb hatte sie sich ein neues Projekt für ihn ausgedacht und es sorgsam vorbereitet. Für sie war dieser lange Weg nach Patagonien, ans südlichste Ende der Welt, dahin, wo sie vor einem Dreivierteljahrhundert aufgewachsen war, ein gewaltiges Risiko, denn Rückwege konnten eine herbe Enttäuschung sein. Für Jean war die Aufgabe, die sie da für ihn erfunden hatte, die waghalsigste Herausforderung seiner bisherigen Laufbahn, der Sprung in die »große Dimension«. Er hätte Tag und Nacht zu arbeiten.

Eugenia baute das erste Grandhotel der Anden, die verrückteste Idee, von der man je gehört hatte.

5 *Eugenia*

Es war früher Nachmittag, und entgegen Jeans düsteren Vorahnungen war die Madrid nirgendwo auf Grund gelaufen oder gar gekentert. Im Gegenteil, die kleine, bunt durcheinandergewürfelte Passagierschar hatte zu Mittag im Bordrestaurant bemerkenswert zarte Seezungen serviert bekommen, der Pianospieler hatte die Gassenhauer aus Cole Porters Musical *Anything Goes*, das am Broadway Erfolge feierte, angestimmt, und sie hatten nach dem Hauptgang und einem typisch deutschen Fruchtsalat vom Barwägelchen einen Korn, einen Wermut oder einen Cognac gereicht bekommen. Dann hatte der Barmann Eugenia und ihn mit zwei Silberkännchen duftenden Bohnenkaffees zurück auf ihre Plätze in der Bordbibliothek begleitet.

Der Seegang war weiterhin stark, wenn nicht sogar stärker als heute Vormittag, doch irgendwie hatte Jean sich inzwischen an diese Hin-und-her-Bewegung gewöhnt.

Waren es die Erinnerungen an seine Jugendjahre und die Betrachtung des seither zurückgelegten Weges, die begannen, ihn innerlich auszugleichen?

Bei Tisch hatte Eugenia erstmals von ihrer Rückkehr nach Patagonien gesprochen, ein Thema, das sie bisher immer ausgeklammert hatte. Es war in ihren Unterhaltungen stets nur um »das Projekt« oder »das Grandhotel« gegangen, und allein wenn sie sich ganz besonders hatte hinreißen lassen, um den »See meiner Kindheit« oder »mein Andenreich«. Heute, zu diesem beschwingten Mittagsmahl, Jean aß sein Seezungenfilet zu ihrer Verwunderung beinahe ganz auf, hatte sie erstmals von Rückkehr gesprochen. Und gleich darauf von Anfängen.

»Du weißt, Jean, ich liebe Anfänge«, hatte sie aufs Meer hinaus gesagt, »Anfänge erfüllen uns mit Erstaunen.«

»Anfänge machen uns Angst«, hatte er trocken zurückgegeben.

»Ach was! Anfänge machen die Fortsetzung.«

»Tatsächlich?«

»Du siehst es ja selbst, hast du nicht angefangen, deine Anfänge aufzuschreiben?«

Es lohnte sich nicht, ihr etwas vorzumachen, sie kannte Jean auswendig, also gab er mit einem leichten Nicken zu, dass er seit dem Vormittag schreibend über sein Leben nachdachte.

»Und sie machen dir Angst?«

»Nicht so sehr, wie ich dachte.«

»Sieh an. Und ... wo bist du? Noch in der Schulzeit? Oder schon bei René?«

»In meinen Jahren an der Börse.«

»Hetze nicht«, hatte sie mit beiden Händen eine Horizontlinie über die Tischkante gezeichnet, »man kann ein Leben nur in wachsenden Kreisen erzählen. So wie die Bäume Jahr um Jahr einen Ring zulegen, um in den Himmel zu wachsen, so wachsen wir in den Grund unserer Seele.«

»Ich fürchte, ich wiederhole mich.«

»Das ist ganz normal, ein Leben wiederholt sich ständig, geradezu täglich. Und nur aus der Wiederholung lernt man.«

»Ich komme immer wieder zurück auf ...«

»Deine Mutter.«

»Wie weißt du?«

»Hat sie das nicht verdient?«

Ein Moment der Stille trat ein.

»Du hast den ganzen Nachmittag zu rechnen?«, fragte Jean dann.

»Ja, aber heute Abend bin ich fertig damit.«

»Ganz fertig?«

»Ganz fertig.«

»Da muss ich mich ranhalten. Mein Leben vom Börsenhandel Spitzer bis heute zu rekapitulieren, an einem einzigen Nachmittag, bedeutet harte Arbeit. Aber hart arbeiten habe ich ja von dir gelernt.«

Mit »Wetten, ab heute Abend sind wir beide frei?« hatte sie beim Barmann lachend Kaffee für sie beide bestellt, den sie in die Bibliothek zu servieren bat, und sich dann mit einem verschworenen »Komm, Jean, wir haben zu tun« vom Tisch erhoben, viel früher als alle anderen Passagiere.

Jetzt saßen sie wieder am langen Tisch der Bordbibliothek, es würden spannende Stunden werden. Eugenia nahm sich ihre Investitionskolonne mit neuem Schwung vor und raunte: »Morgen kreuzen wir den Äquator, da sollten wir doch den ganzen Tag auf Deck verbringen?«

Ihr Raunen ging nahtlos in das ihr eigene Summen über, ein Summen, das Jean immer wieder frappierend an seine Mutter erinnerte.

Seine ganze Kindheit über hatte Nanette Frank eigentlich ständig gesummt. Jean konnte sie sich nicht ohne eine klassiche Melodie vorstellen, die sie mit sich durchs Haus trug. Das Summen war das Summum ihrer intimen Abwehrstrategie, der immer gleichen, routinierten Gesten, die sie sich schon in Zeiten angeeignet haben musste, als Jean noch ein Wickelkind war und Oscar und George in die Mittelschule kamen. Ihre charakteristischen Gesten – sich gerade richten, den Kopf in den Nacken biegen und konzentriert in den Himmel, auf die Fassaden des Faubourgs, auf das Deckengemälde und den Lüster der Opéra Garnier blicken – endeten stets in einem selbstvergessenen, kaum hörbaren Summen. Bei allen Gelegenheiten, in denen der Vater anwesend war, bei Tisch, im Salon, bei den Ausfahrten in der Calèche oder den Abenden in der Oper, hatte sie gelernt, seine unverhofft eintretenden Demütigungen rasch zu kaschieren. Sie konnte sich gedankenverloren stellen oder belustigt oder taub, wenn »die Franks«, wie sie ihren Mann und ihre älteren Söhne nannte, in der Nähe waren. Sie konnte selig lächelnd in ihrer Loge sitzen, Verdi oder Chopin oder die Ballets Russes genießen und übersehen, wie »die Franks« geräuschvoll aus der Logentür polterten, um sich hinter die Kulissen zu den Aktricen zu stehlen. Sie summte dann mit der Musik mit. Und diese Melodien kamen wieder, sie behielt sie bei sich, tagelang, wochenlang.

Genauso summte jetzt Eugenia. Es war Chopin, das Adagio aus dem ersten Klavierkonzert in e-Moll, das Artur Rubinstein vor Jahren in ihrem Salon gespielt und mit dem sie ihn in ganz Paris bekannt gemacht hatte.

Jean öffnete sein Kassenbuch und schraubte die Füllfeder auf.

»Du weißt, Jean, ich liebe Anfänge«, hatte Eugenia gerade eben beim Mittagessen gesagt, »Anfänge erfüllen uns mit Erstaunen.«

Hatte er heute Vormittag nicht etwas Ähnliches, sogar beinahe Identisches in dieses neue Kassenbuch geschrieben?

Als er sich an seinen Vater erinnerte?

Er blätterte zurück. Ja, vier Seiten zuvor stand: »Und dann war die Überraschung eingetreten, das Erstaunen. Als meine Verachtung nämlich langsam abnahm, weil ich für das ewig gleiche Verhalten des Vaters das Interesse verlor, hatte sich ein Neuanfang eingestellt.«

Eugenia hatte recht mit ihrer Liebe zu Anfängen!

Denn auch mit dieser ihrer gemeinsamen Reise nach Patagonien wagte sie ja nichts anderes als einen Neubeginn. Sie kehrte in ihre Heimat zurück, sähe die Anden-Bergwelt ihrer Jugend erstmals wieder, seit sie mit zwanzig frisch verheiratet nach Paris gezogen war und dort die Salons verzaubert hatte. Die großen Porträtisten der Zeit, neben John Singer Sargent auch Paul Helleu, Giovanni Boldini und Jacques-Émile Blanche, hatten sie nicht nur einmal, sondern mehrfach gemalt. Als sie sich dann nach zwei Jahrzehnten Pariser Lebens, des hohlen Gesellschaftszirkus müde, von ihrem anhaltend nichtsnutzigen Mann trennte und ihn samt seinem Geliebten aus dem Haus warf, hatte ihr glühender Verehrer Proust sie im ersten Band seines *Auf der Suche nach der verlorenen Zeit* verewigt. Während sich sein Alter Ego, der Kunstsammler Swann, in ermüdenden Gesellschaftsspielen verzettelte, entfloh hier eine »selbst ernannte Nonne« aus dem frivolen Reigen der Pariser Salons, so elegant und gekonnt, wie sie ihn Jahre zuvor erobert hatte.

Eugenia zog sich in ihre eigene Welt zurück und erfand sich von Grund auf neu. Zur Überraschung aller hatte sie sich den gesamten Winter des Vorkriegsjahres 1913 in ihrer Beletage an der Avenue Montaigne, dem prestigieusen Eckpalais zum Rond-Point des Champs-Élysées, eingeschlossen und dort ein neues Leben entworfen. Im darauffolgenden Frühjahr, zum Geburtstag von Jeans Mutter am 8. April, hatte sie für ihre engsten Freunde ein Dîner gegeben und erklärt, sie werde ab jetzt den Traum leben, für den sie ursprünglich nach Paris gekommen war. Es gehe ihr nur noch darum, eine neue, emanzipierte Kunst entstehen zu sehen.

Dank des beachtlichen Vermögens ihrer Familie, väterlicherseits warf das immense Weingut La Calera nahe Valparaíso eine großzügige Apanage für sie ab, mütterlicherseits hatte sie Schürfrechte an den letzten Silberminen der südlichen Anden, werde sie sich einer neuen, einer vielversprechenden, einer durch und durch wilden Generation widmen und sich fortan nicht mehr selbst in Szene setzen, sondern Talente schmieden, deren Werke sie fördern könnte.

Proust, dem sie sich seit jenem Winter als Begleitung entzogen hatte, konterte beleidigt, aber messerscharf, dass »diese Entscheidung wohl einem Eintritt ins Kloster gleichkam«. Tatsächlich nannte man Eugenia, deren neues Motto »Eleganz heißt Weglassen« an jenem Abend die Menükarten schmückte und sich schon in derselben Nacht durch alle Pariser Salons und Künstlercafés tuschelte, seither nicht mehr »die schöne Chilenin«, sondern schlicht und einfach »die Äbtissin«.

Diese Äbtissin hatte den jungen Picasso, der während der Kriegsjahre mit dem Kubismus experimentierte, mit seiner frisch verheirateten russischen Ballerina Olga zu Flitterwochen auf ihr Landgut nach Biarritz eingeladen und ihn dort ihren Freunden, den Galeristen Paul Rosenberg und Georges Wildenstein, vorgestellt, die ihn auf ihr Drängen hin vorbehaltlich für ein Jahr unter Vertrag genommen hatten. Seither unterstützte Eugenia das junge Paar mit einer beachtlichen monatlichen Zuwendung, und sie konnten so aus Picassos feuchtem Atelier im Pariser Vorort Montrouge ins noble Hotel Lutetia am Boulevard Raspail ziehen. Der Aufenthalt in Biarritz und die angenehmen neuen Lebensumstände hatten Picasso zu Papiercollagen und dekonstruktiven Akten inspiriert, er malte und schnipselte seither wie besessen, so dass Rosenberg und Wildenstein seine Werke anboten, kaum waren Farbe und Leim getrocknet.

Proust sollte im selben Herbst die Courage haben, sich mit diesem neuen Maler-Star, der mit Eugenia ausschließlich spanisch sprach, anzulegen, denn natürlich mutmaßten sämtliche Salons und Galerien, dass der umschwärmte junge Katalane neben seiner frisch angetrauten Ehefrau zahlreiche Affären unterhielt.

Aber nicht nur mit den Sängerinnen und Tänzerinnen der Bars rund um Montparnasse, sondern sogar mit seiner neuen, betagten Mäzenin!

Proust deponierte in ganz Paris seine Warnung an Picasso, es ja nicht zu wagen, die von ihm angebetete Eugenia in dessen frisch entdecktem Stil, nämlich »deformiert«, zu malen.

Hände weg von seiner Äbtissin, kannte bald jeder seinen Slogan: »Sie ist schlicht und einfach undeformierbar!«

Ähnlichen Schwung hatte seit den Kriegsjahren die Arbeit von Eugenias Hutmacherin, Gabrielle Chanel, die alle Coco nannten, aufgenommen. Eugenia hatte ihr nicht nur die ersten Stoffkollektionen ihrer neuen Couture-Linie vorfinanziert, sie hatte auch den Mut gehabt, Cocos Kostümentwürfe mit waghalsig wadenkurzen Röcken zu sehr maskulin geschnittenen Jäger-Jacketts aus schlichtem Wollfilz in die Pariser Salons und die Cafés der Rive Gauche auszuführen.

So war Picasso in nur wenigen Monaten zu »ihrem Maler« geworden, Coco zu »ihrer Couturière«. Es fehlten nur noch »ihr Musiker« und »ihr Dichter«, um das Quartett zu vervollständigen. Ihren Musiker fand sie bald darauf im Revolutionsflüchtling Igor Strawinsky, ihren Dichter im Reisejournalisten Blaise Cendrars. Über die Nachkriegssommer versammelte sie diese neue Wahlfamilie in ihrem Landhaus, La Mimoseraie in Biarritz, und die sonnigen Monate, die sie in deren weitläufigen Mimosenhainen verbringen durften, gingen wohl für alle viel zu schnell vorbei.

6 *Die Frank'schen Frauen*

Jean musste beim Schreiben innehalten, denn ihm fiel auf, dass er einen ebensolchen Weg gegangen war, dass er wie Eugenia andere Richtungen eingeschlagen hatte als die in »guten Familien« üblichen, was zunächst unendlich einsam machte. Erst wenn das Wagnis des Andersseins Alltag geworden war, die Einsamkeit vom Feind zum Freund, konnte sie einen stützen wie eine Rüstung.

In Eugenias Familien Errázuriz und Huici hineingeboren, wurde man als Mädchen Ehefrau und Mutter. Und wenn das nicht gelang, zumindest Nonne. In Jeans Familien Frank und Loewi hineingeboren, wurde man als Junge Bankier oder Jurist. Und wenn das nicht gelang, zumindest Kaufmann, was nicht viel mehr bedeutete als Vertreter.

Jeans Vater Léon Frank hatte an der Pariser Börse einen Ableger der Frankfurter Familienbank etabliert, eine kluge Entscheidung in den 1880er Jahren, in denen in Frankreich in der Folge des Bankrotts der »Union Générale« der internationale Finanzmarkt öffnete und er mit den Rothschilds, den Camondos und den Spitzers in Nordafrika und Südamerika glänzende Devisengeschäfte machen konnte. Um das viele frisch verdiente Geld in der Familie zu behalten, hatte man ihn mit Nanette, der ältesten Tochter seiner in New York lebenden Tante, verheiratet, einer selbstbewussten jungen Frau, die ein paar Jahre älter war als er. Sie wusste, dass sie nicht geliebt wurde. Sie war ein strategisches Werkzeug der Familieninteressen und hatte ihm dennoch drei Söhne geschenkt.

Nie hatte Léon Frank Augen für sie gehabt, und dabei war Nanette Loewi eine Erscheinung!

Sie war von schlanker Statur und hatte langes, welliges Haar, eine ungewöhnlich gerade Nase und eine sehr helle, beinahe pfirsichfarbene Haut. Dabei aber diese tief liegenden Augen unter kurvig geschwungenen, dunklen Augenbrauen, die die jüdischen Frauen so geheimnisvoll machten. Sie hatte das elitärste New Yorker Mädchencollege besucht und sprach die vier Weltsprachen fließend, konnte sogar Hindi lesen, da sie sich in der buddhistischen Philosophie von Kind an zu Hause gefühlt hatte. Seit Jean geboren worden war, wohl der allerletzte Versuch, einer auf einem Familiengeschäft basierenden Beziehung eine bleibende Tiefe zu geben, hatte sie sich zunehmend emanzipiert. Sie ließ die Demütigungen ihres Mannes nicht mehr an sich herankommen. Wenn er, statt es selbst zu tun, den Hausdiener anwies, ihr in die Calèche oder aus dem Mantel zu helfen, nicht aufstand, wenn sie in den Raum trat, sie in der Unterhaltung mit seinen Geschäftspartnern totschwieg oder das Haus verließ ohne Gruß, hatte sie ihre innere Abwehr parat.

Jean sah noch heute vor sich, wie ihre Schultern, die sie sonst immer gestrafft trug, in solchen Momenten für einen minimalen Augenblick nach vorne sackten. Sie schien ihm dann plötzlich verletzlich, ja leidend. Es dauerte aber nur einen weiteren kurzen Augenblick, dann raffte sie sich wieder auf.

»Mit mir war meine Mutter anders als mit allen anderen«, begann er einen neuen Absatz, und in diesem Moment wurde ihm klar, dass er diese Erinnerungen heute Nachmittag in ein Kassenbuch schrieb, weil er sie sonst eines Tages mit Sicherheit vergessen hätte. Oder auch, sein Blick wanderte auf die Bullaugen in der Bordwand vor sich, weil er gar nicht mehr auf dieser Welt wäre, um sie aufschreiben zu können.

Mit ihm war seine Mutter nie gedankenverloren oder taub gewesen wie mit seinem Vater.

Nein, mit ihm lachte sie, denn sie konnte lachen! Sie konnte knurren! Sie konnte sich die Haare raufen!

Wenn die Mutter Jean erwähnte, war er »die Elfen«, immer im Plural. Sie konnte morgens fragen: »Sind die Franks aus dem Haus?«, gefolgt von: »Und was machen die Elfen schon in der Küche?«

In der Frühstücksküche, ihrem ostseitig gelegenen, morgendurchsonnten Reich im zweiten Geschoss des Palais in der Avenue Kléber, verbrachten sie ganze Tage. Hier regierte die Mutter allein, und hier war Jean die Hauptperson, nicht Oscar oder George.

Sie liebte diese Küche, so sehr wie die Natur, die frische Luft und alles, was wuchs. Eine außergewöhnliche Frau für diese Stadt und diese Zeit, die im Haushalt Hand anlegte, allein aus der Stadt fuhr und Jean, wenn er krank war und ans Haus gefesselt, ohne Hauslehrer selbst unterrichtete. Wahrscheinlich hatte sie deshalb außer ihren Freundinnen Eugenia Errázuriz und Natalie Barney und der Zofe, und keine von den dreien kam aus Paris, kaum Kontakte in der Stadt.

Ihr einsamer Alltag schien ihr aber überhaupt nichts auszumachen. Sie lebte, wie sie lebte, genau wie sie an der wilden Atlantikküste ihrer Kindheit gelebt hatte, mit ihren Büchern und ihrer Musik, ohne Heimweh, aber auch ohne jegliche Anpassungswut an die hiesige Gesellschaft, die sich doch mit Freuden einem dekadenten Rennen um bürgerliche Statussymbole hingab. Jegliches Hervorkehren von Reichtum oder Macht lag Nanette Frank aber fern.

Sie kochte ausschließlich vom Saisongemüse, das sie freitags von ihrem Gemüsebauern außerhalb der Stadt nahe Chartres holten. Das war eine Ausfahrt von einem halben Tag, und sie chauffierte zunächst die Calèche, dann ihr in Stuttgart georderte tes Automobil, das erste Automobil, das die Avenue Kléber zu Gesicht bekam, selbst. Außer Eugenia durfte nur Nannchen, die

Zofe, mitfahren. Und Jean natürlich. Sie waren auf den staubig holprigen Straßen, die nach dem Bois de Boulogne begannen, mit ihrem nagelneuen Mercedes Landaulet, dem ersten »Damenwagen« seiner Zeit, eine pure Sensation.

Jetzt, wo Jean sich an diese Ausfahrten erinnerte, fiel ihm auf, dass die Farben jenes Automobils zu den Standardfarben seiner Interieurs werden sollten: elfenbeinweiß die Karosserie, schlammfarben das Stoffverdeck, tabakbraun die Ledersitze. Professor Freud aus Wien hätte von »Prägung« gesprochen, und Jean glaubte an Prägungen. Er sah sich als Zehnjährigen, von Nannchen Ton in Ton mit dem Automobil in einen tabakbraunen Kleiner-Lord-Fauntleroy-Anzug gekleidet, mit schlammfarbenen Wildledergamaschen und elfenbeinweißem Rüschenhemd. Wenn er müde wurde, konnte er sich, klein, wie er noch war, auf der Sitzbank im Fond des Wagens auf Nannchens Schoß zum Schlafen ausstrecken. Seine Mutter chauffierte und kontrollierte die Tankfüllung, die Drehzahl des Motors und die Temperatur des Kühlwassers auf den vor der Windschutzscheibe angebrachten Messuhren. Nannchen assistierte vom Fond aus und beruhigte den kleinen Jean Cheri gekonnt, wenn er Angst vor der Geschwindigkeit bekam. Sie erklärte ihm dann mit der immer gleichen Begeisterung, wie die vier in Reihe geschalteten Zylinder des Motors, der Fünf-Liter-Hubraum, die Lederkonuskupplung und das Vierganggetriebe funktionierten, um dreißig Pferdestärken zu entwickeln, die sie im besten Fall mit fünfundsiebzig Kilometern in der Stunde aus Paris heraus brächten. Das lenkte ihn ab.

Viel später erst erfuhr er, dass diese immer noch jugendliche Frau, die aber älter sein musste als seine Mutter, in der Stuttgarter Familie der Automobilbauer Daimler großgezogen worden war: Nathania Schilling, genannt Nannchen, ein jüdisches Waisenkind mit Hang zur Technik.

Eine tolle Person!

Zu den Loewis nach New York war Nannchen mit sechzehn gekommen und hatte dort seiner Mutter, die nur kleinere Geschwister hatte, die große Schwester ersetzt. Sie sollte das ein Leben lang tun.

Nannchen hatte seine Mutter überlebt, und wahrscheinlich überlebte sie auch ihn.

7 *Landausflüge*

Der Weinbauer, zu dem die Mutter alle drei, vier Monate mit Eugenia und Nannchen fuhr, war viel weiter entfernt als der Gemüsebauer in Chartres. Man brauchte eineinhalb Tage von Paris bis dorthin. Mit der Calèche hatten sie im Loiretal, Jeanne d'Arcs Garten von Frankreich, in Orléans oder Sully Station machen müssen. Mit dem Automobil fuhr man, abgesehen von zweimal nachtanken, einfach bis zum Ziel durch.

Die Weinberge lagen in Sancerre, einem verschlafenen Dorf am steilen Nordhang der Loire. Wenn sie für ein, zwei Tage dort blieben, übernachteten sie im Gästehaus des Winzers, denn Fernand Roger legte Wert darauf, mit seinen Kunden aus den Faubourgs von Paris ein persönliches Verhältnis zu pflegen.

Jeans Mutter stimmte sich bei diesen Ausflügen gern mit ihrer Freundin Natalie ab, die genau wie sie aus New York nach Paris gekommen war und jetzt in der Rue Jacob einen Literatensalon unterhielt. Sie war die beste Kundin von Fernand Roger und zitierte meistens eine Handvoll weiterer Freundinnen dorthin, die dann bei Paul, Rogers Bruder, übernachten konnten.

Wenn Natalies Meute mitkam, lief alles im Dorf zusammen, was nicht gerade im Weinkeller oder am Weinberg arbeitete, die Kinder, die Alten, die Marktleute, die Gastwirte. Denn Natalie, um einige Jahre jünger als Jeans Mutter und Eugenia, war eine provokante Erscheinung.

Ihr langes, blond gekraustes Haar trug sie offen, dazu kleidete sie sich in seidene Jagdhosen mit, je nach Jahreszeit, samtenen oder leinenen Gehröcken. Ihren Hals sah man nie, da er stets bis hoch unters Kinn von einem blendend weißen Chiffon-Plastron umwickelt war, über das ihre Blondmähne quoll. Ihr Zylinder war dunkellila, was Nannchen jedes Mal mit einem Augenrollen quittierte, wohl hatte diese Farbe eine symbolische Bedeutung, die Jean damals noch entging.

Natalie war von herbem Humor und immer zu Späßen aufgelegt, vor allem mit den halbwüchsigen Mädchen aus dem Dorf, denen sie Nagellack oder Frisierbürsten oder die neuesten Lockenwickler aus Paris mitbrachte. Ihre Freundinnen, die sie aus der Stadt anschleppte, waren ähnlich bizarre Gestalten mit vielsagenden Namen, sie hießen Dolly oder Romaine oder Janet oder Djuna, sie kamen ebenso von weit her, aus Amerika, aus Russland oder England. Sie sprachen mit den wildesten Akzenten und küssten sich vor allen Leuten auf den Mund.

Manchmal begleiteten Natalie auch französische Schriftstellerinnen aus Paris, die hießen dann Liane oder Elisabeth oder Colette, waren aber um einiges ernster als ihr internationales Gefolge.

Am ernstesten waren jedoch ihre »Freunde vom Mittelmeer«. Sie nannten sich mit einer gewissen Geheimnistuerei untereinander auch die »Auswanderer«, kamen zwar ursprünglich aus Paris, London, St. Petersburg oder Berlin, hatten aber aus Jean noch nicht erfindlichen Gründen den mediterranen Süden als Exil gewählt. Ihre wahren Namen wurden nicht erwähnt, sie ließen sich mit Pseudonymen rufen und waren offensichtlich unaufhörlich auf Reisen.

Die »Freunde vom Mittelmeer« lebten in Orten, die malerisch klangen und deren Namen sie mit umso malerischer Betonung aussprachen: Korfu, Venedig, Capri, Taormina, Marrakesch, Hammamet.

Ansonsten erzählten sie von gar nicht so heimeligen Dingen, nämlich von gefährlich ansteckenden Krankheiten mit lateinischen Doppelnamen und von wohl sehr ernsten Ritualen, die »Blaue Messen« oder »Arkadische Soireen« hießen.

Diese Auswanderer, allen voran ein hinreißend tragisch aussehender Lord Lyllian, der abwechselnd mit seinem indischen Diener oder seinem römischen Sekretär anreiste, schienen sich hier im Loiretal nicht nur mit ihren in Frankreich zurückgebliebenen Freunden zu treffen, um Wein zu ordern. Eher aus ganz anderen Gründen, sie tauschten an den langen Abenden Adressen von Ärzten, Sanatorien, Anwälten, Porträtisten und Fotografen aus. Schließlich aber kamen sie wohl, um sich gegenseitig Mut zu machen und ein wenig Heimatluft zu atmen zwischen Exil und Exil.

Ein Exil, hatte Jean damals gedacht, musste etwas schrecklich Einsames sein.

In den Weinkellern, die wie Maulwurfstunnel unter die Weinberge gegraben waren, blieb es im Sommer herrlich kühl. In den Übergangszeiten heizte Fernand Roger seinen Kanonenofen mit Rebholz, und es duftete wie in einer Räucherkammer. Natalies Freunde diskutierten bis zum Morgengrauen, und Jean schlief glücklich ein, den Kopf auf Nannchens oder auf Eugenias Schoß gelegt. Seine Mutter wirkte auf der Rückfahrt jedes Mal um zehn Jahre jünger.

Wenn die »Freunde vom Mittelmeer« einmal nicht kamen, und das geschah meistens im Herbst oder Winter, sie waren dann »in Behandlung« oder »zu Schiff nach Indien« oder »von der Präfektur aufgehalten«, erzählte der Winzer von seiner Arbeit. Er war ein gebildeter Mann, trotz seiner enormen Hände. Er kannte seine Gegend gut und konnte abendelang von den Millionen Jahre alten Kalkschichten der steilen Weinberge berichten. Er zählte seine Rebsorten und ihre Herkunft auf, erklärte die Gefahr, die die aus Amerika importierten Parasiten für sie bargen, beschrieb den »echten« und den »falschen« Mehltau, der seine Stöcke, vor allem den delikaten Sauvignon, befiel, ausdörrte und brüchig machte.

Er konnte so bildreich erzählen, dass man spürte, er liebte, was er tat. Vielleicht war Fernand Roger der erste Mensch, der Jean vermittelte, wie gut Arbeit tat, wenn sie einem Menschen entsprach.

Er hatte eine dunkle Stimme und stahlblaue Augen. Wenn seine Frau, die lustig und rund war wie ein satt geteertes Eichenfass, längst zu Bett gegangen war und er sie beim Erzählen erwähnte, wurden seine Augen katzengrün.

So musste man aussehen, wenn man geliebt wurde. Jeans Mutter sah nie so aus.

8 *Der Tod der Mutter*

Jean musste verharren und zu den Bullaugen hinaus auf den schwankenden Horizont blicken. Hier kam der Tod der Mutter auf ihn zu, der der größte Verlust in einer Reihe von Verlusten gewesen war.

Und doch, gemessen an dem Abgrund, in den Renés Tod ihn gestürzt hatte, waren das Jahr 1915 und das Jahr 1928, in denen seine Brüder und sein Vater, dann seine Mutter verstorben waren, eigentlich wie selbstverständlich vergangen. Es war traurig gewesen und folgenschwer, doch er hatte die Verluste Schlag um Schlag verkraften können.

Seine Brüder Oscar und Georges waren im Frühling 1915 in General Fochs Schlacht von Neuville-Saint-Vaast gefallen, sein Vater hatte diesen Schicksalsschlag nicht verwinden können und sich in den Tod gestürzt. Seine Mutter war darüber trübsinnig geworden, Jean hatte Tag um Tag dabei zusehen können. Eugenia hatte sie überredet, sich behandeln zu lassen, leider, schlussendlich, vergebens.

Jean hatte zunächst nichts für sie tun können, als den Kriegsdienst zu verweigern. Er hatte sich bei seiner Musterung im März 1916, er war jetzt volljährig, zurückstellen lassen, beidseitig gehuntauglich mit verkrüppeltem Rücken, habe er zudem eine nervenkranke Mutter zu betreuen. Es gelang, er konnte bei ihr in Paris bleiben, und das war gut so, ihr Gedächtnis ließ so rapide nach, dass sie sich bald nicht mehr im Haus zurechtfand. Nannchen, die sie ihr Leben lang um sich gehabt hatte, erkannte sie zunächst meistens, dann manchmal, dann ausnahmsweise. Der vom Dach gestürzte Léon Frank war bald ganz vergessen. Vielleicht eine Gnade.

Das Institut auf dem Bellevue Berg über dem schweizerischen Kreuzlingen, wohin Eugenia und Jean sie im darauffolgenden Jahr einwiesen, kostete zwar ein Vermögen, doch auf der Bank der Franks lag ja noch Geld, und dort, in der Schweiz, konnte Jean nicht nur ihr, sondern auch René, der chronisch an den Nieren erkrankt war, nahe sein.

Denn René war und blieb ein Kapitel für sich. Jean kam nicht los von ihm. Am Krieg war dieser bildschöne Junge durch seine Jugend vorbeigeschrammt, er war fünf Jahre jünger als Jean, doch frühreif und die Verführung in Person. Ein dunkelblonder Dorian, Oscar Wilde hätte ihn nicht besser erfinden können.

Er wohnte nicht in Jeans edlem XVI. Arrondissement auf der Rive Droite, sondern am anderen Ufer der Seine. Jean war nie bei ihm zu Hause, die Mutter war Souffleuse am Théâtre de l'Odéon, und René sprach nie über sie. Er vertuschte sie. Einen Vater gab es wohl nicht. Also musste diese Mutter hart gearbeitet haben, um den einzigen Sohn auf Jeans elitäres Gymnasium zu schicken. Sie musste auf vieles, ja wahrscheinlich auf alles Angenehme im Leben verzichtet haben, um diesem Jungen eine bessere Zukunft zu ermöglichen. Das hatte René seit jeher spießig gefunden.

Nach seinem Auszug besuchte er sie anscheinend nie. Sie wohl auch ihn nicht, wahrscheinlich wusste sie nicht einmal, wo in der Stadt er sich herumtrieb. Sein Studium an der Sorbonne finanzierte Jeans Bankhaus Frank. Zum Essen blieb er aus, das war wohl auch zu spießig. Zum Schlafen aber kam er in die Avenue Kléber, zumindest mit ziemlicher Regelmäßigkeit.

Und, warum auch nicht? Das Haus war ja leer, alle waren tot und Jeans Mutter auf immer verreist. Er musste René niemandem erklären, und Nannchen, die Einzige, die zu Hause übrig geblieben war, fragte nicht nach.

Am Bellevue Berg ließ Jean Renés erkrankte Nieren, die vom Rauchen ruinierte Lunge und die von Professor Binswanger diagnostizierte bipolare Depression kurieren. Auch vergebens, schlussendlich. Da er keinerlei Anweisungen befolgte, die Nächte in den Dorfgasthäusern zum Tag machte und weiterhin trank wie ein Loch, gesundete er nicht.

Auch Jeans Mutter gesundete nicht. Sie starb nach Jahren der Demenz am 14. Oktober 1928. Jean hatte sie stets zweimal im Monat besucht, die Zugstrecke von Paris über Straßburg nach Konstanz, in diese lieblich verschlafene Seenebene, hinter der sich die Alpen aufbäumten, kannte er inzwischen auswendig.

Am zweiten Oktobersamstag fand er sie auf der Luftkurterrasse der Klinik in ihre Angoradecke gewickelt. Es war zeitig am Morgen, sie musste gerade gefrühstückt und dann darauf gedrängt haben, an die frische Luft gebracht zu werden, wie sie es immer tat.

Sie musste sich erinnert haben, dass Jean kommen würde. Sie hatte die Zeitungen der letzten Woche auf dem kleinen Teetisch im Vorzimmer gestapelt, die *Neue Zürcher*, die *Münchner Neuesten Nachrichten*, die *New York Times*. Sie würde, wenn es ein guter Tag war und sie sich an die Welt unten im Tal erinnerte, mit ihm die internationale Politik und den Kulturteil besprechen. Bei Jeans letztem Besuch war sie über den erneuten Aufstieg der deutschen Hitler-Partei hocherbost gewesen und kaum mehr zu beruhigen, hatte ihm, bei vollem Bewusstsein und voller Stimme, die Gastkommentare von Blaise Cendrars und Thomas Mann aus dem Sonntagsmagazin der *New York Times* vorgelesen.

Vielleicht hätten sie an diesem Tag weiterdiskutiert? Und sie hätte ihm von den neuesten bedenklichen Entwicklungen in

Berlin und München berichtet, er ihr von deren Rezeption in den Pariser Literaten-Cafés?

Als er das Zimmer betrat, war da aber kein Lachen gewesen wie sonst. Auch kein Singsang einer Verdi-Arie, keine imaginäre Unterhaltung mit Nannchen, die meist in amüsiertes Gekicher ausartete. Kein Laut war gewesen, keine Bewegung, nicht einmal ein Atmen.

Er hatte sie auf der Terrasse gefunden. Ihre starren Augen blickten auf den See, der herbstlich umwölkt war und weit wie das Meer.

9 *Capri*

René, von den Ärzten aufgrund seiner Disziplinlosigkeit aufgegeben und nur in der Anstalt geduldet, weil Nanette Frank hier ein geschätzter Dauergast gewesen war, war gleich nach ihrem Tod mit Jean nach Paris zurückgekehrt. Er war haltlos, er war wütend, er schrie auf der Zugfahrt. Die Gäste der ersten Klasse verließen das Abteil.

Jean ertrug seine Wut, er liebte ihn ja. René hingegen liebte ihn nicht. René liebte niemanden, außer Karl Marx vielleicht oder den Surrealismus oder Klaus Mann. Vor allem aber liebte er seine eigene Kunstfigur: René Crevel, den todeswütigen Dichter, zu dem er sich selbst stilisiert hatte. Alles andere nahm er kaum wahr. Er umgab sich mit Menschen, die sich genauso einzigartig fanden und andere bewerteten, abwerteten, vernichteten, Jean Cocteau zum Beispiel oder André Breton. Solchen Zeitgenossen war Jean aber nicht gewachsen. Nein, seien wir ehrlich, begann Jean nicht nur eine neue Zeile, sondern gleich einen neuen Absatz: »Damals war ich überhaupt niemandem gewachsen.«

Das war ihm nach dem Tod seiner Mutter bewusst geworden. Er hatte sich für sich selbst geschämt, wie er sie zu Grabe trug. Und in jenen herbstwindigen Stunden auf dem Friedhof Père-Lachaise hatte er die erste Entscheidung seines Lebens getroffen, in der es um ihn selbst ging, nicht um die Mutter oder Nannchen oder René. Es müsste endlich etwas aus ihm werden! Und dafür müsste er zunächst einmal der Drogensucht entkommen, in die er mit René geschlittert war!

Gleich nach der Beerdigung brach er also allein nach Capri auf, um sich von seinem alten ausgelaugten Leben zu verabschieden und um diese zauberhafte Insel zumindest einmal um ihrer selbst willen besucht zu haben. Über eine lange Reihe von Jahren war er im Frühling wie im Herbst mit René dorthin gereist und mit ihnen die immer gleichen Pariser Drogenjünger.

Auf einer steil abfallenden Felsklippe an der Nordostspitze des Monte Tiberio, gleich unterhalb der Villa Jovis, hatte sich nämlich einer von Natalies »Freunden vom Mittelmeer« sein Exil erbaut. Lord Lyllian, der eigentlich der lothringische Stahlbaron Jacques Fersen war, huldigte hier dem feinsten blauen Opium-Rauch des Orients. Die Capreser Hoteliers nannten seine Gäste ehrerbietig »die Pariser Literaten«, doch in Wahrheit war es eine Clique aus blasierten Nichtsnutzen, die kein weiteres Ziel hatten, als aus ihrer Homo- oder Bisexualität eine Sensation zu machen.

Diese Haltung hatte Jean in Wahrheit nie geteilt. Für ihn war seine Anziehung zu Männern, ja seine Anziehung zu René, seine Unterwerfung unter all seine Capricen, eine natürliche Neigung, weit entfernt von jedem Skandal und jeder Schlagzeile. Auch jetzt, wie er am Eichentisch der Bordbibliothek der Madrid saß, hatte sich an dieser Grundhaltung nichts geändert. Vielleicht, zugegeben, an seiner Einschätzung von René, doch damals, in jenen Jahren, liebte er ihn einfach und hatte sich nie vorstellen können, sich jemand anderem hinzugeben. Er hatte ja auch nie etwas anderes kennengelernt.

Im allerersten ihrer gemeinsamen Jahre auf Capri und voller Begeisterung für Jacques Fersens Mut, hier vor den Augen der Öffentlichkeit mit seinem jungen römischen Sekretär zu leben, hatte Jean sich sogar mit der Idee getragen, selbst mit René ins Exil zu gehen. Ein Haus am windigen Südhang der Insel stand zum Verkauf, die Villa Floridiana, sie lag einen Steinwurf vom eleganten Grandhotel Quisisana entfernt am Weg zu Fersens Villa. Glücklicherweise zerschlugen sich die Verhandlungen um dieses Haus, sie logierten also weiterhin im Quisisana, und das war zwar kostspielig, doch wenigstens war Jean von ein paar Inselgästen umgeben, die ihn im Restaurant auffingen, wenn er mindestens jeden zweiten Abend allein zum Dîner erschien. René zähmte seine Begierden auch auf Capri nicht, er kam und ging, wann und mit wem er wollte.

Wenn Jean hier vor seinem Kassenbuch an jene Jahre zurückdachte, grauste es ihn. In Jacques Fersens Villa hatten sich Szenen abgespielt, die er sich heute kaum vergegenwärtigen wollte, geschweige denn aufschreiben. In Frankreich hatte sich der blonde Graf, der von den Feuilletons als »die arische, doch faule Ausgabe des Marcel Proust« verhöhnt wurde, als glamouröser, weltläufiger Dandy gegeben. In seiner Villa Lysis aber erlebte man ihn in einer vollkommen anderen Identität. Einerseits als guruhaften Opium-Sektierer, andererseits als einen vom Verfolgungswahn gezeichneten Weltverirrten.

Wie hatte sich diese gespaltene Identität bilden können?

Wahrscheinlich, weil er sich, in der vermeintlichen Freiheit des Exils angelangt, nicht seinem echten Talent, dem Schreiben, gewidmet, sondern haltloser Drogensucht hingegeben hatte. Aus Indien wurde feinstes Opium kistenweise an die Tiberiusklippen unter seiner Villa geliefert, und hier lud er zu Opiumfesten in die eigens dazu ausgestattete Gruft, aber auch zu Soireen ganz anderer Art.

Die lilienweißen, ausladenden Terrassen und die pittoresken Amortempelchen auf dem steil abfallenden Gelände der Villa wurden zum Schauplatz obszöner Theaterspiele und schlüpfriger Operetten, die er in aufwendig gestalteten Fotodokumentationen festhalten ließ. Von Capri aus machten diese Fotoalben die Runde durch ganz Europa.

Weiters gab er in der Opium-Gruft der Villa berüchtigte »Blaue Messen«, und Jean begriff erstmals den Sinn dieser Bezeichnung, der ihm auf den Landausflügen seiner Kindheit verborgen geblieben war. Als Ergänzung jener Opiumsitzungen wurden auf den Terrassen und im Zypressengarten Heroin-Cocktails zu frisch geschlagenen Zitronensorbets serviert. Man erging sich auf den halsbrecherischen Klippenpfaden der Tiberiusfelsen, und stets kam der eine oder andere Gast im Dunkel und bei fragwürdigem Bewusstseinszustand vom Weg ab und stürzte, man verbrachte dann bange Morgenstunden auf den grün gestrichenen Gängen der Inselklinik, meist gefolgt von spitzfindigen Verhören in der Wachstube der Carabinieri.

Schließlich, als wäre das Angebot noch nicht grenzwertig genug, lud Fersen in den Vollmondnächten zu seinen »Grotto-Soireen«. In den hallenden Grotten der Insel wurde »Mondstaub«, mit parfümierten Substanzen eingemischtes Kokain, gereicht, die Gäste hatten als »Regent« oder als »Jünger« verkleidet zu erscheinen, die Rollenspiele waren in Täter und Opfer aufgeteilt. Die Schauplätze wechselten von Vollmond zu Vollmond und wurden jeweils erst eine Stunde vor Beginn durch Mundpropaganda weitergegeben, denn die Carabinieri verhängten empfindliche Zivilstrafen und kamen Fersens Gästeschar regelmäßig auf die Schliche. Anzeigeschreiben jedwelcher Art verließen die Insel in den Säcken des Expresskuriers mit der Fähre in Richtung ihrer Wohnsitze in Frankreich, gingen aber im Hafen von Neapel regelmäßig »verloren«. Die italienische Post konnte nicht unbestechlich sein.

All die Besuche auf Capri, bei denen Jean kaum je die Insel oder ihre berückende Natur wahrgenommen hatte, sondern allein die Auswirkungen der wild durcheinander konsumierten Rauschmittel, waren, er suchte nach den richtigen Worten, die vollkommene Perversion gewesen und der vollkommene Schwachsinn.

Er setzte sich so gerade wie möglich auf und war von sich selbst überrascht. Hier saß er auf einem spartanischen Postschiff vor seinem aufgeschlagenen Kassenbuch und konnte sich mit gesunder Selbstkritik begegnen, ohne sich für seine unsägliche Unterwerfung unter Renés Capricen zu verachten?

Diesen gesunden Selbstwert musste Eugenia in ihm erweckt haben, geduldig, Jahr um Jahr, denn sie verstand es, ehrlich zu sein, ohne zu beleidigen. Sie sagte einfach die Wahrheit, und die konnte man zunächst übel nehmen, man konnte sie wegleugnen, verdrehen, schönreden, doch sie blieb wahr.

Aus Capri zurück in Paris, hatte sie ihn über all jene nutzlosen Jahre seines Lebens verlässlich in die Avenue Montaigne zitiert. Es gab kein Entrinnen, man entkam Eugenia nicht.

10 *Das Kutscherhaus*

Eugenia warf ihren Bleistift auf die Zahlenkolonne, lehnte sich in ihrem Sessel zurück und streckte beide Arme nach hinten aus.

»Es wird schon«, sagte sie zu sich selbst und sah aus den Bullaugen aufs Meer hinaus.

»Es wird, ja«, bestätigte Jean von seinem Tischende.

»Wo bist du, noch in Capri?«, fragte sie in die Ferne, ohne ihn anzusehen.

»Gerade zurück. Jetzt kommt unser erstes Projekt.«

»Das Kutscherhaus«, musste sie schmunzeln.

Jean nickte wortlos und begann eine neue Seite. Das Kutscherhaus war der Auftakt zu seinem heutigen Leben, dessen Mittelpunkt seine Arbeit und Eugenia waren.

Eugenia war in dem Jahr nach Paris gekommen, in dem Jeans Mutter New York verließ, um ihren jüngeren Frankfurter Cousin zu heiraten. Eugenia hatte sich aber nicht wie Nanette Frank aus Familieninteressen verheiraten lassen, sondern einen Cousin benutzt, um aus dem streng katholischen Reglement ihres chilenischen Familienclans auszubrechen. Für beide war es die Stadt an der Seine, die sie lockte, denn nach dem fatalen Börsenkrach von 1873 tanzte hier die Welt auf dem Vulkan. Sie erlebten die turbulenten letzten zwei Jahrzehnte des Jahrhunderts, in denen Paris sich als Schmelztiegel der Kulturen neu erfand. Beide nahmen sich bei ihrem ersten Kennenlernen als perfekte Gegensätze wahr, eine weltoffene jüdische Bankierstochter traf auf ein kluges Andenreh, und vielleicht wurden sie gerade deshalb aufeinander neugierig. Fern jeder Jagd auf schnellen Erfolg blieben sie in ihrer neuen Heimat in den folgenden Jahren, ja eigentlich ein Leben lang »von anderswo«, was eine große Freiheit bedeutete, aber auch eine große Einsamkeit. In dieser Einsamkeit waren sie sich Halt, und jener Halt ging für Eugenia durch den Tod von Jeans Mutter verloren.

Damals hatte Eugenia erstmals von ihrer Heimat erzählt, seither begannen ihre Sätze mit: »In Patagonien …«, und wer gut zuhörte, ermaß das Sehnen zwischen den Zeilen. Sie konnte so spannend vom Andenreh und vom Steppenpuma, vom Gletscherhuhn und vom Wildlachs berichten, dass man gebannt war von den Orten, dem Licht, der Weite, dem steten Wind, der ihnen eigen sein musste. In solch grenzenloser Anden-Natur, die Eugenia wie eine Malerin beschreiben konnte, musste sie ihren unerhörten Geschmack, ihren Blick für das Wahre, das Einfache, für das konsequente Weglassen entwickelt haben.

Im November 1928, sie hatten die Mutter eben neben dem kurz zuvor verstorbenen Marcel Proust zur letzten Ruhe gebettet, sagte Eugenia ihrer Beletage an der Avenue Montaigne und dem aufwendigen Lebensstil der Rive Droite endgültig Adieu.

Jean hatte entschieden, etwas aus sich und seinem Dasein zu machen, sie hatte entschieden, ihrem Leben die langersehnte Tiefe zu geben, und zog an die Rive Gauche. Hier, sagte sie, träfe sie endlich die Menschen auf der Straße, die sie interessierten, wäre sie doch von Literatur-, Musik- und Kunstverrückten umgeben. Sie mietete das bescheidene Kutscherhaus der Grafen Beaumont in der Rue Masseran, Hausnummer 11, ein Eingang, eine Küche, zwei Wohnräume, ein Schlafzimmer. Doch da war auch der sonnige Küchenhof an der Ecke zur Rue Duroc, und von allen Räumen des kleinen Häuschens sah man in den ausladenden Beaumont'schen Garten entlang dem Boulevard des Invalides. Die Ateliers von Rodin und Matisse, Léger und Brâncuşi sowie Natalies und Gertrude Steins Literatensalons lagen keinen Steinwurf entfernt.

Eugenia ließ ihre gesamten Antiquitäten in der Avenue Montaigne stehen und richtete ihr neues leeres Reich mit einer Handvoll Möbeln ein. Doch zunächst ließ sie alle Wände abschaben und weiß tünchen, das Eichenparkett ablaugen und mit Leinöl einlassen. Seither schimmerte es im Licht, das vom Garten in die Räume fiel, wie stes feuchter Schlamm.

In ihr Schlafzimmer im ersten Stock stellte sie ein klösterliches Eisenbett, ihren geliebten Louis-XVI.-Sekretär und die dazugehörigen Sesselchen, um den offenen Kamin im Wohnzimmer zwei mit kreideweißen Batisthussen überzogene Chaiselongues, in den Hauseingang im Erdgeschoss ein Quartett fahlgrüner Gartenstühle mit den passenden Eisentischchen aus dem benachbarten Jardin du Luxembourg. Sonst war außer dem Herd, dem Milchschrank und dem alten Küchentisch nichts im Haus. Sie pflanzte Hortensien in den Küchenhof und säumte die gewendelte Treppe, die in die zwei Wohnräume führte, mit Terrakottatöpfen. Bald duftete es im ganzen Haus nach Salbei, Lavendel und Minze.

Wer ihr in ihrem Kutscherhaus beim Renovieren zur Hand ging, war Jean. Sie entführte ihn wochenlang in ein Handwerk, das er nicht kannte, für das er aber, ihrer Überzeugung nach, wie gemacht war: das Entdecken von Räumen, ihrer Weite, ihrer Stille, ihres Lichts.

Ganze zwei Ölbilder nahm sie aus der Avenue Montaigne in ihr Kutscherhaus mit, und die hängten sie an die lange, kahle Wohnzimmerwand rechts und links des Kamins. Es waren Eugenias Lieblingsgemälde von José Tomás Errázuriz, dem Vater ihrer Kinder, der in seiner Jugend an der Akademie von Santiago Malerei studiert hatte. Während sie Maß nahmen und die Messinghaken in die Wand schlugen, sagte sie lapidar: »In diese zwei Bilder hatte ich mich verliebt, nicht in ihn.«

Seit sie jenen notorisch bisexuellen Dandy ins wilde Londoner Künstlerleben entlassen hatte und die gemeinsamen drei Kinder verheiratet waren, konnte sie den Veduten wohl wieder den Wert geben, der ihnen zustand. Sie stellte sich mitten in den Raum und betrachtete sie mit großem Abstand, dabei wurden ihre Züge weich. Da waren keine Bitterkeit und keine Reue, sie hatte ihre turbulenten Jahre als Ehefrau und Mutter sichtlich gerne gelebt, jetzt waren sie Vergangenheit.

Die Bilder zeigten die Landschaft, in der Eugenia groß geworden sein musste: stets verschneite Andengipfel um einen unbebauten, dicht bewaldeten See.

»Er trägt den Indianernamen Nahuel Huapi, der Tigersprung«, sagte sie dazu, sonst erklärte sie nichts.

Jean ließ die Bilder auf sich wirken. In der Höhe des Horizonts erkannte man smaragdfarbene Gletscherseen, die, Himmelsaugen gleich, von den schneebedeckten Bergketten gerahmt wurden. Unterhalb der Schneegrenze folgte dichter roter Ahornwald, der sich bis an die Seeufer zog. Hier stand silbergraues Schilf bis weit in die Wasserfläche hinein.

Es musste ein Paradies für Wasservögel sein!

Keine Menschenhand schien diese Natur je berührt zu haben. Sie war majestätisch, sie machte still. Jean blieb wie gebannt vor den Veduten stehen, während Eugenia in die Küche ging und begann, ihr Chopin-Adagio zu summen.

11 *Sackleinen*

Um das Mobiliar ihres »alten Lebens« aus der Avenue Montaigne an den Mann zu bringen, zogen sie gemeinsam durch die Möbelläden, die Auktionshäuser und Galerien der Stadt und schließlich zu Eugenias Tischlern und Beziehern. Sie kannte alle Handwerker persönlich, denn die Möbel des Klassizismus waren so wie alle Ausformungen von zeitgenössischer Kunst ihre Leidenschaft. Im Vorbeigehen erklärte sie Jean die Proportionen der Louis-XVI.-Modelle, die sie bevorzugte, und er ermaß ihre Form, ihr Gewicht, ihre Stabilität, ihren Komfort.

Bei Adolphe Chanaux, ihrem Lieblingstischler, der seine Werkstatt gleich im XV. Arrondissement hatte, tauschte sie ihren feudalen englischen Esstisch gegen ein Quartett fein kannelierter Bergère-Sesselchen für ihr noch halb leeres Wohnzimmer. Sie ließ Jean den Bezugsstoff aussuchen und war entzückt, als er, eigentlich zufällig, zu verschnürtem Sackleinen griff, das auf hohen Stapeln nahe der Eingangstür lag. Mit solch grobem Gewebe schützte man normalerweise Möbel beim Transport. Chanaux sah ihn entgeistert an und fragte tonlos: »Sackleinen?«

Eugenia hingegen kam einen Schritt näher und strich mit den Fingerspitzen über den Stoff. Sie sagte nichts, wie immer, wenn sie zufrieden war.

Zurück im Kutscherhaus, nahm Jean Maß von allen Räumen. In Ermangelung eines Maßbands nutzte er seinen Regenschirm, eine spontane Idee, die zu seinem Markenzeichen werden sollte. Dieses Vermessen ergab lustige Proportionen, 4 x 5, 7 x 9, 11 x 13, 13 x 17, die Deckenhöhe konnte er natürlich nur bis zur Regenschirmspitze mit ausgestrecktem Arm messen, und er erkannte dabei, wie hoch einem Höhen oberhalb der Augenhöhe erschienen und wie niedrig die Höhen darunter.

Vielleicht, weil der Homo sapiens über Jahrtausende gelernt hatte, sich entgegen dem Pferd, dem Hund oder dem Elefanten seiner eigenen Statur bewusst zu sein?

Nach dem Vermessen verrückten sie die Chaiselongues, um für die neuen sackleinenen Sesselchen Platz zu machen. Eugenia tanzte das Treppenhaus hinauf und hinunter und sang dazu ihre inzwischen in der ganzen Stadt bekannten Mottos: »Miste aus … miste aus … miste noch mehr aus.« Und: »Ein Haus, das sich nicht wandelt, ist ein totes Haus.« Ihr schallendes Lachen war durch den weiten Garten der Beaumonts bis hinaus auf den Boulevard des Invalides zu hören.

Wenn Jean jetzt hier an seinem Bordbibliothekstisch daran zurückdachte, fiel ihm auf, welchen Quantensprung sein Geschmacksempfinden in diesen ersten Winterwochen beim Umgestalten von Eugenias Kutscherhaus gemacht hatte. Denn wenn er sich das Interieur bei ihm zu Hause in der Avenue Kléber, ein paar Häuser weiter bei Marcel Proust oder in Jacques Fersens Villa auf Capri in Erinnerung rief, war da so gar nichts von Ausmisten gewesen, und erst recht nichts von Wandel!

In den Kaffeehäusern der Rive Gauche verbreitete es sich wie ein Lauffeuer, Jean wurde, nach Coco, Igor, Blaise und Pablito, als der fünfte Eugenia-Protegé gehandelt.

Doch was machte sich die Förderin der radikalen Moderne aus einem verwöhnten Bankierssohn?

Ihre vier ersten Talente waren ja echte Entdeckungen gewesen, die sie aus der Gosse oder dem Exil gerettet hatte: Coco, das scheue Kind ohne Vergangenheit, die bei den Schriftstellerinnen und Theaterdiven Furore gemacht hatte und seither so respektable Preise erzielte, dass sie ein eigenes Atelier unterhalten konnte; Igor, den man anfangs mit seinen orgiastischen Kompositionen aus den Konzertsälen getrieben hatte, der bald darauf aber nicht mehr aus der Opéra Garnier wegzudenken war; Blaise, der sich vom fahrigen Reporter zum gestandenen Schriftsteller gemausert hatte; und Pablito, den Eugenias Galeristenfreunde zu Fantasiepreisen handelten.

Eugenia hatte sie alle erschaffen, wozu brauchte sie Jean?

Trotz allen Kaffeehausgetuschels hatte er in jenem Winter aber seinen Weg gefunden und in den folgenden sieben Jahren, ja, er zählte die Jahre an den Fingern nach, es waren tatsächlich nicht mehr, beharrlich beschritten. Heute gehörte sowohl der alte französische Adel als auch die aufstrebende Mode-, Kunst- und Musikszene zu seiner Klientel. Nicht mitgezählt die Privatkunden, rührend junge Ehepaare aus besten Familien und schrille Millionenerbinnen, die nicht nur aus Frankreich und dem benachbarten Deutschland und England, sondern Schwalben-gleich aus Nord- und Südamerika, aus Osteuropa oder dem Orient in seine Boutique an der Rue du Faubourg Saint-Honoré flatterten. Und diese Privatkunden waren die gewinnbringendsten von allen, bestellten sie doch an einem einzigen Nachmittag die Ausstattung kompletter Stadvillen, Landhäuser, Kunstgalerien und Privattheater.

Wie hatte Eugenia Jeans Karriere aufgebaut? Ohne Worte. Wie damals, bei ihrem ersten gemeinsamen Einkauf bei Adolphe Chanaux, als sie mit den Fingerspitzen über das Sackleinen gestrichen und geschwiegen hatte.

12 *Strohlack*

Seine Handwerkslehre hatte er in Eugenias Kutscherhaus begonnen und über den folgenden Sommer in der Mimoseraie in Biarritz fortgesetzt. Gleich nach dem Krieg hatte Eugenia dieses Landgut zunächst gepachtet, dann gemeinsam mit ihrem Sohn Maximiano gekauft und grundlegend renoviert. Seither zog sie hier in großem Stil Mimosen und verkaufte deren Duftöle an ihren Freund Jacques Guerlain, die »Nase« des Parfümhauses in der Rue de la Paix. Jacques kam mehrmals übers Jahr zu Besuch und hatte das Haus im Mimosengarten seinen »kleinen Hof« getauft, ein Name, den Eugenia in ihrem typischen Understatement gerne auf den gesamten Besitz übertrug.

Zu Ostern 1929 verkündete sie Jean, sie brächen gemeinsam »auf ihren kleinen Hof« auf, und er durfte erleben, wie sie hier über die langen Sommer des Baskenlands ihre Talente versammelte und in den Lauben und Pergolen, im Glashaus, in den Remisen, den luftigen Dachräumen und kühlen Kellern arbeiten ließ.

Wenn er in jenem Frühjahr und Sommer an seine Ausflüge nach Capri zurückdachte, wo nichts geschehen war als aberwitzige Nabelschau, wurde ihm geradezu schlecht.

In der Mimoseraie lernte er eine Arbeit, die ihn begeisterte. Doch er war dreiunddreißig, eigentlich viel zu alt für ein neues Handwerk! »Ganz gleich, ob jung oder alt: Du bist, was du kannst«, sagte Eugenia dazu, damit war das Thema für sie abgehandelt.

Als sie in Biarritz ankamen, war Pablito schon da. Sie trafen ihn im Mimosengarten, und Eugenia war entzückt. Er schien sich nie an- oder abzumelden. Er sagte auch nicht »Guten Tag« oder »Willkommen«, sondern zog Eugenia zu sich her wie ein Liebhaber und verbiss sich in ihrem Nacken. Sie knurrte dazu, wie Jeans Mutter knurren konnte, es war so verblüffend wie hinreißend.

Hatten die beiden etwa tatsächlich, wie ganz Paris tuschelte, ein Verhältnis?

Eugenia würde im September neunundsechzig!

Jean war diesem Schwerenöter erwartungsgemäß keinen Blick, keinen Handschlag wert, umso besser. So konnte er im Haus seinen Platz finden und sich ans Experimentieren machen, ohne dass der Maler-Star seine dilettantischen Versuche beobachten oder gar beurteilen würde.

Pablito verbrachte seine Tage im Glashaus und kam nur zum Abendessen aus dem Mimosengarten zurück, dann verschwand er in sein kobaltblaues Schlafzimmer, das er mit einem Sternenhimmel und tanzenden Nackten ausgemalt hatte. Das Glashaus im Mimosenhain hingegen hatte er mit riesigen Kartonagen vollgeräumt, aus denen er geometrische Formen schnitt und zu endlos kreisenden Minotauren-Mobiles zusammenfügte. Wenn es ihm dort nachmittags zu heiß wurde, verzog er sich in den Weinkeller unter den Remisen, wo er die Wände mit frischer Tonerde anputzte und mit weiteren, in den Ton geritzten nackten Tänzerinnen versah.

Jean hingegen fand seinen Platz am Marmortisch des Wintergartens, gleich neben der Küche. Eine immer kühle ein mal vier Meter große Carrara-Marmor-Platte wurde ihm hier für vier Monate zur Heimat. Eugenia war ihm nahe, und das beruhigte ihn, sie werkte in der Küche, schnitt Gemüse, band Minze- und Lavendelsäckchen oder kochte Beeren ein und summte dabei. Wenn Jean beim Arbeiten die Augen schloss, konnte er meinen, es sei seine Mutter.

Ganz zu Anfang ihrer gemeinsamen Zeit in der Mimoseraie, er hatte ja keine Ahnung von Bezügen, Oberflächen oder Lichteffekten, hatte sie ihm zwei Waschkörbe voller Stoffballen auf seinen Marmortisch gestellt, und als Coco am darauffolgenden Wochenende zu Besuch kam, erfuhr er, es waren die Muster ihrer letzten Herbstkollektion: Schurwolle, Jersey, Filz, Loden und Bouclé in allen Graduierungen von Elfenbein bis Nachtgrau. Jean stellte daraus eine Woche lang Stoffpaare und Farbfolgen zusammen, für das fehlende Schwarz und Weiß holte er Waffelboucléhandtücher aus der Wäschekammer und Kohlebriketts vom Herd.

Doch dann musste er weiterdenken, denn für Böden, Wände und Decken bräuchte er »harte« Materialien, die durch simple Oberflächenveränderungen, ein Aufspannen, ein Ablaugen, ein Polieren, ein Abschaben, überraschen könnten.

Leder zum Beispiel, Stein, Ton oder Kalk?

In den Remisen gab es zwei hohe Dachböden, wo Reisekoffer, Hutschachteln, Handtaschen und sonstiger Hausrat von den Vorbesitzern der Mimoseraie lagerten. Hier wurde Jean fündig, eine neue Woche des Experimentierens begann. Er zerlegte einen Koffer und spannte das Kalbsleder auf ein Schneidebrett. Über dem Herd angewärmt und sehr straff aufgezogen, wurde es beinahe durchscheinend und fasste sich an wie Backpapier.

Er hatte eine Entdeckung gemacht, eine jahrzentelang benutzte Lederhaut sah aus wie ein frisch ausgegrabenes, wertvolles Pergament!

Zurück in Paris, würde Émile-Maurice Hermès, der Sattler seiner Mutter, eine so orginelle Oberfläche lieben, jede Haut war ja anders und demnach jedes »Pergament«, sie könnten nicht nur Schneidebretter, nein, ganze Tische, Paravents und Regale damit verkleiden.

Jean probierte weitere solche Spanntechniken aus, er schnitt die Rochenhaut eines Hutkartons in breite Streifen, kochte sie leicht auf und kreuzte sie über der Lehne des Küchenstuhls. Das Schlaglicht, das spätnachmittags in die Küche fiel, warf unruhige Schatten auf die schuppigen Häute, es sah aus wie Frescomalerei, Filippo Brunelleschis sachtgoldene Himmel tanzten auf den Wellen des Arno …

Auf dem Dachboden forschte er weiter und fand alte Schatullen, Haarbürsten, Schminkgeschirre und Schreibmappen, wie man sie seit hundert Jahren nicht mehr in die Hände, ja kaum mehr zu sehen bekam. Sie waren mit Pelz oder Leder bespannt und mit Halbedelsteinen und geschliffenen Spiegeln eingelassen, sie schimmerten von Silberglimmer und Katzengold.

Und diese letzte Oberfläche war die zweite Entdeckung: das Katzengold!

Sein Glanz kam von weit her, sozusagen aus der finsteren Tiefe einer Theaterbühne, dabei war das Material, das man in Schauspieler- und Künstlerkreisen auch Mica-Glimmer nannte, simpel aus Puder und Speckstein zusammengemischt. Jean spazierte ins Städtchen und kaufte mehrere Säcke Speckstein, Kalk und Puder beim Apotheker, dann mischte er sie auf dem Küchentisch, es war ein Kinderspiel.

Man konnte das Katzengold in allen warmen Grautönen bis hin zum Elfenbein aufhellen, es passte in Jeans von Coco übernommene Farbpalette wie dafür gemacht. Seine weitere entscheidende Qualität war, dass es, in einem Raum gemeinsam mit matten Wollstoffen und Ledern angewandt, jenen sachten Widerschein entwickeln würde, der das Licht zum Spielen brachte.

Coco kam und ging. Jacques Guerlain kam und ging. Blaise Cendars machte Ende Juni bei seiner Rückkehr vom Orinoco für geplante drei Tage halt, aus denen drei Wochen wurden. Postlagernd fand er in Biarritz nämlich seinen eben auch in Deutschland erschienenen Roman *Moloch,* der das Leben eines kauzigen Weltreisenden erzählte, und las ihnen Abend um Abend die Übersetzungskorrekturen des Tages vor. Als der Text für die zweite Auflage fertig redigiert war, reiste er plötzlich ab, und das Manuskript läge noch immer in der Mimoseraie, hätte Eugenia es nicht zu Post getragen.

Am Ende des Sommers, Coco war aus Paris zurückgekehrt, sie war blass und erschöpft und ließ sich von Eugenia bekochen, kam Jean auf den einfachsten und überzeugendsten Oberflächeneffekt. Er rührte Pferdehaar und Stroh mit Kalkgips und Katzengold zu einer Paste an und trug sie auf eine seiner Gipskartonplatten auf. Durch langes Polieren wurde die Paste zu einem glimmenden Schleiflack, dessen zufallswilde Struktur so überraschend edel aussah, dass kein Mensch sie für das billige Material gehalten hätte, aus dem sie bestand.

Er könnte ganze Wände so bespachteln!

Nach dem Lederpergament und dem Katzengold hatte er eine dritte Entdeckung gemacht.

Wie könnte er sie nennen?

Strohlack.

Er war prachtvoll und kostete fast nichts. Jean probierte tagelang, um der Oberfläche die höchste Dichte bei bester Durchmischung und so den seidigsten Glanz zu geben. Eines Abends, auch Pablito war inzwischen abgereist, kamen Eugenia und Coco aus dem Garten zurück und blieben vor Jeans Musterplatten stehen. Eugenia fuhr mit den Fingerspitzen über den Strohlack. Sie sagte nichts.

Augenblicke später begann sie in der Küche Chopins Adagio zu summen.

13 *Nancys Rauchsalon*

Im Herbst wieder in Paris, suchte Eugenia Versuchskaninchen, um Jeans Experimente in erste Interieurs einzufügen. Sie ging dabei ein unglaubliches Risiko ein, denn Jean hatte außer der Einrichtung ihres Kutscherhauses und den Biarritzer Materialversuchen ja noch nie etwas entworfen, geschweige denn im Maßstab eins zu eins ausprobiert.

»Nur die Ruhe«, besänftigte sie ihn, er werde an jedem seiner Projekte wachsen, »man lernt am besten durch die Tat«.

Allerdings könnte er nicht den leichtfertigen Dilettanten abgeben, über den man sich in den Pariser Cafés die Mäuler zerreißen würde, warnte sie ihn bei einem Glas Bordeaux in ihrer Kutscherhausküche, er bräuchte einen echten Experten an seiner Seite.

Jean fiel Adolphe Chanaux ein, Eugenias Lieblingstischler, der konnte gut zeichnen, wovon Jean keine Ahnung hatte. Eugenias Kutscherhaus hatte er mit seinem Regenschirm ausgemessen und zwei dilettantische Skizzen zum Wohn- und zum Schlafzimmer gemacht, die er bei nächster Gelegenheit verbrennen müsste, Chanaux hingegen brachte eine fundierte Möbeltischlerausbildung beim renommierten Pariser Intarsienschneider André Groult mit. Zwar hatte er von »Leere« nie etwas gehört, seine Klienten lebten noch in der Dekorflut des Fin de Siècle, doch war er seit Jeans skurriler Wahl von Sackleinenbezügen für wertvollstes Sené-Mobiliar zumindest auf ihn neugierig geworden.

Jean ging gleich am Morgen nach ihrem Gespräch und ohne

Eugenias Wissen in seine Werkstatt in der Rue Montauban, um sich mit ihm auszutauschen. Chanaux sagte mit der ihm eigenen Ruhe: »Wir werden schon sehen, der Herr«, dazu zwinkerte er belustigt durch seine dicke Nickelbrille und gab Jean unter der Werkstatttür die Hand. Es war ein abwartender Händedruck. Jean, das war klar, amüsierte ihn, doch konnte man sich auf ein solches Muttersöhnchen auch verlassen?

In derselben Septemberwoche fand Eugenia in Nancy Cunard eine erste mögliche Bauherrin. Nancy war eine von Jacques Fersens Capri-Jüngerinnen gewesen, die sich dank der englischen Überseeflotte ihres Großvaters ein sorgloses Erbinnen-Dasein in einem Pariser Prachtpalais auf der Île Saint-Louis leisten konnte. Ihr eben gegründeteter »experimenteller«, wie sie ihn nannte, Literatensalon wetteiferte mit den gut etablierten von Natalie Barney und Gertrude Stein, weshalb Eugenia sie schnell überzeugen konnte, dass Jean sie durch eine ganz neue Art der Einrichtung schlagartig zum Stadtgespräch machen könnte.

»Jener Jean?«, musste sie abwartend gefragt haben, der fragile Tagedieb, über den sie jahrelang in Fersens Opiumgruft gestolpert war?

»Lass dich überraschen«, musste Eugenia knapp geantwortet haben, und das würde Jean nur allzu gerne tun.

Eugenias zweite Versuchkaninchen-Wahl fiel auf die frisch verheiratete Marie-Laure de Noailles, Jeans Cousine aus der Frankfurter Bischoffsheim-Familie, die sich mit ihrem Bräutigam, dem blendend aussehenden jungen Grafen Charles de Noailles, gerade in ihrem Elternhaus am Place des États-Unis, einen Steinwurf von Jeans Palais in der Avenue Kléber entfernt, eine ganze Etage einrichtete. Dieser Charles war, wie jeder wusste, homosexuell, die beiden hatten sich weit vor ihrer Ehe auf ein Arrangement geeinigt, das sie ein getrennt-gemeinsames Leben leben ließ, in dem jeder die Neigungen und Vorlieben des anderen respektierte. Wahrscheinlich hatte die junge Marie-Laure genau deswegen Eugenia als ihr Vorbild gewählt, sie lebte das glamouröse Society-Leben von Eugenias früheren Salonjahren, begleitet von einem Mann, der, genau wie Eugenias Mann, im besten Fall ein Freund, aber nie mehr sein würde.

Jean hatte sich damals gefragt, ob Eugenia sich verantwortlich fühlte, der vielumschwärmten, doch in Wahrheit schrecklich einsamen Marie-Laure die Enttäuschungen ihrer eigenen Ehejahre zu ersparen?

Natürlich hätte er nie eine Antwort auf diese Frage erhalten, also konzentrierte er sich auf seine beiden ersten Aufträge, um Eugenia Ehre zu machen.

In der ganzen Stadt wurde gemunkelt, dass Nancy Cunard mit ihren Geliebten beiderlei Geschlechts, und das waren neben ihren Jean schon aus Capri bekannten Literaten-Freundinnen die Schriftsteller Aldous Huxley, Ernest Hemingway und Louis Aragon, nicht nur Tabak rauchte, sondern vor allem Marihuana und Opium. Sie träumte also von einem verruchten Rauchsalon, und der läge nicht in den fernen Sehnsuchtsorten Capri, Venedig oder Hammamet, sondern mitten in Paris!

Für Marie-Laure hingegen stand etwas viel Moderneres, viel weniger Dekadentes an, nämlich das erste »ephemere« Filmtheater der Stadt.

Beide Bauherrinnen waren zunächst erwartungsgemäß von Jeans Vorschlägen entsetzt. Er bewies ja auch einen verrückten Anfängermut, sprach vom »Raum an sich«, von »Leere als Fülle«, vom »Geräusch der Stille«. Niemand verstand, was er sagte, auch nicht Chanaux, der stets ordentlich angezogen und mit gebürsteten Fingernägeln neben ihm saß. Zum Glück konnte der aber aus Jeans gewagten Parolen einigermaßen verständliche Perspektiven fertigen, nur musste Jean sie vor jeder Präsentation von überflüssigem Dekor leer fegen.

Weg mit den Ornamenten! Raus die Gesimse! Frei die Wände!

Nancy schlug er für ihren Rauchsalon vor, ihr gesamtes bisheriges Mobiliar einfach zu … verschenken.

Eine Frechheit, wenn er es heute bedachte. Da saß er, Jean-Michel Frank, ein Nichtsnutz über dreißig, der weder Beruf noch Familie hatte und nie Gäste empfing, aber zu wissen meinte, wie Nancy, die in einem Millionärshaushalt groß geworden war und genau das von Kind auf gelernt hatte, alles besser machen könnte.

»Ach so?«, fragte sie knapp.

Wo blieben dann, bitte, ihre englischen Tudorvitrinen? Wo die Kommoden? Wohin sollte sie ihre vier kompletten Wedgwood-Geschirre und ihr Dutzend chinesischer Teeservices räumen? Wohin die mundgeblasenen venezianischen Gläser, die flandrische Tischwäsche, das Familiensilber, die Lalique-Vasensammlung ihrer Mutter?

Jean machte Servierproben mit ihr, nahm sich tagelang Zeit. Sie benutze ein Zehntel der Tischwäsche, des Geschirrs und der Gläser, die sie in ihren Vitrinen und Kommoden hortete. Diese unbenutzten Schätze könnten allesamt in der geräumigen Anrichte nahe der Küche ihren Platz finden, und der Rest käme in ihr Hausratslager im Zwischengeschoss.

Er riet ihr zum Gegenteil von dem, was sie gewohnt war, und sie hörte zum ersten Mal gespannt zu: offene Regale, in denen nicht Leuchter, Vasen und Silberkannen, sondern Bücher und Schallplatten stünden. Raumlange Regalborde zögen sich in immer gleichen Höhen in den Ton-in-Ton-Farben seines Interieurs durch die Etage, und diese schlichten Regale erzählten nicht, wie die Vitrinen, von sich selbst, sondern allein von den Tätigkeiten und Interessen der Hausherrin.

Man erführe von ihrer Lektüre, ihrer Musik, ihren Freundschaften, ihrer Förderung talentierter Frauen. Außer diesen, ihren wahren Inhalten wäre nichts sichtbar, nur Leere. Leere für Gedanken, Leere für die vielen zu entdeckenden Schichten ihrer Persönlichkeit.

Nancy wurde neugierig: »Man läse mich in deinem Interieur?«

An jenem Tag unterschrieb sie, Jean hatte seinen ersten Auftrag.

Sie brauchten den ganzen Winter, um die Möbel zu zeichnen, ihre kantigen Profile zu erproben, ihre Bespannungen zu testen. Chanaux verzweifelte zusehends, denn Weglassen war viel schwieriger zu entwerfen und zu bauen als Hinzufügen. Einer geraden Linie verzieh man keinen Millimeter an Ungenauigkeit.

Nach dem Möbelprogramm, Chaiselongues, Sofas, Sessel, Teetische und Sideboards zwischen raumumspannenden Regalborden und unsichtbaren Tapetenschränken, kam das Gesamt-Farbkonzept dran, gleich danach Licht, Texturen und Oberflächen. Man sah ja nicht nur mit den Augen, man ertastete ein Interieur mit den Fingerspitzen, auch im Dunkeln, man hörte seinen Hall, man konnte es riechen, ja geradezu schmecken.

Im darauffolgenden Frühling war Nancy Cunards Beletage neu eingerichtet. Sie hatte, denn wenn sie wollte, wagte sie etwas im großen Stil, aus dem ursprünglich vorgesehenen Auftrag für den Rauchsalon einen für die ganze Raumfolge des ersten Stocks gemacht. Man las sie jetzt überall.

Auf Jeans verrückte Idee hin beauftragte sie Coco, ihr passende Kostüme zu schneidern, so verschwand sie, Ton in Ton gekleidet, auf den Sofas, man musste achtgeben, sich nicht auf sie zu setzen.

Das New Yorker Magazin *Harper's Bazaar* beauftragte Man Ray, Fotos ihrer neuen Salons zu machen, und Jean war schlagartig Stadtgespräch.

Das auf allen Regalborden präsente, auf Eichenholz aufgezogene Kalbsleder, Jeans neue »zweite Haut«, wurde zur unlösbaren Quizfrage von Nancys illustren Literatenrunden. Unter den Tischlerkollegen von Chanaux hingegen machten die Fotos von Man Ray die Runde, und da keiner der namhaften Meister Jean kannte, er hatte ja nirgendwo das Handwerk gelernt und war Mitglied keiner Gilde, gab man dem neuen Chanaux-Compagnon einfach einen Namen: »Le jeune Parchemin«, der junge Herr Pergament.

14 *Marie-Laures Filmtheater*

Zur Eröffnung von Nancys Beletage ließ Jean sich von Marcel Rochas, einem seiner Kommilitonen, der genau wie er das Jurastudium abgebrochen hatte, um ein Modehaus zu eröffnen, einen nachtgrauen Flanellanzug schneidern.

Vielleicht, hatte er sich damals gefragt, könnte ein eng anliegender Zweireiher seinen schiefen Rücken etwas gerade richten?

Diese Hoffnung hatte sich bis zum heutigen Tag, wie er hier in der Bordbibliothek der Madrid saß, erfüllt. Sein Rücken war zwar keineswegs gerader geworden, doch er fühlte sich gerader an. Und vielleicht, hatte er damals weiter gehofft, könnte er in dieser seiner individuellen »Rüstung« ein klein wenig an die Haltung seiner toten Brüder heranreichen, deren Porträts in Uniform, mit Trauerflor behängt, in schweren Silberrahmen im Vestibül der Avenue Kléber gestanden hatten?

Millimetergenau in Marcels englischen Flanell eingeschirrt, der ihn in seiner Vorstellung wie eine Tarnkappe schützte, also wieder unsichtbar machte wie als Kind vor der geballten Wut seines Vaters, würde er in Hinkunft aus dem Haus gehen, wenn ein Projekt erfolgreich abgeschlossen war.

Denn jetzt, im Frühjahr 1930, kam das ephemere Filmtheater für Marie-Laure dran. Bei ihr musste er keine Vitrinen von 120-teiligen Geschirren leer räumen und keine neureichen Spleens diskutieren, nur eine diffuse Scheu war zu verjagen, die ihre Jugend mit sich brachte und die ihnen wohl beiden eigen war. Nicht ohne Grund, sie waren ja verwandt.

Schon bei der ersten Baubesprechung im schmalen, dafür aber annährend doppelgeschossigen Nebenraum des Ballsaals ihres Palais Bischoffsheim am Place des États-Unis, den Marie-Laure »für eine Nacht« in ein Filmtheater verwandeln wollte, war alles ganz einfach. Sie hörte Jeans Erklärungen zu und fragte nur nach, wenn sie die Bezeichnung für eine Oberfläche oder Farbe nicht verstand. Sie musste allerdings ständig nachfragen, denn Jeans gesamtes Projekt ging um Oberflächen, die keiner je gesehen hatte und die allesamt einer Erklärung bedurften.

Nur, wie eine Oberfläche erläutern, die noch niemand ertastet hatte?

Wie einen Lichteffekt, den es so noch nicht gab?

Jean schwärmte von seinem Strohlack und erfand aus dem Stegreif Begriffe wie »Nachtglimmer« oder »Flügelstaub« dazu, Chanaux schmunzelte stumm durch seine Nickelbrille, die gemeinsamen Projektpräsentationen mit seinem neuen Associé machten ihm sichtlich Spaß.

Marie-Laure richtete sich sehr gerade auf und schwieg zunächst, dann blickte sie hinaus auf die wehenden Baumwipfel des Place des États-Units und winkte Jeans Vorschläge mit einem Ausdruck durch, der unendliches Vertrauen bedeutete, aber auch unendlichen Anspruch: »Magnifique.«

Die Wände ihres Filmtheaters aus Jeans neuem Strohlack wurden dann tatsächlich ziemlich magnifique, und dabei benutzte er kein Secessions-Blattgold, in unbezahlbaren Klimt'schen Schichten aufgeklebt, sondern einfache Malerfarbe, die ihm der alte Charette, der Farbenhändler neben der École des Beaux-Arts, empfohlen hatte. Sie kostete gleich viel wie Kalktünche, also beinahe nichts. Jean schlief ein paar Nächte lang schlecht, denn er hatte Marie-Laure den Strohlack als fertige Erfindung verkauft, in Wahrheit aber noch nie eine größere Fläche ausprobiert als die ein mal einen Meter große Musterplatte in Eugenias Wintergarten. Doch das Stroh, mit dem Spachtel aufgetragen und in den frischen Kalkputz gemischt, hielt tatsächlich auf den Wänden, und der geduldig einpolierte Lack machte daraus eine straff gespannte Haut, die durch die bewusst grob gehaltene Strohstruktur dem von Sehnen und Adern durchzogenen Fell eines schönen wilden Tiers, eines Rehs vielleicht, einer Raubkatze oder eines Rennpferds, ähnelte.

Eugenia kam auf die Baustelle, strich mit den Fingerspitzen über die Wände und sagte kein einziges Wort.

Auf dem raumbreiten Bühnenparavent probierte Jean dann seine erste Rochenhaut-Bespannung aus. Ihre kleinteilige, ebenmäßige Struktur beruhigte die Wildheit der Wände, und ihr zurückhaltender Schimmer fing das Stroh-Gold auf wie ein Spiegel.

Doch was das für eine Arbeit war!

Wie lange sie experimentieren mussten, bis sie die Tricks und Kniffe herausgefunden hatten, die für diese spätbarocke Technik zur Verkleidung von Schatullen, Koffern und Hutschachteln in größerem Maßstab als auf Eugenias Marmortisch nötig waren!

Selbst Chanaux, der Intarsienschneiden gelernt hatte, kapitulierte beinahe vor diesen Häuten, die noch dazu stanken wie der ganze Fischmarkt von Les Halles. Unzählige Male mussten sie Brüche in letzter Sekunde auffangen, Nähte blickdicht kitten, den Kleber auskühlen lassen, der, zu warm aufgetragen, die Häute verfärbte. Manchmal kam Jean abends nach Hause und spielte im Geiste weitere mögliche Oberflächen durch, um nicht am nächsten Morgen wieder gegen Windmühlen kämpfen zu müssen.

Doch irgendwann hatten sie es geschafft. Der erste Quadratmeter hielt auf der Eichentafel, und seine Wirkung war so überzeugend, dass sie weitermachten.

Nach den Oberflächen kam das Licht dran. Jean wollte für diesen hohen, schmalen Raum Lichtkugeln an den Sitzreihen und eine diffuse Wandbeleuchtung für die Vorführungspausen. Sonst gäbe es kein Licht, der Raum wäre ohne Jeans Beleuchtung die reine Finsternis, so geheimnsivoll wie das neue Medium Film selbst und so verboten wie die Inhalte, die Marie-Laure von ihren aufstrebenden Künstlern produzieren ließ. Nur die Kinoleinwand und der Film an sich sollten das Raumgefühl ausmachen.

Die Tigerkrallen ähnelnden Halterungen der Leuchtkugeln an den Sitzreihen vergab er als Gussarbeit aus Bronze an den schüchternen Alberto Giacometti, der an der École des Beaux-Arts studierte und mit seinem Bruder Diego eine kleine Werkstatt um die Ecke von Chanaux eröffnet hatte. Jean würde sie auf simplen Kuben befestigen, die er sich Nachtschwarz wünschte. Dafür fand er in Chanaux' Materiallager eine Serie dunkler Mica-Plättchen, mit denen sie die Kuben furnieren konnten. Aus der Tiefe seiner Glimmerschichten leuchtete dieses schwarze Katzengold von selbst, sogar durch die Gehrungen der Ecken hindurch.

Ansonsten war die Beleuchtung des Theaters unsichtbar, also eigentlich nicht vorhanden. Jean ließ in den Strohlackwänden raumbreite, schmale Schlitze aussparen, die er gemeinsam mit Chanaux' Monteuren wandbündig mit hauchdünnen Onyx-Scheiben füllte. Die Leuchtröhren dahinter, eine brandneue Erfindung des Berliner Osram-Glühlampenwerks, deren waagrecht einbaubare Halterungen sie erst mit dem Elektriker erfinden mussten, konnten zeitlich knapp versetzt in Reihe geschaltet werden und erzeugten so ein horizontales Flimmern im Raum, genau wie beim Betrachten eines Films, dessen Bilder nicht nahtlos geschnitten waren.

15 *Adolf Loos zu Besuch*

Marie-Laure eröffnete ihr Filmtheater mit Josephine Bakers *Un vent de folie*, dessen Produktion sie parallel zu Jeans Projekt finanziert hatte. Das erste ephemere Kino der Stadt, des Landes, wahrscheinlich ganz Europas, sollte mit diesem Skandalwerk gefeiert werden, das die ausgedünnten Werte des konservativen Bürgertums und nicht zuletzt der katholischen Kirche anprangerte. Marie-Laure handelte sich damit den in ihren Kreisen gar nicht schmeichelhaften Beinamen »die rote Gräfin« und eine lebenslange Fehde mit der uradeligen Familie ihres Mannes ein, doch das schien das Verhältnis der beiden jungen Eheleute in keinster Weise zu trüben. Im Gegenteil, der schöne Charles war auf Marie-Laure stolz wie nie zuvor.

Jean konnte die beiden und den ganzen Bischoffsheim-Clan nur bewundern. Entgegen den vom Krieg ausgelöschten Franks war Marie-Laures Familie zur freidenkerischen Instanz der Stadt geworden und wagte so ziemlich alles.

Josephine Baker, die schwarze Diva, die schon zwei Jahre zuvor ganz Paris in ihrer schlichtweg hemmungslosen *Revue Nègre* im Théâtre des Champs-Élysées von den Stühlen gerissen hatte, reiste zur Premiere von ihrer Europa-Tournee aus Wien an und brachte einen ihrer glühendsten Verehrer, einen gewissen Adolf Loos, mit. Der war Architekt, ein in Wien sehr angefeindeter Architekt anscheinend, und hocherfreut, dass er in Jean jemand fand, mit dem er den ganzen Abend lang deutsch sprechen konnte.

Sie unterhielten sich über die gewagte Klarheit seiner, wie

Loos es nannte, »reingewaschenen« Louis-XVI.-Linien, über das Weglassen sinnloser Ornamente und trügerischer Trompe-l'œil-Tricks.

»Keine Effekthascherei!«, dozierte er streng und hoffte sichtlich, dass er damit bei Jean offene Türen einrannte. Es war ihm anzumerken, dass ihn das dekorverliebte Wien, in dem er jahrelang mit seinem Widersacher Josef Hoffmann um eine neue Formenklarheit Krieg geführt hatte, müde und krank gemacht hatte.

»Keine Täuschungen!«, bestätigte Jean und öffnete die Arme dazu, denn auch Loos' Bestehen auf erprobte Strukturen und Werkzeuge – »den Türgriff erfinden wir nicht neu« – teilte er ja fraglos.

Neu zu erfinden seien, fuhr Loos erleichtert fort, nur kluge Raumkonzepte und Materialien, die zeitgenössischen Nutzungen dienten, und zwar mit einfachsten Mitteln. Gestaltung müsse endlich günstig werden, »ein Gebrauchsgut für jedermann und doch von höchster Qualität«.

Mit diesem Mann war gut reden. Seinem Jacques-Fersen-Dandylook zum Trotz schien er ein überzeugter Demokrat, wohl sogar Sozialdemokrat, eine politische Gesinnung, mit der Jean seit Jahren sympathisierte. Loos' Ansichten zu einer neuen, offenen Gesellschaft, die in Wien und Weimar ja schon erfolgreich erprobt wurde, täten, fand Jean einen Augenblick nachzudenken, Renés Kommunisten-Clique nur allzu gut. Die verrannten sich in Utopien vermeintlicher »Gleichheit der Klassen« und wurden von Jahr zu Jahr unglaubwürdiger, ja geradezu weltfern.

»Wenn man sich hier umschaut, ist ja klar, Sie interessieren sich, ebenso wie ich, für Edmund Husserls Phänomenologische Reduktion?«, resümierte Loos im selben Moment. Jean habe sicher schon von den neuesten Entwicklungen der Psychologie hierzu gehört, die die Zürcher Schule unter Professor Jung vorantreibe?

Diese wende sich vom willkürlichen Zersetzen der Seelenregungen, von Freuds fataler Psychoanalyse ab und erkenne die menschliche Psyche ganzheitlich, mache bewusste Sinneswahrnehmungen und unbewusste Seelenregungen an kollektiven Erinnerungen fest, an Symbolen, Mustern und Archetypen, an Analogien und Assoziationen.

»Phänomenologische Reduktion«, sagte Jean etwas verdattert, er versuchte, es nicht wie eine Frage, sondern wie eine Bestätigung klingen zu lassen.

»Eben! Denn die Bereitschaft zu jedem phänomenologischen Betrachten liegt ja bekanntlich in der Leere! Sehen Sie sich diesen Ihren Raum doch an: Sie schenken allen Sinnen erst einmal … Leere! Die Augen werden weit, der Puls schlägt langsamer, uns wird warm, wir beginnen zu riechen, zu tasten, wir nehmen wahr. Zum Beispiel zunächst, wie wir Menschen als Fluchttiere am besten trainiert sind, mit den Augen. Sehen Sie hin! Sehen Sie … Ihre Farben! Wir sehen und fühlen sie gleichermaßen. Wir spüren Ihr respektvolles Fragen, Ihre Unsicherheit zunächst. Wer kann mit wem? Wie lange geht das gut? Bis wohin kann ich mich wagen? Dann lesen wir Ihr Tasten, Ihren Einsatz von Glanz, von Mattheit, von Rauheit, von Weiche. Wir lesen das mit den Händen, mit den Schultern, mit den Fußsohlen, mit dem Gewicht unseres Körpers, wenn wir Ihre Oberflächen streifen. Weiter mit dem Geruch: Wir riechen den Duft Ihrer Materialien. Wir streichen darüber, bleiben haften, sind überrascht, werden neugierig. Schließlich und sehr ungewöhnlich, wir hören sogar hin. Hören Sie einmal hinein in Ihr Theater!«

Eigenartig, hier erklärte jemand Jean sich selbst.

»Sie schaffen in diesem kleinen Raum eine ganze Welt, Herr Frank.«

Seit dem Tod seiner Mutter hatte Jean die Seelenforschung, die ihn in den Gesprächen mit Professor Binswanger immer fasziniert hatte, schmählich vernachlässigt. Er würde der Lehre der Phänomenologie und dieser neuen Zürcher Schule der Psychologie bei nächster Gelegenheit nachgehen!

Wie gerne hätte er diesem profunden Kollegen länger zugehört, doch da kam René mit seinem Dichterfreund Tristan Tzara angerauscht und zog ihm Loos einfach weg. Jean konnte beobachten, wie Tzara eine angeregte Unterhaltung mit dem Architekten begann, während sich René einer schon gut angetrunkenen Josephine Baker in die Arme warf.

Er war eben für alles und jeden zu haben.

16 *Erste Erfolge*

Eugenia hatte ihre Tabelle fertiggerechnet, legte das Blatt mit einem Baletteusenschwung ihrer Rechten ab, nahm sich mit der Linken ein neues Blatt vor und begann dabei zu summen. Nicht Chopin heute, nein, Tschaikowsky war dran.

Oder war es Grieg?

Ja, Edvard Grieg, die *Peer-Gynt-Suite*, und während sie die ersten Takte dieser erhebenden Bergmelodie summte, hatte Jean die patagonischen Veduten aus dem Kutscherhaus bildlich vor sich, als gehöre die Melodie in diese Natur.

Wo waren die Wurzeln der Intuition zu finden?

Kamen die Eindrücke zuerst? Oder die Leere, die in unserer Seele einkehren musste, um jene Eindrücke in neue Gestaltungen zu verwandeln?

Jeans Projekte waren nach und nach, ja man konnte sagen, Schlag auf Schlag gediehen, schneller, als er gedacht oder gehofft hatte. Auf das Filmtheater folgte die Einrichtung des großen Kaminsalons der Bischoffsheims am Place des États-Units in »Durch-und-durch-Pergament« und der Empfangsräume von Marie-Laures frisch erbautem Sommerhaus in Hyères in Südfrankreich.

Für dessen Entwurf hatte sie sich zunächst einen Berliner Behrens-Schüler, er hieß Ludwig Mies, gewünscht, und Jean war begeistert gewesen. Der hatte sein Handwerk nämlich als Steinmetz gelernt und brachte demnach große Erfahrung im Umgang mit Marmor und allen Arten von Granit mit, ganz abgesehen von seiner schon über die deutschen Grenzen hinaus beachteten, kompromisslosen Linienführung, seiner Liebe zur, wie er sagte, reinen Struktur und seinem Eugenias Credo so ähnlichen Aufruf zum Weglassen. Leider hatte dieser Mies aber volle Auftragsbücher und sich zudem an der phänomenalen Architekturschule seines Freundes Walter Gropius, dem Bauhaus in Dessau, engagiert, wo man Raumgestaltung erstmals zwischen Technik, Handwerk und Kunst ansiedelte.

Marie-Laure verstand, dass er diese Aufgabe für wichtiger hielt, als ein weiteres Landhaus zu entwerfen, wenn es auch sein erstes in Frankreich gewesen wäre und sicherlich zahlreiche Aufträge nach sich gezogen hätte. Eugenia und Jean hatten Mies' Freund Walter Gropius im vorletzten Jahr ja persönlich kennengelernt, da Jeans Cousine Ise aus dem Berliner Frank-Clan ihn geheiratet hatte. Für eine wie Ise, die, wie Eugenia sagte, »so klug wie schön« war und sich als Journalistin couragiert für die Emanzipation der Frau einsetzte, war dieser Gropius zwar viel zu alt und noch dazu ein berüchtigter Casanova, doch seine politischen und pädagogischen Ansichten waren tatsächlich erfrischend.

Wie gerne wäre Jean damals einmal nach Dessau gefahren, um sich diese Bauhaus-Schule anzusehen, schon allein um Ise zu besuchen!

Eines Tages, hatte er sich ausgemalt, wenn er so weit wäre und sein Stil echte Tiefe gewonnen hätte, könnte er vielleicht einen winzigen Beitrag zu Gropius' Lehre leisten?

Denn das Weglassen von überflüssigem Dekor und das Ausprobieren simpler, überraschender Formen und Materialien würde ihn gemeinsam mit einer neuen Generation von Talenten vor Herausforderungen stellen, von denen er selbst am allermeisten lernen könnte!

Den Auftrag für Hyères hatte schließlich also nicht Ises und Gropius' Freund Mies, sondern der ziemlich unerfahrene Robert Mallet-Stevens erhalten, der bisher nur Ausstellungsinterieurs entworfen hatte. Marie-Laure bewies Gespür für kommende Talente und wiederum einen bemerkenswerten Mut, denn für Mallet-Stevens war ihr Landhaus das erste Architekturprojekt überhaupt. Während der gemeinsamen Planung, zu der sie Jean über das ganze Frühjahr hinweg wöchentlich nach Hyères zitierte, kamen in Chanaux' Werkstatt durch reine Mundpropaganda und ohne jedes Zutun von Eugenia zwei Anfragen für die Gestaltung großbürgerlicher Appartements entlang der Nobelboulevards rund um den Arc de Triomphe herein, darüber hinaus aber auch ein phänomenaler Direktauftrag: Cole Porter, der New Yorker Jazzpianist, der in Europa erste Erfolge feierte und mit seiner Mutter regelmäßig im Ritz abstieg, beauftragte Jean *carte blanche*, wie Chanaux sprachlos berichtete, also ohne preisliche Vorgaben, seine eben erstandene Wohnung in der Rue de Rivoli in Paris einzurichten.

Als am Ende dieses bewegten Jahres die zweite Börsenkrise über Frankreich hereinbrach und die gesamten Rücklagen des Frank'schen Bankhauses vernichtete, konnte Jean schon gut von seinen Planungshonoraren leben.

Mit Chanaux bräuchte er jetzt allerdings eine »Vitrine« für die elegante Kundschaft der Rive Droite, man konnte diese Klienten unmöglich weiter in Chanaux' Werkstatt auf der Rive Gauche lotsen, und so eröffnete Jean eine kleine Boutique in der Rue du Faubourg Saint-Honoré, Hausnummer 140, in Gehweite von seinem Schneider Marcel Rochas, dem Sattler seiner Mutter, Émile-Maurice Hermès, und Elsa Schiaparellis Modesalon.

Einer der Ersten, die diesen Laden betraten, war Architekt Loos aus Wien. Er sei wegen eines Villen-Projekts in der Stadt, und das sei doch ein guter Grund, ein gemeinsames Bauvorhaben anzugehen und sich so besser kennenzulernen?

Er sah sich mit geschultem Blick um und verließ den Laden nicht, bevor sie nicht das Mobiliar des Hauses besprochen hatten, das er am Montmartre für die Frau von Tristan Tzara, eine schwedische Industriellenerbin, errichten sollte. Dies würde ein unglaublicher Auftrag, eine wunderbare Referenz, hatte Jean am selben Abend gedacht, und tatsächlich wurde die gemeinsame Arbeit am Montmartre, die sich über lange Monate zog, zum Beginn einer echten Freundschaft, die Jean heute, wo Loos bereits – viel zu früh – verstorben war, schmerzlich vermisste.

Kaum hatte er also das Haus der Tzaras Raum für Raum ausgestattet und sowohl die Giacometti-Brüder einbezogen als auch Emilio Terry für die Dekorationsarbeiten und Christian Bérard für die Stoff- und Teppichentwürfe, öffnete sich die Ladentür, und sein Schneider Marcel Rochas trat ein, bei dem er inzwischen drei weitere, genau gleiche Flanellanzüge und eine kleine Kollektion reinweißer Hemden und schwarzer Strickkrawatten bestellt hatte. Er brauche bitte eine Neugestaltung seiner Boutique.

Jacques Guerlain kam ein paar Tage später, Jean solle seine Parfumerie auf den Champs-Élysées zu einer, wie er sagte, »traumhellen Marmorschatulle« machen. Elsa Schiaparelli, die exzentrische italienische Couturière, zog nach, wahrscheinlich weil sie auf Jeans Vertrautheit mit Coco, die keine Boutique unterhielt, sondern ihre eigenen Wohnräume als Atelier nutzte, eifersüchtig war und die Erste sein wollte, die ihren Modesalon am Place Vendôme in ihrer Markenfarbe Shocking Pink gestalten ließ.

Sie bekam, was sie wollte, allerdings eingebettet in eine Komposition aus seidig schimmerndem Elfenbeinweiß. Der Boden aus Schurwolleboucle und die Wände aus venezianischem Stuccolustro fingen die shocking-pinken Türgriffe und Regale auf, die Jean von Émile-Maurice Hermès in Straußenleder beziehen ließ. Zur Eröffnung schickte Architekt Loos seine Nichte Anita, die in Hollywood eine gefragte Drehbuchautorin sein musste, sie brachte Joan Crawford und Gloria Swanson mit. Und zwar gleichzeitig!

Die ganze Rive Droite lief zusammen, und Elsa Schiaparellis Erfolg war besiegelt.

Ja, der Erfolg …, dachte Jean und musste dabei mit dem Kopf wackeln, eine Geste, die Eugenia regelmäßig zum Schmunzeln brachte. So auch jetzt, ihr Grieg-Gesumm wurde beim Schmunzeln einen Hauch sonorer.

Die Kirsche auf Jeans Torte jener ersten Erfolge war die Einladung des kunstbegeisterten Eisenbahnmagnaten Templeton Crocker nach San Francisco. Jean sollte sein »kleines Penthouse« einrichten, das sage und schreibe fünfzehnhundert Quadratmeter zählte.

Warum war dieser Crocker ausgerechnet auf ihn verfallen? Und wie stellte er sich eine solche Zusammenarbeit über die Weltmeere vor?

Um bis nach San Francisco zu gelangen, müsste Jean sich zunächst von Le Havre bis nach New York einschiffen, den ganzen Atlantik kreuzen, eine entsetzliche Vorstellung, ein Albtraum!

Er zierte sich monate-, ja beinahe jahrelang, diese Reise anzutreten. Nannchen, die ihn als Kind immer von der Angst vor der Geschwindigkeit abgelenkt hatte, konnte er nicht mitnehmen, und ohne sie graute ihm vor einem Überseeschiff, einem Mammutwal wie dem, auf dem er gerade saß. Es graute ihm vor der Höhe, der Tiefe, der Weite, vor diesem ganzen Den-Boden-unter-den-Füßen-Verlieren.

Dabei waren seine Bedenken ja Unsinn. Denn, war eine Automobil- oder Schiffsreise für einen Krüppel gefährlicher als für einen Gesunden?

Erfolg also, den hatte er erlangt. Er war ihm zugeflogen, und doch war er Jean nicht wirklich wichtig. Er machte ihm in seinem Tempo sogar Angst, die gleiche Angst wie die vor dem Automobil, wie die vor dem Schiff. Er könnte ihn mitreißen, wegreißen, entwurzeln, ihn, den letzten Pariser Frank, Erbe eines Familienzweigs, der in Frankreich keine Wurzeln geschlagen hatte.

Vielleicht aber, fragte er sich damals, hätte ausgerechnet er, der kleine, missratene Jean Cheri, schlussendlich einen Hauch von Glück?

Vielleicht wäre er die ungeplante Ausnahme, der Fehler im Muster? Ein rasches Augenzwinkern im vorgegebenen Lauf des Schicksals?

Sein Erfolg barg auch weitere Ängste, die kaum festzumachen waren. Die Angst vor einer möglichen Enttäuschung, vor einem möglichen Misserfolg, der all die Neider und Kritiker bestätigen würde, die ihn seit jeher als Versager aburteilten. Die Angst vor dem Vertrauensverlust eines Bauherrn, der Jeans so mühsam aufgebautes, vermeintlich geordnetes Leben von einem zum anderen Tag zunichtemachen könnte.

Jean konnte mit diesen Ängsten nicht umgehen, was ihn heute, in der Rückschau, wunderte, war er doch von Kind an Ängste gewöhnt gewesen: die Angst vor dem Schmerz, die Angst vor dem Anderssein, vor dem Gedemütigt-Werden, vor der Lächerlichkeit, vor der Einsamkeit. Und solche Ängste waren ja nicht unbedingt etwas Schlechtes, wenn man wie er ständig, ja täglich, stündlich daran gearbeitet hatte, sie zu überwinden. Quasi als Belohnung gab es nämlich auch noch die anders gearteten Ängste, die eigentlich Herausforderungen waren und die großes Glück bargen, die Angst vor dem Experimentieren zum Beispiel. Das war vitale Angst, keine zerstörerische. Er hatte sie in den vergangenen sieben Jahren, er rechnete kurz nochmals nach, vom Herbst 1929 bis zu diesem Frühjahr 1937 waren es tatsächlich nicht mehr gewesen, hinreichend ausprobiert.

Beim frühen Aufstehen zur Kontrolle der Baustellen, beim bis spätabends in den Handwerkerhäusern, in den Künstlerateliers im Gespräch Verweilen, beim gemeinsamen Entwerfen, beim gemeinsamen Verwerfen auch war man aufgehoben, sinnvoll, Teil eines Ganzen. Das Gegenteil von entwurzelt.

Eine weitere solch vitale Angst war die Angst vor dem Unerprobten, vor der reinen Vision, die am Beginn jedes neuen Projektes stand. Die hatte er gelernt mit sich selbst auszumachen, konnte er sie doch mit keinem Handwerker und keinem Künstler, nicht einmal mit Chanaux, teilen. Genauso wenig wie die Angst vor dem finanziellen Risiko, das mit jeder Vision einherging.

Außer mit Eugenia, die hier vor ihm saß. Doch mit Eugenia lebte er damals nicht, sondern mit René.

17 *Die Rue de Verneuil*

René war ständig da und ständig weg. Er wurde, zusätzlich zu seinem Nierenleiden, wieder an der Lunge krank. Der schöne Dorian war fahl wie ein Geist.

Seine Texte wurden immer grauenvoller, »alles ekelt mich an« war sein Guten-Morgen-Satz, bevor Jean auf seine Baustellen ging, und er ging sehr früh. Jetzt, wo Jean sich die Szenen in Erinnerung rief, waren sie beinahe komisch, Jean verließ das Haus im gleichen Morgengrauen, in dem René von seinen nächtlichen Ausflügen nach Hause kam. Wenn er ihn dafür zur Rede stellte, drohte René mit Selbstmord, so wie er ihn schon in *Détours*, Umwege, seinem beklemmenden Debütroman, beschrieben hatte. Selbstmord durch Vergasen. Einen solchen Tod stellte er sich vor, nein, er erträumte ihn. Einen sanften Tod, »endlich, nach all den Schrecken in diesem verfluchten Haus«, so schrie er Jean durchs offene Eingangsportal auf die Avenue Kléber hinaus nach, dass die Milchjungen und die Straßenkehrer stehen blieben.

Ein Glück, dass Nannchen zunehmend taub zu werden schien und diese Szenen nicht mithörte!

Um Renés Freitodgespenst »in diesem verfluchten Haus« zu entkommen, aber auch um Nannchen solche Auftritte forthin zu ersparen, spielte Jean mit dem Gedanken, Eugenia nachzufolgen und die Seine-Seite zu wechseln. Vielleicht war ja das Haus seiner Eltern mit seiner stets präsenten Erinnerung an das Ende seiner blutjungen Brüder im Gemetzel der Front, an das Ende des Léon Frank auf dem Kopfsteinpflaster vor dem Hotel Baltimore, an das Ende seiner Mutter hoch über dem fernen Bodensee tatsächlich belastet, tatsächlich verantwortlich für Renés Sehnsucht nach dem Tod?

Der alte Charette vom Farbenladen zeigte ihm eine leer stehende Lackfabrik in der Rue de Verneuil, Hausnummer 7, mitten in den schiefen Gässchen des Quartier Latin und gleich um die Ecke von Natalies Salon in der Rue Jacob. Zu Eugenias Kutscherhaus in der Rue Masseran wären es nur zehn Minuten zu Fuß.

Diese Fabrik mit ihrem kleinen Werkhof war mehr als heruntergekommen und ihre eingebaute Lage hinter dem Quai Voltaire für Jean gänzlich ungewohnt.

Man blickte auf den Louvre und die Tuilerien von der Wasserseite, über die Seine hinweg!

Doch sie erwies sich als Glücksgriff, denn die Werkstätten von Jeans Kürschnern und Beziehern lagen nur zwei Straßen weiter, die Rue Bonaparte entlang zur Seine hinunter. Gleich hinter der Kirche von Saint-Germain-des-Prés entdeckte er zudem eine koptische Gerberei, die ihre Häute täglich beim alten Schlachthof der Villette einkaufte. Dort konnte Jean, zunehmend besessen von makellosen Oberflächen, fortan die schönsten Exemplare für seine Bezugsleder auswählen, denn, und es war wie ein Zauber, der Geruch gegerbten Leders allein schenkte ihm die Eingebung seiner künftigen Nutzung, ja sogar seines Zuschnitts und seiner Verarbeitungsform.

Die Giacomettis hielten Jean deswegen für verrückt, doch das war ihm egal, die sollten nur reden. Ihre schlaksigen Statuen, die ja auch nicht ganz normal waren, fand er dennoch wunderbar!

Für die Guerlain-Parfumerie zum Beispiel ließ er sie Dutzende Wildkatzen-Füße für Tisch- und Stehleuchten fabrizieren, seither finanzierte diese Kollektion ihre gesamte sonstige Kunst.

Die Rue de Verneuil war die Ankunft in einer neuen Welt, einer Welt strenger Selbstdisziplin und des beständigen Kampfes für Jeans Handwerker, Künstler und Lieferanten. Tatsächlich entpuppte er sich als ihr exzellenter Verteidiger, sein Jurastudium war also doch nicht ganz umsonst gewesen. Chanaux trug ihm zu, was man über ihre gemeinsame Arbeit in den Gilden der Stadt sagte: Bei keinem Inneneinrichter würden die Gewerke besser entlohnt als bei ihnen, vorausgesetzt, man leistete Meisterarbeit. Denn wenn Chanaux die Langmut des verdienten Handwerkers an den Tag legte, konnte Jean manchmal lästig sein. Nein, er war es wahrscheinlich nicht nur manchmal, sondern immer, die Ergebnisse waren aber entsprechend sehenswert. Die »Frank'sche Leere«, wie man sie jetzt in den Pariser Salons nannte, brauchte diesen höchsten Anspruch, und sie brauchte Zeit. Viel Zeit ab und an, Jean war fähig, einen einzigen Beistelltisch in sechzehn Prototypen zu verwerfen. Doch der siebzehnte war dann perfekt.

Auch René schien zufrieden mit dem Umzug in die Rue de Verneuil. Zumindest am Anfang, das Quartier war ihm ja ohnehin vertraut, nun kam er bequem zu Fuß in die Opiumhöhlen seiner Surrealisten-Freunde und in die Dachstuben seiner blutjungen Liebhaber, Kunststudenten meist, die gleich gegenüber die École des Beaux-Arts besuchten. Irgendeiner von denen lud ihn dann im Morgengrauen an Jeans Haustor ab. Er flirtete überall und mit jedem, bevorzugt in Jeans Anwesenheit. Und Jean blieb, was er immer gewesen war, ungeliebt.

Renés Surrealisten-Clique musste er, der jetzt ständig und zu normalen Tageszeiten arbeitete, todlangweilig vorkommen. Renés Studentenfreunden uralt. Renés aristokratischen Geliebten, Frauen, die seine Mütter hätten sein können, erbarmungswürdig. Kurzum, René gewann immer und auf der ganzen Linie.

Nur, die Frage lag auf der Hand, wie Jean heute an seinem lederbezogenen Tisch der Bordbibliothek wusste, weil er Renés tragisches Ende kannte, machte solches Gewinnen glücklich?

18 *Surrealisten*

Zum einjährigen Bestehen seiner Boutique in der Rue du Faubourg Saint-Honoré gab Jean in seiner »Fabrik«, so nannte René das Haus in der Rue de Verneuil mit abfälligem Unterton, einen Klavierabend.

Da Eugenia auf keine frivolen Feste mehr ging, hatte sie Jean ein Heer von Salbei- und Lavendeltöpfen gesandt, die Hofzufahrt und das ganze Treppenhaus dufteten wie ihr Gartenhof in der Rue Masseran.

Als Renés Surrealisten-Bande eintraf, war für Jean das Fest schon vorbei. Sie ertränkten den Salbei in Gin, sie schmissen den Lavendel durch die Küche. Cocteau kam mit einem grobschlächtigen Jungschauspieler, der gerade einmal siebzehn Jahre alt sein mochte, eine frische Eroberung, die gut unterhalten werden wollte. Also hielt er eine kleine Rede, bevor Francis Poulenc, Jeans ehemaliger Nachbar aus der Avenue Kléber und inzwischen ein gut gebuchter Pianist, gemeinsam mit Cole Porter, Jeans neuestem Bauherrn, dessen Wohnung Man Ray gerade für die *Vogue* ablichtete, am Flügel zu spielen begannen.

Bei der Rede presste Cocteau aber nicht seinen Jungschauspieler, sondern René an sich, der sich keinesfalls wehrte.

»Dein kleiner Jean«, begann er ganz nahe an Renés Ohr, aber nicht überhörbar, »ist ja doch eigentlich … ein netter Kerl.«

Dein kleiner Jean, ein netter Kerl? Was fiel Cocteau ein?

Der sah sich währenddessen in Zeitlupe in der Frank'schen Leere des Salons um:

»Bedauerlich nur, dass man ihm die ganze Einrichtung stahl.«

Noch am selben Abend pfiffen es die Spatzen von allen Dächern.

Musste Jean so etwas ertragen?

Diese Frage beschäftigte ihn bis heute.

Poulenc, der Jean über die Jahre seiner Drogensucht in der ihm eigenen, angenehm distanzierten Art beigestanden hatte, ohne je Fragen zu stellen, fand keine Worte und verließ das Fest gemeinsam mit Porter noch vor Mitternacht. Kein Mensch konnte verstehen, was Jean an René fand, was ihn an ihn band, was ihn bei ihm hielt. Wahrscheinlich, hätte Professor Binswanger gesagt, eine Projektion. Er büßte die Demütigungen, die sein Vater seiner Mutter zugefügt hatte, die sie krank gemacht, ja zerstört hatten, die er aber nie zu bekämpfen oder zu verhindern vermocht hatte. Er büßte diese Demütigungen, indem er sie selber zuließ und erlitt.

Vom nächsten Tag an blieb Jean abends grundsätzlich zu Hause. Auch verkrüppelte Effeminierte hatten eine Ehre.

Er legte sich ein Grammophon zu und kochte zu Poulencs ersten in Schellackplatten gepressten Klavier-Kompositionen oder zu den neuesten Cole-Porter-Songs allein in seiner Küche. Er ging früh zu Bett.

Die Ausnahme alle paar Monate waren seine eigenen Projekteröffnungen, da ging er gerne hin. Da lauerte wenig Gefahr, und er kam unbeschadet durch den Abend, war er doch in Marcel Rochas' nachtgraue Flanelldoppelreiher gerüstet.

René sah er nur, wenn er das Haus verließ, und das auch nur noch an den Tagen, an denen René überhaupt im Morgengrauen heimkam. Manchmal tranken sie bei eisigem Schweigen einen Kaffee in der großen Küche, die früher die Spritzhalle gewesen war. Jean hatte die Lackiertresen aus Edelstahl so, wie sie waren, erhalten und nur einen Gasherd und einen in Aubergine lackierten Milchschrank fürs Geschirr dazugestellt. Eugenia hatte das anscheinend gut gefallen, denn sie hatte nichts dazu gesagt.

Nach dem Poulenc-Abend hatte sie ihm neue Salbei- und Lavendeltöpfe gesandt, ohne irgendeinen Kommentar. Sie kam jetzt zwei-, dreimal die Woche abends nach Jeans Ladenzeiten zu Besuch, und dann kochten sie gemeinsam eines von Eugenias Gemüsegerichten, gedünsteten Fenchel oder Paprika mit einem frischen Ziegenkäse aus dem Loiretal oder auch einfach nur ein Kräuteromelett. Sie dinierten auf seinen Zeichenhockern, die die perfekte Höhe für den Küchentresen hatten, man konnte sich herrlich darauf drehen. Sie drehten sich und lachten, bis ihnen schwindlig wurde.

Jean konnte es seither festmachen, es war nicht mehr zu leugnen: Nicht nur war Eugenia, die doppelt so alt war wie er, sein größter Halt, nein, es war viel mehr, er liebte sie.

Und genau bei diesem »ich liebte sie«, es war kurios, fiel in der Bordbibliothek das Licht aus. Es konnte noch nicht später Nachmittag sein, doch in dem kleinen Raum war es plötzlich stockdunkel.

Sie waren dem Äquator schon sehr nahe, wurde es da so früh und von einem Moment zum anderen Nacht?

Er stand auf und ging an der Bar nachsehen, da erfuhr er vom Barmann, dass der Hauptgenerator ausgefallen sei und sie den Abend wahrscheinlich bei Kerzenlicht verbringen müssten. Es wäre Captain Cohn sehr unangenehm, solle er ausrichten, seinen besten Gästen diese Unannehmlichkeit zu bereiten, er würde nach dem Dîner umgehend Sorge tragen, für die Herrschaften den schönsten Bartisch vorne am Bug mit Kerzenlicht parat zu haben.

Und selbstredend gebe es für sie beide ab sofort freien Champagner!

Eugenia, die ihre Unterhaltung bei der offenen Pendeltür

mithören konnte, verließ ihr Tischende im Flug, solch einem Angebot konnte sie nicht widerstehen. Als Jean ihr im Türrahmen begegnete, raunte sie: »Wie beim Lunch versprochen, Cheri, bis zum Dîner bin ich fertig.«

»Ich auch.«

Jean setzte sich wieder und war kurz überrascht, er hatte sich vom Barmann zwei doppelarmige Kerzenleuchter mitgeben lassen, und die schenkten ein unerwartet gutes Licht, stärker als die hellblaue Leselampe vorher.

Das, was noch zu erzählen war, musste er anscheinend schicksalhaft bei Kerzenlicht aufschreiben.

Eugenia und René trafen sich nie in der Rue de Verneuil.

Wie auch? Sie schlossen sich ja förmlich aus. Gegensätzliche Lebensrhythmen, gegensätzliche Inhalte, gegensätzliche Ziele.

Manchmal, wenn Eugenia sich nach ihren gemeinsamen Küchenabenden verabschiedete, drehte sie sich im Treppenhaus zu Jean um und fragte:

»Gibt es ihn noch?«

Er nickte dann nur.

»Und seine Surrealisten?«

Dazu legte Jean den Kopf schief, Cocteaus Clique war gerade dabei, sich unter reger Anteilnahme des gesamteuropäischen Feuilletons öffentlich zu zerfleischen.

Eugenias zwei stets wiederholte Fragen brachten ihn aber irgendwann zum Nachdenken. Der Umgang mit den Surrealisten-Phantasten hatte ihm nie gutgetan. René hatte ihm nie gut getan. Er nutzte ihn aus, er machte ihn lächerlich.

Doch Jean konnte nicht anders, René hatte ihn verführt und hörig gemacht, jetzt blieb Jean ihm treu. René ihm nicht, natürlich. Und das ließ auch nicht nach, als er noch kränker wurde, im Gegenteil. Er sonnte sich im schrillen Glanz seiner Affären. Er trank ohne Maß, er rauchte, er begann mit Morphin. Wenn sie sich manchmal morgens in der Küche begegneten und Jean seine Augenringe, sein Zittern, sein fahles Haar ansprach, flirtete er mit dem Gashahn. Ja, das war es, was er meisterhaft beherrschte, die Drohung.

Er drohte Jean, er drohte ihm mit Selbstmord.

Schließlich beging er den, in der Küche einer der Garçonnièren, in denen er Abend um Abend ein und aus ging. Tod durch Vergasen.

19 *Abschied von René*

»Ich bin allein in einem dunklen Tunnel«, stand auf dem Zettel im Treppenhaus, als Jean am Nachmittag des 18. Juni 1935 von seiner Seereise zu Templeton Crocker in San Francisco nach Paris zurückkehrte. Der Chauffeur und er rannten los, Jean wusste genau, wohin.

René saß auf dem schwarz-weiß gekachelten Küchenboden einer schlecht gelüfteten Mansardenwohnung an der Rue de Beaune, gleich um die Ecke der Rue de Verneuil, an eine lila gelackte Wand gelehnt, als ob er schliefe. Doch er war tot.

Die Polizei kam, die Feuerwehr und der Leichenwagen. Pariser Sargträger hatten neuerdings schwarze Gehröcke mit lila Samtaufschlägen, Jean musste zugeben, dass die Szene, in der die vier stattlichen Männer den blonden, in ein schwarzes Surrealisten-Cape gehüllten Dorian von der lila Küchenwand davontrugen, bühnenreif war. Der Komissar nahm zu Protokoll, dass Jean die Stadt vierzehn Tage zuvor verlassen hatte.

In welcher Beziehung er zum Verstorbenen gestanden habe?

»Gefährte«, gab Jean, ohne zu zögern und ungeachtet eventueller rechtlicher Konsequenzen, an. Das war eine schöne Bezeichnung, schade, dass René sie nicht geliebt hätte.

Er übergab dem Kommisar die entwertete Cunard-Express-Bordkarte vom 4. Juni auf der Majestic von Le Havre nach New York sowie die Rückfahrkarte und den Gepäckbeleg vom heutigen Tag, an dem er frühmorgens auf der Scythia in Le Havre angelegt hatte. Eugenias Chauffeur hatte ihn vom Hafen abgeholt und direkt in die Rue de Verneuil gebracht.

Auch der Chaffeur wurde verhört, Jean musste so lange in dem nach Zwiebelsud riechenden Treppenhaus warten.

Vielleicht eine Fügung, fiel ihm jetzt auf, dass er auf der Scythia zu einem vom Leben Besiegten zurückgefahren war?

Die Skythen hatten im alten Persien allein mit Pfeil und Bogen Krieg geführt, sie waren die Meister der strategischen Belagerung gewesen. René hatte genauso gelebt und war genauso gestorben. Der Wagemutige, der dem Wagnis huldigte, ja in seinen letzten Texten auf Sätzen wie »alle Logik ist im Wagnis« herumgeritten war, hatte seinen Tod meisterhaft inszeniert, als strategische Belagerung. Jean war bis heute nicht davon losgekommen.

Die französische Literaturkritik, was immer man von deren Unabhängigkeit halten mochte, hatte Jean doch die renommiertesten Journalisten und Verleger nächtelang in den Bars und Revuetheatern der Rive Gauche bewirten lassen, hatten René Crevel zur Ikone der *Génération maudite*, der verfluchten jungen Schriftsteller-Generation, gemacht. Der von denselben Kritikern genauso höchstgelobte Thomas-Mann-Sohn Klaus hatte Renés Romane in den deutschen Medien die »wichtigsten und ergreifendsten Bekenntnisbücher der europäischen Jugend« genannt, einer Jugend, die »von bürgerlichen Über-Ich-Instanzen« erdrückt würde.

Doch war Revolte allein, das Sich-Auflehnen gegen alle Art von Über-Instanzen, schon Lebenssinn?

Hielt sie nicht bloß für Augenblicke und versackte dann in eine selbstzufriedene Langeweile, schlitterte ab in plakative Verzweiflung?

Barg das Wagnis, das blinde Wagnis, um das es in Renés Texten ja ausschließlich ging, eine wirklich menschenwürdige, eine wirklich dauerhafte Qualität?

»Alle Logik ist im Wagnis«, diese Behauptung, ob wahr oder falsch, hatten die Feuilletons jedenfalls begeistert zur Überschrift seines Nachrufs gemacht, sich darin versteigend, dass auch Selbstmord letztendlich eine Logik des Wagnisses sei.

Doch war Selbstmord nicht eher ein heilloses Entkommen?

Wagnis barg keine Logik, fand Jean. Für ihn barg nur die tägliche Aufgabe Logik, ob die Welt unser Tun verstand, lag ja nicht in unserer Hand und war auch nicht wichtig. Wichtig war, das zu tun, was zu tun war und was man ständig noch besser tun wollte.

»Wo ist die Kreatur, die mich herrlich und brutal verzaubert?«, hatte auf Renés Zettel im Treppenhaus gestanden, am Morgen, an dem Jean sich nach New York eingeschifft hatte. Jean hatte auf Ergebnisse gesetzt, nicht auf Verzaubern, noch dazu war er weder herrlich noch brutal.

Der Feuerwehrkommandant des zuständigen Postens an der Ecke zur École de Beaux-Arts brachte Jean von den Skythen und ihrem Wagniskult wieder zurück auf den Boden der Tatsachen. Er erklärte, dass die Kohlenmonoxiddichte in diesem Mansardengeschoss nur ein, zwei Viertelstunden später zu einer Explosion geführt hätte, die die ganze Rue de Beaune bis hinunter zur Seine und die zwei Straßenblöcke hinauf bis zur Rue de Verneuil und der Rue de l'Univesité in die Luft gejagt hätte.

Jean, der sich als »Gefährte« ausgegeben hatte, musste die gesamten drei Notfalleinsätze bezahlen. Und auch eine Verwarnungsstrafe. Seither bewahrte er diese vier Quittungen in der hinteren Lederlasche seines Terminkalenders auf, als wären es Fahrscheine in ein vielleicht noch mögliches, anderes Leben.

20 *Auf dem Friedhof von Montrouge*

Die Beerdigung fand drei Tage später, am Vortag des ersten Internationalen Schriftstellerkongresses, auf dem Friedhof von Montrouge statt. Ilja Ehrenburg, André Malraux und André Gide hatten die europäischen Literatenkollegen zur Verteidigung der Kultur gegen »fortschreitende barbarische Machtübernahmen«, gemeint war natürlich das sich jenseits des Rheins immer mehr etablierende nationalsozialistische Regime, nach Paris eingeladen, und Aldous Huxley, Bertolt Brecht, Robert Musil, Anna Seghers, Tristan Tzara und Heinrich Mann hatten zugesagt.

Hatte René etwa deren Aufmerksamkeit erheischen wollen?

Hatte er sich mit seinem Tod, mit dieser Geste letzter Macht, letzter Instanz in den Mittelpunkt dieses denkwürdigen Treffens spielen wollen?

Fakt war, dass Klaus Mann, Heinrich Manns Neffe, einen Tag früher als geplant zu Renés letzten Ehren aus Berlin anreiste, und Jean richtete eine kleine Gedenkfeier auf dem Friedhof aus.

Doch zuvor hatte die Polizei erst einmal Renés Mutter finden müssen!

Keineswegs lebte die nämlich nahe dem Jardin du Luxembourg, wie René dann und wann, auf ihr »bürgerlich-gesättigtes Dasein« anspielend, angedeutet hatte, sondern außerhalb von Paris, in einer Arbeitersiedlung von Montrouge, also da, wo die Absteiger, die Zuwanderer oder das fahrende Volk der Händler und Transporteure wohnten, in jenen gesichtslosen Randbezirken, weder in der Stadt noch auf dem Land.

Gemeinsam mit dem Kommissar und Eugenias Chauffeur hatten sie dieser Frau nachgespürt, und so standen sie am Tag nach Renés Tod vor dem schmalen Eingangstürchen der Avenue de la République, Hausnummer 113, die vom Montrouger Gemeindeamt durch die Siedlung nach Süden führte.

Die Tür öffnete sich auf einen langen Hof, sie sahen Geräteschuppen, Garagen, Pferdeboxen und einen Hufschmied bei der Arbeit. Der blaue Rauch und der Geruch nach verbranntem Horn erinnerten Jean schlagartig an früher, an den Remisenhof in der Avenue Kléber, und er sah sich, den kleinen Jean Cheri, auf seine Krücken gestützt, wie er dem Hufschmied und dem Stallburschen bei der Arbeit zuschaute.

Wie ein Geruch sich doch in unsere Seele prägte!

Jean musste sich kurz auf Eugenias Chauffeur stützen, so sehr rührte ihn diese Erinnerung an, jene rauchblauen Nachmittage, lange bevor er gesund genug gewesen war, um in die Schule zu gehen, und noch länger bevor der Mercedes Landaulet die Hannoveranerrappen seiner Mutter aus der Remise vertrieben hatte.

Er musste sich zusammenreißen, er war hier nicht hergekommen, um seiner Kindheit nachzusehnen, sondern weil René tot war und man diese fürchterliche Nachricht einer ahnungslosen Mutter überbringen musste.

Die trotzig hohe Stirn dieser Frau verriet die Verwandtschaft sofort. Sie kam ihnen aus einem niedrigen Holzverschlag des zweiten Hinterhofs entgegen, einen Stapel gefalteter Kaschierkartons im Arm. Der Kommissar überbrachte die Nachricht und kondolierte, sie sagte nichts, lehnte sich an die Holzverschalung in ihrem Rücken und atmete hörbar ein und aus.

Einen langen Moment legte sich über den Hof die bedrückendste Stille, die Jean je erlebt hatte.

Sie habe von Renés schlechtem Umgang gewusst, begann sie kaum hörbar, von seinem jahrelangen selbstzerstörerischen

»Surrealisten-Wahn«, wie sie sagte. Voller Sorge habe sie sein verbissenes Engagement im militanten Kommunismus verfolgt, der doch »über kurz oder lang … in die Irre führt«.

Bei diesem »in die Irre führt« fand sie ihre Stimme wieder, und diese Stimme trug!

Sie wisse auch um Renés Morphiumsucht, seine Heroinexzesse, seine Vorstrafen und seine Jean vollkommen unbekannten Nächte auf den Polizeiwachen von Montparnasse und Saint-Germain-des-Prés.

Keineswegs hatte diese Mutter René also verlassen gehabt, im Gegenteil, Jean wurden die Knie weich, und er musste sich auf den Chauffeur stützen. Inzwischen erzählte sie, dass er regelmäßig zu Beginn des Monats bei ihr um Geld gebettelt habe.

Sie hatte den Wahnsinn ihres Sohnes mitfinanziert, still, ohne Vorwürfe, ohne Diskussionen, nur um ihn nicht zu verlieren.

Sollte Jean etwas dazu sagen?

Nein, das stand ihm nicht zu.

Und doch, er hatte den gleichen Fehler begangen. Niemals war er konsequent gewesen, hatte kein einziges Nein gewagt, genau wie sie hatte er die Zügel lang und länger gelassen, schließlich schleifen lassen, weggeworfen.

Jetzt war es zu spät. Jetzt war René tot.

Klaus Mann war zur Beerdigung gekommen. Breton blieb fern, sogar Renés angeblich bester Freund Cocteau.

Zerbrach die Surrealisten-Bande an ihrem eigenen Extremismus?

Jean stellte sich neben Renés Mutter, die Totengräber schlangen ihre Seile um den Sarg, das Grab war offen und bereit.

Klaus Mann platzierte sich neben dem Sarg und wandte sich ihnen zu. Seine rechte Hand zitterte der Mahagonimaserung des Sargdeckels entlang, er war blass und unrasiert. Doch das spielte keine Rolle, er war der Sohn von Thomas Mann, und er war vorzeitig angereist, um seinem Freund und Kollegen die letzte Ehre zu erweisen.

Er sprach zu ihnen, zu ihnen sechs, vier Totengräbern, Renés Mutter und Jean. Die Friedhofsallee entlang, durch blühende Kastanien, kamen gerade Poulenc und Porter nach, die wie gewöhnlich da waren, wenn sie gebraucht wurden. Sie stellten sich lautlos hinter Jean.

Sei's, weil das Publikum so klein war, sei's, weil es warm wurde in der Mittagssonne, schwang sich Klaus Mann auf diesem ihm unbekannten Friedhof, in diesem ihm unbekannten Vorort von Paris zu wahrem Pathos auf. Er sprach vom »charmebegnadetsten Menschen«, den er je getroffen habe, er sprach von Fügung, von Glück. Doch von Verwirrung auch, von »kaltem Entsetzen«.

Er schaute suchend in die Luft: »Die Rigorosität seines Urteils, die Vehemenz seiner Reaktion.«

Dann hielt er inne, man sah ihm an, dass er die Worte ordnen musste und dass ihm das schwerfiel ohne ein Glas in der Hand. »Einer, der schallen und fluchen konnte wie ein junger Gott, dem das Grauen irdischer Enge und der Genuss irdischer Weine die Sinne benebelt haben.«

So sagte er das, wörtlich. Jean dachte damals, dass ihm kein Urteil zustünde, er war kein Literat. Ein Glück nur, dass Eugenia, die sich in zeitgenössischer Prosa gut auskannte, nicht mit auf den Friedhof gekommen war. Sie wäre wohl für immer von den Manns enttäuscht gewesen.

Jean hatte, wie er da mit Renés Mutter vor dem Sarg stand, den Satz des Klaus Mann in Gedanken wiederholt, »dem das Grauen irdischer Enge die Sinne benebelt hat«.

Hatte René ihm so vom Leben mit Jean in Paris erzählt?

Vielleicht, wahrscheinlich sogar. Wenn er von den Lesereisen mit Klaus Mann nach München, Frankfurt oder Berlin zurückgekehrt war, hatte ihm die Rue de Verneuil »das Grauen irdischer Enge« bedeutet?

Gut zu wissen. Wenigstens hatte immer genug »irdischer Wein« im Keller gelegen, um dieses Grauen zu lindern.

»Mein zürnender Engel, vergib!«, schloss Mann jetzt seine Rede.

Jean drehte sich kurz zu Poulenc und Porter um. Sie sahen ihm direkt in die Augen. Er wandte sich wieder um, Manns Blick schweifte diffus den Baumkronen der Friedhofsallee entlang.

Hatte René diesem seinem Schriftstellerfreund vielleicht nie von Jean erzählt? Es gab ihn also gar nicht?

Er musste einmal durchatmen. Er war verschwiegen worden.

Nicht geliebt werden, gedemütigt werden, verachtet werden war schon viel. Aber verschwiegen werden?

In diesem Sarg vor ihm lag ein verlogener Dorian, entzaubert und plötzlich uralt. Der »charmebegnadetste Mensch« hatte sich als ein banaler Opportunist entpuppt.

Jean musste das Kassenbuch kurz schließen.

Er verharrte mit beiden Händen über dem Buchdeckel, und Eugenia sah ihn durch das warme Licht ihres Kerzenleuchters direkt an.

»Auf dem Friedhof?«, unterbrach sie ihr Grieg-Gesumm.

Jean musste nur mit den Augenlidern nicken.

»Das Drama-Getue des jungen Mann?«

Jean schwieg dazu.

»Vorbei«, sagte sie, und ein Lächeln huschte über ihre Züge, dann wandte sie sich wieder ihrer Tabelle zu und begann mit dem zweiten Motiv der *Peer-Gynt-Suite*. Es war, passenderweise, das Andante doloroso, *Åses Tod*.

21 *Eisenglimmer*

Die folgenden Wochen und Monate vergingen leichter, als Jean gefürchtet hatte. Da war seine Arbeit, da war seine Musik, da waren seine Pflanzen. Da waren Eugenia, Poulenc und Porter.

Allein, er schlief schlecht. Der Moment des Auffindens von René in jener Mansarde an der Rue de Beaune, der süßliche Gasgeruch, die Panik, als er den Gashahn zudrehte, die Fenster aufriss, zu ihm lief, ihn schüttelte, ihn anschrie, ihn in die Arme nahm, ihn aus dieser Umarmung leblos zu Boden sinken sah, all das kam wieder jede Nacht. Um es heute im Rückblick genauer zu sagen, er schlief nicht schlecht, sondern beinahe gar nicht, denn einmal aus diesen Bildern erwacht, war kein Einschlafen mehr. Doch er durfte hieraus keine Tragödie machen, sonst wäre er verloren, er musste mit wenigen Stunden Schlaf auskommen, dafür hatte er ja seine Arbeit, und die füllte alle Stunden seines Wachseins.

Poulenc traute sich jetzt, öfter einmal abends allein bei ihm vorbeizuschauen. Er brachte die Partituren von den *Nocturnes* mit, an denen er schrieb, sang ihm in der Küche mit seiner sonoren Baritonstimme die Melodien vor. Er hatte eine subtile Art, romantische Leitmotive scheinbar selbstverständlich durch Jazz-Akkorde aufzulösen. Diese Selbstverständlichkeit musste aber das Ergebnis harter Arbeit sein, denn er war, genauso wie Jean, nie mit sich zufrieden.

Über die Wochen jenes Frühsommers, an denen die Abende immer länger wurden, sang er ihm eine einzige *Nocturne* in nahezu einem Dutzend Fassungen vor, setzte sich dann an den

Flügel und improvisierte sie in weiteren Variationen. Solche zeitgenössischen und doch klassischen Kompositionen hatte Jean, der mit Verdi und Chopin aufgewachsen war, noch nie gehört, und irgendwie erinnerte ihn Poulencs Art zu arbeiten an seine eigenen Entwürfe. Sie nahmen beide das, was an Geschichte, Lebensart und Stil schon da war, und brachten nichts anderes als einen neuen Schwung hinein.

Doch das war kein einfaches Erfolgsrezept!

Wie oft hörte Jean, dass die »Frank'sche Leere« längst nicht genug mit der Vergangenheit brach?

Wie sehr verurteilten ihn die neuerdings sehr gefragten, radikalen »Raum-Künstler«, die die Menschen aus soliden Stühlen verbannten und in kubistisch bemühte Improvisationen zwängten?

Die schnelles Wegwerfen übten statt reflektiertes Verzichten, die alles vergessen machen wollten, was je vor ihrer eigenen einmaligen, ja genialen Existenz geschehen war?

Jean war sich mit dem Brechen von Traditionen nicht so sicher. Und zum Glück gab es welche, denen es so ging wie ihm. Thomas Mann zum Beispiel konnte eine gebrochene Zeit beschreiben, ohne mit der Sprache zu brechen. Poulenc und Porter konnten diese Zeit in verjazzte Kompositionen fassen, die ernsthafte Themen vorstellten und doch Witz hatten und die die Menschen, trotz aller Bedrängnisse und Gefahren, für einen Augenblick lächeln machten.

Das war das Besondere! Das war das Neue!

An den Abenden allein mit Poulenc tranken sie ein paar Gläschen Sancerre. Jean fragte sich dabei – und wahrscheinlich ebenso Poulenc –, warum aus diesem erprobten Vertrauen, diesen dichten Schaffensparallelen nicht mehr werden könnte. Jean wusste die Antwort aus dem Stegreif, er gefiel dem gut aussehenden Poulenc nicht, klarerweise, mit seiner Humpelei und seinem schiefen Rücken. Und zweitens war Poulenc sicher genau wie er unfähig, die Grenze von Gleichklang zu Verlangen zu überwinden. Dazu brauchte man eben doch ein wenig Wagemut, den sie beide nicht hatten. Sie waren Beute-, keine Raubtiere, keiner von ihnen würde je einen ersten Schritt tun.

Dass Poulenc ihm in diesem Februar 1937 seine acht über die letzten Monate fertig geschriebenen *Nocturnes* persönlich widmete, und da war er doch, der Wagemut, erfuhr Jean erst bei deren Drucklegung. Die Partiturhefte wurden ihm am selben Morgen geliefert, an dem Eugenia ihn mit ihrem Chauffeur vor der Tür der Rue de Verneuil erwartete, bereit zur Abreise nach Cherbourg und auf diese Madrid.

Was für eine Koinzidenz!

Im Jahr seit Renés Tod hatte sich in der »Fabrik« also kein Gefühl des Vermissens eingestellt, und das war eigentlich auch kein Wunder.

Welche Nacht, welchen Tag hatte René dort denn schon mit ihm verbracht?

Jean vermisste ihn nicht, es war viel schlimmer, er fühlte sich schuldig an seinem Tod.

Der einzige Ort im Haus, der ihn frappierend an ihn erinnerte, war die Küche, wo sie sich an so manch sprachlosem Morgen getroffen hatten. Hier hockte das Alleinsein, das Zurückgebliebensein, das Nie-mehr-glücklich-sein-Werden, es hockte in der Ecke der Küche, in der der Milchschrank stand, und es war dessen blaustichige Aubergine-Farbe, die sich an den weißen Wänden spiegelte und dem ganzen Raum ihr frostiges Licht gab. Wann immer Jean die Küche betrat, war diese Kälte da, egal wann, am Morgen, am Abend, in der Nacht. Sie war wie ein Grinsen.

Der Schrank selbst konnte nicht schuld sein, der kam aus dem Haus von Jeans Frankfurter Urgroßmutter, der kannte viele, auch gute Geschichten. Schuld musste die Farbe sein, also ließ Jean ihn umlackieren.

Bei Charette fiel ihm ein frisch geliefertes Rehbraun in die Hände, es hieß »Amerikanische Kirsche« und war ein Neuimport aus Detroit. Die dortige Automobilindustrie hatte die Lacke der Rüstungsindustrie entdeckt, und es gab eine kleine Kollektion von Farbtönen, die »molekülgehärtet« waren, wie auf den Kanistern stand. Ihre Oberflächenwirkung trug das deutsche Wort »Eisenglimmer«.

Eisenglimmer, das hatte Jean noch nie als Oberflächenqualität gehört, erst recht hatte er noch nie mit einer solchen Qualität gearbeitet. Der alte Charette erklärte ihm mit einer für ihn ungewöhnlichen Begeisterung, dass es sich um in die Grundfarbe eingemischte Eisenpartikelchen handele, in denen sich das Licht breche. Die lackierte Fläche würde nicht nur lichtfest und in der Dämmerung schimmernd, sondern auch kratzfest und sei auf zehn Jahre gebrauchsgarantiert.

»Die Detroiter versprechen einen Panzerglas-Effekt – was immer das heißen mag, Monsieur Frank«, sagte er dazu, und es war ihm anzumerken, wie neugierig er war, zu erfahren, wie Jeans erstes Experiment mit diesem Lack ausgehen würde.

22 *Arrayán-Rot*

An jenem Morgen auf seinem Rückweg zu Fuß von Charettes Farbenladen in die Rue de Verneuil fiel Jean auf, wie sehr sich das Gesicht der Stadt verändert hatte, seit jenseits des Rheins eine österreichische Kanzler-Karikatur namens Adolf Hitler an die Macht gekommen war. Dem Vernehmen nach hatte man jenen Parvenu, wie das bei aufkommenden Diktaturen ja immer so war, anfangs weder ernst genommen noch gewählt. Doch inzwischen machte er im politischen und gesellschaftlichen Regelwerk der vielversprechendsten Industrienation der Welt rasant seinen Weg. Deutschland wurde, von Paris aus gesehen, zunächst zu einer Lachnummer, dann aber zu einer zunehmend schwelenden Gefahr, und die Franzosen wandten sich folgerichtig ab, drehten in ihren alltäglichen Entscheidungen einem Land den Rücken, das seit jeher der meistgeschätzte Verwandte war. Keine weiteren zwei Staaten in diesem Europa verband so viel Gemeinsames, die Seite an Seite erstrittene Aufklärung, deren Philosophie, Rechtslehre, Baukunst, Literatur, Musik …

Ab Hitlers Machtergreifung vor drei Jahren hielten in Paris aber erstmals amerikanische Produkte Einzug, die Kleidung auf den Straßen änderte sich, die Gerätschaften in den Küchen, die Artikel in den Krämerläden. Und eben auch die Lackpalette bei Charette.

Amerikanische Institutionen eröffneten Dependancen in Frankreich, und das betraf Jean direkt, die »New York School«, das Designinstitut von Frank Alvah Parsons, hatte sich am Place des Vosges niedergelassen und ihn genau in dieser Woche als ersten Lehrer der neuen Innenarchitektur-Meisterklasse für das Wintersemester berufen.

Sollte er zusagen? Warum nicht?

Wenn es schon nicht Gropius' Bauhaus geworden war, denn der hatte aufgrund der nationalsozialistischen Repressionen in Dessau das Handtuch geworfen und war mit Ise nach England ausgewandert, in der Hoffnung, bald ein Visum für Amerika zu erhandeln, wäre dies doch eine ebenso vielversprechende Aussicht?

Er könnte Eisenglimmer-Oberflächen zum Semester-Thema machen und sie auf simpelsten Gebrauchsmöbeln ausprobieren, zum Beispiel auf einem Tisch?

Arbeitstisch, Esstisch, Beistelltisch, Küchentisch, Lesetisch, Nachttisch, Gartentisch, sozusagen die platonische Idee des Tisches. Einen Ur-Tisch könnten sie entwerfen, simpel zu zeichnen, simpel zu bauen, simpel zu verkleiden, zu belegen und zu behandeln. Ein quadratischer Tisch könnte das sein, dachte er im Weitergehen und schwenkte den kleinen Probe-Eisenglimmer-Kanister in »Amerikanischer Kirsche« in der Linken im Rhythmus seiner Schritte mit, in durchgehend gleich groß dimensionierten Profilen ausgeführt. Die Studenten würden alle gestalterischen und konstruktiven Varianten ausprobieren und sich dann den Oberflächen widmen. Zunächst den Frank'schen Klassikern natürlich, ein Durchdeklinieren von chrompoliertem Kalbsleder und gebeizter Rochenhaut bis zu Katzengold und Strohlack. Dann aber würden sie neu interpretieren, brächten wie Poulenc und Porter den Schwung hinein: metallische Oberflächen, gebürsteter, gekratzter, legierter Stahl, alle Varianten von Eisenglimmer …

Am Ende seines ersten Lehrsemesters hatten sie diesen Tisch. Van Day Truex, der blutjunge Leiter des Pariser Ablegers der Designschule, war gerührt, weil Jean ihn nach dem Gründer,

Frank Alvah Parsons, der erst wenige Jahre zuvor verstorben war, benennen wollte.

Die Ausführung des Parsons Table in Eisenglimmer wurde trotz des industriellen und demnach billigen Charakters zum Verkaufshit, der Tisch ging in Serie. Man musste eine Warteliste anlegen, da die Nachfrage alle herkömmlichen Fertigungsweisen sprengte und Chanaux mit solch einer Auftragsflut überfordert war. Sie fertigten also in einer Werkhalle, die Jean zwischen Vanves und Montrouge fand, Renés Mutter hatte die leer stehende Schweißerei ausgemacht und übernahm auf Jeans Wunsch hin die Suche nach arbeitslosen Metallarbeitern und Tischlern. Schon im Monat darauf betraute er sie mit der Geschäftsleitung der hierfür neu gegründeten Frank&Chanaux Möbelproduktion.

Van Day Truex, der Jean nicht nur beruflich, sondern auch persönlich anhimmelte, was ihm in dieser Trauerphase nach Renés Tod tatsächlich guttat, war hingerissen von diesem Erfolg, jammerte aber über den Begriff »Eisenglimmer«, der in keine Sprache übersetzbar sei. Es gab tatsächlich einige solch unübersetzbare technisch-deutsche Begriffe, sie waren in eine lange Erfindertradition hineingeboren und fassten ganze Universen in zusammengesetzte Wörter. Eisenglimmer gehörte dazu, ebenso wie Raumgestaltung, biegesteif, besenrein oder seidenmatt. Um einen angemessenen englischen Begriff für die neue Oberfläche zu finden, musste Jean mit Truex mehrere Male mittagessen gehen, und der bestand auf »Iron Skin«.

»Stahlhaut« klang für Jean jedoch grauenhaft, nach Schützengräben, nach Gemetzel und Kanonenfutter, er hatte sofort seine beiden älteren Brüder auf dem Schlachtfeld vor sich, wie reichsdeutsche Artilleriegranaten ihre blutjungen Körper in der Luft zerrissen.

Nein, Haut und Stahl waren eine brutale, eine unmögliche Kombination!

Jean schlug, diplomatisch, wie er sein konnte, das Wort »Metallic« vor, das war schlicht, aber packend. Truex war es zu schlicht. Sie ließen schließlich die Studenten entscheiden, die wählten »Metallic«.

Welche weltweiten Wege ihm die Metallic-Linie seither eröffnet hatte!

Jean sah ungläubig auf und auf Eugenias schlohweißes Haar, auf das das Kerzenlicht fiel. Dieser warme Widerschein erinnerte ihn unmittelbar an seinen allerersten Lackierversuch, die Geburtsstunde jeglicher Metallic-Optik, aufgebracht auf seinen alten Milchschrank in der Rue de Verneuil. Rottöne waren ihm bis an jenem Morgen bei Charette ja unbekanntes Neuland gewesen, doch er hatte es gewagt und die »Amerikanische Kirsche« einfach mitgenommen.

»Die beste Wahl, Monsieur Frank«, hatte Charette gesagt, »denn wenn es wahr ist, dass, wie man hört, die deutsche IG Farben nicht nur die Faschisten in Italien, sondern auch die Nationalisten in Spanien unterstützt, werde ich in Zukunft nur noch in Detroit einkaufen.«

Vielleicht sollte das ein Spaß sein, vielleicht aber auch nicht. Tatsache war, dass der alte Charette damit schon wenige Monate später bitteren Ernst machte. In Spanien begann ein Bürgerkrieg. Deutschland blieb in den Händen des Narzissten Hitler, der inzwischen mit Mussolini paktierte und sich die fortschreitend verarmende deutsche Bevölkerung gekonnt gefügig machte. Es war ganz einfach, er kaufte sie. Er baute Autobahnen, er produzierte Waffen, er ließ aufmarschieren, er versprach »mehr germanischen Lebensraum«. Bald mischte er sich in die Angelegenheiten der östlichen Nachbarstaaten ein.

Dann kam ihm die Juden-Idee, irgendwer musste an der europäischen Instabilität seit dem Krieg, den zunehmend strauchelnden sozialdemokratischen Regierungsmodellen ja schuld sein. Er schuf die Ideologie der arischen Exzellenz, die Juden von den strategischen Tätigkeiten auf dem gesamten Staatsgebiet ausschloss: »Deutschland den Deutschen!«

War das nicht irr, musste Jean sich heute erneut fragen, dass Hitler diese deutschtümelnde Weltsicht eins zu eins umgesetzt hatte, zumal für einen Ausländer, der er als Oberösterreicher ja in Deutschland war?

Es war irr, aber es war inzwischen die Wirklichkeit.

Die, die Augen hatten, zu sehen, und frei waren, zu gehen, hatten, so wie Ise mit ihrem Gropius, das Land verlassen. Jetzt kamen die dran, die Schritt für Schritt aus allen öffentlichen Ämtern entfernt wurden und denen man so die Lebensgrundlage entzog. Eine kleine Völkerwanderung in liberale Staaten setzte ein, und wer sich die Schweiz oder Amerika nicht leisten konnte, ging nach Holland, in die Türkei oder die Tschechei.

Der Beginn dieses allgemeinen Aufbruchs sollte in Jeans Erinnerung der Abend bleiben, an dem er früher nach Hause kam, weil sein Milchschrank aus der Lackiererei geliefert wurde. Da stand er, und sein warmer »Amerikanische Kirsche«-Eisenglimmer beruhigte den ganzen Raum.

Als ob eine Spannung gewichen wäre, die in dieser Küche immer zu spüren gewesen war, setzte sich Jean an den Tresen und beobachtete die Farbe. Die Nachmittagssonne traf die Seitenfront des Milchschranks direkt, ohne zu blenden. Etwas später, als es langsam Abend wurde, wirkte sie nicht fahl, sondern entwickelte eine eigene Tiefe, ein gewisses Knistern auch, wie Blätterrascheln oder Gras-Geweh. Genau so hatten sich die Hohlwege der Weingärten um Sancerre auf seinen Spaziergängen mit Nannchen, seiner Mutter und Eugenia angehört, viele Jahre zuvor.

Jean saß in der Küche und hörte diesem Knistern zu.

Als Eugenia die Treppe heraufkam, blieb sie wie angewurzelt in der Küchentür stehen.

»Arrayán-Rot!«, sagte sie. Dann sagte sie lange nichts.

Zum Paprikaschneiden stellte sie sich an Jeans Platz am Küchentresen, so dass sie das Lichtspiel der Abendsonne auf dem Eisenglimmer verfolgen konnte, und währenddessen begann sie zu erzählen, vom »See ihrer Kindheit«, von »ihrem Andenreich«, von den tausendjährigen Myrten, die die heimischen Mapuche-Indianer Arrayanen nannten und die dort den ältesten Wald des Planeten bildeten. Ihre Rinden hätten exakt dieses warme Rot und seien dennoch, auch an heißen Tagen, bei Berührung »so kühl wie die Haut eines schlafenden Kindes«.

So sagte sie. Thomas Mann, hatte Jean damals gedacht, würde diese Wendung gut gefallen.

23 *Der letzte Ball*

Trotz der allgemeinen politischen Unsicherheit seit Hitlers Machtergreifung gingen Jeans Geschäfte ausnehmend gut. Vielleicht, weil viele seiner Möbel der Idee des Parsons-Tisches folgten und ihr Talent zum Nomadentum entdeckten. Statt an aufwendigen Gesamtgestaltungen für Privat- oder Geschäftskunden, die ja jedes Mal immense Geduld beanspruchten, arbeitete er jetzt vornehmlich an maßgeschneiderten Produktionsketten, die die Frank'schen Sekretäre, Paravents, Sofas, Chaiselongues, Sessel, Stühle, Tische, Beistelltische und Leuchten auf Reisen schicken könnten.

Jeder sollte sie erwerben können, und das überall!

Seine Möbel, ähnlich denen, die in Ises und Gropius' Bauhaus gefertigt worden waren, mutierten zu viel verkaufter Serienware, überschritten die Grenzen, schifften sich ein. Die Qualität jedes einzelnen Objektes war durch die individuelle Fertigung von Hand und durch den guten Namen von Jeans Lieferanten garantiert. Jedes »Stück Frank« verließ gepunzt und nummeriert die Werkstatt.

Nicht nur die New York School, auch Jeans Handwerker und Zulieferer führten jetzt Wartelisten. Es war also bewiesen, dass Qualität nicht unbedingt viel Geld brauchte, nur Zeit. Und Jeans Kunden konnten warten. Ein »Stück Frank« war fürs ganze Leben, und keiner bekam unpräzise geschnittenes Katzengold, narbiges Leder, glanzlose Bronze oder fleckigen Strohlack von ihm.

Sie versandten nach Nord-, Mittel- und Südamerika, in alle liberalen Staaten Europas, in die französischen Kolonien in

Afrika und dem Vorderen Orient. Bald darauf verdiente kein anderer Frank, auch nicht die Frankfurter Bankiers, so gut wie Jean.

Apropos, kam Jean jetzt in den Sinn, die Frankfurter Bankiers …

Was sollte er mit den Tantiemen machen, die auf sein Konto quollen?

In Menschen und Schicksale investieren, die Hilfe brauchten natürlich, ohne Nachrechnen oder Wehmut. Er benötigte ja kaum Geld für sich selbst. Für die Ladenmiete und den Haushalt, seine Abendessen mit Eugenia und seine Gläschen mit Poulenc reichten seine Planungshonorare allemal. Feste gab er keine, es war auch keinem in der Stadt mehr danach.

Nach Marie-Laures famosem letztem Karnevalsball im Februar 1936 gab es keine Einladungen mehr. Das Thema für diesen Ball hatte Jean finden sollen, und er hatte den »Material-Ball« daraus gemacht, es war das Abschiedsfest einer Zeit, die für sie alle zu Ende ging, der Zeit ihrer Jugendjahre, in der sie sich eine gerechtere, offenere Gesellschaft erträumt hatten.

Der Frank'sche Material-Ball kam in simpler, doch raffiniertester Ausstattung daher. Poulenc schrieb die Ballmusik, Cole Porter gab als Einlage den Titelsong aus seinem gerade am Broadway präsentierten Musical *Anything Goes*, von Poulenc am Flügel und der Jazzband aus dem Tardet's Club am Montparnasse begleitet, Man Ray fotografierte.

Jean hatte sämtliche Kostüme koordiniert, man musste sich in »innovative Materialien« kleiden, also in Kautschuk, Zelluloid, Jute, Glasmosaik oder Linoleum. Marie-Laure ließ sich ein grasgrünes Rochenhaut-Cape fertigen, das Jean in der Folge in einem Paar Kamintische verarbeitete, ihr Mann, der schöne Charles, kam als Dominostein aus weißem und schwarzem Katzengold, begleitet von zwei »passenden« Dominosteinen, seinem Gymnastik- und seinem Tennislehrer. Eugenia mussten sie alle sehr lange überreden, doch schließlich erschien sie, verhüllt bis zu den Haarspitzen, als … Mimose.

Von Kopf bis Fuß als Mimose!

Dieser letzte rauschende Ball im voll erleuchteten Bischoffsheim-Palais am Place des États-Units war, und das wussten sie alle, das Ende einer Epoche. Seither feierten in der Stadt nur noch die lächerlichen Surrealisten, die sich, finanziert von obskuren ausländischen Geldgebern, immer noch groß darzustellen versuchten. Sie waren von ihren ursprünglichen Jazz-Bars am Montparnasse in die Revuetheater an den Champs-Élysées umgezogen, ihre Abende in der Boîte à Sardines und im Le Bœuf mussten Vermögen kosten. Sie schmückten sich mit selbst ernannten Stars, Pablito zum Beispiel, noch nie mit viel Charakterstärke gesegnet, ließ sich ständig mit ihnen fotografieren. Doch keinen aus dieser Clique hatte Jean seit Renés Tod mehr gesehen. Nicht Breton, nicht Cocteau, auch nicht Klaus Mann, der öfter in der Stadt war, als man hätte annehmen sollen. Sein Vater, der in München aufgrund seiner jüdischen Frau aufs Ärgste bedrängt worden war und jetzt im Schweizer Exil lebte, zog es wohl vor, ihn hier aufgehoben zu wissen statt in den sündteuren Literatenclubs von New York.

24 *Ein Brief von Thomas Mann*

Die Pendeltür der Bordbibliothek schwang auf, der Barmann erschien im Türrahmen, und Eugenia erhob sich.

»Sind Sie bereit, Madame?« Mit einem gesummten »danke, gerne« begann sie ihre schon durchgerechneten Listen zu ihrer Rechten in einen Ordner abzulegen, dann sammelte sie die zu ihrer Linken und sortierte sie in einen zweiten Ordner.

»Jean Cheri, ich verlasse dich.«

»Für immer?«

»Für ein Stündchen.«

»Das kann ich überleben.« Jean richtete sich in seinem Sessel so gerade wie möglich, da der Barmann im Türrahmen stehen blieb.

»Captain Cohn lädt Madame auf die Brücke ein, wo sie in seiner Kommandantenkabine Licht aus dem Notstromaggregat hat.«

»Ich muss die übrigen Abrechnungen ablegen«, fügte Eugenia hinzu, »vor dem Dîner, und das kann ich nur, wenn ich meine Ordner auch … sehe.«

»Der Erste Offizier wird Ihnen zur Hand gehen, Madame.«

»Exzellent«, sagte Jean, »wir treffen uns um acht im Bordrestaurant?«

»Im Offizierscasino heute, bitte, oben auf der Brücke«, bat der Barmann, »Captain Cohn besteht auf einem privaten Dîner mit Madame und Ihnen.«

Gut. Jean hätte eine Stunde für die letzten Ereignisse bis heute, das war zu schaffen.

Während er die Seiten des Kassenbuchs zurückblätterte, fiel ihm auf, dass er zwei Begebenheiten ausgelassen hatte, die es wert waren, erzählt zu werden. Wie hatte er die vergessen können?

Die erste war eine magische Begegnung, denn einen Abend lang hatte er hoffen können, es gäbe noch eine Chance, sich wieder zu verlieben.

Nach dem Erfolg des Parsons Table hatte sein kalifornischer Bauherr Templeton Crocker zwei neue Auftraggeber für ihn ins Auge gefasst, der eine war ein amerikanischer Milliardär, der andere ein ungarischer Dirigent. Ersterer hieß John D. Rockefeller, und Jean sollte seinem Sohn Nelson, einem Kunstfanatiker und Sammler der französischen Kubisten, ein Appartement an der New Yorker Fifth Avenue einrichten. Es war Jean schleierhaft, warum der alte Rockefeller, der als Geizhals und ewiggestriger Puritaner verschrien war, sich ausgerechnet für ihn interessierte.

Mit solch einem Moralisten hätte er ja kein einziges gemeinsames Gesprächsthema!

Passend zu Rockefellers einschlägigem Ruf flatterte ein Honorarangebot in seine Boutique, das man nur als lächerlich bezeichnen konnte. Dieser Herr forderte den Exklusiventwurf eines angesagten französischen Innenausstatters, bot aber einen Betrag, der einer monatlichen Spende für die Boyscouts gleichkam.

Für wen hielt er sich?

Jean zeigte Crocker den Brief, und der war persönlich beleidigt: »Niemals gehen Sie mir zu diesem East-Coast-Barbaren«, sagte er und lud ihn gleich am folgenden Wochenende in das elitärste Fischerdorf Nordafrikas, Hammamet im Norden von Tunesien, ein. Crocker beauftragte ihn *carte blanche*, dort das Sommerhaus seines neuen Protegés, des ungarischen Dirigenten Georges Sébastian, einzurichten.

Die kurze Reise über das Mittelmeer trat Jean allein mit Crocker an, denn Eugenia, die er um ihre Begleitung gebeten hatte, war verhindert. Ihr Sohn Maximiano, der zeitlebens genau wie sein Vater von schwacher Gesundheit war, litt an akuter Lungenentzündung, und sie brachte ihn zur Behandlung in die Bellevue Klinik.

Georges Sébastians Haus war, wie Crocker und Jean bei ihrer Ankunft entdeckten, noch im Rohbau. Zu Jeans Ehren gab Crocker aber am selben Abend eine Gartenparty auf den ausladenden Terrassen, zu der ein halbes Dutzend von Sébastians ungarischen Musikerkollegen geladen waren, zu Jeans Überraschung aber auch Cole Porter und seine Mutter, die mit ihren Künstlerfreunden Cecil Beaton und Somerset Maugham angereist war.

Und an jenem Abend fand die magische Begegnung statt. Viel zu spät kamen zu dieser Soiree nämlich zwei Gäste, die so wichtig sein mussten, dass Crocker und Sébastian sie von ihren Dienern umringen ließen und mit keinem ihrer Gäste bekannt machten. Jean und Porter sahen aus der Ferne eine schlanke Blondine, die bedacht war, nichts zu essen, und sich an einem einzigen Glas Champagner festhielt. Obschon ihr die Diener samtene Hocker bereitstellten, blieb sie stehen, wahrscheinlich um ihren smaragdgrünen Seidenkaftan nicht zu verknittern.

Wer war diese Göttin?

Nach ein paar getuschelten Kommentaren der anwesenden Gäste war klar, dies musste die schwedische Schauspielerin Greta Garbo sein. Man wusste von ihr eigentlich nur, dass sie, anders als ihre Kolleginnen, die Elsa Schiaparellis beste Kundinnen geworden waren und sich liebend gern in den Pariser und New Yorker Restaurants zeigten, für gewöhnliche Sterbliche unsichtbar blieb, niemals irgendwohin ging, sich nicht fotografieren und erst recht nicht ansprechen ließ.

Nun gut, sie war der bestbezahlte Star der neuen Hollywood-Filmindustrie, vielleicht musste sie da Abstand wahren?

In ihrer Begleitung aber erschien ein Engel.

Ja, es sah komisch aus, wenn Jean jetzt das Wort »Engel« niederschrieb, aber dies war sein Eindruck gewesen, und jedes Mal wenn er an jenen unwirklichen Abend in jener unwirklichen Szenerie zurückdachte, bestätigte sich die Bezeichnung. Der Engel war, so schien es zumindest, Greta Garbos persönliches Eigentum, sie ließ ihn mit niemandem sprechen und von niemandem berühren.

Als wäre dieser Ephebe, der René frappierend ähnlich sah, ihr Sohn oder Ziehsohn. Oder gar ihr jugendlicher Liebhaber?

Jean konnte diesen Jungen nicht mehr aus seinem Gedächtnis löschen. Obwohl die beiden sehr früh das Fest verlassen hatten und es zu keinem Wortwechsel, nicht einmal zu einem Blickkontakt gekommen war, wurde jener Engel zur wiederkehrenden Erscheinung in seinen Träumen, den ersten erbaulichen Träumen, die er seit Jahren träumte.

Die zweite Begebenheit, die er in seiner Niederschrift übergangen hatte, hatte die Ereignisse der letzten Monate maßgeblich bestimmt. Vier Wochen nach Renés Tod, Mitte Juli 1935, hatte ihm Thomas Mann geschrieben. Jean wusste nicht, ob er den Namen Thomas Mann in diesem Kassenbuch unterstreichen sollte.

Der von Eugenia glühend verehrte Literatur-Nobelpreisträger hatte ihm geschrieben, ihm, Jean-Michel Frank, einem unbedeutenden Pariser Designer!

Der Grund war ein halbseitiger Nachruf, den sein Sohn Klaus in der *Basler Zeitung* veröffentlicht hatte und der den Vater berührt zu haben schien, so sehr, dass er den Herrn kennenlernen wollte, der der Freund des Freundes seines Sohnes gewesen war. »Seine hochfliegende Absicht war es, der poetischen

Veranlagung, dem Traum, der Trauer, der Einsamkeit treu zu bleiben«, hatte Klaus Mann seinen Nachruf auf René beschlossen, und mit diesem Zitat begann der Vater seinen Brief an Jean. Nicht, um ihm von René zu sprechen und ebenso wenig von seinem Sohn Klaus, der den Verstorbenen als »einen Bruder«, »einen von uns« beschrieb. Nein, er nahm deren zwar tragisch zu Ende gegangene, doch offensichtlich tiefe Beziehung zum Anlass, um generell über Beziehungen »anderer Art«, wie er sie nannte, zu reflektieren.

Sein erster Brief an Jean war demnach der Auftakt zu einem Dialog mit einem Unbekannten, in dem der Sprecher nicht zu existieren schien, sondern in der dritten Person und der Möglichkeitsform über die Freundschaft im Allgemeinen und andere mögliche Freundschaften im Speziellen diskutierte. Die Zeilen lasen sich wie der Beginn eines Traktats zu möglichen Wahlverwandtschaften in Zeiten fundamentaler gesellschaftlicher Veränderung. Jean war vor Erstaunen sprachlos gewesen.

»Wie leben Sie Ihr Leben, in aller Offenheit und aller Rigorosität?«, fragte Mann ihn, abschließend.

Eine gute Frage, die hatte Jean sich tatsächlich nie gestellt. Er hatte seine Liebe zu René einfach gelebt, ohne Geschrei und Getue. Still, ernsthaft, selbstverständlich.

Vielleicht hatte er nicht so viel über das Wagnis gesprochen, geschweige denn geschrieben wie René, sondern das Wagnis einfach gewagt?

Dass René diese Liebe verleugnete, dass er ein plakatives Zur-Schau-Stellen von Anders-Sein und Anders-Lieben bevorzugte, hatte Jean zwar getroffen, doch nicht erschüttert. Er würde bleiben, wie er war, er konnte gar nicht anders.

Sein kurzer erster Antwortbrief schien Thomas Mann gefallen zu haben. In seinem zweiten Brief kamen nach weiteren Themen, die den »anderen Freundschaften« verwandt waren –

Traumforschung, Symbollehre, Tiefenpsychologie, die Neue Schweizer Schule, der er genau wie Adolf Loos nahestand –, politische Fragestellungen dran, die ihn umtrieben.

Hier endlich traf Jean einen erklärten Befürworter der Weimarer Republik und einen Hitler-Verabscheuer!

Einen, der sich keine »Es wird schon wieder«-Scheuklappen aufsetzte, sondern seine Meinung sagte, jenem Regime ins Gesicht!

Gleich nach den Reichtagswahlen im September 1930, bei denen die Hitler-Partei das zweitstärkste Ergebnis nach der SPD erreichte, hatte er in seiner *Deutschen Ansprache: Ein Appell an die Vernunft* im Berliner Beethovensaal, deren Erstdruck Jean sich sofort besorgt hatte, in der für ihn typischen, so herrlich nüchternen Unumwundenheit den aufkommenden Hitler-Kult beschrieben: »Eine Riesenwelle exzentrischer Barbarei und primitiv-massendemokratischer Jahrmarktsrohheit mit Massenkrampf, Budengeläut, Halleluja und derwischmäßigem Wiederholen monotoner Schlagworte, bis alles Schaum vor dem Munde hat.«

Ob das wohl deutsch sei?

Hier stellte einer die richtigen Fragen!

Ob »das Wunschbild einer primitiven, blutreinen, herzens- und verstandesschlichten, hackenzusammenschlagenden, blauäugig gehorsamen und strammen Biederkeit, diese vollkommene nationale Simplizität« in einem reifen, vielerfahrenen Kulturvolk wie dem deutschen nicht auf Dauer zum Scheitern verurteilt sei?

Die Berliner Literaten hatten damals zwar applaudiert, aber offensichtlich nicht wirklich zugehört, denn kurz vor Renés Tod hatte Thomas Mann nochmals an der Universität München Stellung bezogen. Unter massiven Drohungen seitens der NSDAP hatte er aber kurz darauf mit Katia, seiner jüdischen Frau, die Stadt, ja sogar das Land verlassen müssen.

Den Briefwechsel mit Jean begann er vom Exil am Zürichsee aus. Ab seinem dritten Brief verschlüsselten sie ihre Nachrichten zu einer formelhaften Codesprache, denn die Postsendungen von Küsnacht nach Paris konnten in Zeiten wie diesen Umwege machen, die lebensgefährlich waren.

25 *Die Bestellung Otto Frank*

Über den so überraschenden wie bewegenden Dialog mit Thomas Mann hatte Jean begonnen, seine Idee zur Finanzierung von Fluchtwegen für Juden zu konkretisieren.

Er hatte Poulenc eingeweiht, der als tausendprozentiger Arier den idealen Strohmann abgab, und der erste Fall, der anstand, war, wer hätte das ahnen können, einer, dem man noch vor einigen Monaten kein bisschen Not zugetraut hätte und der doch inzwischen in der gleichen Bedrängnis war wie ein Thomas Mann.

Jeans Cousin Otto Frank, der Frankfurter Bankier, wurde mit seiner Familie rassistisch bedrängt. Darüber hinaus ging es ihm finanziell derart miserabel, dass er die Familienbank, oder das, was nach der Börsenkrise und der Machtergreifung der Nationalsozialisten noch von ihr übrig war, für eine einzige Reichsmark verstaatlichen musste.

Was tat ein Mann mit zwei kleinen Töchtern und einer alles andere als weltläufigen Frau in einer solchen Situation?

Einer, der jeden Morgen in sein Kontor ging, mit Seidenweste, Hut und Handschuhen, der die guten Ratschläge seiner treuen Untertanen befolgte, nie wirklich nachfragte, nie wirklich etwas veränderte? Der sonntags die katholische Kirche besuchte, nur um nicht jüdisch dazustehen?

Was wurde aus so einem Mann in unseren Zeiten?

Wie Jean zu Beginn dieses Kassenbuchs geschrieben hatte, er blätterte kurz auf die ersten Seiten zurück, war man bei den Franks Bankier oder Jurist. Im schlimmsten Fall wurde man

Kaufmann. Otto musste nach seinem Bankrott als Bankier Kaufmann werden, was nichts anderes war als Vertreter.

Nur, Vertreter wovon?

Zunächst ermöglichte Jean ihm, weiterhin in seinem Frankfurter Haus zu leben, indem er ihm die Interessen seiner Schulden erstattete.

»Ich erhielt Dein Telegramm«, kabelte ihm Otto postwendend, »wenn ich recht verstehe, tilgst Du die Kreditraten und wir können in der Villa wohnen bleiben? Ich kann Dir nicht genug danken.«

Dann fragte er bei Thomas Mann an, und dieser berichtete ihm von seinem Wiener Freund Robert Feix, der den Anschluss an Hitlerdeutschland schon voraussah und entschlossen war, seine Geliermittelproduktion aus Österreich in ein liberales europäisches Land zu verlegen. Feix war auf der Suche nach Vertretern, die Produktion und Vertrieb aufbauen konnten, zwar auf eigenes Risiko, dafür aber sofort. Otto siedelte also noch im laufenden Monat mit seiner Familie nach Amsterdam über. Dort brauchte er finanzielle Starthilfe, verlässliche Mitarbeiter mussten eingestellt werden, ein Verkaufsraum gemietet. Diese Starthilfe leistete Jeans Möbelproduktion.

Hätte man je ahnen können, dass Otto einfach nicht ordentlich zu wirtschaften verstand? Dass Jean sich da mit ihm, seiner Frau und seinen zwei kleinen Töchtern ein Quartett unmündiger Kinder eingekauft hatte und sie unterhalten musste bis zum heutigen Tag, also wahrscheinlich für immer?

Er musste zugeben, dieser sein erster Fluchthilfe-Fall blieb rein finanziell betrachtet ein Reinfall. Doch wenigstens ging es Ottos Familie in Amsterdam gut, und dort waren sie, zunächst einmal, in Sicherheit.

Jean war umgehend nach Holland gereist und hatte ihnen ein sonniges Handwerkerhaus in der Prinsengracht, Hausnummer 263, gemietet. Die kleine Anne, die ihm so frappierend ähnlich sah, schrieb ihm seither regelmäßig, in ihrer schwingenden Zweitklässlerschrift. Jedoch keine »Lieber Onkel Jean«-Briefe übers Wetter, es waren im Gegenteil geradezu Mann'sche Briefe, die viel von der Schreibenden erzählten, ohne sie je direkt preiszugeben.

Die kleine Anne hatte eine Art, die Menschen ihrer Umgebung zu betrachten und zu beschreiben, die Jean lächeln machte. Sie war ein selbstgenügsames, ein kritisches und auch ein wenig bockiges Kind. Ein »anderes« Kind, so wie er es wohl auch gewesen war.

Sie gefiel ihm gut.

Vielleicht käme sie eines Tages zum Studium zu ihm nach Paris?

Auf die »Bestellung Otto Frank« folgten weitere. Poulenc führte die »Bestellliste«, wie sie sie mit ihrem Decknamen nannten. Diese Liste füllte sich durch Thomas Manns »freundschaftliche Empfehlungen« aus München, Frankfurt, Bremen, Berlin, Krakau oder Warschau. Sie schrieben nur die wirklich unerlässlichen Daten der betroffenen Individuen und ihrer Familien in ein Kassenbuch wie dieses hier, die üblichen roten Kassenbücher von Jeans Buchhaltung, so konnte es sich um neu akquirierte Bauherren oder Möbelkunden handeln.

Die Abende mit Poulenc bekamen eine Regelmäßigkeit und Dringlichkeit, die Jean guttaten. Denn er schlief weiterhin schlecht und fürchtete sich vor dem Moment am späten Abend, an dem er sich zwar nicht müde, aber doch ins Bett zwang. Kaum eingeschlafen, kamen die Träume, es war laut in ihnen, es war klamm, er schwitzte kalten Schweiß, sein Rücken verkrampfte sich derart, dass er wie gelähmt erwachte und sich warme Kampferwickel machen musste, um sich annähernd gerade zu richten.

Diese Träume dauerten bis heute an, und er hatte keine Kur für sie gefunden. Man musste ihn nur anschauen, er sah aus wie schon gestorben.

Vielleicht führe er bei seiner Rückkehr aus Südamerika wirklich nach Zürich und träfe Professor Jung, von dessen neuer Traumforschung ihm Loos und Thomas Mann so eindrücklich berichteten?

26 *Amelia*

In Paris hatte Eugenia seit letzten Herbst nichts Wirkliches mehr zu tun. Hitler hatte im September 1935 die Rassengesetze erlassen, und in den seither vergangenen eineinhalb Jahren deutete alles darauf hin, dass er Ansiedlungsgebiete für Juden in den östlichen Nachbarländern beanspruchen würde, was klarerweise auf eine Kriegserklärung hinauslief.

Eugenia hasste ihn mit Leidenschaft. Doch dies allein war kein Lebensinhalt, und viel schlimmer für sie war, dass ihre Talente sie nicht mehr brauchten. Pablito war heute um vieles wohlhabender als sie selbst, Coco hatte die Haute Couture unwiderruflich revolutioniert, Igor war zu einem Konzertzyklus an die New Yorker Met berufen worden und nur noch selten in Paris, Blaise war in den Spanischen Bürgerkrieg gezogen. Eugenia konnte ihre Musen-Mission also nur noch mit Jean leben, und auch das eigentlich nicht mehr. Sie lebte keine Mission mehr mit ihm, sie lebte mit ihm.

Dass es ihm gesundheitlich, sprich nervlich oder seelisch oder psychisch oder wie auch immer man das heutzutage nennen wollte, nicht gut ging, wusste sie, auch wenn sie nie nachfragte. Anzeichen von Verfolgungswahn und von multiplen Zwängen hatte in Zeiten wie diesen nicht nur er, und Eugenia lag jede Art von Drama fern, sie agierte durch die Tat. René hätte sich unmögliche, tragisch endende Umwege ausgemalt, sie fand schlicht und einfach einen Ausweg.

Seit dem Abend in der Küche in der Rue de Verneuil, an dem sie das neue Arrayán-Rot des Milchschranks entdeckte, hatte sie Fluchtpläne geschmiedet und die Figuren in Stellung gebracht. Sie wusste, dass Jean, eine Figur Kafka'scher Tristesse, sich inzwischen nicht mehr nur zum Schlafen, sondern auch zum Essen zwingen musste und sich anhand endloser Listen von Selbstbefehlen, die er sich in der Nacht für den nächsten Morgen aufschrieb, durch die Tage hangelte. Über eineinhalb Jahre hatte er mit seiner unerlösten Trauer gelebt, die Demütigungen gebüßt, die René ihm zugefügt hatte und die er nie aktiv bekämpft oder verhindert hatte. Er hatte Renés nächtlichem Verfolgungswahn Raum gegeben und doch bei Tag funktioniert wie eine Maschine.

Besser denn je sogar, wenn man so wollte, seine Möbellinien verkauften sich, seine Projekte ebenso, seine treuesten Bauherren verließen das Land und brauchten neue Interieurs in Übersee. Er kam mit der Arbeit nicht nach.

Jeans Fluchthilfe für Juden, die nirgendwo außer in den knappen Einträgen in seinen Kassenbüchern sichtbar wurde, ging mit seinen neuen internationalen Aufträgen Hand in Hand. Das Gespann aus Thomas Mann und Poulenc bewährte sich, Jean fand im Kielwasser seiner Möbellieferungen und Auslandsprojekte nicht nur die Fluchtwege für ganze Auswandererfamilien, sondern auch die Visa und Arbeitsbewilligungen dazu. Die Möbeltantiemen auf seinem Konto finanzierten diese Visa und jegliche dafür erforderlichen bürokratischen »Nebenkosten«, aber auch die Reise- und die Ansiedlungsaufwendungen, so lange, bis die Flüchtenden in den neuen Heimatländern Fuß gefasst hatten. Ein unsichtbares Netzwerk knüpfte sich um den ganzen Erdball und verdichtete sich von Tag zu Tag.

Erstmals in seinem Leben fühlte Jean sich wirklich nützlich. Und dennoch würde er, es schien unausweichlich, eines Tages wie seine Mutter auf dem Bellevue Berg enden, fiebernd an Renés »kaltem Entsetzen«.

Doch dann kam der Nachmittag vor knapp zwei Wochen in Eugenias Kutscherhaus. Amelia Earhart, die junge New Yorker Flugpionierin, deren Welterkundungen im Alleinflug und über rekordhafte Langstrecken von allen Gazetten verfolgt wurden und deren Reisebericht *20 Hrs. 40 Min.* ein Bestseller geworden war, saß ganz selbstverständlich auf einem der mit Sackleinen bezogenen Sesselchen in Eugenias Wohnzimmer, als Jean die Treppe hinaufging. Es war der zweite Samstag im Februar, die Wintersonne schien quer durch die hohen Fenstertüren und traf das Landschaftsgemälde mit den hellen Kiesufern und dem Silberschilf, Jeans patagonischen Lieblingsblick.

Amelia Earhart sah frisch aus für das, was sie in den letzten Tagen und Nächten geleistet hatte. Zum dritten Mal hatte sie, Jean hatte das gerade am Tag zuvor in *Le Temps* gelesen, im Alleinflug mit ihrer Lockheed Vega Special von Newark den Atlantik überquert und war an diesem Morgen in Paris gelandet. Die winzige Vega, eine tomatenrote Flugkiste, die sie »ihren kleinen roten Bus« nannte, trieb einem allein auf den Zeitungsfotos den kalten Schweiß in den Nacken.

Wie sollte so etwas jemals fliegen? Und wie erst recht wieder landen?

Amelia gefiel ihm auf Anhieb. Groß gewachsen und sehr schlank, trug sie ihr dunkelblondes Haar im Herrenschnitt, die Stirnfransen stets vom Wind zerzaust über den schilfgrünen Augen. Sie sah nach Weite aus und nach Abenteuer und nach dem Ruf, der ihr vorauseilte. Im Amerika des linksliberalen Aufbruchs unter Roosevelt war sie, von der Präsidentengattin protegiert, zur Lichtgestalt der Emanzipationsbewegung geworden. Sie trat, wie Jeans Cousine Ise das im Deutschland vor Hitlers Machtübernahme getan hatte, für die Gleichberechtigung von Frauen in Wahl- und Bildungsfragen ein und für deren Vormarsch in technische und wissenschaftliche Berufe, und das nicht im typisch amerikanischen Cocktailkleid und frisch toupiert auf chintzbezogenen Clubsesseln, sondern immer wie gerade eben gelandet, herrlich durchwindet und in der Fliegerjacke.

Diese Fliegerjacke!

Ausgesessen und ausgebeult, war sie aus Ziegenwildleder und von einem seltenen Rotbraun, einem frisch durchsonnten Arrayán-Eisenglimmer. Eugenia musste sich das Gleiche gedacht haben, als Amelia hier hereingekommen war.

Überhaupt musste ihre ganze Erscheinung ihr gefallen, eine Mischung aus Natur-Elf und Technik-Freak, eine einzigartige Erfindung!

Mit »Dies also ist der Plan, Amelia Dear« erschien Eugenia, ein Tablett mit Minztee und Buttertoast in den Händen, aus der Küche, sie sagte das in einem Tonfall, der auf eine ausgiebige, diesem Besuch vorausgegangene Korrespondenz schließen ließ.

Oder hatten sich die beiden schon zuvor getroffen? Vielleicht sogar mehrmals?

Und Eugenia hatte Jean nichts erzählt, diese Überraschung gut gehütet?

Jean war plötzlich und seit Jahren zum ersten Mal wieder der »kleine Jean Cheri« seiner Mutter, spielte keine Rolle, musste gar nichts tun. »Den Plan« schmiedeten diese beiden Frauen. Er lehnte sich zurück und hörte ihnen zu.

Amelia begann, zu ihm gewandt. Sie sprach im Ton »geduldige Wiederholung für entschuldigt Zu-spät-Gekommene«, sie nahm wohl an, dass Eugenia ihn längst in ihr gemeinsames Vorhaben eingeweiht hatte.

»Sie müssen keine Ängste haben, Jean, Eugenia wird ja dabei sein.«

Dabei sein?

Wobei?

Eugenia goss den Minztee ein und holte für Jean vom Bartablett auf ihrem Eisentischchen einen Schwenker mit Armagnac dazu.

Mit »Wir reisen nach Patagonien, Jean Cheri« reichte sie ihm das Glas, und in ihren Augen war das ihm jetzt von der Madrid wohlbekannte Blitzen, »mit ihr«.

Sie nickte in Richtung Amelia, und Jean schüttete den Armagnac hinunter. Diese junge Frau schien Eugenia gutzutun, beide hatten sie ein stetes Schunzeln um die Mundwinkel, eine Art gut gehüteter Vorfreude unter Verbündeten.

»Wir reisen nach Patagonien«, hatte sie gerade gesagt.

Die beiden reisten nach Patagonien, ans Ende der Welt.

Doch halt, was hieß hier »wir«?

Präzise hatte sie gesagt: »Wir reisen nach Patagonien, mit ihr.«

Beinhaltete das »wir« etwa auch Jean?

Er spulte die unzähligen Abendessen mit Eugenia in seiner Küche in Gedanken zurück und wie sie immer öfter und immer strahlender mit »in Patagonien …« zu erzählen begonnen hatte.

Es war ja klar, irgendwann hatte es so kommen müssen!

Er rechnete schnell seine für dieses Jahr anstehenden Projekte durch und wie viel an Flucht-Beihilfe er verlieren würde, wenn er sie aufschöbe. Denn eine Reise nach Patagonien bedeutete eine gut zehn Tage dauernde Schiffspassage nach Buenos Aires, dann eine mindestens ebenso lange Ochsenkarawane diagonal durch das ganze Land, über grauenhaft staubige Pampastraßen, mit Übernachtungen in Herbergen ohne fließend Wasser und ohne ein Badezimmer, das diesen Namen verdiente.

Eine Tortur! Und es war Mitte Februar, also dort noch mitten im Sommer!

Wusste Eugenia, wie sehr sein Rücken in der Hitze schmerzte?

Und hatte er ihr je gestanden, welche Panik er vor jeder Art von Verkehrsmittel entwickelte, das die Fahrgeschwindigkeit einer Straßenbahn übertraf?

Zu Schiff nach Buenos Aires …

Schon seine Passage nach New York damals zu Templeton Crocker hatte ihn die ersten grauen Haare gekostet.

Aber den ganzen Atlantik durchmessen? Den Äquator kreuzen?

Eine Wahnsinnsidee!

27 *Das Grandhotel*

»Natürlich nicht zum Vergnügen«, fuhr Eugenia fort, sie blinzelte Amelia jetzt kurz zu, sie konnte tatsächlich mit dem rechten Auge blinzeln, das hatte Jean noch nie an ihr gesehen, »sondern als Auftrag. Du wirst das erste Grandhotel der Anden einrichten, wir beginnen mit einer Weltneuheit, einem Exempel, das«, wandte sie sich erläuternd Amelia zu, »bisher allein unsere junge Freundin Margherita Revedin in Venedig statuiert hat, dem Naturtourismus.«

Tatsächlich hatte diese gemeinsame Freundin in den vergangenen Jahren einen solchen Tourismus erstmals am Lido von Venedig etabliert und große Erfolge geerntet, indem sie die Gäste ihrer vor den Toren der schönsten Stadt der Welt erbauten Grandhotels Des Bains und Excelsior zum Golfen, Rudern, Schwimmen, Tontaubenschießen, Reiten und Motorfliegen lud und dieses Naturerlebnis mit der Avantgarde der zeitgenössischen Kunst und dem neuen Medium Film verband.

Sowohl in Hollywood als in den Berliner UFA-Studios riss man sich um eine Einladung zu ihren neu gegründeteten Filmfestspielen!

Doch was sollte solch ein Projekt in Patagonien bewirken, Tausende Kilometer von jedem zivilisierten Ort entfernt?

Nun ja, dachte Jean weiter, wenn die Lage in Deutschland sich zuspitzte, könnte man Eugenias Anden-Grandhotel zumindest an die Klienten seiner »Bestellliste« dauervermieten. Besser ein paar Koffer mit der Ochsenkarawane durch die endlose Pampa retten als Hitlers Denunzianten bei sich in Berlin, Frankfurt oder München einziehen sehen.

»Wer wäre denn dieses ›wir‹? Wer ›wir‹ beginnt mit Naturtourismus?«

Für sie würde er alles tun, auch bis ans Ende der Welt fahren, einfach so. Doch das galt unter normalen Bedingungen, in Zeiten des Friedens. Heute hingegen befand man sich in Europa im Ausnahmezustand und ständig schon mit einem Bein im Krieg. Ebenso lag das Schicksal zahlreicher Menschen in seinen Händen, er konnte nicht einfach so verreisen.

»Wir, nun …«, Eugenia setzte sich auf das dritte Sackleinensesselchen, ihre Bewegungen hatten eine ganz neue Geschmeidigkeit, »mein kleiner patagonischer Inselbesitz und ich.«

Amelia schenkte ihr ein bubenhaftes Lächeln.

Sie war sicher jünger als Jean, also vielleicht Ende dreißig, wirkte in Ermangelung jeglichen Make-ups aber wie eine Zwanzigjährige. Rein optisch trennten sie bei seiner ihn uralt machenden Schlaflosigkeit also lockere zwei Generationen.

Eugenia überlegte kurz, stand wieder auf und schritt durch den leeren Salon bis vor das Landschaftsbild, das die fjordartige Wasserfläche des Nahuel-Huapi-Sees mit seinen roten Ahornwäldern zeigte, dahinter die fernen Silhouetten verschneiter Vulkane, eine schier endlose Kette geballter Naturgewalt.

»Mit den Silberminen dieser Berge, von denen unsere ganze Familie heute noch zehren kann, habe ich meine Ziehkinder hier in Paris gefördert«, erklärte sie Amelia und wies zum Fenster hinaus auf die sonnige Rue Masseran, »heute machen sie Musik oder malen oder dichten oder kleiden uns ein.«

»Oder räumen, wie man vernimmt, den Leuten die Häuser leer, so dass sie aussehen wie ausgeraubt?«

Amelia nickte Jean kurz über die Schulter zu, ein Nicken zwischen anerkennend und amüsiert, als ob sie sich schon vor Jahren begegnet wären. Eugenia musste ihr so einiges über ihn erzählt haben, auch die schlechten Witze des Herrn Cocteau.

Das erste Grandhotel der Anden also.

Eugenia hatte ein echtes Projekt im Kopf, wie es zu ihr passte. Sie machte keine halben Sachen, sondern setzte auf das Neue, das Undenkbare, das Nie-Dagewesene, selbst wenn es diesmal eine Flucht war.

In Anbetracht der Hitler'schen Großmannssucht könnte diese Flucht ihnen aber allen zur Rettung geraten!

Sie würde Margheritas Naturtourismus-Idee für ihre patagonische Heimat umsetzen, würde Hürden und Rückschläge überwinden und dank ihrer Beharrlichkeit zu einer Erfolgsgeschichte machen, wie jede bisherige Karriere ihrer Ziehkinder.

Jean begann folglich in Eugenias Salon mit dem, was man unter Gestaltern Grundlagenermittlung nannte, es waren die ersten, scheinbar dummen, doch relevanten Fragen zu einem Projekt, das einem angetragen wurde. Er hatte sich angewöhnt, diese ersten Fragen zu seinem Seismographen zu machen. Lösten die Antworten in ihm nur die leiseste Skepsis aus oder, noch schlimmer, ließen sie auch nur einen Hauch von Langeweile aufkommen, nahm er den Auftrag nicht an.

»Das erste Grandhotel der Anden, Ziel des neuen Naturtourismus. Von wem für wen, darf ich fragen, ist dieser Tourismus gedacht?«

»Bitte, Jean, hab Geduld. Wir brauchen noch ein wenig Zeit, um die Idealbesetzung und alle Genehmigungen sowie die Finanzierung auszuloten. Wir sind eine Gruppe von Förderern, ich bin nur ein Teil davon. Doch das Publikum ist die ganze Welt, alle, die kommen wollen, diesen südlichsten Zipfel der Erde zu erkunden.«

»Gut, und wo genau wird das passieren? An deinem See, nehme ich an?«

»An meinem See, natürlich. Die Baustelle ist schon weit fortgeschritten, eine Art Riesen-Chalet von, wennschon, dennschon, zehntausend Quadratmetern Wohnfläche. Unser Architekt hat den Hotelbau in einem H-förmigen Grundriss entwickelt und unter hohe Walmdächer gesetzt, ein wenig monumental vielleicht, gebe ich zu, doch das Gebäude muss schon sehr groß sein, sonst würde es in der immensen Anden-Natur verschwinden. Ich habe die Landzunge zwischen dem Nahuel-Huapi-See und dem Moreno-See dafür ausgewählt, von meiner Insel, der Isla Victoria, schaut man direkt hinüber. Der Rohbau wird schon stehen, wenn wir ankommen.«

»Ein Riesen-Chalet, lass mich nachrechnen, zehntausend Quadratmeter, das macht … zweihundert Zimmer? Dazu eine Halle? Eine Bar? Ein, zwei Restaurants? Ein Kaminsalon?«

Eugenia nickte. »Weiters bitte eine Anglerklause, ein Schwimmteich, ein Fischerhaus, eine Pferderanch, ein Golfplatz. Unsere Gäste sollen wie bei Margherita in Venedig nicht nur auf die Landschaft schauen, aus sicherer Distanz, sondern sie aktiv erkunden. Schluss mit Nichtstun auf schattigen Terrassen!«

Sie winkte mit beiden Armen in Richtung der Rue Masseran, als ob sie sich von sämtlichen Gewohnheiten ihrer verwöhnten Pariser Freunde verabschieden wollte.

Amelia lachte laut auf.

Eugenia gurrte kurz mit, wurde dann aber wieder ernst. »Natürlich brauchen wir auch noch eine Hauskapelle, Jean, die ich dem heiligen Eduard, Patron meiner mütterlichen Familie, weihen lassen will. Dem Schutzheiligen der Silberminen muss doch auch einmal gedankt werden! Und schließlich, für Feste aller Art, wir wollen uns ja ab und an noch an diesem Leben erfreuen, einen Ballroom.«

»Ach, und dieses bisschen Einrichtung beziehen wir … woher?«

Jeans Kehle war plötzlich trocken, er stand auf und ging zu Eugenias Bartablett auf dem Eisentischchen. Dort schenkte er sich einen guten Schluck Armagnac nach, nahm die Flasche mit auf seinen Platz und stellte sie neben sich auf den Boden.

»Ich meine die, sagen wir, zweihundert Dutzend Möbelstücke, die Kilometer an Bezugsstoffen und Belagsmaterialien fertigen wir … wo?«

Trotz des großzügigen Schlucks fröstelte ihn.

Er wurde von diesen beiden Damen doch nicht auf den Arm genommen?

»Der nächste Seehafen ist im chilenischen Puerto Montt, doch der liegt für uns, verzeih, Jean, auf der falschen Seite, nämlich am Pazifik. Ihn und meinen See trennen da einige bescheidene Fünftausender!«

Nein, keiner nahm ihn hier auf den Arm, Eugenia wies sehr ernst zurück auf die lückenlose Gletscherkette auf dem Gemälde.

»Doch vom Atlantik ankommend, ist da nur Ebene, von dort kannst du alles anliefern lassen, was du brauchst. Ein wenig gemütlich eben, in Ochsenkarrengeschwindigkeit und des Abends mit Gaucho-Lagerfeuer. Aber du liebst doch … langsam fahren?«

Jean musste schmunzeln, und es wurde ihm umgehend wieder wärmer. Sie kannte ihn auswendig, er hatte keine Chance.

»Wir fertigen also in Buenos Aires?«, fragte er, das klang ja zumindest interessant. Er hatte sofort seine Bestellliste im Kopf, denn Poulenc hatte herausgefunden, dass Argentinien und Venezuela für Juden die aufnahmefreudigsten Staaten Lateinamerikas waren, man erhielt zwar kostspielige, doch dafür unbeschränkte Einreisevisa. Jenes Buenos Aires, von gemäßigtem Klima und größtenteils europäischer Besiedelung musste ohnehin eine sehr schöne Stadt sein, Poulenc hatte vom »Paris des Südens« gesprochen, es gebe eine Oper, das Teatro Colón, das der Scala, der Fenice oder der Opéra Garnier in nichst nachstehe.

Vielleicht könnte Jean dort eine Dependance seiner Boutique eröffnen?

Auf seiner Fluchthilfe-Liste standen neuerdings Frankfurter, Berliner, Warschauer und Wiener Kürschner, Tischler und Bezieher, die dringend ein Refugium brauchten.

»Du wirst in Buenos Aires alles fertigen, was nicht Tischlerarbeiten sind, Jean Cheri«, sagte Eugenia im selben Moment.

»Nicht Tischlerarbeiten, ah, ganz wie Sie wünschen.«

Jean machte von seinem sackleinenen Sesselchen einen ergebenen Diener bis zum Boden.

Eine miserable Idee!

Die für ihn ungewohnte Gewichtsverlagerung nach vorne ließ ihn beinahe den Halt verlieren, er käme nie mehr allein in die Senkrechte, und Eugenia müsste ihn, peinlich genug, am Kragen packen und nach hinten aufrichten.

Irgendetwas musste er aus dieser vertrackten Situation machen.

»Wir sitzen in deinem Riesen-Chalet also am Boden«, ächzte er auf das abgelaugte Eichenparkett vor sich, »schlafen in Hängematten, kleiden uns aus dem Rucksack und kochen unsere frisch geangelten Fische am Lagerfeuer?«

Amelia lachte schallend auf und warf dabei den Kopf zurück, ihre blonde Bubenmähne wippte mit ihrem Lachen mit. Sie hatte die frechste Stupsnase und die schönsten Zähne dieses Universums!

Ihr Lachen hielt so lange an und war so erfrischend, dass Jean sich unbeachtet wieder in seinen Sessel hangeln und den Rücken zurechtrenken konnte.

»Ich bin dabei, darf ich, Jean?«, gluckste sie, »Ich war immer schon gut im Lagerfeuer-Machen!«

»Und ich immer schon gut im Angeln«, ergänzte Eugenia kokett, als ob man sie in diesem Szenario beinahe vergessen hätte. Sie warf ebenso den Kopf zurück und setzte sich in ihr Sesselchen. »Nein, Jean, natürlich nicht, ganz im Gegenteil sogar. Du wirst die Tischlerarbeiten mit einem alten Freund von mir am See erarbeiten, er wartet schon auf dich. Du wirst die schönsten Interieurs entwerfen, nur eben ganz … andere. Die Hölzer dort sind anders, uralte Arten, die du erst studieren und ausprobieren musst, in einer Landschaft, die dir vollkommen fremd ist. Da kannst du nicht mit Pariser Strohlack und Detroiter Eisenglimmer kommen! Es wird eine neue Frank'sche Leere, die wir da entdecken werden, eine, die ganz im Ort verwurzelt ist.«

Eine Pause trat ein.

Jean brauchte einen weiteren Schluck Armagnac.

»Aber nach den ersten Prototypen«, sagte Eugenia jetzt beinahe sanft, »kannst du die Produktion natürlich in Buenos Aires ansiedeln.«

»Herzlichen Dank«, erwiderte er, es musste ein wenig zickig klingen, denn die beiden Frauen tauschten belustigte Blicke aus.

Eugenia, dachte er, hatte einen Vogel!

Doch war sie nicht die genialste Visionärin überhaupt?

Das würde sich ja bald vor Ort zeigen, allerdings wurde Jean beim Abzählen der Prototypen einer gänzlich neuen Linie, aus gänzlich neuen Holzarten gefertigt, beim Hoteleingang und der Rezeption beginnend, schwindlig.

Wenn Eugenia eine neue Frank'sche Leere wollte, hieß das, für jedes Raumprogramm eine eigene Kollektion von Möbelstücken zu entwerfen, die zwar über die Arten, Farben, Oberflächen und Bezüge miteinander korrespondierten, in sich aber doch eigenständig waren. In einem Grandhotel müsste man bei der Garderobe beginnen: Counter, Sessel, Tisch, Schminktisch. Man ginge weiter zum Empfang: Rezeption, Schreibtisch, Stuhl, Fauteuil, Beistelltisch. In die Halle: Fauteuil, Sofa, Pouf, Beistelltisch, Sideboard, Bücherbord. In die Bar: Theke,

Hocker, Barmöbel, Tisch, Sessel, Paravent. Ins Restaurant oder in mehrere Restaurants: Sitzbank, Tisch, Stuhl, Serviertisch, Paravent, Sideboard. In die Kaminzimmer: Fauteuil, Sofa, Beistelltisch, Bibliothek, Lesetisch …

Und man war mit den Möbeltypen noch in keinem Zimmer, keiner Suite, keinem Fischer- oder Golfhaus, keiner Reiterstube, geschweige denn im Ballroom angelangt!

Das alles sollte er in wenigen Wochen mit einem einzigen Tischler am See entwerfen?

Entwerfen, das bedeutete jedes einzelne Möbelstück zunächst skizzieren, in Prototypen aufbauen und ausprobieren, dann korrigieren, umbauen, wieder ausprobieren. Dann nochmals korrigieren, detailfertigen, lasieren, polstern, farblich und strukturell abstimmen, endabnehmen. Erst jetzt, und unter Vorbehalt einer Fertigung von höchster Detailgenauigkeit, zur Produktion freigeben.

Er schätzte, für eine einzige dieser Kollektionen, zum Beispiel die der Restaurantmöblierung, bräuchte er in Paris, mit einem Team von Tischlern, Kürschnern und Beziehern, die ihn seit Jahren kannten und blind verstanden, an die drei Monate.

Aber gut, er liebte Eugenia. Und irgendwoher aus dem hintersten Winkel seiner Erinnerung kamen ihm, wie er da so saß, die Fahrten in die Sancerre'schen Weinberge im offenen Mercedes Landaulet in den Sinn, seine Mutter und Nannchen und Eugenia auf dem Weg ins Blaue, wie sie mit ihren wehenden Seidenschals und laut lachend die Kurven nahmen.

Dieses verrückte Projekt müsste er meistern! Es war eine einzigartige, eine nie gesehene Aufgabe und würde ihnen allen einen Riesenspaß machen!

Zurück also, er musste so vernünftig bleiben wie möglich, zu seinen Anfangsfragen der Grundlagenermittlung. Eugenias Antworten lösten in ihm zwar jegliche denkbare Skepsis aus, ließen aber keinen Hauch von Langeweile aufkommen.

Im Gegenteil!

Er würde von heute an wohl an nichts anderes mehr denken.

»Keine Angst, Jean«, begann da Amelia, und zwei amüsierte Grübchen erschienen auf ihren Wangen, »Sie werden viel mehr Zeit haben, als Sie denken, denn die Reise nach Patagonien wird sehr schnell gehen.«

»Wir haben da nämlich einen Plan«, ergänzte Eugenia. »Nancy Cunards Passagierlinien fahren ja leider nicht nach Südamerika. Also nehmen wir die Norddeutsche Lloyd, die Postschiff-Linie. Die Madrid legt übermorgen in Cherbourg ab, und wir machen eine echte Seereise einmal diagonal über den Atlantik. Schließ kurz die Augen und höre zu: von Cherbourg nach Bordeaux, dann die spanische und portugiesische Küste entlang, La Coruña, Las Palmas, Leixões, Lissabon, von dort entlang der afrikanischen Küste, Madeira, Kapverden. Es folgt der offene Atlantik, wir kreuzen den«, ein Nicken in Richtung Amelia, »Äquator. Dann erreichen wir Brasilien, Bahía, Pernambuco, Rio de Janeiro, Santos. In Buenos Aires legen wir elf Tage nach unserer Abfahrt aus der Normandie an, du wirst auf dem Schiff herrlich schlafen.«

»Die Atlantikluft wirkt Wunder«, warf Amelia ein.

»Und macht Appetit!«, schloss Eugenia. »Den bauchen wir auch, denn in Buenos Aires angelangt, erwartet uns eine Überraschung!«

28 *Captain's Dinner*

Nachdem Jean die Hälfte des Kassenbuchs mit seinem bisherigen Leben gefüllt hatte, konnte er sich rechtzeitig zur Einladung von Captain Cohn umkleiden. Er wählte zu einem seiner Flanellanzüge ein frisches weißes Piquéhemd und eine wasserblaue Seidenkrawatte, die Marcel Rochas ihm für die Seereise mitgegeben hatte, und erschien pünktlich um acht auf der oberen Brücke.

Hier sollte sich eine ganz andere Geschichte zu seiner eigenen gesellen, irgendwie spürte er das, als der Erste Offizier ihm auf der Wendeltreppe entgegenkam, die beiden Ordner von Eugenias Buchhaltung in den Armen.

»Zurück in die Bordbibliothek?«, fragte Jean.

»Eher, mit Verlaub, voraus in die Zukunft«, entgegnete der Offizier mit dem Unterton unverhohlener Bewunderung.

Jean war kaum überrascht, dass Eugenia, die ihn im Offizierscasino erwartete und durch die Bullaugen das schwarze Meer betrachtete, beinahe so vertraut mit dem Captain umging wie wenige Tage zuvor mit Amelia Earhart.

Captain Cohn war ein robust gebauter, athletischer Typ. Er begrüßte Jean mit kollegialem Handschlag, seine nachtblaue Galauniform kleidete ihn beneidenswert gut, kein Vergleich zu Jeans immer gleichem dunkelgrauem Zweireiher, der seine schiefe Haltung kaum zu kaschieren vermochte. Er bat seine Gäste galant an den blendend weiß gedeckten Tisch im ovalen Esszimmer des Offizierscasinos, über dem sich, Jean war erstaunt, eine kuppelförmige Decke spannte, mit einem kobaltblauen Sternenhimmel bemalt. Picassos blaues Zimmer in Eugenias Mimoseraie kam ihm sofort in den Sinn und wohl auch Eugenia, sie drehte sich unter der Tür kurz zu ihm um und rollte amüsiert mit den Augen.

Der Captain warf indes seine weißen Stoffhandschuhe in einem routinierten Bogen auf das Beistelltischchen neben seinem Platz am Kopfende des langen Tisches, auf dem schon eine böhmische Kristallkaraffe mit Rotwein wartete.

Er geleitete Eugenia, die wohl keine Zeit gefunden hatte, sich zum Dîner umzukleiden und nur einen kreideweißen Shantungschal um die Schultern drapiert hatte, zum Sessel an der Tischmitte und wies Jean den Platz Eugenia gegenüber zu.

Während sie sich setzten, traf Jean erneut Eugenias Blick: War sie für diese zwei gut gekleideten Herren elegant genug?

Für solch mädchenhafte Koketterien konnte man sie nur noch mehr lieben, Jean warf ihr spontan zwei Kusshände zu, die den Captain zum Lachen brachten. »Madame erzählte mir Ihre Reisegeschichte, während wir Sie hier oben erwarteten, Herr Frank«, begann er belustigt die Unterhaltung. »Willkommen also auf dem Weg zum großen Wagnis!«

Ein Schiffsmaat, in eine bodenlange nachtblaue Schürze gekleidet, betrat den Raum durch eine Tapetentür, die zur Serviceküche der Brücke führen musste, und reichte als Vorspeise ein lauwarmes Makrelenfilet auf geschliffenen Glastellern. Währenddessen füllte der Captain ihre Gläser. Mit den Worten »Im Hafen von Bordeaux findet man immer ein gutes Fässchen« stieß er zuerst mit Eugenia, dann mit Jean an.

Von diesem Mann konnte man nur eingenommen sein, er hatte Poulencs beruhigend sonore Stimme, gepaart mit Prousts gewisser Vollblüternervosität, die die flinken Bewegungen seiner Augen verrieten. Alle kosteten die Makrelen, die mit scharfem Meerrettichschaum angemacht waren, ein wahres Gedicht!

»Ihre Freundin Eugenia hat, wie Sie sicher wissen, Herr Frank, in eine Vision investiert, die das Leben auf unserem Planeten verändern kann.«

Seine dunkle Stimme hallte wohlig von den Wänden und dem Sternenhimmel wider, und Jean genoss diesen Klang, auch wenn er nicht wusste, wovon der Captain da sprach.

Ein erstes Grandhotel in den Anden zu erbauen, ja, das war schon eine Vision, doch ob es das Leben auf diesem Planeten verändern würde?

»Was für eine Idee«, fuhr der Captain fort, »die Erde dem Äquator entlang zu umrunden, als erster Mensch und zudem als Frau!«

»Ja, allerdings.« Eugenia wusste hingegen genau, worum es ging. »Denn Amelia hat ihren Plan Etappe für Etappe vorbereitet, und genau das hat mir imponiert. Neues wagen, Neuland erobern, die Terra incognita, gegen Mauern der Zweifel, gegen Abgründe des Neids …«

Captain Cohn nickte zustimmend.

»Wie erfuhren Sie denn von diesem Vorhaben?«

»Die Geschichte begann vor einem Jahr.« Eugenia warf jetzt einen Seitenblick auf Jean, und da war wieder das Blitzen in ihren Augen. »Als Amelia erstmals die Süd-Nordamerika-Route von Mexico-City nach Newark erfliegen wollte und dazu ein neues Flugzeug brauchte. Meine amerikanische Freundin, die sie seit jeher unterstützt, schrieb mir von diesem Plan und bat um finanzielle Hilfe. Schon im Jahr zuvor sei die kleine Earhart von Buenos Aires nach Honolulu gestartet und habe bis zu ihrer Landung in Kalifornien zweimal den Pazifik gekreuzt. Bei ihrem nächsten Start wolle sie ihre Flugroute aber nicht mehr entlang der Meridiane legen, sondern, eine Weltneuheit, entlang der Breitenparallelen. Und nicht entlang irgendeines Parallels!«

»Passen Sie auf, Herr Frank, die junge Dame hat sich den Äquator ausgesucht«, wusste der Captain.

Jean konnte nichts dazu sagen, er saß da und staunte.

»Was die Flug- und Wetterbedingungen denkbar kompliziert, ja beinahe unmöglich macht«, ergänzte Eugenia, sichtlich mit der Materie vertraut. »Die viel leichtere Flughöhe von 1500 Metern ist auf dieser Route nämlich nicht überall möglich, und so haben wir Amelias neue Electra mit zwei maßgemachten Neun-Zylinder-Propellern ausgestattet, die niedrigere Flughöhen zulassen, ohne zu überhitzen.«

Eugenia sprach jetzt Techniklatein? Und hatte Captain Cohn in dieses Abenteuer eingeweiht, aber ihn nicht?

»Wie ich in unseren Bulletins gelesen habe, und unsere deutsche Marine erhält über die Luftwaffe doch die eine und andere Information«, sagte der Captain und schenkte Jean, dem offensichtlich ahnungslosen Zuhörer, Wein nach, »hat Amelia Earhart die Propeller gemeinsam mit den Ingenieuren der Motorenwerke Pratt & Whitney entwickelt. Ebenso hat sie die Gestaltung der Karosserie in Stromlinienform mitentworfen, eine neuartige Methode, die sie an der Michigan-Universität in Windtunnels erproben und dann in den kalifornischen Lockheed-Werken umsetzen konnte.«

»Das Ergebnis ist ein kleines technisches Wunderwerk.« Eugenia strahlte stolz wie ein Kind und stieß mit den beiden Herren an.

»Sie müssen sehr großzügig gewesen sein, Madame.«

»Viel weniger als meine amerikanische Freundin.«

»Eine erfolgreiche Idee hat immer viele Mütter. Wie also verläuft die Jungfernroute?«

Jean beobachtete den Captain, er schien von Amelia Earharts Wagemut angetan, aber lange nicht so begeistert wie Eugenia.

»Von Newark wird sie ein kleiner Umweg uns beiden zuliebe, und hier kommt die Überraschung, die ich dir schon in Paris versprach, Jean Cheri« – Eugenia suchte jetzt über den

Tisch hinweg nach Jeans Hand –, »über Buenos Aires nach Patagonien führen, dann aber geht es hinauf an den brasilianischen Amazonas. Von dort wird sie ihre offizielle Weltumrundung in Ostrichtung starten, immer der Sonne entgegen, über Westafrika, Kalkutta und Rangun nach Neuguinea, dann über die pazifische Howlandinsel zurück nach Newark.«

»Und sie fliegt den ganzen Weg … allein?«, wagte Jean jetzt eine Frage.

»Zum Glück nicht.« Eugenia drückte seine Hand. »Die Purdue-Universität hat ihr auf das Drängen meiner Freundin hin einen erfahrenen Navigator der amerikanischen Luftwaffe beigestellt, er heißt Fred Noonan.«

»Acht Wochen wird diese Route wohl brauchen«, rechnete Captain Cohn nach, während der Maat die Vorspeisenteller abservierte und neue Hauptspeisenteller mit dem schwarzen Adler der Weimarer Republik aufdeckte, »und solch eine Weltumrundung ist unbezahlbar, sie wird in die Geschichtsbücher eingehen. Da sollte Geld wirklich keine Rolle spielen.«

»Gleichwohl ist es unerlässlich«, sagte Eugenia kopfnickend.

Jean fragte sich, wie viele Bekannte sie angesprochen, wie viele Freunde sie mobilisiert hatte, in Zeiten, in denen man in Europa nicht an Äquatorflüge dachte, sondern an den besten Plan, sich vor einem Herrn Hitler in Sicherheit zu bringen.

Der Maat trug eine kupferne Pfanne dampfender Gemüse herein, es duftete umgehend nach Curry und Safran, sie waren zurück in Afrika. Er begann bei Eugenia zu servieren.

»Sie wussten, ich liebe Gemüse?« Sie blickte über den zu ihr gebeugten Maat dem Captain in die Augen.

»Ich hörte von meiner Crew, dass Sie lieben, was ich liebe«, gab der zurück.

Sie genossen afrikanische Karotten, Auberginen und Topinambur in einem Jus, der so scharf wie leicht war, ohne ein Wort zu sagen. Der Captain schenkte zwischendurch aus der

Rotweinkaraffe nach, und außer jenem leisen Plätschern blieb es vollkommen still im Raum.

»Ich habe ein Weltumrundungs-Komitee gründen müssen, sonst wäre es nie zu Amelias Electra gekommen«, nahm Eugenia das Gespräch wieder auf, als der Maat abservierte. »Erinnerst du dich, Jean Cheri, an den Abend in deiner Küche, als du den Milchschrank Arrayán-rot lackiert hattest? An jenem Abend fiel meine Entscheidung.«

Über das gesamte vergangene Jahr, rechnete Jean schnell nach, über das er den Parsons Table in Produktion gebracht und seine sonstigen Möbel in Serie gefertigt, die Bestellliste mit Thomas Mann und Poulenc initiiert und seinen kleinen Nichten in Amsterdam eine Heimat gefunden hatte, war also der neue Flieger für Amelia konzipiert und gebaut worden.

»Ich habe nicht nur eine, nein, gleich drei Universitäten aufgetrieben, die das Experiment mittragen«, ergänzte Eugenia.

»Dank Ihnen und Ihrer Freundin existiert heute also ein fliegendes Welterkundungs-Labor«, mutmaßte Captain Cohn.

»Das sicherlich mit der denkbar fortschrittlichsten Technologie bestückt ist?«, fragte Jean nach.

Eugenia nickte nur.

Wie unwiderstehlich verrückt sie war!

Jean spürte die maßlose Freude, die ihr dieses Doppelprojekt zu machen schien, man konnte sie förmlich greifen: eine allererste Weltumrundung, gepaart mit dem allerersten Grandhotel der gesamten Andenkette, das musste ihr erst einmal jemand nachmachen!

Statt eines Desserts gab es einen herrlichen Cognac, »auch hiervon findet man gute Fässchen im Hafen von Bordeaux«, erklärte der Captain dazu, nahm einen schnellen Schluck und erhob sich. »Madame, Sie entschuldigen mich? Herr Frank?« Er müsse zurück auf die Brücke, sie seien dem Unwetter über

Westafrika, das sie den ganzen Tag vor sich hergetrieben hatte, während sie hier saßen, entkommen, doch eine Gegenströmung baue sich über Venezuela und Brasilien vor ihnen auf. Seine Navigationsroute sei gänzlich neu zu berechnen.

Eugenia erhob sich ebenso, den Cognacschwenker in der Hand. »Dann setzen wir uns bei Kerzenlicht unten an unser Bartischchen am Bug und beobachten, wie Sie uns gekonnt durch die Nacht steuern.«

Der Captain gab dem Maat ein Zeichen, den Herrschaften die Cognackaraffe, die mit ihrem ovalen Bauch herrlich in diesen Raum passte, hinterherzutragen, und Eugenia schenkte ihm ihr strahlendstes Lächeln.

»Auf bald einmal wieder hier oben bei mir, die Herrschaften?«

»Bei unserer Rückfahrt, mit Vergnügen«, bestätigte Jean.

»Wer weiß, wann das sein wird?«, raunte Eugenia sibyllinisch über ihre Schulter hinweg, dann war sie mit dem Maat, der Cognackaraffe und zwei Kerzenleuchtern in Richtung Bordbar verschwunden. Jean und der Captain sahen ihr perplex nach.

»Bemerkenswert, Ihre Freundin.« Captain Cohn fischte seine weißen Stoffhandschuhe vom Beistelltisch und geleitete Jean zur Tür.

»Doch unter uns, Herr Frank, ist das Wagemut? Oder Übermut? Wenn ich Madame richtig verstanden habe, fliegt die kleine Earhart eine gänzlich neue Strecke mit gänzlich neuer Ausrüstung?«

Jean hatte keine Ahnung von dem, was er da ansprach, er war kein Techniker. Doch Captain Cohn war sichtlich besorgt.

29 *Puerto Nuevo*

Als die Madrid drei Tage später neben der amerikanischen Pennsylvania am Hauptpier des Hafens von Buenos Aires anlegte, stand Captain Cohn mit seinen beiden Offizieren auf dem A-Deck bereit. Sie trugen jetzt die Sommeruniform in Weiß, da der Äquator überquert war, drei Männer der Marine, die sie über das stürmischste Weltmeer heil bis nach Buenos Aires geschifft hatten. Vor dem Hintergrund der blendend weißen Bugfront, auf die ihre Schatten fielen, gaben sie ein prächtiges Bild ab.

Es formte sich eine kleine Schlange zur Verabschiedung, die dänischen Forscher, die französischen Önologen, die englischen Schriftstellerinnen, der italienische Tenor, sie alle wollten ein letztes Wort mit dem Captain gewechselt haben, und derweil hatte Jean Zeit, die Stadt vom Meer oder besser gesagt von der Flussmündung des Río de la Plata aus zu betrachten. Vor ihm lag eine Stadt ohne Kontur, das Gegenteil von Paris oder New York. Sie wandte sich dem Wasser nicht zu, sie wandte sich ab. Der Puerto Nuevo bestand aus drei parallelen Docks, die mit klotzigen Lagerhallen aus Backstein zugebaut waren, man sah kaum Gebäude dahinter, außer einer enormen dunkelrosa Villa am sanft ansteigenden Hang der Küste, wahrscheinlich war das das Regierungsgebäude. Rechts und links um diese Villa herum zeigten vier- bis fünfgeschossige, im Schachbrett angeordnete Blockbebauungen dem Fluss den Rücken, als gälte es, ihn zu ignorieren.

Was waren dagegen die in Stein gemeißelten Prachtpalais

entlang der Seine, die himmelsspiegelnden Skyscraper von New York!

Doch egal, sie waren hier zwar in einer Stadt angekommen, die man, mangels nahe liegender Metropolen, das Paris des Südens nannte, tatsächlich aber befanden sie sich am Ende der Welt.

Jean kam beim Verabschieden als Letzter an die Reihe, denn Eugenia war mit dem italienischen Tenor und seiner jungen Frau vorausgegangen. Sie hatten ihr nach dem Dîner gestern Abend eine Karte für Strawinskys *Perséphone*, die im Vorjahr am Teatro Colón Premiere gefeiert hatte und übermorgen wieder aufgenommen würde, verehrt. Jorge Luis Borges hatte das Libretto von André Gide übersetzt, Victoria Ocampo, die bekannte hiesige Literaturverlegerin, gab die »Erzählerin«, die legendäre kanadische Sopranistin Éva Gauthier sang die Titelrolle und der italienische Tenor ihren Konterpart. Eugenia winkte in ihrem leichten Alpakamantel kurz begeistert der Stadt zu, dann ging sie die Gangway hinunter wie auf Wolken.

»Darf ich mir erlauben, nur eine letzte Frage«, begann Captain Cohn mit überraschend leiser Stimme und zog Jean über den Handschlag zu sich. Dieser betagte Kommandant, er hätte Jeans Vater sein können, hielt sich wohl von morgens bis abends aufrecht wie ein Wagner'scher Held.

Jean bemühte sich, ebenso gerade zu stehen, doch was war ein krummer Rücken gegen einen gut gewachsenen?

Captain Cohn fasste sich mit der rechten Hand ans Herz, dahin, wo über seiner prall gefüllten Ordensspange ein großes Abzeichen fehlte. Am vergangenen Abend war das Jean nicht aufgefallen, wahrscheinlich weil die Einstichlöcher des fehlenden Ordens in der dunklen Schurwolle der Galauniform unsichtbar wurden. Auf der weißen Baumwolle des Sommerjacketts aber waren die hellgrau verwaschenen Löcher gut erkennbar.

Auf Jeans fragenden Blick hin sagte Cohn fast unhörbar: »Mit Verlaub, ich kommandierte die Seydlitz vor dem Skagerrak unter Admiral Scheer, ich trug die höchste kaiserliche Auszeichnung.«

»Und?«

»Die wird mir nichts mehr nützen, ich habe sie abgenommen. Mein nächster Orden wird der Judenstern.«

Jean wurde es plötzlich hohl im Magen, wie ganz zu Beginn ihrer gemeinsamen Reise hier auf der Madrid.

»Sie meinen …?«

»Herr Frank, ich bitte Sie! In Deutschland wird er schon in allen Schneiderwerkstätten gefertigt, ich weiß das aus erster Hand. Es ist eine Frage von Wochen, höchstens Monaten, dass wir ihn alle tragen. Man wird unsere Konten sperren, unsere Gewerbe diffamieren, unsere Pässe einziehen, uns die Arbeitsplätze und Lebensmittel streichen, vielleicht auch die Seifen und Rasierklingen. Daraufhin sind wir in kurzer Zeit zu stinkendem und zotteligem Freiwild degradiert, das man aus dem öffentlichen Leben entfernen kann.«

Jean verschlug es die Sprache.

Mit einem heiseren »Captain!« wankte er zurück an die Reeling. Dieser Cohn war weit mehr als ein fabelhafter Navigator.

»Also zu Ihrer Frage?«, hatte Jean sich nach einem Augenblick wieder im Griff.

»Sehr wohl, Herr Frank, ich wollte nur sichergehen, ob ich Sie kontaktieren dürfte, sollte ich einmal eine Bestellung haben. Sie müssen wissen, dass Ihr Freund, Herr Mann, so freundlich war, mich an Sie zu empfehlen.«

»Ah, mein Freund Mann«, wiederholte Jean verdattert. Die Wirklichkeit holte uns immer ein, egal ob in Paris oder am anderen Ende der Welt. Captain Cohn hatte also ein dringendes Problem.

»Um wie viele Personen geht es?«

»Meine Frau«, flüsterte der Captain, »und mein jüngster Sohn, der jüngste von dreien.«

»Und Sie natürlich.«

»Wenn das zu machen wäre? Die Norddeutsche Lloyd wird mich wohl bald vom Dienst suspendieren.«

»Was ist mit den älteren Söhnen?«

»Gleich zu Kriegsbeginn, im Frühling 1915, an der Front gefallen.«

»Ach.«

»Wie so viele. Die besten, die mutigsten.«

»Und Ihr Jüngster?«

»Der war noch ein Kind. Und ist es immer geblieben. Er ist«, senkte Cohn den Blick auf den Pier tief unter ihnen, wo die Postsendungen entladen wurden und ein Gewusel herrschte wie auf einem mittelalterlichen Markt, »wie soll ich es ausdrücken, Herr Frank, ein wenig naiv geblieben. Oder, sagen wir es geradeaus: Er ist behindert. Professor Bleuler, der Zürcher Psychologe, den wir das Glück hatten zu konsultieren, nennt diese Behinderung Autismus, körperlich ist er völlig normal.«

»Ich verstehe«, sagte Jean.

Hier stand einer wie sein Vater. Zwei hoffnungsvolle Söhne hatte er an der Front verloren, und nur einer war ihm geblieben. Ein hoffnungsloser, ein behinderter, ein geborener Verlierer. Doch Captain Cohn hatte nicht aufgegeben, sich nicht vom Dach seines Hauses gestürzt.

»Wo ist der Junge, und Ihre Frau?«

»Ich habe sie aus Deutschland weggeschafft. Meine Frau ist Schneiderin, wissen Sie.«

»Couture?«

»Innenausstattung.«

»Fabelhaft.« Jean musste spontan lachen. »Und der Junge?«

»Nun, ein Mann inzwischen, Ende dreißig. Sie hat ihn angelernt, er macht Handstickereien und Applikationen, und die macht er sehr gut.«

»Wo das?«

»In Amsterdam inzwischen.«

»Eine gute Wahl … zumindest vorerst. Sie melden sich bitte umgehend, wenn nötig, über Herrn Mann?«

»Elias Cohn«, schlug der Captain lautlos die Fersen zusammen, »Sie werden sich an mich erinnern?«

»Mit Sicherheit.«

Jean gab ihm nochmals die Hand.

Wie gut er es erwischt hatte mit seinem Schicksal!

Er war zwar seit jeher behindert wie der kleinste Cohn, aber nur körperlich. Und in diesem Augenblick schwor er sich, dass er sich nie mehr über seinen verkrüppelten Rücken, über seine gelähmten Beine und seine schlaflosen Nächte beklagen würde.

Hier vor ihm stand ein Mann, der keinen Tag seines Lebens mehr frei von Verantwortung wäre, denn sein Sohn war lebensunfähig ohne ihn.

Für immer.

II

Ankunft
Von Buenos Aires
nach Patagonien

30 *An Land*

Als Eugenia und Jean mit dem Tenor, dessen Frau und zwei Gepäckträgern vor der Ankunftshalle des Lloyd-Terminals auf dem baumbestandenen Boulevard, der den Küstenhang hinaufführte, angelangt waren, stand schon eine Calèche bereit, die eine gewisse Doña Victoria, Eugenias Freundin hier in der Stadt, geschickt hatte.

»Los artistas van al Colón«, wies Eugenia den Kutscher an und deutete auf das italienische Ehepaar, »wir danach ins Plaza.«

Mit überraschender Eleganz wandte der sich zu ihnen um und salutierte, indem er die Zügel in die linke Hand wechselte und die rechte aufs Herz legte: »Mit Vergnügen, Doña Eugenia!«

Jean blickte in ein Antlitz, das ihn spontan faszinierte. Es war dreieckig, mit schmalen Augenschlitzen, dafür einem sinnlichen Mund, der die ganze Breite des Gesichts einnahm. Die Hautfarbe war Oliv, das lange Haar, das unter dem Kutscherzylinder herausquoll, von einem silbrigen Schwarz, das man gerne angefasst hätte, so sehr glänzte es.

»Ein Mapuche«, raunte Eugenia den neapolitanischen Mitreisenden zu, als die zwei Schimmel die Kutsche angezogen hatten, »oder besser gesagt ein Huilliche, aus dem südlichen Patagonien, da, wo auch mein See liegt. Victorias Mutter war, wie meine Mutter, von altem Mapuche-Adel und traute, das war stadtbekannt, nur ihrem eigenen Blut. Demnach werden im Hause Ocampo, seit ich denken kann, nur Indios beschäftigt.«

»Im Hause Ocampo?«, fragte der Tenor.

»Nun, bei Victoria natürlich.«

»Die Victoria, die die Calèche geschickt hat, ist Victoria Ocampo?«, vergewisserte sich Jean.

»Hatte ich das nicht erwähnt?«

»Die uns in Biarritz besuchen kam, im Sommer nach Mutters Tod?«

»Ja, natürlich, im Frühling darauf bestellte sie sich den Schweizer Architektenfreund von Blaise, den sie bei uns in der Mimoseraie kennengelernt hatte, nach Buenos Aires.«

»Den Sturschädel mit der dicken Brille, der sich selbst die Rabennase, Le Corbusier, nennt?«

»Genau den. Er ließ sich erster Klasse aus Paris einschiffen, um ihr neues Verlagshaus zu zeichnen, tat aber keinen Strich und nutzte die arme Victoria nur aus, um bei all ihren Bekannten übergescheite Vorträge zu halten, was Fortschritt heiße, wie modernes Wohnen organisiert werden müsse … ein Schweizer halt.«

Der neapolitanische Tenor musste schallend lachen.

»Victoria warf ihn schließlich aus der Stadt. Den Verlag hat sie sich dennoch erbaut, ganz allein und ohne den Schweizer, stattdessen mit einem hiesigen Architekten, den ihr alle übermorgen nach der Premiere kennenlernen werdet. Ich habe den Bau, den sie ihr Weißes Haus nennt, noch nicht sehen können. Sie hat ihn mir nur beschrieben, hell, leer, ohne jeden Dekor, sie habe ›Hunger auf weiße Wände‹, schrieb sie mir zweimal im Monat. Man muss Geduld mit ihr haben, sie schreibt ellenlange Briefe.«

»Hat sie für dieses Haus nicht Wandteppiche von Pablito bestellt?«, fragte Jean nach.

»Genau.«

»Und Tuniken bei Coco?«

»Ebenso.«

»Und Igor und Blaise zu Vorstellungen an die hiesigen Theater eingeladen, Rubinstein in ihrem Salon spielen lassen? Sie können das nicht wissen«, wandte er sich dem neapolitanischen Ehepaar ihnen gegenüber zu, »doch in den Pariser Literatencafés erzählt man sich, Victoria Ocampo verlache den epochalen Erfolg dieser meiner Freundin hier als ›Eugenismo‹, als Eugenia-Kult. Dabei« – er hauchte einen Luftkuss auf Eugenias Hände – »hat sie sich alles von ihr abgeschaut.«

»Nichts geht über kopiert werden, Jean Cheri«, flüsterte Eugenia zurück.

Der Tenor stimmte spontan die Tosca-Arie an: »*Vissi d'arte, vissi d'amore,* ich lebte für die Kunst, ich lebte für die Liebe.«

»*Con man furtiva*«, sang Eugenia weiter, »*quante miserie conobbi aiutai,* mit unsichtbarer Hand half ich in vielen Nöten«, und brach danach in ein herrlich kindliches Lachen aus.

Alle schlossen sich diesem Lachen an, selbst der Kutscher. Eine Leichtigkeit machte sich in der Calèche breit, die nicht zu erklären war.

Warum fühlte Jean sich plötzlich so lebendig?

Ganz einfach, weil es eine Gnade war, wieder heil an Land zu sein!

Nach der allgemeinen Erheiterung blickten sich alle in der Stadt um, es war ein warmer Spätsommertag, der Duft von tropischen Blüten lag in der Luft. Am Kutscher vorbei sah Jean auf die Kruppen der Schimmel und den ansteigenden Boulevard, dann seitlich aus der Calèche hinaus, alles um sie herum schien groß und weit zu sein.

Am Fuß des Hanges, den sie jetzt emporfuhren, lagen behäbig die Hafendocks, deren Ankunftshalle sie gerade verlassen hatten. Sie hatte die Ausmaße eines Fußballfelds. Und auch die Calèche, in der sie saßen, war außergewöhnlich geräumig, bestens gefedert und aus herrlich elastischem Eschenholz. Wohl mussten Kutschen hier feldwegtauglich sein, verbrachten die

Argentinier doch die meiste Zeit in ihren Gutshäusern auf dem Land.

Das Schimmelpaar trabte die Avenida de Mayo hinauf, wobei sie die dunkelrosa Villa, die, wie Jean geahnt hatte, das Regierungsgebäude war, weitläufig umrunden mussten. An jeder Zufahrtsstraße standen Kanonenpritschen, bewacht von Artilleriesoldaten. Weiter Richtung Stadtmitte landeten sie auf einer Großbaustelle, und Eugenia erklärte, die neue Avenida 9 de Julio werde hier über mehrere Kilometer Länge von Süden nach Norden in den Stadtraum geschlagen, wodurch eine gesamte Häuserzeile weichen müsse. Sie ergänzte schmunzelnd, dass schon ihr Vater ihr als Kind von diesem kolossalen Projekt erzählt habe, es aber ihr ganzes Leben gebraucht hatte, bis es heute endlich Wirklichkeit wurde. Mit ihren 150 Meter Breite würde dies die weiteste und lichteste Prachtstraße der Welt.

Nach einer halben Stunde, diese Stadt war nicht nur groß, sie war enorm, fuhren sie vor dem Teatro Colón vor, einem eklektizistischen Kasten, der um zweihundert Jahre älter aussah, als er war. Das neapolitanische Paar wurde hier schon von einer Traube von Landsleuten erwartet, und natürlich wurden Eugenia und Jean zu einem Willkommensumtrunk im Foyer der Oper eingeladen. Eugenia nahm dankend an, war aber von der staubigen Fahrt durch die Stadtbaustelle berechtigt erschöpft, und sie verließen den Empfang in der himmelhohen Halle der Oper nach nur wenigen Minuten.

Vom Teatro Colón fuhr sie der Mapuche weiter Richtung Norden, wieder auf das Flussdelta zu. An der Hangkante über dem anscheinend immer bräunlich verschlammten Wasser des Río de la Plata hatten die spanischen Gouverneure ihre Residenzen erbaut, und von hier aus sah man in der Ferne wieder den Hafen, gleich unter ihnen aber auch den Stadtbahnhof und seine in der Sonne glitzernden Gleisstränge.

»Stell dir vor, Jean Cheri, von diesem Bahnhof aus fährst du bis an den Südzipfel der Welt! Aber auch in jeden anderen Winkel dieses endlosen Landes, in den Norden nach Corrientes, Salta, Jujuy und Tucumán, in den Westen nach Córdoba, San Juan und Mendoza, schließlich in den Südwesten nach Patagonien und bis nach Feuerland.«

In Eugenia kehrten beim Entfalten dieser imaginären Landkarte die Lebensgeister zurück.

Der Mapuche wandte sich zu ihr um: »Machen wir eine Runde durch die Avenida Alvear?«

Sie musste nur leise nicken, da lenkte er seine Schimmel nach links und bog bei der nächsten Kreuzung in eine Straße ab, die der Avenue Montaigne aufs Haar glich.

»Unsere eleganteste Straße, die Avenida Alvear, für den Señor Juan!«, wandte sich der Mapuche erstmals direkt an Jean, und der traute seinen Augen nicht, ein Hausmann'sches Palais reihte sich ans andere, alle in hellem Sandstein erbaut und mit französischen Fenstern, schmiedeeisernen Gittern und runden Ecktürmchen versehen. Er sah sich jedes einzelne genau an und entdeckte, dass neben den Eingangstüren in bronzenen Lettern und viel auffälliger als in Paris der Name des Architekten angebracht war, er las die Signaturen leise mit. Neben französischen und deutschen Namen kam hier immer wieder einer vor, der sehr hiesig klang.

»Ist dir ein Alejandro Bustillo ein Begriff?«, fragte er Eugenia, als sie die Avenida ein gutes Stück durchfahren hatten.

»Den wirst du gleich übermorgen kennenlernen«, bekam er zur Antwort.

Im selben Moment schnalzte der Kutscher mit der Zunge, und seine Schimmel trabten an, die Sandsteinpalais mit ihren geschwungenen Erkern flogen an Jean vorbei wie im Traum.

Waren sie noch in der gesichtslosen Stadt, die er vorhin von der Madrid aus betrachtet hatte?

Anscheinend ja, denn fünf, sechs Blocks später, sicher nicht mehr, endete dieses »französische Viertel« genauso abrupt, wie es begonnen hatte, eine kleine Welt in der Welt war an ihre Grenzen gestoßen, und die Calèche kam auf einem schräg zum Flussdelta abfallenden Platz an, der von riesigen Elefantenbäumen beschattet wurde.

Ihnen gegenüber stand eine weiß getünchte Klosterkirche, vor der sich Straßenhändler, Blumenfrauen und von Hunden und Ziegen umringte Bettler das Pflaster teilten. Man hätte sich auf einem beliebigen Platz in den viel beschriebenen spanischen Kolonien Mittelamerikas, in Mexiko oder Peru wähnen können.

»Du siehst, wie schnell wir wieder zurück sind in den spanischen Kolonien?«, fragte Eugenia. »Die hiesige nannte man das Vizekönigreich Río de la Plata.«

Jean war verblüfft. Hier, nur einen Steinwurf von einem Pariser Miniatur-Straßenzug entfernt, war die katholische Scheinwelt der Barmherzigkeit, das ausgemachte Gegenteil jeder republikanisch demokratischen Selbstentwicklung wieder allgegenwärtig. Solch himmelschreiende Mischungen von Stadt- und Rechtsstrukturen faszinierten ihn seit jeher, denn schließlich bestimmten sie die Art, wie man den öffentlichen Raum erleben und sich in ihm bewegen konnte.

Wenn Stadtluft frei machte, dann frei wovon? Und frei wofür?

An die Klosterkirche schloss sich ein breites Tor mit monumentalen dorischen Säulen an, der Eingang zum Friedhof wohl, auf dessen Architrav in goldenen Versalien »REQUIESCANT IN PACE« stand. Tatsächlich war der ganze Platz ab diesem Tor von einer hohen, ebenso weiß getünchten Steinmauer begrenzt, die die Toten gegen die Lebenden zusammenschweißte. Oder auch umgekehrt.

Hier manifestierte sich eine Glaubenswelt, der man sich rein körperlich nicht entziehen konnte. Es war schon frech, dachte Jean dieses Stein gewordene Weltbild weiter: Das Herz einer Stadt, deren Bevölkerung sich zunächst aus Indios, dann aus allen möglichen Zugereisten, Juden, Christen, Naturgläubigen und Atheisten gemischt hatte, bildete ein katholisches Camposanto.

»¿Desean tomar un apertitivo, Doña Eugenia?«, fragte der Mapuche, als er bemerkte, wie Jean sich aus dem Wagen lehnte, um besser sehen zu können.

»Jean Cheri, wollen wir hier auf dem Recoleta-Platz ein Willkommensgläschen trinken?«, übersetzte Eugenia.

Der Kutscher wartete ihr Nicken ab und hielt vor dem Café an der Ecke zum Platz. Die Terrasse war voller Menschen, die an Eisentischchen Weißwein aus Halbliterkaraffen oder Kaffee aus großen Tassen tranken und jetzt die prachtvollen Schimmel der Ocampo-Calèche bewunderten, die aus dem langen Trab ohne jegliches Wanken im perfekten Halt stehen geblieben waren. Der Mapuche-Kutscher genoss einen Augenblick lang seinen Auftritt, er fuhr hier offenbar regelmäßig vor, dann sprang er mit tigerhafter Geschmeidigkeit, man konnte blass werden vor Neid, von seinem Kutschbock und wies den Chefkellner an, für Doña Eugenia, wie er gut vernehmbar sagte, den besten Tisch zu bereiten. *»Todo lo que desean«* solle serviert werden und alles gehe selbstverständlich auf das Konto der Doña Victoria. Nicht ein, sondern drei Kellner eilten herbei, ihre bodenlangen weißen Schürzen wischten über das Kopfsteinpflaster. Im nächsten Augenblick war das Tischchen gleich unter dem größten der den Platz dominierenden Elefantenbäume mit Blick auf den Fluss für sie beide gedeckt.

Sie setzten sich, und die drei Ober brachten in Rekordzeit zwei Weingläser, eine Halbliterkaraffe Weißwein, den sie als *»aquel hermoso del Chile«* betitelten, sowie ein Blechtablett mit duftenden Teigtäschchen, die sie als *empanaditas* anpriesen.

»Auf unsere Reise, die heute beginnt«, stieß Eugenia mit Jean an, »und die nur Glück bringen kann. Wir beginnen sie ganz ungeplant unter diesem besonderen Ombú!«

Jean legte den Kopf in den Nacken, um die meterweit ausladende Krone des Baumes hinter sich zu ermessen, Ombú musste der Indio-Name für diesen dicht mit Beerenstauden behangenen Koloss sein. Dann drehte er sich auf seinem Kaffeehausstuhl um die eigene Achse, um den mäanderhaft verwickelten, vielwurzligen Stamm zu betrachten.

»Er gefällt dir, nicht?«

»Ein Weltenbaum«, antwortete Jean voller Bewunderung.

»So sagt auch Amelia Earharts Fliegerfreund.«

»Wer, der von deiner amerikanischen Freundin eingekaufte Navigator?«

»Der doch nicht, der ist viel zu sachlich, das wirst du bald erleben. Nein, diesen Franzosen meine ich, den Postkurier, Antoine de Saint-soundso, der auch Bücher schreibt. Ist er dir nicht vielleicht einmal bei Porters Jazzkonzerten untergekommen? Er ist der Liebhaber unseres Freundes Jacques Guerlain, und letztes Jahr war er auf Erkundungsflug hier in Buenos Aires. Wie Victoria mir, ausführlich wie immer, schrieb, saß er mit ihr an genau unserem Tischchen und genau auf deinem Platz, unter diesem Ombú. Ende des Jahres kommt er wieder, er will Amelias Route von Newark nach Buenos Aires und weiter nach Patagonien nachfliegen.«

»Nun, wie du gerade vorhin sagtest«, stieß jetzt Jean mit Eugenia an, »nichts geht über kopiert werden.«

»Immerhin hat er, wie ich von Victoria weiß, in der Zwischenzeit ein Buch geschrieben, eine berührende Kindergeschichte tatsächlich, der Erzähler ist ein Postflieger, der in der Wüste abstürzt, er begegnet einem kleinen Prinzen, der vom Himmel gefallen ist und von dem winzigen Planeten, auf dem er lebt, verrückte Dinge berichtet.«

Eugenia zeichnete mit beiden Armen eine ausladende Silhouette:

»Dieser Ombú hier spielt in seiner kleinen Welt eine große Rolle.«

31 *Plaza San Martín*

Zwei Stunden später fanden sie sich mit einem gelinden Schwips und einem Sonnenbrand im Gesicht im Plaza Hotel an der Plaza San Martín wieder, wohin Victorias Kutscher sie chauffiert hatte. Sie mussten nur die ausladenden Drehtüren durchqueren, da standen sie in einer Zeitmaschine.

Dies war ein Grandhotel seiner Kindertage! Nichts, aber auch gar nichts hatte sich verändert!

Sie waren in die Jahrhundertwende zurückkatapultiert, und in jedem Moment könnten Eugenia oder Jean ihre längst verstorbenen Vorfahren entgegenkommen. In der kühlen Lobby des Hotels warteten diskrete Schuhputzer, vor einem kettenrasselnden Paternoster standen adrett livrierte Liftboys, durch palmenumwedelte Kaffeesalons schwebte Rund-um-die-Uhr-Kammermusik. Buenos Aires, dachte Jean, musste einer der wenigen Orte auf unserem sich so rasch verändernden Planeten Erde sein, an dem die alten Zeiten wohnen bleiben durften. Eine Stadt, die an einem glücklichen Ort mit sanftem Klima und glanzvollem Licht gegründet worden war, die nie einen Krieg erlebt hatte und nie eine Revolution. Die Stadt der guten Lüfte, die von einem Hinterland schier unerschöpflicher Bodenschätze und einer endlos entwickelbaren Landwirtschaft bestens ernährt wurde.

Gegen Abend, als es etwas kühler wurde, gingen sie zu einem Spaziergang vor die Tür und von der Plaza San Martín durch das gesamte französische Viertel bis zur Recoleta. Jean entdeckte, dass man unter diesem königsblauen Himmel endlos flanieren konnte. Er hatte den neuen Leinenanzug, den Marcel Rochas ihm mitgegeben hatte, angezogen und spürte beim Gehen, wie mühelos man sich bei hoher Luftfeuchtigkeit in Leinen bewegte. Eugenia war von Coco in ein crémeweißes Batistkostüm mit Kaftanjacke gekleidet worden, sie sah hinreißend aus!

In den Straßen, die sie durchschritten, waren alle Gebäude als französische Petits Hôtels um grüne Innenhöfe angelegt. Die Eckbauten mit ihren Rundtürmen gaben den Charakter der Querstraßen vor, man konnte nicht widerstehen, Ecke um Ecke zu erkunden. Sie gingen mehrere Kilometer, von anhaltender Neugier getrieben, ohne dass Jean, der in Paris oft Mühe hatte, von seiner Rue de Verneuil bis zu Charette, nur zwei Querstraßen entfernt, zu Fuß zu gehen, seinen Rücken spürte.

Vielleicht fiel das Gehen hier ja leichter, weil die Straßen von einem betörenden Duft durchzogen waren?

Eukalyptus, Jakaranda und Catalpa-Bäume sah man in Europa nur als Solitäre in botanischen Gärten, hier standen sie in endlosen Reihen wie die Feldkastanien in den Pariser Alleen. Und dann gab es da die kleinen privaten Parks, blühende, aus der Blockbebauung ausgesparte Gärten mit Baumkronen in Bougainvillea-Pink und Paulownia-Lila, die vor den hellen Innenhoffassaden schwebten wie farbige Wolken.

In diesem Licht und diesem Duft könnte er für immer leben, dachte Jean gerade, als Eugenia sich bei ihm einhakte: »Bereit für dein erstes argentinisches Abendessen?«

Zurück auf der Plaza San Martín, gingen sie hinunter Richtung Flussdelta und bogen dann rechter Hand in die Calle San Martín ein. Am zweiten Straßeneck stand eine Traube von Bauarbeitern und Monteuren vor dem Eingang einer simplen Kneipe und wartete auf Einlass. Auf dem Blechschild über der Straße stand »El Establo«, es duftete von weit her nach Grillfleisch und saftigem Mais.

»Wo die Bauarbeiter essen«, begann Jean, »lässt sich gut speisen«, vollendete Eugenia seinen Satz. Sie gingen mit zügigen Schritten die Straße hinunter und stellten sich an. Nach einiger Zeit in der Traube zog der Kellner sie ins Lokal und setzte sie mangels freier Tische direkt an den Bartresen, neben den offenen Grill.

Es war das köstlichste Abendessen ihres Lebens!

Sie bestellten nichts, Eugenia rief dem Grillmeister nur zu: »Das Übliche!«, und sie bekamen ein herrlich zartes Bife de Lomo mit gegrillten Maiskolben und Paprikaschoten, dazu die schlankesten Pommes frites, die Jean je gesehen hatte. Sie waren fein geraspelt wie Strohhalme.

»Sie sagen hier *papas paille* dazu, Strohkartoffeln«, erklärte Eugenia, als sie schon halb aufgegessen waren.

Hier im El Establo, sie brauchten sich nur anzusehen, könnten sie ab heute für den Rest ihrer Tage dinieren.

32 *Corinas Hochhaus*

Am zweiten Tag begann Eugenias Arbeit vor Ort, sie machte Jean mit den Handwerkern, die mit dem Grandhotel zu tun hatten, bekannt, bevor sie am übernächsten Morgen nach Patagonien weiterreisen würden.

Als Allerersten lernte er zum Lunch »in unserem Establo«, wie Eugenia sagte, Ignacio Pirovano kennen, der sich über die Wahl des Lokals nicht im Geringsten wunderte.

»Gleich um die Ecke wohnt meine Lieblingsbauherrin«, erklärte er, kaum hatten sie sich gesetzt, »wir haben das Hochhaus erst vor zehn Wochen übergeben, eine Endlosbaustelle, doch die vielen Monate Bauleitung waren eine einmalige Erfahrung. Und wo unsere Bauarbeiter essen …«

Eugenia präsentierte Pirovano als den »besten Innenausstatter des Landes« und Jeans »größten Bewunderer«, und tatsächlich stellte sich heraus, dass er mit seiner Möbelmanufaktur Comte die Rechte am Parsons Table und am Großteil von Jeans Sideboards, Chaiselongues, Fauteuils, Tischen, Stühlen und Paravents erworben hatte. Er produzierte sie seither höchst erfolgreich für den gesamten lateinamerikanischen Markt.

Schon bei den dampfenden Spinat-*empanaditas*, die der Kellner gemeinsam mit einer Literkaraffe Rotwein als »Gruß des Hauses« vor sie hinstellte, begann Pirovano, über ihr gemeinsames Handwerk zu sprechen, nicht über stadtbekannte Bauherren und die Gästelisten seiner sicherlich glamourösen Projekteröffnungen. Er musste eine ehrliche Haut sein, er gefiel Jean gut.

Für das »Frank-Pergament«, wie er es nannte, das in der von Jean in Paris erreichten Qualität hier alles andere als leicht zu fertigen sei, arbeite er, nach monatelangen Experimenten, jetzt mit den jüdischen Gerbern von Mataderos, dem alten Schlachtviertel im Südwesten der Stadt, zusammen.

Ob Jean ihn nicht morgen dorthin begleiten wolle?

Er mache sich, erläuterte er, und Eugenia und Jean sollten ihn bitte dafür nicht für verrückt halten, im Morgengrauen zu den Schlachthäusern auf, um die passenden Häute gleich im Schlachthof auszusuchen. Jean musste in sein Rotweinglas schmunzeln, ihm gegenüber saß einer, der von Leder im Speziellen und von perfekt gearbeiteten Oberflächen im Allgemeinen genauso besessen war wie er.

Am Abend waren sie alle drei bei Pirovanos Lieblingsbauherrin Corina Kavanagh eingeladen. Die Kavanaghs, hatte Pirovano beim Mittagessen erzählt, waren aus Nordirland stammende Viehzüchter, die sich in den vergangenen hundert Jahren exzellent in Argentinien etabliert hatten. Corina, die Alleinerbin eines für europäische Verhältnisse unvorstellbaren Großgrundbesitzes, hatte an der Ecke der Plaza San Martín das höchste Hochhaus Südamerikas errichten lassen, das schon während der zweijährigen Bauzeit zum neuen Wahrzeichen von Buenos Aires geworden war. Pirovano durfte das gesamte Erdgeschoss und ihre 14. Wohnetage ausstatten, das bedeutete viertausend Quadratmeter Frank'scher Leere in den charakteristischen Schattierungen von Elfenbein bis Schlamm.

Schon in der lichtdurchfluteten Eingangshalle, in der in tabakbraune Livrées gekleidete Pförtner die Gäste namentlich registrierten, um sie dann in einen der zwölf nagelneuen, hydraulisch betriebenen Aufzüge zu weisen, die bis ins 31. Stockwerk fuhren, war Jean klar, dass seine Möbel hier anscheinend selbst in den Serviceräumen und Garderoben platziert worden waren.

Man durchschritt ein beinahe schwindlig machendes Frank-Gesamtkunstwerk.

Als sich die Aufzugstüren in Corinas 14. Etage öffneten, wurden gemeinsam mit den Möbeln auch seine Strohlackwände, seine Pergamentbespannungen und sein Eisenglimmer sichtbar.

Und – es funktionierte! Im Schlepptau seiner Möbel konnten ganze Raumkonzepte um die Welt wandern!

Die Entdeckung der Frank'schen Leere am anderen Ende des Erdballs machte Jean ganz still. Er musste sich, während sie in der Eingangshalle von Corinas Appartement die Staubmäntel ablegten und auf die Gastgeberin warteten, an einem seiner Wildleder-Fauteuils festhalten, um nicht zu schwanken.

Eugenia stellte sich neben ihn und strich, während sie ihm mit der Linken unauffällig den Rücken stützte, mit den Fingerspitzen ihrer Rechten über die seidenglatte Oberfläche: Es war der »Comfortable«, Jeans allererstes Sessel-Modell, das er vor Jahren, ganz zu Beginn seiner Karriere, für Nancy Cunard entworfen hatte.

Corina erschien in der von unsichtbarer Hand geöffneten, raumbreiten Faltwand aus gebleichter Eiche, die den Weg von der Eingangshalle in ihre Empfangsräume freigab. Sie trug einen schwarzen Hosenanzug à la Greta Garbo und wirkte darin sehr modern und dabei dennoch sehr weiblich. Sicher war sie so alt wie Jean, doch ihre rotblonden Locken, die ein schwarzes Samtband im Zaum hielt, machten sie, Jean musste es zugeben, alterslos und überaus attraktiv.

Offensichtlich hatte sie an diesem Abend nur ihre besten Freunde eingeladen, um Eugenia und Jean in der Stadt zu empfangen, dazu ein Grüppchen internationaler Gäste, die sich ohne großes Vorstellen zu angeregten Gesprächsrunden auf die lose gestellten Gruppen von Jeans Comfortables niederließen. Die Stimmung war vom ersten Augenblick an entspannt, denn Corina verstand es, sich selbst aus dem Mittelpunkt jeder Unterhaltung zu nehmen und stattdessen ihre Gäste genau dorthin zu platzieren. Dieser erste Abend im atemberaubenden Edificio Kavanagh drehte sich fraglos um Eugenia, die ihren Auftritt als visionäre Muse und als Heimkehrerin aus Paris, der Weltmetropole der Eleganz, sichtlich genoss. Jean wurde nach einem ersten allgemeinen Ah und Oh zur Nebensache und konnte sich von Pirovano in aller Ruhe das Appartement und seine Terrassen mit Blick auf den Río de la Plata zeigen lassen.

Pirovano besaß die richtige Mischung aus professioneller Besessenheit und zwischenmenschlicher Neugier und konnte sehr komisch sein. Es wollte für Jean viel heißen, sich mit einem Unbekannten an zwei aufeinanderfolgenden Abenden über jeweils mehr als vier Stunden angeregt zu unterhalten.

Könnte er ihn nicht als Generalausstatter von Eugenias Grandhotel engagieren?

»Nun, wir werden sehen. In diesem Land muss man Kompromisse eingehen«, antwortete Eugenia auf dem kurzen Heimweg zu Fuß ins Plaza Hotel.

Sie würde diese Idee gerne unter den Hotelsponsoren anklingen lassen, die leider »nicht nur Freunde« waren, vor allem aber versuchen, die zentrale Figur dafür zu gewinnen, den Architekten Alejandro Bustillo.

33 *Im Palacio Anchorena*

Alejandro Bustillo trafen sie vierundzwanzig Stunden später nach Strawinskys *Perséphone*-Premiere beim spätabendlichen Souper im Stadtpalais der Anchorena.

Die Solisten waren noch nicht aus dem Teatro Colón angekommen und ebenso wenig Eugenia. Jean war während ihres Opernbesuchs im Hotel geblieben, denn angesichts der den ganzen Tag über herrschenden Schwüle kämpfte er mit stündlich wiederkehrenden, akuten Rückenschmerzen. Das drückende Ambiente im überladenen Palais der Anchorena machte die Sache nicht leichter. Wie Eugenia Jean vorgewarnt hatte, war die vor Jahren verstorbene Hausherrin Doña María-Luisa Anchorena, ungefähr in Eugenias Alter und über vierzig Jahre die First Lady der Stadt, gleichzeitig die verbriefte Feindin von Corina Kavanagh gewesen. Entsprechend waren die hier geladenen Gäste das Gegenteil der gestrigen Runde, in der sie mit Großgrundbesitzern, Bankiers, Winzern, Schriftstellern und Malern zusammengesessen hatten, ohne dass irgendeiner unter ihnen viel Aufheben um seine Person gemacht hätte.

Bei den Anchorenas hingegen stand im Eingang des schlossartigen Palais an der Plaza San Martín, genau gegenüber dem Plaza Hotel, ein Zeremonienmeister, der die Namen der Geladenen weithin hörbar ausrief. Jean, der zu Fuß herübergekommen war, hatte sich eine Weile an der Auffahrt zum Eingangsportal aufgehalten, um dieser Figur, der man in Europa nur noch in Racine-Stücken oder italienischen Barockopern begegnen konnte, zuzuhören. Der Mann hatte reichlich zu tun, keiner der ankommenden Gäste besaß weniger als drei Nachnamen, verbunden durch ein »de« oder »y«, bei mindestens zwei, aber oft auch vier Vornamen.

Hier war er schon wieder in einer Zeitmaschine gelandet!

Aber nicht ins Fin de Siècle katapultiert, sondern hundert Jahre weiter zurück, in den Ausklang des 18. Jahrhunderts. Damals hatte sich das spanische Hofzeremoniell den Unabhängigkeitsbewegungen ganz Südamerikas in letzten, vergeblichen Zuckungen widersetzt. Der Dekor der Empfangsräume stammte wohl ebenso aus jener Zeit, genau wie die geradezu rührend altmodischen Damastroben und Samtanzüge der in ihnen lustwandelnden Aristokraten.

Als Eugenia mit dem neapolitanischen Tenor, dessen junger Frau und der, wie sie berichteten, mit stehenden Ovationen gefeierten Éva Gauthier aus der Oper eintraf, war Jean schon zum Gehen bereit. »Genießt den Abend, mich nimmt hier kein Hausherr, aber auch kein Gast zur Kenntnis«, sandte er den Damen Handküsse durch die Luft, »wie auch, bei einem einzigen Vor- und einem einzigen Nachnamen?«

Er erntete schallendes Gelächter, worauf der Hausherr, wohl der Erstgeborene der verblichenen Doña María-Luisa der Gruppe gewahr wurde und zunächst die Damen, dann auch die Herren begrüßte. Einen Augenblick später war er aber schon wieder mit einer Reihe lokaler Schönheiten befasst, die ihn in ein Gespräch über Polo verwickelten, den Sport, der hier in Argentinien, wie Eugenia jetzt der Künstlertruppe erläuterte, populärer war als Fußball oder Boxen.

In Ermangelung einer angemessenen Begrüßung übernahm Eugenia die Konversation mit den von weit her angereisten Gästen: »Was ihr hier seht, meine Freunde, ist eine in jeder Hinsicht verblassende Kolonialelite, die aber«, sie schaute sich vorsichtig zum Hausherrn um, »über alle Weltmeere hinweg durch den Vatikan und Papst Pius XI. gestützt wird.«

»Durch den Vatikan?«, fragte Jean leise.

»Sehr wohl, die hier noch in allen Winkeln präsente Hausherrin gebar ihrem Mann, bevor der sehr früh verstarb, in zehn Jahren zehn Kinder und erzog sie strengstens katholisch. Das gesamte Vermögen ihrer Familie ging an die Kirche, alle ihre Nachkommen sind Mitglieder des Opus Dei.«

»Da muss ein Papst natürlich auch einmal Danke sagen«, verstand der Tenor.

»Tatsächlich hat er María-Luisa zur ›päpstlichen Gräfin‹ geadelt und zur ›Dama de la Rosa de Oro‹ geschlagen, dafür errichtete sie an der Hangkante der Plaza, von hier aus nur ein paar Meter, die maßlos kitschige Basílica del Santísimo Sacramento.«

»Leider kann man diese heute von hier aus«, bestätigte Éva Gauthier und machte die komische Geste eines Matrosen auf aussichtslosem Aussichtsposten, »nicht mehr sehen.«

»Nicht mehr sehen«, vergewisserte sich die Frau des Tenors, »ist sie etwa … verschwunden?«

»So könnte man meinen«, antwortete Eugenia lachend, sie war sichtlich bester Laune, »unsere Freundin von gegenüber, die sich so zeitgemäß in Frank'scher Leere übt, hat ihr das erste Hochhaus Südamerikas vor die Nase gesetzt.«

»Diesen bildschönen Skyscraper, seht her, meine Freunde«, wies Éva Gauthier zu den Fenstern hinaus über den Platz, »vom Palacio Anchorena sieht man seither weder auf die Kirche noch auf den Fluss, und das Beste ist, wenn man die Kirche von hier zu Fuß erreichen will, muss man durch eine Passage, die der Bürgermeister nach …«, sie legte mit verschworener Geste den Zeigefinger vor die Lippen, der Name, den sie jetzt aussprechen würde, war in diesem Haus tunlichst zu vermeiden, »Corina Kavanagh benannt hat.«

»Bei der Madonna!«, schmetterte der Tenor durch den Saal, die Damen um den jungen Anchorena drehten sich überrascht zu ihm um.

»Doch warum eine solche Fehde?«, fragte seine Frau.

»Nun, die Antwort steht gleich hinter uns.« Keiner musste sich umdrehen, es war klar, dass Éva Gauthier den Hausherrn meinte. »Er hat mit Corina eine Affäre begonnen und sich über Jahre von ihr aushalten lassen, mit all seinem Polospieler-Luxus, allerdings ohne das Wissen der päpstlich geadelten Mutter.«

»Die verbat ihm schließlich eine Liaison mit einer solchen, wie sie sie nannte, dahergelaufenen Kuhhirtin«, schloss Eugenia trocken.

»Einer dahergelaufenen Kuhhirtin, ach so.« Jean legte die Hand aufs Herz und verneigte sich vor dem erleuchteten Turm ihnen gegenüber, um dann mit demselben Schwung rundum zu grüßen. Es war Zeit für ihn zu gehen.

Doch weit gefehlt, denn in diesem Moment betrat einer den Saal, der vom Hausherrn empfangen wurde wie Leonardo da Vinci in Person. Er nickte Anchorenas Freundinnen und Eugenias Künstlergrüppchen zu und sah sich weiter im Raum um, seine offensichtlich zahlreichen hier anwesenden Bauherren ausmachend. Die Barockspiegel des Salons vervielfältigten seine gut einstudierten Diener, er kontrollierte bei jeder Verbeugung sein gegeltes, rabenschwarz gefärbtes Haar, zwirbelte seinen perfekt gestutzten Schauzbart, zupfte sich die Manschetten zurecht und strich mit den Handflächen über die samtenen Jackenärmel seines Anzugs.

Jean flüsterte Eugenia zu: »Dieser hier ist wohl Bustillo?« Und als sie nickte, flüsterte er weiter: »Den treffen wir lieber ein anderes Mal.«

»Arquitecto«, verlangte der Hausherr im selben Moment dessen Aufmerksamkeit, »ich darf Ihnen meine wunderbare Pariser

Cousine Eugenia vorstellen, die erstmals seit Jahrzenten wieder bei uns in Buenos Aires weilt?«

Bustillo wandte sich ihr zu und sagte beiläufig: »*Mucho gusto*«, ohne Handkuss oder auch nur einen Handschlag.

»Sie finanziert das Grandhotel in Bariloche, Sie erinnern sich?«, insistierte Anchorena.

Bustillo ließ sich zu einem »Ach, ja« hinreißen, um sich dann vor Eugenias Grüppchen aufzubauen und mit einer langen Aufzählung zu beginnen, die seine gesamten Projekte inklusive der Auftraggeberfamilien mit drei bis vier Nachnamen beinhaltete, eine Liste, die im Jahr 1915 begann.

War dieser Bustillo nie aus seinem Land herausgekommen?

Nach zwanzig Minuten Selbstbeweihräucherung, Jean begann derart zu wanken, dass er sich an der Schulter des Tenors festhalten musste, hörten sie sein finales Credo: Bustillo beneide sie alle, die sie bis hierher angereist seien, um die nationalistische Stärke Europas!

Éva Gauthier fragte trocken nach: »Nationalistische Stärke?«

Bustillo richtete sich militärisch gerade, was bei einem Samtanzug und gegeeltem Haar eine komische Figur abgab: »Nun, die charaktervolle Politik des nationalsozialistischen Deutschland!«

Charaktervolle Politik?

Jean knickte in sich zusammen, der Tenor stützte ihn im Rücken und ballte gleichzeitig die Fäuste.

Sein Idol, fuhr Bustillo fort, sei nämlich Albert Speer, der Architekt des Führers, »oder nein, noch genauer«, räusperte er sich und stellte sich dicht neben den Hausherrn, »das Idol der Idole ist der Führer selbst«.

»Politik beiseite, lieber Freund«, versuchte Anchorena die Situation zu retten, »darf ich Ihnen jetzt Doña Eugenias Innenarchitekten Jean-Michel Frank vorstellen, der Ihr Grandhotel in den Anden ausstatten wird?«

»Mucho gusto«, wiederholte Bustillo, sich im Raum schon nach interessanteren Gesprächspartnern umsehend, leider habe er von Herrn Frank noch nie gehört.

»Der Madonna sei Dank«, schmetterte der Tenor erneut durch den Saal.

»Und allen guten Geistern dazu«, ergänzte Éva Gauthier, »denn mit Herrn Speer ist unser Freund Jean, *dear* Mister Bustillo, beim besten Willen nicht zu vergleichen.«

34 *Victoria*

Am nächsten Morgen erschien Eugenia überpünktlich zum Frühstück und legte Jean die ganze Wahrheit über dieses Grandhotel auf den Tisch. Endlich, fand Jean.

Auch sie liebe Bustillos eklektisch-monumentale Architektur und den gewissen »bodenständigen Schwulst« darin nicht, sagte sie, noch während sie nicht eine, sondern zwei Kännchen Kaffee bestellte, um ihm dann die Auftragsvergabe des Grandhotels und die politischen Machenschaften dahinter zu erläutern. Sie trank ihren Kaffee in ungewöhnlicher Eile, aß aber keinen Happen dazu. Auch ihr schien der gestrige Abend im Magen zu liegen.

Das Gesamtgebiet der patagonischen Anden sei seit drei Jahren seitens der argentinischen Regierung unter Naturschutz gestellt und in Verwaltungseinheiten aufgeteilt, die als größte Arbeitgeber der Regionen enorme politische Macht hätten. Die Einheit, die Eugenias See betreffe, sei der Nationalpark Nahuel Huapi, und ihr Direktor sei Alejandro Bustillos jüngerer Bruder Exequiel …

Voilà, der Grund, warum sie diesen Architekten wählen musste!

Eine Baugenehmigung im Naturschutzgebiet sei klarerweise nur durch Exequiel Bustillo zu erreichen gewesen, der war ständig vor Ort und garantierte nicht nur für eine reibungslose Abwicklung des Bauvorhabens, sondern von der Fertigstellung an auch für die ersten Naturtourismus-Hotelgäste, die er über die Hunderte von Angler-, Jäger-, Wanderer- und Naturforscher-Vereinen aller Kontinente anwerben würde.

»Sei's drum, Jean Cheri, du musst dich mit diesem Bustillo-Künstler eben arrangieren. Nach Fertigstellung des Rohbaus werden wir ihn nie mehr wiedersehen!«

Jean nahm diese Informationen kommentarlos zur Kenntnis und verbrachte dann mit Pirovano den Vormittag in den Gerbereien rund um Mataderos, den Nachmittag bei den Bezieherinnen, die sich in den jüdischen Stadtteilen Once und Belgrano angesiedelt hatten. Von dort holte ihn Victoria Ocampos Kutscher ab, denn bei ihr würde er Eugenia zu ihrem letzten gemeinsamen Abendessen in der Stadt treffen. Auf Victorias Briefkarte, die am Morgen auf dem Frühstückstisch des Plaza Hotels auf sie gewartet hatte, stand:

»Picknick für 3 im Weißen Haus, Rufino de Elizalde 2831, Barrio Parque, 19 Uhr, Victoria«

Jean erfragte auf der Fahrt dorthin den Namen des Kutschers, und er erklärte in beinahe akzentfreiem Französisch, seine Mutter habe ihn nach dem Mapuche-Krieger benannt, der die Spanier im 16. Jahrhundert aus Patagonien vertrieben habe: Lautaro. Schwungvoll wie gewohnt fuhr er Jean in Victorias Verlagshaus in Barrio Parque, dem edelsten Wohngebiet der Innenstadt, in dem sich Botschaftsresidenz an Botschaftsresidenz reihte.

Als Lautaro mit seiner Calèche in den Frank'schen Farben von Schimmelweiß bis Eschenbraun – erst jetzt wurde Jean diese von Victoria sicher nicht zufällig gewählte Farbpalette bewusst – vor dem kubischen reinweißen Verlagshaus vorfuhr, war keiner da, um Jean zu empfangen. Doña Victoria sei noch mit Don Jorge Luis zu einem Interview bei der Tageszeitung *La Nación*, erklärte der Butler, der ihnen das Einfahrtstor öffnete, Doña Eugenia hingegen im Vorfeld ihrer morgigen Abreise nach Patagonien beim amerikanischen Botschafter eingeladen, die Residenz, er wies mit ausholendem Schwung zur

Avenida del Libertador zurück, liege gleich hier nebenan, beim Zoologischen Garten.

Jean war überrascht, der olivenhäutige junge Butler sprach noch besser Französisch als der Kutscher. Wie denn sein Name sei, wagte er auch diesen Victoria-Vasallen zu fragen, während Lautaro panterhaft von seinem Kutschbock absprang, um die Schimmel in das etwas enge Einfahrtstor zu führen, das offensichtlich für die Breite eines Automobils, nicht mehr für die einer Calèche geplant worden war.

»Ich bin Huenu, des Kutschers kleiner Bruder«, lächelte der Butler, »Huenu, was in unserer Sprache Himmel heißt.«

Er sei, wie alle kleinen Brüder, für alles Denkbare gut, für Doña Victoria sei er der Butler, der Koch, der Gärtner, die Bügelfrau.

»In diesem herrlich weißen Haus eine reine Ehre«, fand Jean.

»Sie meinen, Monsieur? Die Nachbarn hier im Barrio Parque im Allgemeinen und in unserem Rufino-de-Elizalde-Rondeau im Besonderen teilen diese Ansicht nicht.«

»Nein?«

»Erst recht nicht der planende Architekt, el Señor Bustillo, einer, der, mit Verlaub, und wir beide haben ihn gut kennengelernt«, wies er mit einem Nicken auf seinen großen Bruder, »noch im letzten Jahrhundert zu Hause ist. Sehen Sie hier? Keine Signatur auf der Fassade! Er verleugnet sein Werk.«

»Er verleugnet dieses Prachtstück von Haus? Nun, vielleicht ein Glück für Sie alle?«

Huenu schwieg und faltete die Hände vor der Brust, eine Geste, die Jean schon bei seinem Bruder beobachtet hatte, es musste ein Mapuche-Zeichen des Einverständnisses sein.

»Ich sehe mich in der Zwischenzeit ein wenig um?«, fragte Jean, als sich zu seiner Überraschung auch Huenu jetzt mit den Schimmeln und der Calèche zu beschäftigen begann.

Er war mit dem Haus allein, ging unter den Palmen und Ginkgos des Vorgartens auf das Eingangsportal zu und drehte sich vor der offenen Tür dieses überraschend zeitgenössischen Baus einmal um sich selbst.

Was für ein Licht!

Was für eine Stille in diesem menschenleeren Barrio Parque direkt am Fluss!

Ihm fiel auf, wie sehr ihm das Alleinsein, das er von Paris, von seiner Boutique und der Rue de Verneuil gewohnt war, in den drei Tagen in dieser Stadt voller Begegnungen und voller neuer Eindrücke gefehlt hatte. Er trat durch die Tür und hielt inne.

Kein schlechtes Eingangsfoyer!

Die schlichte, im Quadrat gewendelte Treppe, die ohne Geländer auskam und allein von weißen Parapettmauern begrenzt war, führte vom Erdgeschoss, in dem sich offensichtlich die Büros von Victorias *Sur*-Verlag befanden, hinauf in die Beletage, wo mit Sicherheit ihre privaten Wohnräume lagen. Diese Treppe war ein Meisterwerk, das weder Loos noch Mies, noch Gropius besser hinbekommen hätten.

Wie hatte Victoria diese radikale Architektur hier, in einem Land fernab der europäischen Moderne, durchgesetzt?

Und wie hatte sie sie ihrem samtgewandeten Architekten beigebracht?

Von Bustillo, mit dem sie sich wahrscheinlich genauso wenig verstand wie Jean selbst, war rein gar nichts an diesem Haus abzulesen, von ihrer Eroberung in Eugenias Garten in Biarritz, Herrn Le Corbusier, ebenso wenig. Kein einziger Strich, keine Geste, keine Oberfläche.

Wo hatte sie sich also ihre Ideen geholt? Hatte sie Loos' Tzara-Haus am Pariser Montmartre als Vorlage genommen?

Das war möglich, hatte sie Eugenia in den letzten Jahren doch mehrfach auch in Paris besucht.

Oder eher noch Ises und Gropius' Meisterhaus in Dessau?

Und in der Tat, jetzt fiel es Jean ein, hatte ihm Ise ja geschrieben, dass Victoria Ocampo sie in Dessau besucht habe. Als Dank für das Mittagessen, das sie ihr zu Ehren mit Irene Hecht, László Moholy-Nagy und Marcel Breuer in ihrem Meisterhaus gegeben hatte, hatte sie Ises allerersten Artikel zum »Emanzipierten Bauen« in der hiesigen *Nación* veröffentlicht.

Während Jean durch die Bürogänge in die Tiefe des Hauses zur Büroküche und dem Lieferanteneingang schritt, entdeckte er die Dienstbotentreppe, die sich, hier oval geschwungen, vom Kellergeschoss bis auf die Dachterrasse wendelte.

Kein Bauhaus-Projekt hatte je eine elegantere Wendeltreppe gesehen!

Doch in jenem Moment endete die Stille, er hörte Stimmen vor dem Eingangsportal und machte sich, so schnell er konnte, auf den Weg zurück ins Foyer. Victoria war angekommen, und sie war allein. Sie trafen vor der Treppe aufeinander und, eigenartig, irgendetwas familiär Vertrautes war um sie.

Sie sahen sich an.

Sie sahen sich ähnlich!

Die Haut, das Haar, die Stirn, die Augen …

Das geheimnisvolle Dunkel in Victorias Blick verdankte sie wohl ihrer Mapuche-Mutter, der, wie Eugenia Jean noch heute Morgen erzählt hatte »enigmatischsten Frau der Stadt«.

»Verzeih bitte, Jean, da war ein Interview gemeinsam mit Jorge Luis Borges zur Strawinsky-Oper zu geben.«

Sie duzte ihn!

Eugenia musste auf Victorias ellenlange Briefe mit für sie außergewöhnlich ausführlichen Briefen geantwortet und ihn wie ein Familienmitglied erwähnt haben.

»Ich genoss das Haus derweil.«

»Wirklich? Jean, ich muss dir das gleich sagen, ich mache dir ein Kompliment, und das geschieht mir nicht oft. Ich habe deine Karriere in Paris von Anfang an verfolgt, und deine ›Leere‹ hat mich zu mir selbst, hat mich zu diesem Haus geführt.«

Was sollte man darauf sagen?

»Zeig her!«

Er hätte es nicht besser treffen können. Sie zog ihn am Jackenärmel die Treppe hinauf, und die Führung durch ihre Privaträume begann.

35 *Abflug*

Nicht wie geplant am nächsten, sondern erst am übernächsten Morgen saßen sie in der Überraschung, die Eugenia schon auf der Madrid enthüllt hatte – in Amelias Electra. Es herrschte ein enormes Gebrumm um sie herum.

Victoria hatte bei ihrem Abendessen vorgestern im Verlag alles zu Amelias Äquatorumrundung hören wollen, und Eugenia hatte berichtet, so erfuhr Jean erstmals von der kunstvollen Inszenierung dieser Andenreise, die Eugenia ihm bisher verschwiegen hatte. Am selben Tag, an dem sie beide sich in Cherbourg auf die Madrid eingeschifft hatten, war Amelia mit ihrer roten kleinen Vega von Paris nach Newark zurückgeflogen, wo sie sie gegen die schnittige Neukonstruktion eingetauscht hatte, in der sie jetzt saßen.

Und welch ein Unterschied zwischen dieser stromlinienförmig aus Leichtaluminium gebauten Silbermöwe und ihrer plumpen Vorgängerin!

Amelias Reiseauftakt nach Buenos Aires, der gestern in den ersten Morgenstunden geplant gewesen war, hatte allerdings nicht ganz so problemlos begonnen wie gehofft. Beim Abflug in Newark hatte sie einen Fehlstart hingelegt und bei der unsanften Landung das Fahrwerk ruiniert. Zum Glück waren zudem nur die am Bauch des Fliegers angebrachten Funkempfangsantennen in Mitleidenschaft gezogen worden, ein Schaden, der in vierundzwanzig Stunden repariert werden konnte.

Als Eugenia und Jean diese Neuigkeiten, die per Kabelfunk beim Concierge des Plaza Hotels anlangten, gestern beim Frühstück und schon zur Abreise bereit, erfuhren, musste Jean unweigerlich an Captain Cohn denken. »Die kleine Earhart fliegt eine gänzlich neue Strecke mit gänzlich neuer Ausrüstung?«, hatte er mit Sorge in der Stimme gefragt. Offensichtlich nicht ganz unbegründet.

Heute Vormittag aber waren Amelia und ihr Navigator auf der Rasenpiste der kleinen Aerostation am Ufer des Río de la Plata gelandet. Sie schienen kein bisschen besorgt und bester Laune, genau wie Eugenia, deren Plan sich erfüllte: Sie würden in einer Weltneuheit, die für die erste Äquatorumrundung der Menschheitsgeschichte gebaut worden war, in nur zwei Stunden das immense Argentinien überfliegen, die Anden kreuzen und in Patagonien landen, als wäre es ein Ausflug in den Bois de Boulogne.

Seit dem Captain's Dinner hatte Jean sich vor diesem Moment zu fürchten begonnen, oder nein, vielmehr hatte er sich geschworen, im letzten Moment doch nicht in dieses Fluggerät zu steigen und lieber die Ochsenkarawanenroute über die Pampa zu nehmen, egal, ob er damit ein paar Tage Zeit verlöre.

»Die Zeit ist uns doch geschenkt, Jean«, hatte Eugenia auf der Madrid gesagt, er würde sie also nutzen.

Und eine Ochsenkarawane konnte nicht unbequemer sein als dieses dröhnende Gefängnis!

Er saß mit Eugenia Knie an Knie auf der Klappbank der Navigationsstation gleich hinter den Pilotensitzen. Sie hatten hier keine Fensterluken, umso besser vielleicht, sie sahen die Welt nur durch die Windschutzscheibe und durch die Luken der Pilotentüren, wie damals, im Mercedes Landaulet von Jeans Mutter, nur von weiter oben, aus der Vogelperspektive.

Dass er hier eingestiegen war!

Es war Amelias Verdienst, hatte sie es doch im Hangar und auf dem Flugfeld verstanden, seine ganze Aufmerksamkeit auf die Rationalität dieses Flugkörpers zu lenken, den sie auswendig zu kennen schien. Sie erläuterte die Intelligenz der Erfindungen, die hier getestet wurden, derart kompetent, dass Jean für Momente die Gefahr vergaß, in der er, sobald sie abgehoben hätten, schweben würde, und zwar schon bei einem Absturz aus fünf Meter Höhe.

»Darf ich vorstellen, Jean, meine neue Lockheed Electra!« Amelia stand mit dem Rücken zu ihrem Flugzeug und suchte mit beiden Händen den Kontakt zu dessen Aluminiumhaut. »Mit ihr kann ich zwölf Fluggäste über Distanzen von 1500 Kilometern transportieren«, hatte Amelia ihm auf Fingerspitzenfühlung mit dieser Flugmaschine erklärt, »also zum Beispiel von Paris nach Lissabon, direkt, in nur einer Stunde.«

»Und wo säßen diese Fluggäste?«, hatte Jean in Anbetracht der fensterlosen und mit Geräten vollgepferchten Kabine gefragt.

»Dieses Modell 10E habe ich natürlich nur für mich und meinen Copiloten, nicht für Gäste konzipiert. Für die Äquatorroute brauche ich eine spezielle Neun-Zylinder-Bipropellermaschine, den Rest des Raumes nutze ich für zwei Radiogeräte, eine Navigationsstation, vier Motoröltanks und zusätzliche drei Kerosintanks.«

»Für Langstrecken ohne Zwischenlandungen …«

»Genau, meine 10E kann 7000 Kilometer zurücklegen, also dreimal die für heute geplante Flugstrecke Buenos Aires–Bariloche.«

»Drei Mal die heutige Strecke.«

»Das klingt doch beruhigend?«

Eugenia und Jean versuchten es sich nach dem Abflug und dem ersten Loch-im-Magen-Gefühl auf der für Erstklässler dimensionierten Navigatorenbank bequem zu machen. Die kleine Maschine stieg und stieg, und Jean würde gern irgendwo seinen Rücken abstützen, sonst müsste man ihn nach zwei Stunden

Flug hier als Vollgelähmten herausschälen. Er lehnte sich an die ungepolsterte Rückenlehne, doch sein Hinterkopf stieß an die Motoröltanks, die den gesamten Fond des Flugzeugs ausfüllten.

Keine besonders erbauliche Vorstellung, sich an Tanks zu lehnen, die mit 400 Liter Motoröl und 4500 Liter Kerosin gefüllt waren!

Er blieb also lieber gerade sitzen, nahm Eugenias Hand und schloss die Augen.

Wenig später, er war bei dem monotonen Gebrumm gerade ein wenig eingedöst, entzog Eugenia ihm ihre Hand: »Schau, die Ruta Nacional!«

Ihre Flugroute, hatte Amelias Navigator ihnen kurz vor dem Abflug erklärt, als die Propeller schon liefen, führe der Küste entlang Richtung Süden nach Mar del Plata, dann schräg nach Südwesten nach Bahía Blanca, wo sie den Atlantik verlassen und Kurs auf die Pampa nehmen würden, der Ruta Nacional 22 entlang nach Neuquén und Zapala.

Jean öffnete die Augen. Sie flogen jetzt auf gleichbleibender Höhe, und vor ihnen zog sich eine kreidegraue, wie mit dem Lineal gezogene Straße durch die grüne Ebene. Sie sah aus wie ein aufgespannter Faden, der ab und an ausfranste.

»Das ist der Südwind, der den Lehm in Wehen über die Fahrbahn schiebt«, erklärte der Navigator, als Jean sich etwas nach vorne lehnte und mit den Ellenbogen auf der Lehne seines Copilotensitzes abstützte, »die Straßenwacht scheint Mühe zu haben in dieser endlosen Ebene.«

Er wandte sich zu Eugenia und Jean um, wie sie da wie zwei Gepäckstücke, auf die schmale Rückbank gequetscht, zwischen den Navigationsgeräten saßen, und seine Mimik kaschiert nur schlecht, dass er sich mehr Sorgen um die Technik machte als um sie. Amelia steuerte inzwischen konzentriert und schwieg.

»Ich bin Fred, übrigens«, salutierte er kurz nach hinten, dann wandte er sich wieder seiner Navigationskarte zu. Der hagere

Typ schien eine wandelnde Rechenmaschine und die Betriebsamkeit in Person, er schrieb Listen, klopfte an Geräte, prüfte die Höhenmeter, zog Linien auf seiner Karte und drehte sich zwischendurch immer wieder prüfend zu ihnen um.

Kurz nach Zapala, einem Städtchen zu ihrer Linken, auf das Fred beim Überfliegen zeigte, war quer vor ihnen dem Horizont entlang die präzise Spur einer Straße zu erkennen.

»Die Ruta Nacional 40, auch berüchtigt als die Panamericana«, erläuterte Fred, »sie beginnt in Kanada und zieht sich durch den ganzen Kontinent bis nach Feuerland. Die Ruta Nacional 22, der wir gerade entlangfliegen, kreuzt sie im perfekten rechten Winkel, wie auf dem Reißbrett. Die Nord-Süd-Linie der 40«, Fred klopfte auf die Windschutzscheibe in Richtung Tiefe, damit sie mit den Blicken folgen konnten, »franst nie aus, man hat sie in den Windschatten der Andenkette geschmiegt, wo sie die Frühlings- und Herbstregen regelmäßig sauber waschen.«

Er stupste Amelia von der Seite an und machte mit beiden Händen das Zeichen für »an Höhe gewinnen«. Mit der Rechten wies er, zu Eugenia und Jean zurückgewandt, mit ausladender Geste auf die Windschutzscheibe wie auf eine imaginäre Bühne, als würde hier gleich ein Film oder ein Spektakel präsentiert.

Amelia zog die Maschine hoch.

Und da war sie, die Andenkette!

Sie reichte über den gesamten Horizont, säumte die Pampa-Ebene wie ein Plissee aus fein geklöppelter blütenweißer Spitze. Eugenia rutschte auf ihrer Sitzbank an die vorderste Kante, um besser sehen zu können. Sie kannte diese Berge natürlich. Sie kannte jeden einzelnen von ihnen. Aber nicht von oben, aus dem Blickwinkel der Zugvögel.

Jean verstand in diesem Augenblick, warum Amelia beim Fliegen gerne schwieg.

Was war das für eine Erhabenheit! Er war atemlos vor Begeisterung.

Und beinahe hätte er die Ochsenkarawanenroute genommen …

Keiner hatte ihnen beiden vorhersagen können, wie das war, Fliegen. Keiner hatte ahnen können, welche Eindrücke es ihnen bescheren würde. Jean hatte einfach gewagt, diese Maschine zu besteigen, er wusste selbst nicht, warum. Vielleicht, weil er ihre Geschichte kannte, die Mühe, die Zeit und das Wissen, das in ihr manifest war? Oder doch eher, weil er die Geschichte von Amelia kannte?

Einer Einsiedlerin genau wie er, genau wie Eugenia, die sich von allen Konventionen, allen Zwängen frei gemacht hatte, um ihrem Traum zu folgen, dem Leichtsein in Raum und Zeit.

Sie würde nicht müde werden, ihren zarten Körper der Erdanziehung zu entziehen. Niemals.

36 *Die Andenseen*

Die Anden waren in Wahrheit noch weit entfernt, nur ihr Schneeweiß ließ sie täuschend nahe erscheinen.

»Eine knappe Stunde bis zum Landeanflug«, kündigte Fred an.

Der kleine Flieger schwenkte ab, ein surrendes Geräusch war zu hören, wohl schalteten sich automatisch die Kabinenventilatoren ein, wenn die Sonne in die Kabine fiel. Sie flögen jetzt, erläuterte Fred, in Richtung Südwesten, also zwischen den Spitzen der Anden-Doppelkämme hindurch.

Der Luftzug der Ventilatoren wehte Jean Amelias Seidenschal ins Gesicht. Es war das gleiche zarte Streichen auf den Schläfen wie damals, als seine Mutter sie aufs Land chauffiert und er, gebannt vor Angst, nach vorne geschaut hatte, durch die Windschutzscheibe hindurch. Nannchen hatte neben ihm gesessen und ihm die Hand gehalten. Heute saß Eugenia neben ihm und hielt ihm die Hand.

Dieses verrückte Experiment hatte sie ermöglicht, und sie erlebte es begeistert, Sekunde um Sekunde.

Was wohl in ihr vorging dabei?

Sie kehrte nach Jahrzehnten in das Land ihrer Vergangenheit, an den Ort ihrer fernsten Erinnerungen zurück. Und sie tat das auf dem modernsten aller Wege.

Sie ließ sich fliegen!

Vielleicht machte dieses neue Fortbewegungsmittel ja Schule?

Vielleicht würde man auf diesem Erdball bald Aerostationen haben, die von Menschen aller Art benutzt wurden, nicht nur von Technikern, Forschern, Kartographen und Flugpionieren?

Diese Aerostationen, die im Augenblick als spartanische Militärcamps daherkamen, könnten eine neue Aufgabe für Gestalter werden, so wie vor nicht allzu langer Zeit die Hafenterminals, die Bahnhöfe, die Bus- und Straßenbahnstationen, die Parkhäuser und Tankstellen.

Was für eine schöne Aufgabe, Menschen bereit zu machen für die Schwerelosigkeit!

Eugenia hatte für ihre Reise nach Patagonien Schiff und Flugzeug gewählt, nach Jeans Wissensstand die zeiteffizienteste und kostenrationalste Kombination aller aktuell möglichen Fortbewegungsarten, die viele Menschen in Zukunft wählen könnten.

Würden Aerostationen die neuen Binnen-Häfen? Würde man sie eines Tages gar Flug-Häfen nennen?

Würde sich ein feinmaschiges Netz von Flug-Routen über die Kontinente spannen, die Flug-Linien der Linien-Flüge?

Eugenia drückte seine Hand, sie senkte den Kopf und wog ihn langsam hin und her.

Hatte sie Angst?

Überkam sie Unsicherheit, etwa Rührung?

An ihrem See hatte sie, soweit sie Jean erzählt hatte, alle Zeit verbracht, die sie nicht im Damenstift von Valparaíso für Deutsch und Englisch, für Geschichte und die Naturwissenschaften investieren musste. Auf der mütterlichen Isla Victoria hatte sie Schwimmen und Fischen, die Grundlagen der Forstwirtschaft und der Fischzucht gelernt. Sie hatte die Vulkane erklommen und die Welt der Mapuche erkundet, ihre Sprache, ihre Riten, ihren Glauben.

Eugenia würde im September siebenundsiebzig, also war diese Jugend und ihr letzter Aufenthalt hier weit mehr als ein halbes Jahrhundert her. Sie mochte überwältigt sein. Oder enttäuscht. Oder sich einfach nur fremd fühlen.

»San Martín de los Andes.« Fred zeigte auf ein sich in zypressengrünen Hangwäldern zerfransendes Städtchen rechts vor ihnen, doch Amelia schwenkte die Electra gerade nach links, genau nach Süden, und da sahen sie sie zum ersten Mal.

Die Andenseen!

Wie geschliffene Aquamarine in einer frisch polierten Weißgoldkette lagen sie in gleichmäßigen Abständen zwischen den verschneiten Spitzen der Vulkankegel, ein unbeschreiblicher Anblick.

»Der Lago Lácar«, benannte Fred den ersten, der gleich vor ihnen lag, »mit diesem See beginnt die Hochebene des Nationalparks, dessen südlichster und größter Gletschersee der Nahuel Huapi ist, das Ziel unserer Reise.«

»Lácar, will heißen: die zerklüfteten Ufer«, sagte Eugenia leise. Es waren die ersten Worte, die man von ihr, nach ihrem kurzen Hinweis auf die Ruta Nacional, hier oben in der Luft hörte. Obschon beinahe geflüstert, waren sie, trotz des Propeller-Gebrumms und des Ventilatoren-Gesurrs, glasklar verständlich.

Diese kleine Electra-Silbermöwe hatte zu all ihren sonstigen technischen Errungenschaften also auch eine perfekte Akustik!

»Die Mapuche, die hiesigen Eingeborenen, nennen das Städtchen San Martín de los Andes noch heute Pucaullhué«, flüsterte sie weiter, und selbst Amelia neigte jetzt den Kopf nach hinten, um zuzuhören.

»Die Sprache der Mapuche, das Mapudungun, hat eine Eigenschaft, die Jean und ich aus dem Deutschen gut kennen. Sie zieht Wörter zu Sinnfamilien zusammen. Pucaull-hué bedeutet Möwen-Ort. Ab hier und in der gesamten fruchtbaren Seenhochebene sind die Menschen nach Mapuche-Glauben dem Himmel nah, denn er spiegelt sich in den Wasserflächen wie in Edelsteinen, du weißt schon Jean, jenen hellblauen …«

»Aquamarine.«

»Genau. Die Eingeborenen wissen seit jeher, dass diese Seen nur ein kleines Ebenbild der großen Wasser jenseits des Andenkamms sind, des Pazifischen Ozeans. Die Boten jenes Ozeans, die Möwen, besuchen die Menschen hier und bringen Geschenke aus den Wassern des Westens mit, so zumindest erzählen es die Mapuche-Sagen. Die Wasser des Westens bedeuten für sie, wie alles, was im Westen liegt und von der Sonne mit sich davongetragen wird, den Tod. Wer also hier im Hochtal Möwen sieht, ihr Schreien hört, erst recht Muscheln oder Krebse vor seiner Hütte findet, ist dem Tod geweiht.«

»Dem Tod geweiht«, wiederholte Amelia.

»Kein Schrecken für die Mapuche, im Gegenteil, denn sie glauben an Wiedergeburt.«

Eugenia machte eine kleine Pause und senkte wieder den Kopf, sie drückte Jeans Hand dabei und schloss kaum hörbar mit den Worten: »So wie ich.«

»Und diese Sagen?«, fragte Amelia über die Schulter.

»Sind keine Märchen.« Eugenia richtete sich wieder auf. »Sie haben immer einen nachvollziehbaren Hintergrund. Tatsächlich kreuzen ja dann und wann Möwen vom Pazifik über die Andengipfel bis hierher, in ihren Krallen Krebse und Muscheln vom nahen Meer.«

Alle vier schauten sie hinunter auf die prachtvolle Kette hellblauer Seen, in der Maschine wurde es still, nur die Propeller brummten zum Summen der Ventilatoren.

Sie verloren ständig und gleichmäßig an Höhe. Amelia zeigte abwechselnd einmal nach links, einmal nach rechts auf die angrenzenden Vulkane, und Fred las die Mapuche-Namen aus seiner Navigationskarte vor: Huemul, Lircay, Ñuble, Bío Bío, Lonquimay, Lanín. So standen sie Spalier, von Norden nach Süden im Gefolge ihrer Gletschermassive, deren Schneefelder, gleißenden Flüssen gleich, sich bis weit in die Täler ergossen.

»Bitte hier rechts, das Huilo-Huilo-Reservat, das bis zu den tiefblauen Ufern des Lago Ranco reicht«, Fred war in seinem

Navigatorenelement, und Amelia drehte sich wieder kurz nach hinten um: »Hier sind die legendären Machi-Heiler zu Hause?«

»Die jedes Weh mit Pilzstaub und Rindensud kurieren, oh ja! Auch Appetitlosigkeit, beispielsweise« – Eugenia lehnte ihre Schulter an Jeans –, »und sogar Schlaflosigkeit! Leider sind die Machi, Jean Cheri, ausschließlich Frauen.«

Alle im Cockpit mussten lachen.

Sie schwebten wieder eine Weile schweigend im Sinkflug. Die Dichte von Geschichte und Geschichten unter ihnen, dachte Jean dabei, musste unendlich sein. Seine Grandhotel-Entwürfe müssten sich sehr anstrengen, um sie auch nur ansatzweise zu erfassen.

Doch da schwenkte Amelia nach rechts und ließ den Flieger ruckartig abfallen, sie drehten eine Schleife nach Südosten, und die Electra war wieder in der Waagrechten, den Nahuel Huapi vor sich. Man sah den See in seiner ganzen Länge, Amelia flog an der Südküste entlang, in sehr niedriger Höhe. Buchen- und Ahornwälder in flammendem Rot bedeckten die Hänge, die sanft von den Bergmassiven zum See abfielen. Entlang der Ufer verschwammen die Grenzen von Land und Wasser in flimmernden Gürteln von Silberschilf. Sie waren in den Landschaftsbildern aus Eugenias Salon angekommen, und alles war in der Wirklichkeit genau wie dort.

José Tomás Errázuriz hatte nicht übertrieben! Die Natur hatte sich über all die vergangenen Jahrzehnte stets erneuert, um stets gleich und doch immer unvorhersehbar zu bleiben.

Wie musste Eugenia erleichtert sein!

An ihrem See waren die letzten siebenundfünfzig Jahre, zwei Generationen Menschheitsgeschichte, die die westliche Welt aus den Angeln gehoben hatten, spurlos vorübergegangen. Abgesehen von ein paar Hafenmolen und Fischerhäusern an seinem Südufer schien er weiterhin nicht besiedelt.

Jean rutschte wie Eugenia an die vorderste Kante der Sitzbank, um die gegenüberliegende Küstenlinie zu ihrer Linken in den Blick zu bekommen. Das Nordufer war schattig, viel steiler als das Ufer gegenüber und beinahe flächendeckend von einem flaschengrünen Bouclételppich überzogen. Dichter Lärchenwald kletterte die Hänge hinauf.

Er musste kurz nachdenken. An den Seen und Flüssen, die er kannte, am Bodensee oder im Flusstal der Loire zum Beispiel, waren es die Nordufer, die sanfter anstiegen, besonnter waren, von Laubwald und Schilf begrünt. Die Südufer waren schroff und, wenn überhaupt, von Nadelwald bedeckt.

Warum war es hier umgekehrt?

Dumme Frage, sie hatten ja den Äquator durchschifft, befanden sich also auf der südlichen Hemisphäre!

Die Sonne schien hier, auch wenn es Jean allein bei dem Gedanken schwindelte, von Norden.

»Darf ich vorstellen, Jean Cheri, vor dir liegt die Llao-Llao-Bucht, mit unserem Grandhotel.«

Vor lauter nach links an Amelias Kopf und Schal vorbei auf die Nordhänge starren hatte Jean tatsächlich den Moment verpasst!

Vor ihnen verengte sich der See. Von Süden schob sich eine schwungvolle Landzunge bis in seine Mitte. Diese Landzunge stieg hangseitig sanft an und erreichte eine Kuppe, hinter der, einige Dutzend Höhenmeter höher, ein türkisgrünes Gletscherauge lag.

»Auf der Landzunge zwischen dem Nahuel Huapi und dem höher liegenden Moreno-See. Und schaut«, wies sie an Amelias Schulter vorbei, »gleich hier weiter links … meine Insel.«

Sie musste nur flüstern, alle hingen an ihren Lippen.

Die Insel, gleich gegenüber der weiten natürlichen Llao-Llao-Bucht in der Mitte des Sees gelegen, war ein sichelförmiges, dicht bewaldetes Felsenriff. Die Farbe des Waldes war aber weder das Laubwaldrot des Südufers noch das Flaschengrün des Nordufers. Es war eher ein Minzgrün. Eine einzigartige Farbe, die im Wasser rötlich nachleuchtete, wahrscheinlich ein Lichtreflex.

Welches Grün konnte sich durch reine Spiegelung in Rot verfärben?

Ja, natürlich, es musste der Widerschein der Stämme sein, nicht der Baumkronen. Hier sah er erstmals Eugenias Arrayanen, die ältesten Myrten des Erdballs, mit ihren so warm in Zimt- und Rehbraun leuchtenden Rinden.

Die Insel wirkte von hier oben klein, musste aber mindestens zwei Dutzend Kilometer lang sein und gute drei, vier Kilometer breit.

Alles hier in diesem Patagonien war ohne Maßstab, sie überflogen Gullivers Land der vervielfachten Proportionen!

»Und nun müssten wir unseren Rohbau gleich aus der Nähe sehen, Jean Cheri, von den Veranden deiner künftigen Suiten wird man Ausblick auf gleich drei Gletschermassive haben: den Cerro López, den Cerro Capilla und den Cerro Tronador.«

Und tatsächlich, das Grandhotel erschien auf seiner felsigen Kuppe. Es war wie erwartet riesig. Und es hatte, das fiel Jean sofort auf, ziemlich große Fenster.

Wie hatte man die bis hierher gekarrt?

Ebenso hatte es ein sehr hohes Dach, weil sehr steil geneigt, das musste für die hiesigen Schneelasten notwendig sein. Die Dachhaut war mit frischen Lärchenschindeln gedeckt, ihr helles Rosé schimmerte in der Sonne.

Ein gewagtes Dach, doch es passte in diese Landschaft. Das Sockelgeschoss, auf dem der H-förmige Baukörper ruhte, war aus dem Granit der Felskuppe aufgemauert und so katzengrün wie die Augen von Fernand Roger, dem Winzer seiner Mutter, wenn er von seiner Frau erzählte. Jean hatte noch nie einen solchen Naturstein gesehen.

Die Wände der folgenden zwei Geschosse waren aus unbehauenen Zypressenstämmen als Blockbau gefügt. Dieses Unbehauene gab dem Gebäude eine rustikale Note, man dachte unweigerlich an österreichische Almhütten oder süddeutsche Forsthäuser. Nun ja, daher kamen ja auch die hiesigen Einwanderer, wie Poulenc ihm erzählt hatte.

Jene Andenpioniere mussten konstruktive Kräfte gewesen sein, die ihr Wissen um Wasser- und Bergbau, um Obst-, Jagd- und Forstwirtschaft mitgebracht hatten und den Mapuche voller Respekt begegnet waren, keine Raubbauer und Sklavenhändler wie die spanischen Eroberer in den Jahrhunderten zuvor. Rundum also, Jean musste sein Urteil über den Architekten Bustillo etwas revidieren, nicht ungeschickt, wie das Hotel dort auf seinem Hügel thronte.

Vielleicht ein wenig zu immens?

Doch in Anbetracht der Gulliver-Geographie auch wieder nicht. Wie Eugenia schon in Paris gesagt hatte, würde es in dieser großen Natur sonst im Handstreich untergehen.

»Was bedeutet Llao Llao?« Für Fred schien die Reise vorbei, ihr Ziel, das Städtchen Bariloche am Ende des Sees, war in Sichtweite, er konnte sich jetzt ein wenig weiterbilden.

»Ah«, antwortete Eugenia entzückt, »wir waren vorhin schon nahe dran, Fred Dear, als wir von Pilzstaub und Schlaflosigkeit sprachen.«

Sie schaute weiter hinunter auf den Rohbau, prüfte jeden Winkel und nickte dabei. Sie musste genauso positiv überrascht sein wie Jean.

»Llao Llao heißt viele Pilze«, erklärte sie jetzt, »nach einem Rindenpilz, der an den hiesigen Buchen wächst und der wundersame Kräfte haben soll. Llao Llao ist aber auch eine typische Verdoppelungsart der Mapuche-Sprache. Will man eine Eigenschaft verstärken, verdoppelt man sie. *Llao* als Adjektiv bedeutet schmackhaft oder gelungen. *Llao llao* demnach: sehr gelungen.«

»*Llao llao,* ganz zauberhaft, wie dein Riesen-Chalet«, flüsterte Jean.

Eugenia sah ihn an und schloss daraufhin kurz genüsslich die Augen. Sie konnte es sichtlich kaum erwarten, anzukommen.

»Electra 808, Electra 808, bitte melden«, hörten sie jetzt aus dem kreisrunden Lautsprecher neben Amelias Steuerknüppel, in der Aerostation von Bariloche schien jemand auf sie hier oben aufmerksam zu werden.

»Die sind aber aktiv«, lachte Amelia.

»Hat uns etwa jemand angekündigt?«, wunderte sich Fred. »Ich dachte, wir sind ausdrücklich inkognito unterwegs?«

Die Heimatkundelektion war um, er zog seine Navigationskarte aus der Seitentasche der Cockpittür, klickte das Funkgerät aus der Halterung am Armaturenbrett und gab ihre Koordinaten und die Landezeit durch: in drei Minuten.

Sollte Jean jetzt wieder Angst bekommen? Und wenn ja, dann wovor?

In der letzten Stunde hatte er eine der gelungensten Kompositionen der Schöpfung entdecken dürfen, diese in gleichmäßigem Rhythmus von Seen durchzogene Andenkette, die *llao llao,* ganz zauberhaft war.

Und er hatte sie mit Eugenia entdecken dürfen, dem Menschen, der ihm am meisten bedeutete, dem einzigen Menschen, der ihm geblieben war. Einer Frau, die er liebte, ja, das konnte er so sagen, auch ohne Hingabe, auch ohne Leidenschaft.

Doch war Liebe nicht viel mehr als das leidenschaftliche Bild ihrer selbst?

War sie nicht genau das, was Jean in Eugenia gefunden hatte, das so selten zu findende, das wortlose Mit-Teilen? Das Teilen an sich?

Er würde in diesem Augenblick, in dem er hier auf der vordersten Kante der Navigatorenbank hockte und entgegen allen

Erwartungen frei von jeder Art von Schmerzen war, gerne und dankbar sterben.

»Nein, du bleibst bei mir«, flüsterte Eugenia und drückte seine Hand, als hätte sie seine Gedanken gelesen.

Im selben Augenblick waren sie gelandet.

37 *Zum Roten Land*

Es gab keine Aerostation hier in Bariloche, geschweige denn ein Passagierterminal. Am südöstlichen Zipfel des Nahuel Huapi, den sie eben in ganzer Länge überflogen hatten, endete die grüne Oase der Seenkette abrupt an einer Grand-Canyon-artigen Hochebene. Blutrote Kalkmassive bildeten, von Gebirgsbächen durchkreuzt, eine beinahe vegetationslose Karstlandschaft, die von hier bis nach Feuerland reichte.

An der buckligen Gemeindewiese am Ende des Städtchens traf die Panamericana auf die Passstraße nach Chile, und auf dieser Wiese, die heute ausnahmsweise als Landepiste genutzt wurde, sonst aber der wöchentliche Viehmarkt war, gab es nur ein Gebäude: eine Tankstelle. Zum Roten Land hieß die Tankstelle, so wie das Land, das hier begann.

»Die Einheimischen überlegen es sich jedes Mal sehr genau, ob sie ihr Seen-Paradies verlassen und auf die Straße nach Feuerland einbiegen«, erklärte Eugenia, während Amelia die Maschine ausrollen ließ und es heftig rumpelte, »ab hier kommt nämlich nur noch Wüste.« An dieser Tankstelle hielten demnach alle, die sich in Richtung Süden bewegten, ein letztes Mal an, man hatte den regen Betrieb schon aus der Luft beobachten können: Eselskarren, Ochsengespanne, Viehtransporter, Automobile, Pick-ups, der Überlandbus.

Und jetzt sie. Mit einem Flugzeug!

Und da hatten sie gedacht, sie blieben ganz unbeachtet?

»Nur ein einziges Mal konnte man in den Anden ein Flugzeug landen sehen, hat man mir berichtet, das muss vor gut zehn Jahren gewesen sein.« Eugenia wurde hier, in ihrem Patagonien angekommen, geradezu gesprächig. »Damals war das eine rein private Angelegenheit, kein Forschungseinsatz für die Menschheit. Eine englische Pilotin, Shirley Kingsley, flog ihren Landsmann, den Arzt George Newberry, zu seinem todkranken Sohn auf die Estancia El Cóndor, die hier gleich in der Nähe, am Ende des Sees, liegt. Leider schlussendlich vergebens.«

Amelia fuhr im Schritttempo auf die Menschenmenge zu, die sich vor der Tankstelle versammelt hatte.

»Doch heute zeigen wir meinen Landsleuten das modernste Personenflugzeug der Luftfahrtgeschichte.«

»Mit der prachtvollsten Besatzung«, ergänzte Fred.

Hört, hört, wurde dieser Fred, der sich anfangs allein für seine Technik interessiert hatte, nachdem Eugenia und Jean ihm zwei Stunden im Nacken gesessen hatten, gar zum Diplomaten?

Zwei Mechaniker in blauen Overalls liefen der Electra entgegen und schwenkten hellblau-weiß gestreifte Fähnchen, die argentinische Nationalflagge, um sie einzuweisen.

Als ob es hier auf der Buckelwiese eine Rolle spielte, wo sie parkten!

Die Propeller schwangen aus, und Amelia drehte die Zündung ab, womit auch die Ventilatoren ruckartig stehen blieben. Einen Moment lang herrschte vollkommene Stille. Sie schauten sich gegenseitig aus den Augenwinkeln an, eine Jungfernreise machte alle Mitreisenden zu Verschworenen.

Eugenia begann zuerst zu lachen.

Wie gut gelaunt sie war! Und wie sie strahlte!

Sie schüttelte ihr Haar wie ein junges Mädchen, während sie in Amelias Nacken zischte: »Schau, wie gefragt du hier bist, Darling!«

Vom nächsten Augenblick an war es vorbei mit Stille, denn die Mechaniker öffneten beide Cockpittüren, und von draußen brandete Applaus zu ihnen herein. Und nicht nur das, der Duft von Kohlefeuer und Grillfleisch erfüllte das Cockpit.

Der Andenwind schlug den Mechanikern die Türen aus den Händen, und Eugenia schaute Jean in die Augen, während Fred sie rückwärts über die Sitzlehne hievte, sie hatten ja auf der Navigatorenbank keine Ausstiegsluken.

»Das Abenteuer beginnt«, sagte ihr Blick.

Ihn, den Gehbehinderten, aus dem schlanken Flugkörper zu ziehen, gestaltete sich weit schwieriger, er spürte plötzlich seine Beine nicht mehr. Das blieb zum Glück unbemerkt, denn während ihn die Mechaniker, einmal am Boden neben Eugenia angekommen, rechts und links unterhakten und mit sich schleppten, war Amelia schon vorausgegangen. Sie kannte solche Showeinlagen offensichtlich und wusste, sie waren die mühsamen, aber unerlässlichen Pflichten ihres Lebenstraums. Ohne Pressefotos, Sponsorendîners, Reden vor Universitätssenaten und Besuchen im Weißen Haus wäre sie nicht dort, wo sie jetzt war. Fred folgte ihr und machte den gut gelaunten Winke-Winke-Clown für die zahlreich wartenden Kinder.

Die beiden waren ein gutes Gespann!

Während Eugenia und Jean in einiger Distanz nachfolgten, er konnte erst langsam die Füße wieder ordentlich setzen, Schritt nach Schritt, wobei sein Rücken dabei höllisch schmerzte, sahen sie, wie die Menge auf der Wiese zur Tankstelle zurückgedrängt wurde. Aber nicht von weiteren Mechanikern oder Tankwarten, nein, von Gauchos, den hiesigen Cowboys. Um sich Respekt zu verschaffen, schwangen sie kurz gewickelte Lassos über ihren Köpfen, Jean konnte erkennen, dass sie Bleikugeln in der Größe von Tennisbällen an ihre drei offen geknoteten Lasso-Enden geknüpft hatten, was wohl einen besonders gelassenen Schwung erlaubte. Die Gauchos waren das Treiben von Massen gewöhnt, normalerweise natürlich von Massen von

Rindviechern, und so hatten sie die wartenden Menschen in wenigen Augenblicken in zwei schräge Flügel formiert, die die kleine Tankstelle einrahmten. Aus der Distanz von der Wiese aus wirkte das Ganze auf Jean wie eine gigantische Möwe, wobei der Zapfschuppen mit seinem mittig angeordneten Bargebäude und dem Windradturm den Rumpf, den Hals und den Kopf des Vogels bildete.

Eugenia hatte die zwei Mechaniker dankend verabschiedet und hakte sich jetzt selbst bei ihm ein. Die zwei im blauen Overall drehten sich schnurstracks um und rannten zur noch offen dastehenden Electra zurück. Über die Schulter konnte Jean beobachten, wie sie ihre Arbeitshandschuhe auszogen und den noch warmen Flugkörper mit bloßen Händen berührten, vorsichtig, wie ein aufgebrachtes, eben eingefangenes wildes Tier.

Jean war berührt. Hier vor diesen Mechanikern vom südlichsten Ende der Welt stand ein Ding der Unmöglichkeit, das doch Wirklichkeit geworden war, erträumt und geduldig durchgesetzt, manchmal sicher auch ein wenig stur ertrotzt. Konsequent eben. Konsequenz machte sich wenige Freunde, aber die richtigen.

Die Menschenansammlung aus Landarbeitern im Sonntagshemd, Mapuches in der Festtagstracht und Bürgern im Anzug neben ihren Frauen und Kindern wurde jetzt still, der Applaus und das Gejohle ebbten ab, denn vor der Fassade des Zum Roten Land stand ein Podium, das drei Herren mit Melone bestiegen. Es folgte eine korpulente Dame im halblangen, dunklen Tweedkostüm mit einem lustigen, windbeutelartigen Hut. Sie war sehr groß, und der Hut machte sie noch größer, die drei Herren wirkten ganz unwesentlich neben ihr.

Die Dame schien sich wenig aus jeder Art von übertriebenem Zeremoniell zu machen, denn als Amelia sie aus der Ferne erkannte und auf sie zulief, die Arme weit geöffnet, ließ sie es sich nicht nehmen, gleich wieder vom Podium zu ihr hinunterzusteigen und ihr entgegenzugehen.

»Immerhin, die First Lady persönlich«, flüsterte Eugenia Jean zu.

Sie zogen an den von den Gauchos im Zaum gehaltenen Menschen vorbei bis neben die Tribüne und stellten sich ins Abseits, in den Schatten. Eugenia atmete mit offenem Mund aus, sie war jetzt erschöpft, genau wie Jean. Es würde sicher einige Reden geben, und sie waren beide glücklich, dass sie dabei überhaupt keine Rolle spielten und einfach zusehen konnten, wie Amelia, die inzwischen mit der First Lady vor dem Podium angekommen war, ihre Electra und ihr fabelhafter Weltumrundungsplan gefeiert würden.

Einer der Gauchos vom rechten Möwenflügel erschien mit zwei dreifüßigen, klappbaren Jagdstühlchen und faltete sie ihnen beiden auf. Auf solchen Stühlen konnte Jean unter normalen Umständen keine drei Minuten das Gleichgewicht halten, aber hier und jetzt waren es die bequemsten Sitzmöbel der Welt.

Der erste Herr mit Melone begann zu sprechen, während die Gauchos die Menschenmenge zu einem Kreis um das Podium schlossen. Man kam sich sehr nahe hier, dachte Jean, die Menschen standen Arm an Arm und hatten keine Scheu, die Ehrengäste bis auf nur drei, vier Meter Abstand zu umzingeln. Eine beinahe intime Stimmung wie am Lagerfeuer machte sich breit, obwohl hier Hunderte Menschen versammelt waren. Dankenswerterweise ließ der Wind nach, so dass Eugenia und Jean, auf den einzigen Sitzplätzen neben dem Podium platziert, den Redner gut verstehen konnten.

Der Herr war offensichtlich der Bürgermeister, er begrüßte seine Mitbürger und artikulierte dabei betont langsam, damit die ausländischen Gäste ihm folgen könnten. Zunächst stellte er seine Mitredner auf dem Pult vor, *Ladies first* natürlich, und zwar nicht irgendeine Lady sei hier gestern im Städtchen angelangt, auf den Spuren ihres Onkels Teddy, der den Nahuel Huapi ja schon im Jahr 1913 mit seinem Sohn Kermit ausgiebig bereist habe, sondern, nein, es sei die First Lady der Vereinigten Staaten von Amerika, in inoffizieller Mission, sie sei einzig und allein hierhergekommen, um ihrer Freundin Amelia Earhart, er wies auf Amelia und auf Fred vor dem Podium, eine gute Reise zu wünschen. Bitte also keinerlei Berichte oder Briefe oder Nachrichten in die Hauptstadt! Er legte seinen Zeigefinger vor den Mund und machte eine lustige »Kein Wort von alldem hier«-Geste, man sehe ja auf den ersten Blick, dass selbst er, der Bürgermeister der Stadt Bariloche, keinen einzigen Pressefotografen und auch keinen Journalisten hierher eingeladen habe.

»*Hermanos y hermanas,* begrüßt also mit mir Doña Eleanor Roosevelt Ludlow Hall!«

Applaus, die First Lady nickte in die Runde, ihr Hut schwankte gefährlich vor und zurück. Doch sie wollte jetzt offensichtlich noch nicht sprechen, warf nur Amelia Luftküsse zu und machte dem Bürgermeister ein Zeichen für »später«. So bekam auch sie von Eugenias und Jeans freundlichem Gaucho ein dreibeiniges Jagdstühlchen aufgestellt, um sich an den linken Rand des Podiums, gleich neben die beiden, zu setzen. Jean versuchte aufzustehen, um ihr den Stuhl zu halten, eine hoffnungslose Geste, der Gaucho war dreimal schneller. Eugenia begrüßte die First Lady mit einem belustigten Nicken.

Sie kannten sich?

Wie sie jetzt die Köpfe zusammensteckten, sich die Wangen küssten und begannen, wie Schulmädchen miteinander zu tuscheln, mussten sie sich sogar sehr gut kennen.

Hatte Jean es doch geahnt, Eugenias Pläne für Amelia hatten lange vor dem Arrayán-roten Abend in seiner Küche begonnen!

»Heinrich Lürs ist der Gründer der Deutschen Schule hier

vor Ort und seit drei Jahren auch der Bürgermeister«, raunte Eugenia der First Lady und Jean zu, als dieser weitersprach.

Er war ein geborener Redner und hatte eine starke Bühnenpräsenz, sicher spielte der Herr Bürgermeister mit seinen Schülern Theater. Und Jean war trotz seiner Schmerzen wieder hellwach.

Kaum einer würde die Geschichte dieses Städtchens so prägnant erzählen können wie Herr Lürs!

»Bevor ich unseren verehrten Gästen ein wenig von diesem ganz besonderen See, unser aller neuer oder alter Heimat berichte, möchte ich meine Mit-Gastgeber dieses besonderen Nachmittags für Amelia Earhart, unsere Weltumrunderin in spe, und für das uns alle bewegende Naturtourismus-Projekt in der Bucht von Llalo Llao vorstellen. Hier neben mir, *hermanos y hermanas,* haben sich zwei Herren eingefunden, die dieses Projekt«, er wandte sich dem hochgewachseneren, distinguierteren Herrn neben ihm zu, »aktiv unterstützen. Zunächst seine Exzellenz, der Botschafter von Frankreich, Graf Wladimir d'Ormesson.«

Ein wohlerzogener Applaus für den Grafen.

»Und ich darf hinzufügen, Monsieur le Comte, dass wir hier am Ende der Welt sehr darauf bedacht sind, als Partner liberal-demokratische Staaten zu begrüßen, keine aufkommenden Diktaturen.«

Der Bürgermeister, klarerweise ein Exildeutscher, der die Zustände in seinem Heimatland offensichtlich besser durchschaute als manch einer, der zu Hause im Hitler-Reich geblieben war, sendete einen Seitenblick an Eleanor Roosevelt und an Eugenia, der mit einem synchronen Nicken beider Damen quittiert wurde.

»Die dieses Projekt also aktiv unterstützen und die sich, wie unser zweiter Freund hier«, er wies auf den anderen Herrn auf der Bühne, »el Doctor Exequiel Bustillo, Direktor des Nationalparks, seit Jahren um den Aufschwung und Wohlstand der gesamten Nahuel-Huapi-Region bemühen. Ich bin daher stolz, heute verkünden zu können, dass wir laut gestrigem Gemeinderatsbeschluss die neue Straße nach Llao Llao und zum dort entstehenden Grandhotel nach diesem unserem Projektpartner benennen werden können: Avenida Dr. Exequiel Bustillo.«

Jetzt kein Applaus, nein, ein Höllenlärm!

Die Gauchos begannen, sie drehten ihre Lassos mit solcher Geschwindigkeit, dass ihre Bleikugeln aneinanderstießen und ein Stakkato von Klick-Klacks erzeugten. Das Gejohle der umstehenden Menge, eine Hymne aus Juhu- und Bravo-Rufen, wie Jean sie noch nie aus solcher Nähe und so spontan erlebt hatte, war gegen diese metallischen Klick-Klacks kaum hörbar, Jean kam sich vor wie in einem Stummfilm.

Eugenia sah ihn über die Schulter an. Dieser kleine Bruder ihres selbstverliebten, im letzten Jahrhundert eingesperrten Architekten musste sich hier in Patagonien unersetzlich gemacht haben, und dafür war er noch nicht sehr alt. So alt, schätzte Jean, wie er selbst.

Exequiel Bustillo trat jetzt einen kleinen Schritt nach vorne. Eine weißhaarige Indiofrau mit beeindruckendem Silberschmuck und schwarzem, langem Cape, Jean musste unweigerlich an René denken, löste sich aus der Menge, trat neben Amelia vor die Tribüne und hob langsam beide Arme in seine Richtung.

Das Bravo-Gerufe verstummte, der Nationalparkdirektor führte beide Hände ans Herz.

Eugenia flüsterte: »Die Machi-Heilerin vom Moreno-See, die Herrin über unser Baugebiet. Seht euch das an, sie scheint unser Projekt zu befürworten.«

Dann sprach der Bürgermeister weiter: »Angelangt in Bariloche, müssen Sie wissen, geschätzte Amelia, werter Fred, dass der Name dieses Ortes aus zwei zusammengesetzten Mapudungun-

Wörtern besteht, wie so ziemlich jede Ortsbezeichnung, die Ihnen hier begegnen wird. Bariloche kommt von Vuri-loche und bedeutet ›Die Menschen hinter dem Berg‹ oder ›Die Menschen hinter der Wüste‹. Die hier heimischen Mapuche, Huilliche und Aymara kennen den geheimen Pfad über die Andenpässe zum Pazifischen Ozean seit jeher, doch sie halten ihn vor uns Zugewanderten bis heute geheim.«

Gejohle unter den Mapuche!

»Erst sehr spät, vor rund hundertfünfzig Jahren, wurde diese Gegend von Einwanderern wie uns entdeckt, man benannte die Stadt nach dem deutschen Andenpionier Carlos Wiederhold, der Schafzucht und Milchwirtschaft einführte, San Carlos de Bariloche. Die Forstwirtschaft haben wir einem weiteren Pionier, Jorge Arguedas, zu verdanken, der sich auf der Isla Victoria, die er nach seiner Frau benannte, niederließ. Seine Enkelin ist heute endlich wieder unter uns, willkommen, *estimada* Doña Eugenia!«

Es gab einen spontanen Zwischenapplaus für Eugenia, die sich kurz von ihrem dreibeinigen Jagdstühlchen erhob.

»Willkommen und alle Achtung, auf welch fortschrittlichem Weg Sie zu uns heimgekehrt sind!«

Der Applaus hielt an, die Mechaniker und die Männer von der Tankstelle in ihren Overalls riefen ein rhytmisches *»Olé Olé«* dazu, dem sich die Kinder und die Gauchos anschlossen. Alle Blicke wandten sich zurück zur Electra, die am Ende der Wiese in der Sonne blinkte.

»San Carlos de Bariloche wurde erst im Jahr 1902 urkundlich eingetragen, doch dann umgehend von passionierten Jägern und Fischern besucht, unter ihnen Präsident Teddy Roosevelt und der Prince of Wales. Heute ehrt uns die Ankunft so verschiedener wie herausragender Talente unserer modernen Gesellschaft, Miss Amelia Earhart, die Flugpionierin, die morgen von hier aus, gemeinsam mit ihrem Navigator, Captain

Frederick Joseph Noonan, ihre Weltumrundung dem Äquator entlang starten wird, Doña Eugenia, die mit ihrer Idee des Naturtourismus in Llao Llao das erste Grandhotel der Anden errichtet, und«, der Bürgermeister drehte sich um seine eigene Achse und machte Jean mit beiden Händen ein Zeichen, sich von seinem Jagdstühlchen zu erheben, »Jean-Michel Frank, das Frankfurter Bankhaus Frank ist meinen deutschen Landsleuten hier ja ein Begriff, der dieses Grandhotel zu einem einzigartigen Erlebnis für das internationale Publikum machen wird.«

Er schloss mit einer Shakespeare'schen Pagenverbeugung und den Worten:

»Er wird von unserer jüdischen Gemeinschaft schon voller Freude erwartet, denn, wer weiß, vielleicht können wir ihn ja überzeugen, ganz bei uns zu bleiben?«

Es gab einen, man könnte sagen, nachdenklichen Applaus von den Bürgern und den älteren Mapuche.

Wussten die Menschen in Bariloche über die Bedrängungen Bescheid, denen Juden in der »alten Heimat« ausgesetzt waren?

Wussten sie vielleicht besser Bescheid als Jean selbst?

Hatte er über die Überfahrt nach Südamerika und die Tage in Buenos Aires ein Hitler'sches Dekret, ein neues Gesetz verpasst?

Hatten die Nazis etwa mit der systematischen Judenverfolgung begonnen, die Captain Cohn angedeutet hatte?

»In Deutschland wird der Judenstern schon in allen Schneiderwerkstätten gefertigt«, hatte er auf der Madrid gesagt, das war fünf Tage her. Jean müsste dringend an Poulenc telegraphieren. Captain Cohn, dessen Frau und ihr behinderter Sohn wären die Ersten auf seiner Bestellliste für »Lieferungen« aus Amsterdam nach Buenos Aires, genau wie sein Vetter Otto mit Edith, Margot und der kleinen Anne.

Jetzt kam der französische Graf dran, er fasste sich kurz, der Beitrag seiner Republik sei die verkehrstechnisch sanfte Anbindung des neuen Tourismusziels Llao Llao an das bestehende

Wegenetz, eine erste Ausflugsschiffslinie über den See müsse eingerichtet werden, man könne auf die Erfahrungen der französischen Bergseen zurückgreifen. Ein entsprechendes Entwicklungskonzept sei schon beim zuständigen Ministerium in Paris eingereicht, des Weiteren aber sei es ihm eine besondere Ehre, den französischen Star-Décorateur Jean-Michel Frank in Patagonien begrüßen zu dürfen, la Grande Nation sei gespannt auf seine neueste Kreation.

Interessant, bei Bürgermeister Lürs war Jean ein deutscher Jude, beim Grafen d'Ormesson ein französischer Star-Décorateur.

»Schließlich habe ich die Freude«, schloss der Graf jetzt, »der Flugpionierin Amelia Earhart bei dieser außerordentlichen Gelegenheit eine hohe Ehre zuteilwerden zu lassen, für die sich unser Landsmann, der Flieger-Poet Antoine de Saint-Exupéry verwendet hat. Sie sind vielen ein Vorbild, Madame, eine Lichtfigur, darf ich sagen.«

Der Graf räusperte sich, er war augenscheinlich gerührt.

»Die Fédération Aéronautique Internationale hat Sie einstimmig zum ersten weiblichen und zum ersten ausländischen Ehrenmitglied überhaupt ernannt.« Er kramte ein Schmucketui mit einer Anstecknadel aus seiner Jackentasche und stieg vom Podium, um sie Amelia auf das Strickrevers ihrer Fliegerjacke zu stecken, dazu verbeugte er sich zum Handkuss.

Amelia wich einen halben Schritt zurück.

War ihr der Handkuss zu aufgesetzt? Oder empfand sie die Auszeichnung, die höchst verdient war, als ein Unterdrucksetzen?

Der dritte Herr mit Melone, der Nationalparkdirektor, ergriff das Wort, und das war gut so, es duftete nämlich inzwischen unwiderstehlich nach Grillfleisch.

»Verehrte Damen«, begann er mit jeweils angedeuteten Verneigungen in Richtung von Eleanor Roosevelt, Eugenia und

Amelia, doch er vergaß auch die Machi-Frau, die immer noch neben Amelia stand, nicht, »geschätzter Herr Frank«, Blick zu Jean ohne Diener, »Herr Botschafter, Herr Bürgermeister. Wir stehen hier mit den Bürgern von Bariloche in einem Kreis, der gute Tradition hat. Mein erstes Projekt in dieser Funktion, an diesem See, war die Vollendung der Eisenbahnlinie, die unsere Hauptstadt Buenos Aires nach Jahrzehnten schwierigster Verhandlungen heute mit Bariloche verbindet. Vor vier Jahren konnte der erste Ferrocarril del Sur in dieses Städtchen einfahren, und viele, die ich heute hier sehe, waren mit dabei, nicht zuletzt die Gauchos von El Cóndor, die uns auch damals ihr köstliches Asado zubereiteten.«

Er hob die Nase in den Wind, das Publikum tat es ihm gleich, jeder atmete einmal tief ein. Exequiel Bustillo war ein Sympathieträger und geborener Vernetzer, sie hatten alle den gleichen Appetit.

»War die Partnerschaft mit den englischen Eisenbahnen, die ich zu Zeiten anzubahnen wagte, der schließlich ausschlaggebende Grund für das Gelingen dieses Vorhabens, so ist es dieses Mal, wie wir hier zusammenstehen, die Partnerschaft mit der verehrten Doña Eugenia. Denn sie bringt uns den Décorateur aus Paris mit, den ich mir für das Grandhotel-Projekt so sehr gewünscht habe und den ich meinen Mitbürgern kurz vorstellen darf. Herr Frank weiß, und ich habe alle seine Projekte studiert, mit einfachsten Mitteln und bevorzugt auch den günstigsten, Räume aus ihrem Innersten heraus wirken zu lassen. Sie werden überrascht sein, was er aus Pferdehaar und Stroh oder aus schlichtem Eisenstaub zu zaubern versteht! Er wird das erste Grandhotel unserer Anden zu einem Erlebnis für alle Sinne machen, und ich bin auch ein wenig stolz, mit meinen Ingenieuren die notwendige Vorarbeit geleistet zu haben. Es gelang uns, den vom Architekten geplanten Bau auf das Wesentliche zu vereinfachen.«

Er sah sich kurz pantomimenhaft nach hinten um, als würde er verfolgt.

»Und Sie alle wissen, dass mit meinem hierzulande so berühmten großen Bruder nicht gut Kirschen essen ist, wenn es um stilistische Reduktion und rationale Optimierungen geht.«

Herzhafte Lacher aus den ersten Reihen, wo die Bürger im Anzug standen, doch Jean bemerkte auch ein Schmunzeln auf den Lippen der Machi-Frau.

»Aus den großzügig verglasten Veranden, auf die meine Ingenieure und ich bestanden haben, werden unsere Gäste die Bergwelt und den See nicht nur betrachten, sondern erleben können. Nahuel Huapi heißt ja Tiger-Sprung und meint die Elastizität der Bewegungen des hier heimischen Andenpumas. Unsere Gäste werden den Andenpuma entdecken, den Andenfuchs, das Guanako-Lama, die Chiloé-Ratte, den majestätischen Andenkondor und natürlich unseren feuerroten Andenhirsch, Huemul, schließlich das Andenreh, Pudú, ein Tier von berührender Sanftheit. Weiters die vielen einzigartigen Gehölze und Blumenarten, denken wir nur an den tausendjährigen Myrtenwald der Isla Victoria. Und mit Dank an Doña Eugenia und Herrn Frank, die die abenteuerliche Reise in dieser nagelneuen Electra gewagt haben, und mit Segenswünschen an Miss Earhart und Captain Noonan für ihr Vorhaben der kommenden Wochen darf ich die First Lady um ihre Worte bitten, denn wie ich weiß, will sie Ihnen, Miss Earhart, etwas Nützliches zu Ihrem Weiterflug überreichen.«

Eine zufriedene Stille machte sich breit, seine Worte waren so informativ und selbstverständlich gewesen, dass keiner applaudierte.

38 *Seagull Seafood*

Die First Lady und ihr Mitbringsel kamen dran, Jean hoffte für Amelia, dass es nicht noch ein Orden sei. Auszeichnungen im Vorhinein konnten einen bedrängen.

Mit einem undramatischen »*Thanks*, Ez!« stand Eleanor Roosevelt schwungvoll aus ihrem Jagdstühlchen auf, das ob der plötzlichen Gewichtsverlagerung zu wanken begann und scheppernd an die Holzverschalung des Podiums fiel. Nebensache, die First Lady blickte sich nicht einmal um, sprang mit einem Bergsteigersprung hinauf und war mit zwei langen Schritten an dessen vorderem Rand gelangt, wo sie sich vor Amelia und Fred aufbaute. Die drei Gastgeber zogen sich instinktiv auf die rechte Seite des Podiums zurück. Was für eine Naturgewalt, diese Frau!

»Amelia-Darling, Fred, Sie genialer Rechenschieber, ich habe diese lange Reise gerne angetreten, wenn ich euch beide hier so wohlbehalten wiederfinde und in solch erfrischender Begleitung. Denn ich kann mich auf meine wenigen wirklich guten Freundinnen verlassen«, wandte sie sich zu Eugenia, »sie wissen, wen sie mir ins Weiße Haus schicken.«

Die First Lady kam bei den Erwachsenen wie bei den Kindern an.

»Heute darf ich verraten, wir sind ja unter uns, keine Presse, keine Fotografen, danke sehr, Herr Bürgermeister, dass der Jungfernflug der frisch ausgelieferten Electra«, ihr Blick schweifte zum Ende der Gemeindewiese, »nicht etwa von Newark nach Buenos Aires und Bariloche ging, wie die Geschichtsbücher berichten werden, nein.«

Staunendes Raunen.

»Sondern mit mir an Bord von Newark nach Washington und dreimal im Kreis übers Weiße Haus.«

Die Kinder rissen die Münder auf, und die Machi-Frau faltete die Hände vor der Brust, die Mapuche-Geste des Einverständnisses, die Jean schon von Lautaro und Huenu gelernt hatte.

»Rechtsherum, damit ich besser zu meinem Mann, dem Präsidenten, hinunterwinken konnte. Der saß mit einem Scotch im Garten und fiel bei unserem Anblick beinahe von seinem Rollstuhl.«

Spontanes Gelächter.

»Das vergesst ihr bitte gleich wieder, ja? Ich meine nur, allein diese Geste zeigt, was für ein Mensch Amelia Earhart ist. Sie tut Dinge, von denen sie selbst und jeder andere denkt, dass sie unmöglich seien. Täten solche Dinge doch wir alle!«

Die First Lady machte eine kleine Pause, wandte sich nach rechts, dem See zu, und zeichnete den Schattenriss der Vulkane mit dem Blick nach.

»Ich glaube nämlich, und ich sage das vor allem euch Kindern hier, dass die Zukunft denen gehört, die … an die Schönheit ihrer Träume glauben.«

Eugenia ließ ihre Hand von der Lehne ihres Jagdstühlchens auf Jeans rechtes Knie fallen. Die ganze imposante Erscheinung der First Lady unterstrich ihre Worte, »an die Schönheit unserer Träume glauben«, sie schwieg einen Moment, und eine gewisse Erhabenheit machte sich breit, wie sie in fernab gelegenen Kapellen herrscht, auf Berggipfeln oder auf dem Friedhof. Jeder Einzelne im Publikum, auch einer, der nur zufällig vorbeigefahren oder aus reiner Sensationslust bis hinaus vor die Stadt gekommen war, sinnierte nach, was wohl sein eigener, dringendster, farbigster, wunderbarster Traum war und wann und wo er ihn weggesperrt, ja vielleicht sogar begraben hatte.

Der Ruf, der der First Lady vorauseilte, Menschen direkt und unvermittelt ansprechen zu können und sie mit Worten genau ins Herz zu treffen, bewahrheitete sich. Jean legte seine Hand auf Eugenias Hand, und sie nickte leise, wohl hatte sie Eleanor Roosevelt schon öfter in solchen Situationen erlebt.

Im selben Augenblick sah die First Lady sich nach Eugenia um, bemüht, ihren Blick an einem bekannten Augenpaar festzumachen und ihre Fassung wiederzuerlangen, denn ihre ganze Körperhaltung zeigte, dass sie ihre Gefühle aus dem Konzept gebracht hatten. Die entzückende Peter-Pan-Gestalt von Amelia Earhart schien sie ungemein anzurühren.

Jean fiel, während er ihr Ringen um Haltung beobachtete, der Engel ein, der Engel von Hammamet, die junge, reine, hoffnungsvolle René-Kopie, die er seit Monaten nicht aus seinen Träumen verbannen konnte.

»Well«, Eleanor Roosevelt räusperte sich und schüttelte ruckartig den Kopf, dass der hohe Windbeutelhut gefährlich wippte, dann blickte sie wieder nach vorn, direkt auf Amelia und Fred: »Als wir dank unserer amerikanischen Postschiffflotte sicher in Puerto Montt gelandet waren und mein treuer Fahrer«, sie drehte sich nach rechts, wo ein farbiger Navy-Offizier im Abseits stand und umgehend salutierte, »für meine Reisegesellschaft die am besten befahrbare Passstraße über San Martín de los Andes und den Lago Lácar bis hierher ausgemacht hatte, begannen wir zu überlegen, was wir unseren Weltumrundern wohl als Geschenk von der Pazifikküste mitbringen könnten. Uns fiel ein, dass die Lockheed-Flugzeugwerke sicher an allen technischen Komfort in der Electra-Wundermöve gedacht hatten«, sie wies mit dem rechten Arm auf das Ende der Gemeindewiese, wo die Electra im Nachmittagslicht weiter vor sich hin glitzerte, »doch an den leiblichen? Stunden um Stunden, Tage um Tage wären unsere Flugpioniere in ihr eingesperrt, da müssten sie sich doch wenigstens am Abend, auf irgendeiner

Wüstenpiste, an irgendeinem Atollstrand angelangt, etwas Besonderes gönnen?«

Auf ihr doppeltes Fingerschnipsen hin machte sich ein junger Mann auf den Weg zum Podium.

»Dieser junge Mann hier, Walt heißt er«, fuhr sie fort, »kam mit mir auf die Reise. Sie müssen wissen, er macht in unserer schon recht erfolgreichen Filmindustrie in Hollywood, eigentlich ein verschlafenes kalifornisches Dorf weit ab vom Schuss, doch man wird, denke ich, in den kommenden Jahren viel davon hören, Trickfilme und liegt mir schon eine Ewigkeit in den Ohren.«

Sie führte beide Hände in der Geste des Nicht-mehr-hören-Könnens an die Ohren, und alle Kinder lachten wie auf Kommando.

Da war sie zurück, die souveräne Rednerin, sie hatte ihren Anflug von Sentimentalität bravourös gemeistert.

»Seit geschlagenen drei Jahren will dieser Walt alles nur Vorstellbare von der Expedition meines Onkels Teddy nach Patagonien erfahren. Warum denn das?, fragte ich ihn, Sie sind doch kein Historiker, kein Reisejournalist, kein Roosevelt-Biograph? Sind Sie etwa von der Feindesfront, ein sensationsschnüffelnder Republikaner?«

Überraschungslacher für die Bürger in den ersten Reihen.

»Sie können sich ja vorstellen, dass die Krankheit meines Mannes mich gelehrt hat, vorsichtig zu sein.« Sie konnte von einer Sekunde zur nächsten wieder ernst werden. »Doch bleiben wir bei diesem Walt hier, nein, sagte der, nur die immense Natur von Patagonien interessiere ihn, Politik interessiere ihn nicht im Geringsten. Wer's glaubt, dachte ich mir, so sieht er nicht aus, doch er war so begeistert von seinem Traum, dass ich ihm weiter zuhörte. Es gehe um einen Stoff, der ihn nicht mehr loslasse, eine Tiergeschichte, er wolle das Schicksal eines Rehs erzählen, eines verlorenen, verlassenen Kitzes, das sich in der großen Welt des Waldes allein wiederfindet und überlebt. Und er wolle das ausnahmsweise nicht in seiner Domäne, also als Trickfilm gezeichnet, darstellen, und dabei muss ich Ihnen sagen, der Junge zeichnet gut, sondern wahrhaftig, in der echten Natur gefilmt. So etwas, wie soll ich sagen, wie ein Spielfilm von einem Reh? So einen Film hatten wir doch noch nie!«

Bestätigender Zwischenapplaus, obwohl alle schon sterbenshungrig sein mussten.

»Walts Problem ist nur, die Suche nach dem passenden Schauplatz zieht sich seit Jahren hin, und ich denke, sein Produzent verliert langsam die Geduld. Also schleppte ich ihn einfach mit hierher, denn wenn die hiesigen Waldwelten – oder wie sagen Sie hier in Ihrer bildhaften Mapudungun-Sprache so schön«, wandte sie sich zum Bürgermeister, »Wing-Kul, nicht wahr? – ihn nicht inspirieren können, was dann?«

Die Mapuche im Publikum murmelten ein beschwörendes *»May may«*, es musste so etwas wie »Ja ja« heißen oder »Genau genau«.

»Nicht aber, dass mir der junge Walt ansonsten sehr sympathisch wäre, er wählt nämlich, wie ich inzwischen aus verlässlicher Quelle weiß«, sie warf einen belustigten Seitenblick auf ihren farbigen Chauffeur in Uniform, »tatsächlich republikanisch.«

Wieder ein Lacher, der inzwischen in der Lautstärke dem Gejohle gleichkam, das Exequiel Bustillo vorhin zur Begrüßung geerntet hatte.

»Doch zumindest erwies er sich in Puerto Montt als nützlich, denn er war es, der die Idee mit den Seagull Seafood hatte. Kommen Sie her, Walt, Sie müssen unsere Möwen-Meeresfrüchtedosen, das Reiseproviant für besondere Anlässe für Amelia und Fred, schon selbst überbringen!«

Der schlaksige Typ mit Schnauzbärtchen und schlenderndem Gang langte jetzt auf dem Podium an, er trug eine khakifarbene Safarijacke zu sehr weiten Bundfaltenhosen und einem zugegeben sehr aparten lila Pullunder. Eine seltene Farbe, Jean musste unweigerlich an Renés lila Küchenwand in der Rue de Beaune denken.

Keine Fliege, keine Krawatte, und das als Begleitung der First Lady, die trotz des inoffiziellen Charakters ihres Besuchs im dunklen Kostüm mit Hut hier stand?

Wie unkonventionell diese Amerikaner waren!

In den fünf Tagen hier in Argentinien hatte Jean im Zeitraffer alle Gesellschaftscodes vom spanischen Hofzeremoniell bis zum demokratischen Schultergeklopfe durchlaufen, und er war bereit zu wetten, dass dieser Walt gleich sagen würde: »Hier, nimm, El«, wie zu einem Busfahrer, einem Kutscher oder einem Kohlenträger, und dass Eleanor Roosevelt, die mächtigste Frau der Welt, ihm ein strahlendes Lächeln schenken würde.

Es war nicht zu fassen, dieser Walt sagte im selben Augenblick, in dem Jean sein Szenario fertig gedacht hatte: »Hier, nimm, El«, und reichte der First Lady einen in lackweißes Geschenkpapier eingepackten Karton. Auf das Papier waren, ein sehr ungewöhnliches und umso überraschenderes Sujet, silbrige Möwen in Lebensgröße gedruckt, es mussten serigraphierte Fotografien sein, die Möwen sahen so lebensecht aus, als würden sie gleich aus dem Karton herausfliegen. Eleanor Roosevelt klopfte ihm dafür erwartungsgemäß kameradschaftlich auf die Schulter und schenkte ihm ein strahlendes Lächeln.

Dieser Walt drehte sich auf dem Absatz um und ging mit wippendem Schritt davon. Der französische Botschafter räusperte sich vernehmlich, für Europäer war das lässige Getue der Amerikaner ein Affront.

»Also, Amelia Dear«, wandte sich die First Lady jetzt wieder ihrer Flugpionierin zu, »nimm diese eingelegten Muscheln und Krebse als dein Picknick für besondere Abende! Wir haben in Puerto Montt eine neue Niederlassung unserer amerikanischen

Seagull-Seafood-Konservenproduktion besucht, ihre Dosen sind aus dem gleichen phänomenalen Leichtaluminium gefertigt wie deine Electra, wieg sie in der Hand, sie sind fast schwerelos. Man könnte sagen, sie entziehen sich der Schwerkraft, genau wie du. Glückauf also, und Fred«, ein streng-mütterlicher Blick traf den Navigator, »Sie passen mir bitte auf die Kleine auf!«

Was jetzt geschah, beobachtete Jean, als säße er in einem Filmtheater: Die First Lady, wie sie vom Podium stieg und mit dem Geschenkpaket auf Amelia zuging, die Machi-Frau, wie sie sich hinter Amelia stellte und mit den Armen ein vehementes »Nein!« wedelte, die First Lady, die nichts verstand und versuchte, das Paket dennoch Amelia zu reichen, Exequiel Bustillo, der vom Podium startete, um die Situation zu retten, und in der Eile seine Melone verlor, der Bürgermeister, der in gleicher Absicht die gesamte Truppe der Gauchos losschickte, dann der Moment des Halts.

Filmriss.

In einem Lichtspielhaus würde es jetzt stockdunkel.

»Um Himmels willen, Jean, das darf Amelia nicht annehmen.« Eugenia krallte ihre Linke in Jeans Knie, dass es wehtat. »Muscheln und Krebse in Seagull-Dosen?«, fuhr sie tonlos fort, »Geschenke aus den Wassern des Westens? Noch dazu genau über die Passstraße von San Martín de los Andes hierhergebracht, denselben Weg, den die Möwen über die Anden nehmen? Jedes Kind weiß, was das für ein Omen ist!«

»Solche Geschenke«, Jean wurde plötzlich kalt, »bedeuten für die Menschen hier … den Tod.«

Da ging die Szene vor ihnen weiter. Der Nationalparkdirektor und die Gauchos trafen gleichzeitig hinter der First Lady ein, inzwischen hatte Amelia zwar gedankt, das Geschenk aber noch nicht entgegengenommen, vielmehr war sie, wie vorhin bei der Auszeichnung des französischen Botschafters, einen halben Schritt zurückgewichen.

Ein allgemeines Zögern, die First Lady wusste nicht, wohin mit dem Paket, sie wollte es aber loswerden, um endlich Amelia zu umarmen, da sprang Fred ein. Und während er den weiß glänzenden Kubus wie eine Trophäe hinauf in den Himmel hob, tauchte plötzlich eine weitere Gestalt wie aus dem Nichts hinter der First Lady auf, hechtete über deren Schulter und ergriff das Paket.

Keiner kannte sich mehr aus, und alle wurden sich offenbar plötzlich des Appetits gewahr, den die First Lady mit ihrer Rede für eine gute Weile aus ihren Köpfen vertrieben hatte. Es folgten letzte May-May-Rufe, Applaus und Kindergeschrei, und die Menge löste sich auf.

Jean sah die Gestalt, die das Paket ergriffen hatte, sich aus dem Tumult um die First Lady befreien. Es war nicht zu glauben, wahrscheinlich war er todmüde oder vor Schmerzen geblendet. Auf ihn zu kam der Engel aus Hammamet.

39 *Eine Frage der Rasse*

Eugenia und Jean mussten nur die paar Schritte bis zur Bar der Tankstelle gehen, um zu erkennen, dass sich der Tisch, der hier für die Ehrengäste gedeckt war, schon zur Hälfte mit der Reisegruppe der First Lady gefüllt hatte. Der lässige Walt, sein Produktionsagent von Metro-Goldwyn-Mayer und dessen zwei Assistenten umsurrten Eleanor Roosevelt wie ein Schwarm spätsommerlich aufgestachelter Wespen, und nur einer hielt sich im Abseits und ließ den Blick durch die schlecht geputzten Fenster hinaus in den Himmel schweifen, die Wolkenschatten verfolgend, die das scharfe Höhenlicht auf die sägerauen Fichtenbretter warf, mit denen die Wände verkleidet waren. Es war der Engel, der Amelia vor dem Möwen-Paket gerettet hatte.

Die First Lady stellte ihre Entourage vor: »Dies also ist Walt, der Trickfilmzeichner, ein Hollywood-Verkaufshit, er verdient an die hunderttausend im Jahr.«

In Amerika besaß man, das hatte Jean bei Tempelton Crocker gelernt, einen Namen, der grundsätzlich bis zur Unkenntlichkeit verstümmelt war, einen Beruf und eine Herkunft, die oft genug erfunden waren, und ein Einkommen, das oft genug erlogen war.

Eugenia stand zwischen Jean und der First Lady hinter der Lehne ihres Sperrholzstuhls, sie erwartete Amelia und die weiteren Ehrengäste, und sie war die älteste anwesende Dame, doch alle Amerikaner hockten schon am Tisch. Außer dem Engel, der stand inzwischen genau wie Eugenia hinter seinem Stuhl, die Hände auf der Rückenlehne gefaltet.

Auch Eugenia bemerkte jetzt offenbar seine frappierende Ähnlichkeit mit René, sie rollte mit den Augen, als ob ein Geist durch den Raum ginge, es war komisch.

»Um die Hälfte jünger«, zischte sie Jean zu.

»Ums Doppelte gesünder«, bestätigte er.

»Schauspieler, sehr vielversprechend«, zischte Eleanor Roosevelt zurück, »und neuerdings auch Naturfilmer.«

»Herrlich, man verbringt den Großteil seiner Tage an der frischen Luft! Woher ist das schöne Kind?«, wollte Eugenia wissen.

»Palo Alto, du weißt, die kalifornische Wildnis«, holte die First Lady Schwung für seine Vorstellung, doch da trat Amelia mit den Gastgebern in den kleinen Raum, und Eleanor Roosevelt lud sie ein, sich ihr und Eugenia gegenüber zu setzen. Jean war wie immer Eugenias Tischherr, und zu seiner Linken setzten sich ans Kopfende der Bürgermeister und Exequiel Bustillo. Die Runde versprach interessant zu werden.

Nachdem die Gauchos roten Landwein aus Blechkannen eingeschenkt und Karaffen prickelnden Quellwassers auf dem Tisch verteilt hatten, nahm der Bürgermeister seine Rolle als Gastgeber wahr und hob sein Glas, die illustren Damen und Herren von weit her seien in Bariloche aufs Herzlichste willkommen!

Um mit allen anzustoßen, ging er zu jedem Einzelnen der Runde, derweil lehnte Bustillo sich über den Tisch zu Jean herüber. Die Pointe seinen Bruder betreffend vorhin auf dem Podium sei wohl etwas gewagt gewesen, Monsieur Frank möge verzeihen, doch wie man aus der Reaktion des Publikums habe schließen können, sei dieser Bruder nicht leicht zu nehmen, »auf Französisch würde man wohl sagen, *un caractère*.«

Jean verschluckte sich fast an seinem ersten Schluck Wein. *Un caractère?* Das wäre ja geradezu eine Auszeichnung.

Doch sei er immerhin, fuhr Bustillo rasch fort, als wollte er das, was er zu sagen hatte, loswerden, bevor der Bürgermeister von seiner Runde zurück war, fachlich unangefochten, ein in ganz Südamerika anerkannter Spezialist des französischen Neoklassizismus und ein Bewunderer des Art déco. Er habe an der Universität von Buenos Aires bei Eduardo Le Monnier studiert und sei gleich nach dem Großen Krieg nach Paris gereist, um sich an der École des Beaux-Arts zusätzlich zur Architektur in Bildhauerei und Malerei ausbilden zu lassen.

Der Bürgermeister war zurück und stieß jetzt, noch stehend, mit Jean an, dann mit Bustillo: »Die Herren«, sagte er auf Deutsch und setzte sich. Dieser Lürs hätte Captain Cohn gut gefallen und sogar dem immer kritischen Loos.

Bustillo nahm einen neuen Gesprächsfaden auf, mit merklich ehrerbietigerem Ton. Bei den Studien von Monsieur Franks Pariser Interieurs sei er doch sehr neugierig geworden, wo er denn Gestaltung studiert habe.

»Nirgendwo«, sagte Jean schlicht.

»Nirgendwo?«

»Nun, bei einem Tischler, einem Bildhauer, einem Gipser, einem Weber, einem Sattler, einem visionären Farbenhändler …«

»An keiner Hochschule?«

»Doch, natürlich – bei ihr«, wies er zu seiner Rechten auf Eugenia, die gerade begann, sich mit Amelia vor Lachen zu schütteln, es ging um Möwen und Krebse und Aberglauben, und Jean war klar, beide wollten das böse Walt'sche Möwen-Omen so schnell wie möglich loswerden, nur gelang es ihnen nicht recht.

»Ich verstehe«, sagte Exequiel Bustillo, »Sie haben Ihr Metier von der Pike auf gelernt?«

»Monsieur Bustillo, vielleicht darf ich nochmals vorstellen«, wies Jean mit einem kleinen Pagenschwung der Rechten auf seine Tischdame, »Eugenia Errázuriz, die unangefochtene Wegbereiterin der Moderne.«

Denn, Achtung, vielleicht war der Nationalparkdirektor, der so menschenfängerisch daherkam, in Wahrheit genauso arrogant und verblendet wie sein Bruder?

»Bei ihr hatte ich das Glück zu lernen. Ihre Handwerker haben mir alles beigebracht, das wenige, was ich selbst beitrage, ist, meine Bauherren zur Leere zu erziehen. Dazu binde ich junge Künstler in meine Gestaltungen ein, die auf der Suche sind und genauso kompromisslos wie … wir«, legte er die Rechte für eine Sekunde auf Eugenias Unterarm. Damit hatte er seinen Werdegang beschrieben, drei Sätze, sein Freund Loos wäre mit ihm zufrieden gewesen.

»Und diese Künstlerfreunde wählt er gut, Monsieur«, warf Eugenia prompt von der Seite ein, ohne Bustillo anzusehen, »sie heißen Giacometti, Bérard, Matisse, Picasso …«

Jean bekam einen geradezu aufreizenden Seitenblick zugeworfen, dann wandte sie sich wieder Amelia und Eleanor Roosevelt zu. Hier war sie, die einstige Königin der Salons, in vollem Glanz zurück, fähig, an einem Tisch, in einem Raum fünf Konversationsstränge gleichzeitig zu verfolgen und sich im genau richtigen Moment wie eine Löwin in die Schlacht zu werfen.

Mit Exequiel Bustillo trat eine Pattsituation ein, er hatte verstanden, dass er es hier mit der Weltklasse zu tun hatte, und schwieg.

»Und mit ein paar anderen Künstlern auch«, baute ihm Jean eine Brücke, »die sich selbst noch viel weniger ernst nehmen«, sie waren schließlich nicht um die ganze Welt hierhergereist, um sich wichtigzumachen, sondern um den möglichen neuen Gästen Patagoniens ein überraschendes, ein vielleicht tatsächlich einmaliges Grandhotel zu erbauen.

»Juden, nehme ich an?«, zeigte sich Bustillo kooperativ.

»Vornehmlich, die besten Gerber, Kürschner, Sattler, Färber, Bezieher und Marmorschneider kommen aus den jüdischen

Vierteln in Paris. Zumindest bisher, heutzutage suchen sie neue Heimaten.«

»Hier in diesem Land gibt es Möglichkeiten, Herr Frank.«

Jean war von dieser Wendung der Unterhaltung überrascht, doch da servierten die Gauchos ihre riesigen Asadoplatten, es duftete Düfte, die Jean noch nie gerochen hatte. Säuerlich, das war Jungziege, honigwarm, das war Lamm, rauchig, das war das Bife de Lomo, das sie schon im El Establo genossen hatten. Allein dieser Moment war es wert, mehrere Wochen über Weltmeere und endlose Pampa hierhergereist zu sein, Jean lehnte seine Schulter kurz an Eugenias Schulter, sie reagierte mit einem genüsslich lauten Einatmen. Auch sie war sichtlich glücklich, angekommen zu sein.

Der Bürgermeister beobachtete Jean und sein Grillfleisch-Gekoste von seinem Platz am Kopfende aus mit väterlichem Wohlwollen.

Wusste man hier, wie schlecht er schlief und aß? Oder sah man es ihm gar an?

Um ihn in Ruhe essen zu lassen, übernahm er die Konversation und begann beim Weinbau in den patagonischen Anden, den seit Kurzem importierten Rebsorten aus dem französichen Rhonetal, die sich auf den hiesigen hervorragenden Böden und sonnigen Hanglagen sehr gut entwickelten. Kein Wunder, dachte Jean, dass auf der Madrid gleich drei Önologen mit ihnen hierhergereist waren.

Bustillo wartete höflich ab, bis Jean die verschiedenen Asado-Sorten gekostet hatte: »Ich muss Ihnen etwas gestehen, Herr Frank, bevor es Ihnen durch andere zugetragen wird.«

Ging es jetzt bei den Fluchtmöglichkeiten für Juden weiter? Oder kam er zurück auf seinen so außerordentlich gebildeten Bruder?

»Mein Bruder verbreitet eine abstruse Theorie, und er hat Erfolg damit. Sie müssen wissen, Herr Frank, Zeitgenossen wie unser Bürgermeister hier«, Heinrich Lürs schaute etwas skeptisch von seinem Teller auf, er schien Bustillo nicht wirklich zu trauen, »sind selbst in diesem Land am Ende der Welt rar. Wir erleben den Vormarsch eines banalen, ja eines überraschend tumben Nationalismus, nennen wir ihn Populismus.«

»Ich würde gleich sagen Diktatur«, brummte der Bürgermeister.

»Wie Sie es ja eben in Ihrer Rede klar angesprochen haben«, bestätigte Bustillo.

»Nun, wer Ohren hat, zu hören …«

»Also, zur Theorie meines Bruders, sie beschränkt sich leider nicht auf eine nach meinem bescheidenen Verständnis Fehldefinition von Gestaltung als Künstlertum, als höhere, elitäre Eingebung oder Berufung, eine Definition, die Ihrer hochprofessionellen Arbeit, Herr Frank, Ihrem so überzeugend vorgebrachten Handwerkskönnen diametral gegenübersteht. Nein, seine Theorie geht viel weiter. Und es ist mir geradezu ein Graus, meinen Bruder hier in unserer Region, wenn ich so sagen darf, Herr Bürgermeister«, er senkte die Stimme, »in den kommenden Jahren derart präsent zu wissen. Denn nach dem Grandhotel hat er sich die Projekte für die Straßenwächtereien und die Busbahnhöfe, für den Stadtplatz und für das Ski-Ressort am Cerro Catedral gesichert, alles Aufträge, die direkt vom Infrastrukturministerium in Buenos Aires vergeben werden und die sich meiner territorialen Verantwortung entziehen.«

»Nun, was ist denn so schlimm an dieser Theorie?«, fragte Jean.

»Eine Frage der Rasse.«

Ah.

Jean hatte jetzt mehrere Möglichkeiten. Er konnte aus irgendeinem Grund aufstehen. Er konnte sich gedankenverloren stellen, wie seine Mutter das so gut verstanden hatte. Oder er konnte mit dem Bürgermeister ein Gespräch über die Bauverordnungen für sein Grandhotel beginnen und so tun, als hätte er das »Eine Frage der Rasse« nicht gehört.

Doch was brächte das?

Die jüdische Rasse, Träger einer namenlosen Schuld, war auf der ganzen Welt unerwünscht. Jean hatte bisher damit gelebt und bewiesen, dass erfahrenes Misstrauen das Leben eines Einzelnen nicht schwächen musste, sondern stärken konnte. Dass man sich Respekt erarbeitete.

Er schickte dem Bürgermeister einen Seitenblick, und der nickte mit den Augenlidern, sie beschlossen gleichzeitig, nicht aufzustehen und den Raum zu verlassen, sondern Bustillo weiter zuzuhören, denn jetzt kämen die aufschlussreichsten Sätze.

»In seinem neuesten Pamphlet *Auf der Suche* geht er gegen jegliche moderne oder, wie er sie nennt, heimatlose Architektur vor, deren ›Verherrlichung der Leere‹ er verdammt. Hingegen erhebt er den völkisch bodenständigen Geist zum stilbildenden Gestaltungskodex, der sich durch Rasse, Boden und Brauchtum definiert.«

»Hört, hört.« Der Bürgermeister schüttelte den Kopf. »Die neueste Wendung unseres National-Künstlers, ein Aufruf gegen die volksvergiftende Verherrlichung der Leere, da wird er sich mit Herrn Frank ja glänzend verstehen!«

Jean musste schmunzeln, denn endlich war ihm alles am Aufeinandertreffen mit Alejandro Bustillo letztens abends im Palacio Anchorena klar: »Die bevorstehende Zusammenarbeit könnte sich tatsächlich nicht glänzender abzeichnen, wenn es für Ihren Bruder überhaupt eine Zusammenarbeit geben kann? Mit einem meiner heimatlosen Rasse?«

Es war Zeit für eine komische Einlage, um dem Nationalparkdirektor zu zeigen, dass man einem gewissen Grad geistiger Verirrung nicht mehr mit todernster Aufmerksamkeit, sondern schlichtweg mit Humor begegnen musste. Jean setzte sich auf seinem Sperrholzstuhl gerade und begann, mit den Handflächen über seine imaginären samtenen Jackenärmel zu streichen, eine Geste, an deren manische Note sich jeder, dem Alejandro Bustillo auch nur ein einziges Mal begnet war, erinnern musste. Dazu richtete er sich, wie jener ständig, vor einem imaginären Spiegel sein streichholzkurzes Haar.

Diese kleine Theaterszene musste der Engel vom anderen Tischende aus beobachtet haben, denn während die beiden Herren um Jean herum in schallendes Gelächter ausbrachen und die Gauchos um mehr Wein herwinkten, traf ihn sein Blick.

Es war ein ernster Blick, der Tiefe hatte und doch unendlich zart war. Jean konnte sich schwer von ihm losreißen.

»Sie haben's erfasst«, erlangte der Bürgermeister seine Fassung wieder, »und der Herr Architekt gibt keine Ruhe. Hohe Verantwortliche des Deutschen Reichs«, seine Stimme wechselte in ein Flüstern, »versuchen seit Monaten, mit mir Kontakt aufzunehmen, anscheinend träumen sie von einer Expansion der arischen Rasse, ausgerechnet bei uns.«

»Da ist Architekt Bustillo natürlich der ideale Mittelsmann«, entgegnete Jean genauso leise. »Wer steht Ihnen denn ins Haus, Herr Bürgermeister? Kommt der von Herrn Bustillo so sehr verehrte Kollege Speer für ein erstes traulich-gemeinsames Bauvorhaben angereist? Oder vielleicht Herr Goebbels, der Ihre einmalig Wagner'sche Natur für eine *Wochenschau*-Werbung zu arischem Lebensraum nutzen wird? Oder gar Herr Hitler persönlich? Er wird rasch einen Berghof zimmern lassen und seine Mannen zur Führer-Klausur einladen.«

Der Bürgermeister starrte ihn an.

»Im SS-Kader«, Jean verharrte kurz, das, was er hier in den Raum stellte, hatte Poulenc recherchiert, und er war auf die Reaktion seiner Gesprächspartner gespannt, »gibt es ja enge familiäre Beziehungen hierher, nehmen wir nur den Pri…?«, er flüsterte den Namen so gut wie unhörbar, »den Bor…?«

Ein Moment eisiger Stille trat ein.

Die Namen, die er gerade klanglos genannt hatte, ließen Lürs die buschigen Augenbrauen in die Höhe schießen. Es waren ranghöchste SS-Beamte, die, hatte Poulenc geschworen, in Patagonien Verwandte hatten. Sie waren hier Gastwirte, Autohändler, Jagdführer oder Gutsverwalter.

Exequiel Bustillo saß da mit offenem Mund.

War es den Menschen hier noch nicht bewusst, dass der Globus für die Nazi-Heilsbringer winzig klein war und dass man den Endlos-Lebensraum, den ihr Sendungsauftrag einforderte, nicht nur im Osten Europas zu annektieren gedachte, sondern womöglich auch in diesem fernen Süden?

Die Gauchos kamen und servierten die Teller ab, Jean überprüfte den Blickkontakt mit dem Engel. Der hielt.

»Jetzt aber, meine Herren«, fuhr er fort, da offensichtlich keiner seiner beiden Gesprächspartner eine Antwort auf seine Frage zu den angekündigten hohen Reichsverantwortlichen wusste, »zu jener sogenannten Theorie.«

Die Herren waren sichtlich erleichtert, dass Jean nicht nachbohrte, sondern einfach weiterdachte.

»Ich kann dazu selbst gar nichts sagen, ich bin Autodidakt und habe keine akademische Gestaltungsausbildung, nur eine in Rechtswissenschaften. Doch ein Bekannter von mir war Architekt in Wien, er hieß Adolf Loos, leider ist er kürzlich viel zu früh verstorben. Ein weiterer ist Architekturhistoriker in Zürich, er heißt Sigfried Giedion, sie beide sprechen sich seit Jahren gegen jedwelche Traditionalisierung aus nationalistischen Interessen und gegen jegliche Art von vergangenheitsverliebtem Historismus und sinnlosem, ja verlogenem Ornament aus. Sie warnen hingegen, dass ein gefälliger, für die Massen aufbereiteter ›herrschender Geschmack‹ zum Propaganda-Instrument werden kann. Architektur und Gestaltung können zum ›massenverführenden Werkzeug‹ degradiert werden, so sagt mein Freund Giedion, statt Erneuerer und Aufwecker zu sein. In seiner typisch schweizerischen Kaltschnäuzigkeit klingt das so: ›Wenn wir mit unserer Gestaltung die Gefühle der Massen absorbieren, machen wir die Architektur zur Hure.‹«

Jean nahm sein Glas und prostete den Herren zu: »Ist das nicht herrlich? Natürlich wird er von den Zürcher Konservativen maßlos angefeindet, genauso wie einst Loos in Wien und ich, der ich mich nicht mit diesen beiden Herren messen kann, in Paris.«

Eugenia, die mitgehört hatte, dass Jean hier neben ihr gezwungen wurde, nicht nur seine Gestaltungsprinzipien, sondern auch seine Rasse zu verteidigen, zog ihn jetzt zu sich hin.

Mit einem unwiderstehlichen: »Verzeihung, die Herren, er wird bei uns gerade dringend gebraucht«, band sie ihn in die Unterhaltung mit der First Lady und Amelia ein.

40 *Bambi*

Zum Dessert, Jeans allerserstem Dulce Victoria, er musste sich sehr konzentrieren, denn diese lauwarm servierte Himbeertarte hatte einen betörend säuerlichen Geschmack, erfuhren Eugenia und er, dass die First Lady damit gerechnet hatte, jenen Walt und seinen Naturfilmer bei ihnen auf der Insel einquartieren zu können, nur ein paar Tage lang, um ihn »auf direktestem Weg«, wie sie sagte, in die Landschaft und die Tierwelt des Sees einzuführen.

Eugenia war sprachlos.

Davon war sie nicht im Entferntesten ausgegangen, und recht war es ihr schon gar nicht, das sah er ihr an. Jean und sie waren zum Arbeiten hier, nicht zum Amerikanische-Touristen-Betreuen.

»Du weißt doch, Euge« – Eleanor Roosevelt rutschte sehr nahe an sie heran –, »es geht um die Rehe auf deiner Insel, die die Lösung ihres Problems sein könnten!«

»Pudú.« Bustillo brachte sich wieder in die Unterhaltung ein. »Das einzigartige, hier heimische Andenreh.«

»Für eine einzigartige Reh-Geschichte«, bestätigte die First Lady dankbar, »diese Metro-Goldwyn-Mayer-Produktion läuft schon so ewig, dass ich mich an den Inhalt gar nicht mehr erinnere. Das Buch schrieb ein Österreicher, nicht wahr?«, wandte sie sich hilfesuchend an Walt.

Der war mit dem Dulce Victoria beschäftigt und machte keine Anstalten, der First Lady beizustehen.

»Salten. Felix Salten«, half der Engel aus, »der Autor ist ein

Wiener Jude, Theaterkritiker und Journalist, ein Freund von Schnitzler, Hofmannsthal, Karl Kraus, Adolf Loos …«

»Genau der!« Eleanor Roosevelt machte sich Informationen in Sekundenschnelle zu eigen, man gewöhnte sich in ihrer Position wahrscheinlich sehr bald ab, selbstständig zu denken. »Diese Reh-Geschichte rührt einen zu Tränen, Euge, der Autor nannte sie, jetzt fällt mir alles wieder ein, ›Eine Lebensgeschichte aus dem Wald‹, der Protagonist ist ein Rehkitz, das trotz vieler Widrigkeiten erwachsen werden muss. Die Mutter stirbt viel zu früh, der Wald brennt ab, der Vater altert. Wie heißt das Reh doch gleich?«

»Bambi.« Der Engel sprach dieses Wort mit einem Schmelz aus, als hätte er den Namen selbst erfunden. »So sagt man zu Rehkitzen auf Deutsch.«

»Ja, ja, Bambi, danke, Lovett Dear! Aber jetzt kommen unsere Freunde von Metro-Goldwyn-Mayer ins Spiel. Der Produzent, Sidney Franklin, erwarb die Rechte an der Story, sehr günstig übrigens, ein echtes Geschäft, und wollte daraus einen Film machen. Einen Realfilm oder, wie sagt man?«

»Dokumentarfilm, Ma'am.«

»Genau. Mit echten Schauspielern, sprich Tieren, und an glaubhaften Orten, sprich in einem vom Menschen unberührten Wald. Das klang nach einer tollen Idee.«

»Nur …«, der Engel hatte den Dialog mit der ersten Frau des Staates jetzt etabliert und gab den Rhythmus vor.

»… ist der Produzent am Ende seines Lateins angelangt.« Eleanor Roosevelt ließ ihren jungen Mitredner mit einer jovialen Handbewegung allein weitermachen.

»Er fand in den letzten vier Jahren anscheinend keinen Ort, der ihm authentisch genug gewesen wäre. In ganz Nordamerika nicht. Und um in Europa zu drehen, ist es nicht der Zeitpunkt.«

»Also, Euge« – Eleanor Roosevelt wollte bei dieser gekonnten weltpolitischen Wende doch wieder die Hauptrolle spielen –, »brachte ich Sidney Franklin mit diesen beiden jungen Talenten hier zusammen. Walt ist zwar Zeichner von Beruf, nicht eigentlich Filmer, doch er beherrscht die neue Farbtechnik, wie heißt sie noch mal …?«

»Technicolor«, ergänzte der Engel.

»Ja, das neue Farbfilmverfahren, und hat es schon sehr erfolgreich ausprobiert, er ist bei uns zu Hause ein Magnet für die Kinder! Sie haben sicher alle schon von Mickey und Minnie Mouse gehört? Oder von Donald Duck?« Sie sah in die Runde. »Zu Weihnachten kommt sein erster Kinofilm heraus, *Schneewittchen und die sieben Zwerge*, nicht wahr, Walt?«

Devotes Nicken am Ende des Tisches, dabei schaute jener Walt weder ihr noch irgendeinem der anderen Anwesenden ins Gesicht. Er war, genau wie Alejandro Bustillo, ein windelweicher Verkäufer.

»Und dann, sieh her, Euge, habe ich auch den jungen Thaddeus Lovett überzeugen können, mit uns bis hierher zu reisen«, auch die First Lady war im Verkaufen nicht schlecht, »der kam zum Filmen übers Schauspiel, hat in Stanford Literatur studiert, vor allem Shakespeare, und den auch schon gespielt, ich habe ihn selbst gesehen, als Oberon, als Romeo … Neuerdings hat er sich ins Naturfilmen verliebt, eigentlich, seien wir ehrlich, ewig schade.« Sie konnte, wenn sie wollte, auch kokett sein. »Die zwei hier sind also meine kleine Bitte an dich. Auf deiner Insel, in dieser großen Natur, muss man doch Inspiration finden! Und bei der einzigartigen Tierwelt, die der Herr Nationalparkdirektor uns ja vorhin so bildhaft dargestellt hat, wird aus dem Film zusätzlich noch eine naturhistorische Entdeckung. Onkel Teddy wird stolz auf euch sein!«

Eugenia musste schmunzeln und schüttelte resigniert den Kopf, sie würde sich jetzt wohl nicht mehr wehren. Die First Lady hatte genau den richtigen Ton erwischt.

Das Essen war vorüber, es gab eine Runde Wacholderschnaps in Wassergläsern, dann standen alle auf.

Draußen vor dem Zum Roten Land hatte sich die Menge, die an langen Tischen ihr Asado serviert bekommen hatte, aufgelöst, und die Gauchos traten die Feuerstellen mit den Stiefeln aus. Eine dunkelblaue Limousine mit aufreizend geschwungenen Kotflügeln stand im Schatten des Windradturms, der Chauffeur der First Lady entstaubte die Windschutzscheibe, und die Metro-Goldwyn-Mayer-Truppe steuerte stracks auf ihn zu, ohne sich vom Rest der Tischrunde zu verabschieden.

Nur Eleanor Roosevelt blieb zurück, nahm Eugenia zur Seite und machte mit ihr einen kleinen Spaziergang um die hellblau lackierten Tanksäulen, eine in dunklen Tweed gekleidete, lebhaft gestikulierende Riesin neben einem edlen Andenreh.

Ebenso tat es jener Walt mit dem Engel. Sie entfernten sich in die entgegengesetzte Richtung, dahin, wo der Linienbus an der Kreuzung zur Panamericana bis zum nächsten Dienstbeginn in der Nachmittagssonne schmorte. Man konnte beobachten, dass sich zwischen den beiden ein Streitgespräch entwickelte, der Engel hob mehrere Male verneinend beide Hände, als ob er sich gegen einen Plan wehrte, mit dem er nichts zu tun haben wollte.

Jean blieb gemeinsam mit Bustillo und dem Bürgermeister vor der Schwingtür der Tankstelle stehen und bekam von beiden jegliche Unterstützung für seine Gestaltungsarbeit zugesichert. Um das Warten auf die herumwandernden Gesprächspaare zu verkürzen, begann er, seine gewohnte Vorgehensweise zu erklären, man müsse ihm ein wenig Zeit lassen, denn er erforsche stets das Umfeld seiner Bauherren, bevor er etwas Neues für sie entwickeln könne. Bisher seien das Literatur, Musik, Kunst oder sonstige Passionen gewesen, hier aber, es sei das erste Mal, dass er in einer so großen, unberührten Natur entwerfe, müsse es etwas ganz anderes werden.

»Was könnte das sein?«, fragte Lürs.

»Vielleicht die hier heimischen Mapuche, von denen Madame Errázuriz beim Herflug erzählt hat. Ihre Geschichte, ihre Geschichten …«

»Fabelhaft«, bestätigte Bustillo.

»Und wie geht es dann weiter?«, fragte Lürs mit verlässlich verbündetem Ton.

»Nach dem Finden eines solchen Leitmotivs muss ich die Muster und Materialien erforschen, es ist wie ein Spiel, ich suche nach den Quellen. Hier in Patagonien bieten sich als Muster sicherlich die Blumen und ihre Farben, die Tiere und ihre Spuren an. Die Materialien hingegen werden die Hölzer werden, das konnte man schon beim Überfliegen des Sees sehen, sowie Ihr einmaliger katzengrüner Granit …«

Die Ergebnisse der parallel stattfindenden, ambulanten Besprechungen rund um das Zum Roten Land zeichneten sich jetzt ab, Jean unterbrach sich, denn der Trickfilmer kam mit hochrotem Kopf zur Tankstelle zurückgerannt und stieg grußlos, wie schon sein Team vor ihm, in die dunkelblaue Limousine der First Lady.

Der Engel folgte sehr langsam und mit einigem Abstand, er betrachtete die Schlagschatten der roten Kalkfelsen, die die Abendsonne auf die Gemeindewiese warf. Er schien sich fangen zu müssen, jener Walt hatte ihm augenscheinlich Bedingungen zu ihrem gemeinsamen Film diktiert, die ihm neu waren und denen er sich nicht beugen mochte.

Gleichzeitig kehrte die First Lady mit Eugenia von den Zapfsäulen zurück und verabschiedete sich umarmungsreich von allen, die noch nicht in ihrer Limousine saßen. Sie würde dem Electra-Start morgen in aller Frühe beiwohnen, doch dann, *»sorry, kids«,* müsse auch sie abreisen, ihr Mann und ihr Staat erwarteten sie.

Amelia und Fred, die bis ans Ende der Gemeindewiese spaziert waren, um ihre Electra abzuschließen, wurden in den Wagen des Bürgermeisters gebeten, der sie ins einzige Hotel am Platz chauffieren würde. Alle verabredeten sich für den nächsten Morgen, neun Uhr, zu ihrer Verabschiedung hier vor Ort.

Exequiel Bustillo bot Jean währenddessen noch an, ihn gleich übermorgen von seinen Geologen und Botanikern auf dem Parkwächterboot zur Feldforschung kreuz und quer über den See fahren zu lassen, damit er in die »Muster und Materialien«, der Mann konnte zuhören, seines Nationalparks eingeführt würde. Es gab ein allgemeines Motorenanlassen und Türengeknall, dann eine große Staubwolke. Nur Eugenia und Jean blieben übrig.

Oder doch nicht. Einer im Leinenanzug und Strohhut kam die klappernde Wendeltreppe des Windradturms herunter. Es war der Engel, der, wie Jean jetzt wusste, Thaddeus Lovett hieß. Seinen Kamerakoffer und die Reisetasche hatte er schon in einem rostroten Pick-up verstaut, der im selben Moment vor der Tankstelle vorfuhr.

Vom Fahrersitz sprang ein betagter Mapuche, der gemeinsam mit ihm begann, Eugenias und Jeans Koffer auf die Ladefläche zu schwingen.

Eugenia war überrascht: »Silva?«, fragte sie ungläubig.

Der Mapuche verharrte bewegungslos, während sie langsam auf ihn zuging.

»Du erkennst mich noch?«

»Wie könnte ich Sie nicht erkennen, Doña Eugenia?«

»In einem halben Jahrhundert kann man mich vergessen haben.«

»Nicht bei uns auf Las Rocas.«

Sie umarmten sich wortlos.

41 *Die Isla Victoria*

Beim Einsteigen flüsterte Eugenia Jean zu, dies sei der Geselle ihrer Tischlerfreunde am See, von denen sie schon in Paris erzählt habe. Er chauffierte sie die vielfach gewundene Küstenstraße entlang bis zur Llao-Llao-Bucht, und da stand ihr Grandhotel, in rosa Nachmittagslicht getaucht. Eugenia und Jean konnten kaum den Blick losreißen.

Doch erst Lovett! Er staunte wie ein Kind.

Im Pick-up hatte er sich ganz automatisch auf die vordere Sitzbank neben Silva gesetzt und sich in einem gebrochenen, aber durchaus charmanten Spanisch mit diesem ergrauten Mapuche, der ganz und gar nicht leutselig schien, unterhalten. In kürzester Zeit hatte er ihn zum Erzählen gebracht, und noch bevor sie das Städtchen verlassen hatten und auf die neue Landstraße nach Llao Llao eingebogen waren, hörten sie Silva vorne herzlich lachen.

Eugenia schüttelte ungläubig den Kopf, sie erinnere sich an Silva aus ihrer Kindheit, erzählte sie im Flüsterton, er sei der Wildeste seines Stammes gewesen, einer, der aus Prinzip nur Mapudungun sprach, der keinen Freund hatte außer seinem Hund und der mit der Schrotflinte im Bett schlief.

Sie schien so überwältigt von dem einzigartigen Panorama, dem wild schäumenden See, dessen Wellen sich an den Küstenfelsen brachen, und dem Licht, das auch spätnachmittags noch in scharfen Schlagschatten über die Straße fiel, dass sie die ganze weitere knappe Stunde dem Ufer entlang gar nichts mehr sagte und nur noch schaute.

An der Hafenmole von Llao Llao angekommen, wo alle auf einen kleinen Holzkahn umsteigen mussten, um zur Isla Victoria überzusetzen, sprang Lovett aus dem Pick-up und öffnete Eugenia den Schlag. Er hielt ihr beiläufig, als ob es nicht notwendig wäre, den Arm hin, und sie nahm ihn gerne. So gingen die beiden davon, den sanft abfallenden Uferhang hinunter bis zum Bootssteg. Man konnte meinen, sie seien verwandt, so leichtfüßig und doch bestimmt war ihr Gang.

Jean kannte Eugenia nur als ältere Dame, silbern ergraut und von dieser unvergleichlich hellen Elfenbeinhaut, doch als junges Mädchen musste sie ausgesehen haben wie Lovett, mit den gleichen samtigen Augen, dem präzisen Profil und den feinen Zügen, die immer beneidenswert nach Ausgeschlafenhaben aussahen.

Man hätte ihnen ewig zusehen können, bei jeder Bewegung, so wie man am Strand auslaufenden Wellen zusah oder loderndem Feuer oder jungen, spielenden Tieren.

Vielleicht wurden solche Engel hierhergeschickt, um den hoffnungslosen, den tumben, den kranken, den behinderten Erdenwesen Mut zu machen?

Silva, der sonst sicher kein Mann großer Gesten war, öffnete, bevor er das Gepäck vom Pick-up holte, beide Hände in eine Bewegung zweier sich auspendelnder Waagschalen.

»Im Gleichgewicht« sollte das wohl heißen.

Und genau das geschah jetzt wenige Meter vor ihnen, Lovett hielt den Holzkahn im Lot, während Eugenia einstieg. Ihre Silhouetten schwankten kurz im Gegenlicht, dann pendelte sich ihr Gewicht ein, und das Boot lag bewegungslos, als ob es schwebte.

Silva bugsierte Jean gleich darauf in den Kahn, und Lovett tarierte wiederum das Gewicht der Passagiere aus, bis Jean auf der vorderen Querbank neben Eugenia seinen Platz fand. Lovett kümmerte sich ums Abstoßen und holte die Taue ein, als hätte er Silva seit jeher als Hilfsmatrose gedient.

Eugenia beobachtete seine präzisen Handgriffe, während sie ihren Schal enger um die Schultern zog. Dann nahm sie Jeans Hand und flüsterte: »Ein guter Junge.«

Bei der Ankunft auf der Insel und in Eugenias Chalet wurde Jean klar, dass er sich die Dachstuben des kleinen Hauses mit Lovett teilen müsste, denn es gab nur ein wirklich komfortables Schlafzimmer im Erdgeschoss, und das war natürlich für Eugenia bestimmt.

Was ihn in Paris oder sonst wo in eine existenzielle Krise gestürzt hätte, gestaltete sich hier, als sie sich einrichteten, es schon dunkelte und der Wind kühl ums Haus strich, als die natürlichste Sache der Welt.

Silva trug Jeans Überseekoffer über die schmale Außentreppe unter dem weit ausladenden Walmdach in die große Schlafstube über dem Kaminzimmer, Lovett seine Reisetasche in die Kammer gleich neben der Treppe. Eugenia kam, schon als Landfrau in ein Schurwollekostüm gekleidet, ihnen die Handtücher für das kleine Bad zu bringen und den Garderobenschrank ihres Vaters zu öffnen: »Bitte, Jungs, macht es euch gemütlich.«

Es war überraschend, Eugenias Vater musste den unfehlbaren Geschmack seiner Tochter gehabt haben und, genau wie sie, einen guten Schuss Humor dazu. Zu schlammgrauen Hemden, Strümpfen und Jagdkappen fand Jean im Schrank Cordhosen und Wollpullover, die, ganz entgegen der Jägertradition, in fröhlichstem Pastell daherkamen: Wildrosenrosa, Lavendel, Birkengrün, Anemonengelb, Lupinenblau.

Er wäre ausgestattet wie ein Insel-Wanderer und meilenweit entfernt vom Star-Décorateur des französischen Botschafters in der Willkommensrede vorhin.

Könnten diese Farben etwa zu den Leitmotiven der Zimmer und Suiten seines Grandhotels werden?

Marcel Rochas' schöne Leinen- und Flanellanzüge hängte er in den luftigen Erker der nach Buchenholz duftenden Schrankkammer und schob seinen Koffer darunter. Darin ruhte das rote Kassenbuch. Sein bisheriges Pariser Leben müsste jetzt erst einmal warten.

Bevor der Abend begann, lernten sie das Chalet kennen, und Eugenia war entzückt, als Jean sich in anemonengelben Hosen und einem ebensolchen Pullover im Kaminzimmer präsentierte. Man erreichte diesen einzigen großen Raum des Hauses durch einen kleinen, ostseitig vorgebauten Windfang, der von Efeu bewachsen war. Einmal eingetreten, stand man förmlich im offenen Kamin, die drei weiteren Wände hatten breite Fenster zum See und auf die Waldlichtung. Vor dem Nordfenster stand ein langer Eichenholztisch, auf ihm eine grüne Granitvase ohne Blumen.

Hinter dem Kamin, also zur Wetterseite, lag Eugenias Schlafkammer, »aber auch ein Bad und eine Schreibstube«, sagte sie und öffnete kurz die schmalen Türen, »über die Treppe dort draußen geht ihr in euer Dachgeschoss«.

Gegenüber dem Eingang ging eine Schiebetür nach Westen in eine lang gezogene Küche, ein Wasch- und ein Bügelzimmer, die um einen Küchenhof nach Süden angeordnet waren: »Voilà, überdacht und ziemlich windstill. Das Räucherhaus für die Forellen liegt gleich hinter jenen Lärchen.«

Gerade kam Silva mit gefüllten Holzkörben über den Küchenhof herein, »die Birke zum Zünden, die Buche zum Wärmen«, summte er dazu, »Ihre Haushälterin, *estimada* Doña Eugenia, ist ja wie immer sehr beschäftigt«.

Er baute die Scheite routiniert im Kamin auf und zündete sie mit trockenen Lärchenzapfen an, sofort durftete es im ganzen Haus.

Von Las Rocas habe er auch Gemüse, Käse und Obst mitgebracht, wies er auf zwei Körbe vor dem Küchenfenster, denn für einen Hausgarten sei man sich ja hier auf der Isla Victoria immer noch zu schade: »Ziegenkäse, Eier, Milch, Kaffee, Räucherfleisch vom Hirsch, Roggenbrot, Fenchelknollen, Äpfel, Birnen, Himbeermarmelade und vier Flaschen vom hiesigen Rotwein haben die Herrschaften mir eingepackt«, sagte er dazu, »mit den herzlichsten Grüßen, besonders von Doña Hildegard.« Er machte einen kleinen Diener und war verschwunden.

Hildegard ohne Akzent und mit stummem H auszusprechen, war für einen Mapuche keine Selbstverständlichkeit, dieser Silva musste die Inselnachbarn von Las Rocas sehr verehren.

Sie richteten den Inhalt der Körbe auf Holzbrettern an und deckten den Tisch an der Fensterfront mit dem Steingutgeschirr aus der Chaletküche, eine Tischdecke gab es hier nicht, sie platzierten die hagebuttenroten Teller auf dem nackten Eichenholz, und es sah fantastisch aus. Eugenia ließ Lovett den Wein öffnen und stellte sich mit dem Rücken vor den Kamin, sichtlich froh, dass ihre lange Reise vorbei war.

»Willkommen, Jungs, setzt euch doch bitte!«

Die beiden folgten und ließen sich auf den Sesseln vor dem Kamin nieder, über die abgewetzte Felle gebreitet waren, sie sahen nach Ziege aus, ein ungewohntes, aber nicht unangenehmes Gefühl.

»Und so beginnt, zu diesem ersten Glas, meine Geschichte auf dieser Insel«, prostete sie ihnen zu. »Als ich Kind war und diese Gegend noch viel wildere Wildnis als heute, haben meine Eltern mich, die Älteste, die langen Sommer über immer mit hierhergebracht. Mein Vater – Geschäftsmann wie dein Vater, Jean – investierte in den Forst- und Fischereibetrieb, den sich die Familie meiner Mutter, Tochter der hier so berühmten Doña Victoria, aufgebaut hatte. Zusätzlich aber in den Weinbau, sein Steckenpferd.«

»Weinbau trägt sich nur langfristig, über Jahrzehnte«, warf Lovett ein.

»Allerdings, eine riskante Investition, doch ein manifestes Vertrauen in nachfolgende Generationen.«

»Das manifeste Vertrauen in nachfolgende Generationen scheint bei dir ja in der Familie zu liegen«, bestätigte Jean, »wissen Sie, Lovett, was die Weltstadt Paris ohne diese Frau wäre? Ein verstaubtes Plüschcafé.«

»*The queen of clean,* so nennen wir sie bei uns in Amerika«, konterte Lovett.

Sieh an, er kannte sich in Fragen zeitgenössicher Gestaltung aus?

Eugenia überging ihre Komplimente gekonnt: »Schade nur, dass meine jüngeren Schwestern alle nach Europa heirateten, seit Jahrzehnten kümmert sich keiner mehr um diesen Besitz, schaut euch die Felle auf euren Sesseln an … Doch all das wird schon zu neuem Leben finden, jetzt, wo ich euch hier habe.«

Sie bat die beiden zu Tisch und erzählte weiter, während sie den Ziegenkäse zu einem frisch geschnittenen Fenchelsalat und den Birnen anbot.

»Als ich entschied, meinen Cousin José Tomás zu heiraten und nach Paris zu ziehen, war klar, dass ich jahrelang nicht heimkehren würde. Also suchte meine Mutter einen Verwalter, der musste sich in Forstwirtschaft und Fischfang auskennen, aber auch in Wirtschaftsfragen, denn sie hatte ihre Lachsforellen-Räucherei inzwischen zur Marke gemacht. Sie fand einen brillanten Absolventen des Botanischen Instituts der Universität Stuttgart-Hohenheim.« Eugenias Blick schweifte hinaus auf den abendlichen See.

Aha?, dachte Jean und musste schmunzeln, da flog ihm schräg über den Tisch ein Lovett-Blick zu, wie ein Lichtfleck im Raum.

»Dieser Tischler am See, mein Inselnachbar von Las Rocas, von dem wir schon in Paris sprachen, Jean, wurde nämlich erst viel später … Tischler«, fuhr Eugenia fort, »eigentlich ist Alfred Botaniker und holte seine Verlobte Hildegard aus dem norddeutschen Magdeburg, einer Hochburg ökologischer Landwirtschaft, hierher nach. Sie war ein Glücksfall für unseren Betrieb.«

War der Lichtfleck des Lovett-Blicks noch da?

Ja.

»Auf Las Rocas, wir sind vorhin in Silvas Pick-up daran vorbeigefahren, haben die beiden eine Baumschule gegründet, später auch eine Tischlerei.«

»Und die Insel hier?«, fragte Jean.

»Leider«, Eugenia machte eine köstliche Geste des Sich-die-Haare-Raufens, »heuerte meine Mutter damals auch Alfreds Köchin aus dem Schwabenland an. Anders als Hildegard, die Las Rocas in norddeutscher Großzügigkeit führt, war sie seit jeher sparsamst, ich würde sogar sagen geizig.«

»Kaminfeuer, wozu?«, schmunzelte Jean.

»Ein Gemüsegarten? Maßloser Luxus«, ergänzte Lovett.

»So wie vielleicht der Gedanke, ein Willkommensessen zuzubereiten oder auch nur einen Apfelkuchen, nach über fünfzig Jahren, die ich sie mit meiner Anwesenheit verschone?«

Eugenia kicherte ein glucksendes Kichern. »Die Vogelscheuche, wie Silva sie seit jeher nennt, führt hier das Regiment, indem sie weder das Haus noch den Garten liebt, dafür aber die Mapuches hasst, das Inselwild und … die Natur.«

»Die Idealbesetzung«, sagte Lovett trocken.

Eugenia lachte laut, sie warf den Kopf zurück dabei.

Sie warf den Kopf zurück!

So hatte Jean, er erinnerte sich genau, sie bisher nur ein einziges Mal erlebt. Mit Amelia in ihrem Kutscherhaus in der Rue Masseran, kurz vor ihrer Abreise hierher.

42 *Kein Abschied von Amelia*

Am nächsten Morgen stand Silva pünktlich um halb acht vor dem Chalet, um sie abzuholen. Nach Lovetts Frühstück mit gekochten Eiern und auf dem Herd getoastetem Las-Rocas-Roggenbrot waren sie bereit für einen langen Tag.

Wann hatte Jean letztmals derart ausgiebig gefrühstückt?

Eugenia hatte belustigt gelauscht, als Lovett vom Kaffeekochen aus der Küche gefragt hatte: »Ein Ei, Jean?«

»Vor 13 Uhr?«, hatte er zurückgefragt.

»Der Andenwind geht hier schon morgens um sechs.«

Der Plan für heute war, mit Silva den ganzen See entlang zurück bis Zum Roten Land zu fahren, um Amelia und Fred zu verabschieden, und dann wieder hierher in die Bucht von Llao Llao, wo das Grandhotel und seine weitläufigen Anlagen auf sie warteten.

Doch Amelia und Fred, wusste Silva zu berichten, waren schon abgeflogen. Der Wind hatte in der Nacht auf Westen gedreht, und sie hatten die ersten Morgenstunden nutzen müssen, um rechtzeitig vor dem angesagten Sturm loszukommen.

Es gäbe also keinen Abschied von Amelia, sie würden sie nicht vor September in Paris wiedersehen, wenn Eugenia und Jean von hier und sie und Fred von der Howlandinsel zurückgekehrt wären. Vorausgesetzt, Paris wäre bei der politischen Lage in Europa noch eine gute Idee.

Wie sie da allesamt auf dem Vorplatz des kleinen Chalets standen und der Wind in raffigen Böen ging, erinnerte Jean sich an seine letzten Eindrücke beim gestrigen Aufbruch vom Zum Roten Land.

Amelia, wie sie die Seitenscheibe der Bürgermeisterlimousine herunterkurbelte und ihnen mit beiden Händen zuwinkte.

Amelia, wie sie ihnen Luftküsse schickte, ihr Bubenhaar wippte mit den Küssen mit.

Amelia durch die Heckscheibe dann, der Wagen war schon losgefahren, wie sie den Kopf noch einmal zu ihnen drehte und an die Rückenlehne sank, sichtbar erschöpft.

Fred schließlich, wie er sich ihr zuwandte.

»Wo, Lovett, ist das Möwenpaket?«, fiel Jean ein.

»Auf dem Windradturm natürlich, wo Möwen hingehören.«

Eugenia lachte so erlöst, dass sogar Silva mitlachen musste. Dann fuhren sie los, über den schaumgekrönten See auf ihr Grandhotel zu.

43 *Pudú*

Jedes Haus in den Anden, lernte Jean an diesem Vormittag, hatte den Eingang im Osten. Nur nicht dieses Grandhotel. Alejandro Bustillo hatte das Foyer genau falsch herum geplant, zur Wetterseite, nach Südwesten.

Vielleicht weil die Auffahrt so monumentaler daherkam? Und sich der Aha-Effekt des Panoramablicks auf die Bucht von Llao Llao erst nach Durchschreiten des Vestibüls, auf der Freitreppe hinunter zur Hotelhalle, ergab?

Für diese Effekthascherei nahm er viel in Kauf, die Fallwinde fauchten derart zum achtfach-flügeltürigen Vestibül herein, dass alle sonstigen Türen und Fenster im Haus in der Zugluft klapperten. Wenn eines Tages auch nur ein Hausdiener auch nur ein Kamingitter nachlässig schlösse, würde dieser Holzbau brennen wie eine Fackel.

Natürlich sagte Jean vor Eugenia kein Wort, er würde beim Bürgermeister und beim Nationalparkdirektor darauf bestehen, das Abnahmeprotokoll des Architekten einzusehen und mit eigenen Klauseln zu ergänzen. Bustillo überging alle Grundregeln des Feuerschutzes, und für eine solche Fahrlässigkeit würde er Verantwortung übernehmen müssen, denn Jean hier vor Ort, Chanaux in Paris und, wenn alles gut ging, Pirovano in Buenos Aires würden für dieses Projekt Monate an Arbeit investieren.

Die weiteren Planungsfehler wollte Jean gar nicht erst erwähnen, es stand ihm auch nicht zu, er war ja nicht vom Fach und erst recht kein Architekt. Doch selbst Lovett hatte an ihrem ersten Tag in Llao Llao Fragen über Fragen.

Hatte man an Herrn Bustillos elitären Schulen das Wort »Fluchtweg« gelernt? Von Küchenplanung gehört? Von Hygieneregeln in Suiten und Appartements?

Wie klug war da Eugenias Chalet auf der Isla Victoria gebaut, wo sich kein einziger Feuchtraum mit einem Trockenraum schnitt!

Das Einzige, was im Grandhotel außer Frage stand, war das Dach. Und das hatte Bustillo sich bei Eugenias Mutter abgeschaut, die das Chalet auf der Isla Victoria erbaut hatte, und die wiederum hatte ihr Dach gemeinsam mit der jungen Doña Hildegard entworfen, die diese Dachform von sich zu Hause, aus der Magdeburger Börde, mitgebracht hatte. Ein Dach wie ein Hut, das sich mit seinem Krüppelwalm natürlich lüftete, Massen von Schnee leicht ertrug, Regenwasser spielend abführte und dem steten Andenwind ehrerbietige Diener machte.

Dieselbe Doña Hildegard erwartete Eugenia mit Jean und Lovett gegen Abend zum Tee auf Las Rocas. Bei Abendrot und stark durchwindet kamen sie mit Silva an der Bootsanlegestelle an, und es schien, als hätten die beiden Damen sich erst gestern verabschiedet, dabei lag ein halbes Jahrhundert dazwischen. Schwieriger gestaltete sich das Wiedersehen mit Don Alfredo, Hildegards Mann, der keinen Moment mit den Damen allein bleiben wollte und Lovett über das ganze Anwesen scheuchte, um ihm das Arboretum und seine Baumschule zu zeigen. Jean zog sich derweil mit Silva in die Tischlerei zurück, zum Austausch über die heimischen Hölzer.

Es war ein langer Tag im Grandhotel und auf Las Rocas, und Lovett war meist an Jeans Seite, auch wenn man seine Anwesenheit kaum merkte. Er sog Eindrücke und Gespräche auf wie ein Schwamm und schwieg dazu. Abends auf die Isla Victoria zurückgekehrt, hielten sie Nachbesprechung, wie Jean das sonst mit seinen Handwerkern tat, gemütlicher zumal, am lodernden Kamin.

Eugenia ging früh zu Bett: »Ihr legt dann nach, Jungs?«

Es musste beruhigend für sie sein, bei Kamingeknister und dem Geraune ihrer Stimmen einzuschlafen. Sie schien den Tag und den Abend genossen zu haben, denn als Lovett ihr am nächsten Morgen, als sie beide ins Kaminzimmer hinunterkamen, einen ersten Kaffee in ihre Schreibstube brachte, saß sie schon angezogen an ihrer Korrespondenz und summte dabei.

Was Jean aber neben Lovetts stiller Präsenz am meisten umtrieb, war, dass er hier schlafen konnte. Er schief tief, er schlief durch, er hatte keine bösen Träume.

Den nächsten Tag verbrachten sie wieder gemeinsam auf einer Bootstour über den Nahuel-Huapi-See, wo die Botaniker des Nationalparks sie in die heimischen Baumarten sowie deren Verarbeitung in den Sägewerken an den drei See-Enden, in Bariloche, Villa La Angostura und Puerto Blest, einwiesen und die Geologen in die noch aktiven Steinbrüche des Andengneises und des grünen Granits.

Am dritten Tag entschied Jean, nirgendwohin zu fahren, sondern Eugenias Isla Victoria zu erkunden. Irgendwann musste auch der Bambi-Filmer einmal zu arbeiten beginnen dürfen. Sie gingen auf die Suche nach passenden Drehorten und Lovetts Schauspielern, den Tieren. Für seine Geschichte brauchte er Rehe, Hasen, Waldkäuzchen, Schmetterlinge, ein Stinktier und einen Fasan.

Sie querten die Hafenbucht und erreichten die östliche Seite der Insel, da war ein neuer Blick auf das Nordostdufer des Sees, entlang dem dicht bewaldeten Manzano-Massiv. Ein kilometerlanger Uferpfad lag vor ihnen, und Lovett ging voran.

»Wie finden Sie die Menschen hier?«, begann er.

»Die Bustillo-Truppe? Kompetent. Etwas hölzern vielleicht, oder besser gesagt steinern?«, entgegenete Jean.

Lovett lachte leise dazu.

»Wissenschaftler eben«, fuhr Jean fort, »doch meine Hölzer, meine Steinböden für das Grandhotel habe ich jetzt im Kopf. Der Andengneis ist exzellent, unaufdringlich, griffiggrau, für die Kaminzimmer, das Schwitzbad, die Seebar. Dann aber kommt dieser unglaublich katzengrüne Granit, Grün ist selten, wissen Sie, Lovett, steht Herrenbädern gut oder Golfterrassen oder Trinkbrunnen. Die Kirche, den Altar für den heiligen Eduard nicht zu vergessen. Als Hölzer werde ich die Andenbuche wählen, die hier ja Coihue heißt, und Eiche selbstverständlich. Alles Fichten- und Lärchenmäßige reicht, wie uns Hildegard und Alfred vorgestern erzählten, ja gerade einmal für Pferdeboxen.«

»Die meinte ich eigentlich, die zwei von Las Rocas, nicht die vom Nationalpark.«

»Ah, wie ich diese beiden fand? Sie eine Seele von Mensch, und doch, sie leidet unter ihm, nicht? Wie aufgekratzt der war! Wie aufgesetzt begeistert! Gut, ein Projekt wie das Grandhotel ist nicht alltäglich, doch er hat ja sonst genug zu tun. Hat Wissen ohne Ende, ist angesehen am ganzen See.«

»Der ist nicht immer so.«

»Ach, nein? Wie dann? Wie ist so einer, wenn wir … weggefahren sind?«

»Auch weg.«

»Wo, weg?«

»Weggetaucht. Abgestürzt.«

»Das heißt?«

»Depressiv.«

Lovett sah sich über die Schulter zu ihm um. Er war blass.

»Sie haben schlecht geschlafen, Lovett?«

Sie gingen eine Weile schweigend. Jean schlief hier wie ein

Kind, und Lovett saß in seiner Kammer bei der Treppe die ganze Nacht wach?

»Sie kennen das?«

Er nickte.

»Aus Erfahrung?«

Er nickte nochmals.

»Erzählen Sie!«

»Es endet nie gut.«

Sie gingen weiter, die Südspitze der Insel wurde jetzt sichtbar, und gegenüber erschien die Bucht von Puerto Huemul. In der kleinen Werft lagen Fischerboote und ein Schlepper aufgebockt, aus einem Transistorradio lief Musik, der Wind trug sie ihnen zu. Ein Mapuche-Lied, ein paar Männerstimmen, ein paar Trommeln, es klang aufmunternd. Die Werftarbeiter, die die Boote abschliffen, pfiffen dazu.

Und da, auf der Lichtung an der Inselspitze, sahen sie sie, ein Rudel Jungrehe, die hier heimischen Pudú, sie waren tatsächlich so zimtbraun wie die tausend Myrtenstämme um sie herum.

Die Pudú mussten ihre Schritte hören, das Mapuche-Lied, die Schleifgeräusche und das Pfeifen vom anderen Ufer, doch sie hatten keine Angst. Sie standen und ästen in der Vormittagssonne, das eine oder andere schaute seelenruhig zu ihnen her.

Und jetzt begriff Jean.

Diese Rehe waren ihm so ähnlich, dass Lovett, nicht jener Wiener Theatermacher Salten, hinter der Bambigeschichte stecken musste. Vielleicht hatte in Wahrheit er das Buch geschrieben und Salten es nur veröffentlicht?

»Die Geschichte von Bambi, die haben Sie geschrieben.«

Lovett hielt inne.

»Wie kommen Sie …«

»Weil Sie das sind. Schauen Sie doch hin! Schauen Sie sie doch an!«

Lovett sah hinüber zu den Rehen und ging dabei langsam vom Weg ab, die Uferböschung hinunter zum Wasser, dort hockte er sich hin. Die Herbstanemonen blühten, seine Gestalt las sich als Negativ in einem Meer von sanftem Gelb.

»Ich habe die Geschichte nicht geschrieben, nein, nur erlebt«, sagte er, als Jean mit einiger Mühe die Böschung überwand und näher kam. Er musste nichts mehr fragen, Lovett würde von selbst erzählen.

»Wie hat die First Lady so schön zusammengefasst?«, begann Lovett. »Der Protagonist ist ein Rehkitz, das trotz vieler Widrigkeiten erwachsen werden muss, die Mutter stirbt viel zu früh, der Wald brennt ab, der Vater altert. Das ist meine Geschichte, ja. Bis auf den Waldbrand, den gab es nicht. Den hat dieser Walt erfunden.«

»Ach, *dieser* Walt, sagen Sie? Kurios, genauso nenne ich ihn auch. Sie kennen diesen Walt … gut?«

»Wie man sich in Amerika, speziell in Hollywood, eben gut kennt.«

»Er hat Sie geheuert?«

»Nein, um Himmels willen! Metro-Goldwyn-Mayer hat mich geheuert, auch wenn er das nicht wahrhaben will.«

»Achtung, Achtung, Hollywood-Politik?«, lachte Jean verbindlich, er schien Lovett an einem wunden Punkt getroffen zu haben. »Sie sind gar nicht von dort?«

»Doch, ich bin in Kalifornien geboren. Meine Mutter allerdings war aus Stockholm, sie kam vom Theater zum Film. Louis Mayer, der Mitbegründer von Metro-Goldwyn-Mayer, sah sie und nahm sie unter Vertrag. Sie kam mit ihrer Kollegin, oder soll ich sagen: Freundin? Und weil Mayer, wie er behauptete, ihre nordischen Namen nicht verkaufen konnte, hießen die beiden statt Gustafsson und Löfgren bald Garbo und Lovett.«

»Ach, Greta Garbo! Helfen Sie mir, Miss Lovett spielte in …?«

»Sie spielte in so gut wie keinem Film, sie spielte weiterhin

Theater. Denn Greta hatte ihren Manager von zu Hause mitgebracht, meine Mutter aber hatte auf Mayer gesetzt, eine katastrophale Entscheidung. Da kam nämlich Mayers Kameramann ins Spiel, der Pionier der Nahaufnahme, der alle Schatten, alle Kontraste von der Leinwand strich, der das Weiche Licht erfand, vom Himmel hoch. Der machte die beiden zu Göttinnen. Allerdings … während Greta dank ihres Managers nur Drehs mit gefeierten US-Kollegen annahm und sich einen dauerhaften Ruf aufbaute, probierte der Kameramann mit meiner Mutter im Studio das Licht. Das Resultat bin ich.«

»Der trotz vieler Widrigkeiten erwachsen werden muss«, fuhr Jean fort.

»Nun ja, das ging von selbst, meine Mutter aber war bald allein. Sie fand Rollen am Stanford Theatre, immerhin, alle Rollen von verlassenen Geliebten, ausgebooteten Schwestern, betrogenen Königinnen waren für sie wie maßgeschneidert. Shakespeare hätte sie geliebt, nur war der tot.«

»Doch Sie, Sie lebten, Lovett.«

»Ich war sieben, wie konnte ich ihr helfen?«

»Die Mutter stirbt viel zu früh?«

»Ja. Depressiv. Eine unheilbare Krankheit, so schrieb mir dann Herr Salten.«

»Warum Herr Salten?«

»Ihr erster Kritiker, vielleicht auch mehr.«

»Der Wald brennt ab?«

»Der brennt nicht. Das hat dieser Walt erfunden, denn das Ende des wahren Texts war ihm zu komplex: der charakterschwache Gobo, Saltens Alter Ego, hadert mit dem Tod von Bambis Mutter, ja mit dem Schicksal schlechthin. Doch schwach, wie er ist, hält er eher zu den Jägern als zum eigenen Rudel.«

»Salten hat Ihrer Mutter also nicht geholfen, sondern nur ein Buch geschrieben?«

»Wie konnte er ihr helfen? Sie war ja schon tot.«

»Ach«, mehr brachte Jean nicht heraus.

»Ich fand sie in der Küche.«

»In der Küche.«

»Gas.«

»Sie sehen friedlich aus, nicht?«

»Erlöst.«

Sie blieben am Wasser sitzen, so regungslos, dass bald die Pudú zu ihnen trinken kamen. Es trennten sie kaum fünf Meter, man konnte das sonnenwarme Fell der Rehe riechen.

»›Der Vater altert‹ fehlt jetzt noch.«

»Den kennt nur Bambi, im Buch. Ich wuchs bei meiner Tante auf, die ihrer Schwester nach Kalifornien gefolgt war, allerdings auf viel weniger glamourösen Pfaden, sie heiratete einen Botaniker.«

»Ausgerechnet«, musste Jean jetzt, trotz der Tragik, lachen.

»Ja, das scheint in dieser weiten Neuen Welt ein gängiger Beruf«, schmunzelte auch Lovett, »dieser hier spezialiserte sich auf Baumschädlinge und starb an einem von afrikanischen Futterspinnen eingeschleppten Virus.«

»Wie alt waren Sie da?«

»Zehn. Meine Tante heiratete bald erneut, ich zog mich in meine Welt zurück.«

»Die Welt der Geschichten?«

»Die wahre Welt, ja. Was mir aber blieb, war meine Lehrerin, Ella Young, aus Irland in Stanford gelandet. Viel mehr als eine Irin war sie eine wahre Keltin und Meisterin der Theosophie. Mit Ella erlernte ich im College die Absolute Realität.«

Theosophie. Absolute Realität.

Wieder Themen, die Jean eigentlich interessierten, die er in den letzten Jahren seiner René-Depression aber verpasst hatte, genau wie die Tiefenpsychologie des Professor Jung.

Er müsste sich dringend auf den neuesten Stand der Seelenwissenschaften bringen!

»Noch mal zurück zu Ihrem leiblichen Vater: Den kennt nur Bambi?«

»Ich zumindest nicht.«

»Dann werden wir ihn kennenlernen«, entfuhr es Jean spontan.

War er schon ganz vertrottelt?

Es musste schrecklich altväterlich klingen!

»Wenn Sie das sagen, Jean«, antwortete Lovett aber ganz selbstverständlich.

44 *We Tripantu*

Vom 23. auf den 24. Juni feierte man in Patagonien We Tripantu, das Fest des Neuen Lebens der Natur, eine Art Mittsommernachtswende. Nur dass es in diesen Breitengraden nicht der längste Tag, sondern die längste Nacht des Jahres war. Seit drei Wochen herrschte auf der Isla Victoria tiefer Winter.

Die Machi-Frau vom Moreno-See hatte sich zu einem Besuch bei ihnen im Chalet angemeldet, um diesen größten Feiertag des Mapuche-Jahres gemeinsam zu zelebrieren. Sie wären ja sonst auch ganz alleine hier.

Sie, das waren Lovett und Jean. Eugenia hatte sich in den ersten Junitagen, kurz vor dem Wintereinbruch, mit dem Ferrocarril del Sur nach Buenos Aires aufgemacht, zuversichtlich, den Vertrag mit Pirovano und seiner Möbelmanufaktur Comte zu besiegeln, an dem Jean so viel lag. Weiters aber schien es Verzögerungen beim Pachtvertrag für das Grandhotel zu geben. Die Eigentümer des Plaza Hotels hatten sich zum Betrieb des Grandhotels auf zehn Jahre verpflichtet, aber immer noch nicht unterschrieben. Solche Ungereimtheiten gehörten unverzüglich ausgeräumt, denn das Grandhotel, so war von allen Financiers entschieden worden, sollte im Januar 1938, also in einem halben Jahr, zur beginnenden Sommersaison eröffnet werden, und dieses Datum war, wie Jean jetzt absehen konnte, zweifelsfrei zu halten.

Am Abend von We Tripantu feierte man den Mond, der laut Mapuche-Glauben magnetisch wurde und alle Wasser mit

Energie auflud. Deshalb musste man an jenem Abend und an den folgenden Tagen dem Wasser nahe sein, am besten sogar darin baden. Die Machi hatte ihnen erklärt, dass jetzt der Moment sei, an dem die Moleküle erneut zu vibrieren begännen, alles Lebendige pulsiere, Mond, Wasser und Sonne vereinten sich.

Auf der Isla Victoria hatte man es mit dem Dem-Wasser-nah-Sein natürlich leicht, Lovett feuerte im Räucherhäuschen ein Schwitzbad an, bevor er die Machi mit dem Holzkahn abholen fuhr. Als die beiden zurückkamen, war es schon dunkel. Jean trug heißen Wacholdersirup und eine Flasche Gin vom Chalet zum Räucherhäuschen, es duftete nach Wacholderholz und dem Harz junger Arrayanen. Sie wärmten sich alle drei so lange in dem kleinen Häuschen auf, dass das Hinunterlaufen zum Bootssteg und das Eintauchen in den See kaum Überwindung kosteten. Obwohl ein Meter Schnee lag. Und obwohl sie nur Unterwäsche trugen.

Jean, der ewige Kränkling, wagte sich sowohl in dieses Schwitzbad als auch ins Seewasser!

Er hatte es geschafft, sich in den vier Wänden des Räucherhäuschens beinahe ganz auszuziehen, dann die vielen Schritte bis zum Steg zu laufen, ohne sich seiner Nacktheit zu schämen.

Denn immerhin, da war diese betagte Mapuche-Frau. Und da war Lovett.

Doch es ging alles ganz leicht, es war das erste Mal in seinem Leben, dass er seinen schiefen Rücken nicht wahrnahm, seine dürren Beine und seinen humpelnden Gang. Er schaffte es auch, sich problemlos und rasch wieder anzuziehen, eine Prozedur, zu der er in Paris fast eine halbe Stunde brauchte. Doch all das schien egal hier auf Eugenias Insel.

Nach dem nächtlichen Bad gab es Mapuche-Geschichten vor dem Kaminfeuer, bis die Sonne aufging. Die Machi hatte Hühnersuppe und Mais-Tortillas mitgebracht, an We Tripantu durfte nur weißes Fleisch verzehrt werden und von keinem Gericht etwas übrig bleiben. Danach gab es die köstlich auf Wacholderholz geräucherten Lachsforellen der Insel, dazu frisch geriebenen Meerrettich mit Preiselbeer-Mark, eine Kombination, die in Paris Furore machen würde. Schließlich ein lauwarmes Dulce Victoria, das Doña Hildegard ihnen gesandt hatte, Lovett wärmte es im Küchenofen.

Es war schon tiefe Nacht, als die Machi begann, die Sage vom Hahnenschritt zu erzählen: »*Wiñotui Antü kiñé trekan alka.*«

Der Hahn schritt nach Mapuche-Glauben in dieser längsten aller Nächte so lange rückwärts, bis die Sonne im Osten aufging und sein Blut erwärmte. Jetzt hatte er die Kraft, über Wälder und Berge bis ans ferne Meer zu fliegen und in seine Wasser einzutauchen. Beim letzten Tageslicht kehrte er als ein Wissender zurück, verstand, in Zungen zu sprechen und in Bildern zu erzählen. Während die Sonne im Westen unterging, wies er sein Hühnervolk in das rechte Hahnenschritt-Maß ein. Wenn man die Schrittlänge erlernte, und das könne jeder, wirklich jeder, zwinkerte die Machi Jean zu, eröffnete sich einem ihr tieferer Sinn. Das rechte Maß des Hahnenschritts bedeutete, sich aller Schöpfung rückhaltlos anzunehmen, für sie verantwortlich zu sein, sich ihrer achtsam zu bedienen und sich nur so viel von ihr zu nehmen, wie es zum eigenen Überleben unerlässlich war.

»Eine Aufgabe, die den Menschen auf unserem Erdball heute viel schwerer fällt, als sie ist«, sagte die Machi nachdenklich, »bei uns lernt das Hahnenschritt-Maß aber jedes Mapuche-Kind von seiner Mutter. Es gibt eine Serie von Abzählreimen und Schlafliedern dazu, denn unsere Geschichte lebt in unseren Träumen. Man kann unsere Traditionen so wenig von uns trennen, wie man sie von unseren Träumen trennen kann.«

Jean musste unvermittelt an Eleanor Roosevelt denken, doch auch an Professor Jung im fernen Zürich, in dessen Lehre er sich baldmöglichst vertiefen würde. Eines war schon jetzt klar, von diesem überraschend seelenverwandten Mapuche-Volk wäre er restlos begeistert.

Die Machi kramte in ihrem bodenlangen Cape, und zutage kam eine Art Oboe, die Trutruka, die man hier aus dem Rohr des Silberschilfs schnitt und mit einem Mundstück aus Rinderhorn versah. Jean wollte noch etwas zur Bedeutung von schlechten Träumen fragen, doch da spielte sie schon zum Tanz auf.

»*Choike purrun, choike purrun,* und das Leben kehrt zurück, und das Leben kehrt zurück!«, mussten Jean und Lovett den Refrain immer wieder mitsingen, wenn sie ihr Spiel unterbrach.

Man würde es in Paris kaum glauben, Jean-Michel Frank, der in seinem Leben nicht einen einzigen Tanzschritt gewagt hatte, hüpfte vor dem Kamin hin und her wie ein sorgloses Kind!

Manchmal musste die Machi ihn stützen oder Lovett ihn auffangen, was jedes Mal in schallendes Gelächter mündete.

»Juan purrun, Juan purrun«, neckte ihn die Machi dann, es musste bedeuten: »Jean kehrt zurück.«

Keiner konnte sagen, wie der Abend endete, doch Jean stellte am nächsten Morgen beim Aufwachen fest, dass sie nach dem Tanzen auf den fellbedeckten Sesseln vor dem Kamin eingeschlafen waren. Bei den ersten Lichtstrahlen von Osten gingen sie zum Steg hinunter, und die Machi begrüßte Elchen, ihren großen Schöpfergott, mit einer Kantate aus der Trutruka.

Als die Sonne hinter dem Manzano-Massiv aufging, wies sie »die Buben« wieder zurück ins Chalet, und sie mussten vom Eingang aus rechtsdrehend dreimal im Kreis durch das Kaminzimmer marschieren. Zurück bei der im Osten gelegenen Eingangstür, begrüßte sie die Kräfte der Natur mit einem gesummten: »*Wiñoi Tripantu*, willkommen, oh Sonne!«

Das neue Jahr hatte begonnen. Lovett konnte Kaffee aufsetzen.

Jetzt war Tag, ein strahlender Wintertag, das Weiß des Schnees ließ die Myrtenstämme des Inselwalds so jugendlich hagebuttenrot leuchten, dass die Uferlinie aussah wie frisch von José Tomás Errázuriz in Öl gemalt.

Nach dem Frühstück machten sie einen Spaziergang die ganze Bucht entlang, Silva holte die Machi mit dem Las-Rocas-Boot ab und lieferte gleichzeitig die ersten Mustersessel für das Grandhotel und zwei Telegramme.

Poulenc kabelte: »Bestellung Elias Cohn, 3 Elemente, mit dem Postschiff vom 22. Juni nach Buenos Aires verschifft, Empfänger: Ignacio Pirovano, Möbelmanufaktur Comte, Calle Arenales 1079.«

Wie schön!

Der Hahnenschritt hatte Captain Cohn Glück gebracht!

Das zweite Telegramm lautete weniger fröhlich: »Bestellung Otto Frank vertagt, Besteller lässt Ware, 4 Elemente, nicht verschiffen.«

Es war offensichtlich, Otto Frank übersah die Lage nicht. Als ob die Nazi-Denunzianten nicht längst in Holland angekommen wären!

Was konnte Jean tun?

Von hier aus nicht viel, doch er würde sich bei seiner Rückkehr nach Paris umgehend bei Edith, Ottos Frau, für die Ausreise der kleinen Familie einsetzen. Vielleicht hörte wenigstens sie ihm zu.

45 *Die Estancia Inalco*

Jean saß am Fenster und schaute auf den wilden See. Die Lärchen ums Haus peitschten ihre schneeschweren Zweige aufs Dach.

Lovett hatte für seine Tieraufnahmen ans nördliche Ende des Nahuel Huapi fahren wollen, und Silva hatte darauf bestanden, ihn mit dem dem Las-Rocas-Boot dorthin zu begleiten. Der Lago Espejo Chico war in den letzten drei Wochen der großen Kälte zugefroren, und das versprach Winterbilder mit im Gänsemarsch trottenden Stinktieren und im Rudel hoppelnden Hasen, Bilder, die Lovett noch für seine Geschichte brauchte. Es war der Abend nach We Tripantu, der erste Tag nach dreieinhalb Monaten, den sie nicht gemeinsam verbrachten, und er fehlte Jean.

Dämmerung draußen, und es hatte begonnen, dicht zu schneien. Lovett musste bis zum letzten Tageslicht gefilmt haben, dann hatte er sich wohl mit Silva irgendwo einen Schnaps gegönnt.

Nur wo? Gab es eine Bar in der Werft von Puerto Huemul?

»Sie glauben es nicht!« Plötzlich stand Lovett im Türrahmen, und der Schnee wehte herein. »Silva und ich haben in Villa La Angostura angelegt, an der Nordwestspitze des Sees. Von dort müssen Sie damals mit Amelia über den See eingeflogen sein.«

Ja, tatsächlich, Jean sah sofort, als hätte der Flug erst gestern stattgefunden, das schattige Nord- und das sonnige Südufer vor sich, eingerahmt in die schmale Electra-Windschutzscheibe.

»Von dort ist es der kürzeste Landweg zum Lago Espejo Chico, er ist immer zuallererst vereist.«

»Lovett, kommen Sie doch erst einmal herein.«

Lovett stutzte, schaute an sich herunter und entdeckte, dass der draußen inzwischen dicht fallende Schnee hereingeweht war. Er schippte den Schnee mit zwei, drei bestimmten Schwüngen seiner Stiefel über die Schwelle zurück und schloss die Eingangstür, dann lehnte er sich mit der Schulter daran und begann, seinen Mantel aufzuknöpfen.

»Verzeihen Sie«, murmelte er dazu.

»Keine Ursache. Nur, hier drinnen ist es so schön warm.«

Er zog den langen Lodenmantel von Eugenias Vater aus und erkannte, dass der genau wie sein Hut mit einem dicken Flaum von Schnee bedeckt war, also öffnete er die Tür nochmals und schüttelte ihn aus. Dann hängte er ihn mit gut ausgebreiteten Schultern an die gusseisernen Kleiderhaken an der Eingangstür zum Trocknen. Er ging sorgsam mit den Dingen um, wie jemand, der nicht viele Dinge hatte, weil er nie im Leben verwöhnt worden war.

Das gefiel Jean gut.

Jetzt war er angekommen, und es war klar zu erkennen, dass er in seinen durchnässten Cordhosen und seinem wahrscheinlich ebenso klammen Wollpullover zitterte. Einen ganzen Tag dem eisigen Seewind, dann dem Schneefall ausgesetzt zu sein, dabei die letzten Hasen, Eichhörnchen, Stinktiere und Fasane für seinen Film aufzutreiben und sie um den sicher zugigen Lago Espejo herum mit der schweren Kamera auf der Schulter zu verfolgen ... Jean bekam bei der puren Vorstellung eine Lungenentzündung.

Lovett machte die drei Schritte bis zum Kamin und lehnte sich mit dem Rücken an das Gesims, das aus einem einzigen unbehauenen Eichenstamm bestand. Dazu legte er, es erinnerte an ein Medizinmann-Ritual, den Kopf zurück an die Wand und kippte ihn abwechselnd nach rechts und links.

Nach einem Augenblick der Stille, in dem das Knistern des

Kaminfeuers ungewöhnlich laut den Raum füllte, begann er weiter zu berichten: »Wie gesagt, Silva und ich haben ganz oben im Nordwesten angelegt, wo der Nahuel Huapi beinahe zu Ende ist. Villa La Angostura ist wirklich ein trostloses Straßendorf von ein paar Dutzend Einwohnern, man trifft fantasierende Entenjäger, betrunkene Gutsverwalter oder durchreisende Spinner so wie mich. Silva hat mir aber erzählt, dass die hier beginnende Halbinsel Quetrihué die raren Vogelarten der seichtwassrigen Lagune vor den rauen westlichen Fallwinden schützt. Quetri-hué, was auf Mapudungun Viele-Enten heißt, ist ihr Brutplatz. Wer bis hierher reise, um sie zu sichten, müsse ein echter Enthusiast sein. Teddy Roosevelt, der Onkel unserer First Lady, und der ewige englische Thronfolger Edward VII. haben offensichtlich zu dieser Sorte gehört.«

Lovett drehte sich mit dem Gesicht zum Kamin, um sich die Hände am Feuer zu wärmen, seine Stimme hatte langsam wieder Tiefe.

»Das nehmen Sie mir nicht ab?, hat mich Silva gefragt, als er merkte, wie ich an seiner Story zweifelte, ich solle einmal das Wort Quetri-hué in einem Jagdclub unserer Breiten fallen lassen, man würde mich umgehend zur Sensation des Abends erklären und alle Drinks gingen aufs Haus.«

Damit wandte er sich unvermittelt wieder zu Jean um: »Aber Spaß beiseite. Scheint der Sommer in Villa La Angostura eine gewisse Vogelforscher-Attraktivität zu haben, ist dort im Winter gar nichts los. Kein Wunder, dass die Ankunft von einem Naturfilmer eine gewisse Furore machte. Ein Fischerfreund von Silva hat uns beide in seinem Pick-up zum Lago Espejo Chico gebracht, und nach den Dreharbeiten erwartete uns alles, was im Ort Beine hat, in der Hafenbar. Es gab heißen Wacholdersirup und selbst gebrannten Schnaps, der erste Abend nach We Tripantu muss von den Hiesigen wohl gebührend begossen werden.«

»Setzen Sie sich nicht zu mir?«, fragte Jean beschwichtigend, in der ganzen gemeinsamen Zeit hier hatte er Lovett noch nicht so aufgebracht erlebt.

Er blieb aber am Kamin stehen, wahrscheinlich war ihm immer noch kalt, und erzählte weiter.

»Der Gutsverwalter von El Calafate, ein anscheinend immenser Besitz, der von oberösterreichischen Milchbauern betrieben wird und sich vom Dorf aus kilometerweit dem Nordufer entlangzieht, hat ein paar Gläschen abbekommen und daraufhin losgeplaudert. An der Westgrenze seiner Gründe scheint ein deutscher Notar aus Buenos Aires treuhänderisch Seegrund gekauft zu haben. Von der Ruta Nacional 40 nicht einsehbar, liegen die Parzellen entlang der Bahía Istana, einer kleinen natürlichen Hafenbucht, sehr günstig. Einen Steg gibt es zwar noch nicht, doch hat die Bucht Kiesgrund, nicht Felsküste, ein Bootshaus mit Anlegestelle ist also leicht zu erbauen.« Lovett stieß sich mit beiden Händen vom Kamin ab. »Doch jetzt kommt's, Jean. Laut diesem Gutsverwalter wurde bei der Baubehörde von Bariloche ein Projekt eingereicht, ein großes Landhaus mit Geflügelfarm und Gemüsegarten, doch ebenso mit eigenem Elektrogenerator, Windmühle und Wasserreservoir, er nannte das eine ›autarke Hauswirtschaft‹. Die Estancia soll den Namen Inalco tragen, wie er sagt, ist das ein Kürzel für Confraternidad Alemana International, die südamerikanische Tochter der Internationalen Deutschen Bruderschaft. Haben Sie je davon gehört?«

Jean schüttelte den Kopf.

»Und wie, meinen Sie, heißt der zur Planung und Ausführung beauftragte Architekt?«

»Alejandro Bustillo?«, riet Jean, es lag ja beinahe auf der Hand.

»Wollen Sie weiterraten? Die Bauherrschaft?«

»Ich bin nicht gut im Raten.«

»Ich schon. Ich warf dem Gutsverwalter ein paar Namen hin,

genau wie Sie damals im Zum Roten Land, als ob ich diese Leute gut kennen würde, es könnte ja auch sein, anscheinend sehe ich arisch genug dazu aus. Die Namen waren ihm allesamt geläufig, und am Ende, dieser Wacholderschnaps ist gefährlich, rückte er mit der Bauherrin heraus.«

Eine Bauherrin?

Jean musste gar nicht nachfragen, denn da deklamierte Lovett mit einem gekonnten Öffnen beider Hände:

»Eva Braun.«

»Nein«, brachte Jean heraus, während Lovett begann, in Zeitlupe in den Raum hinein zu applaudieren, eine irreale Szene, die Jean eisige Schauer über den Rücken jagte.

»Lebensraum im Süden! Sie selbst, Jean, haben das ja im Zum Roten Land vorweggenommen.«

»Lebensraum im Süden, Lebensraum im Osten, ja«, wiederholte Jean wie benommen, »doch Lebensraum kann man nicht einfach so annektieren. Was, wenn dieser Hitler einen Krieg beginnt?«

»Und diese Estançia Inalco ist sein Versteck, die Notlösung?«

»Womöglich.«

Es trat ein Moment der Stille ein. Das Feuer knisterte, von Lovetts Lodenmantel an der Eingangstür fiel eine Schneekruste auf den Lärchenboden.

»Nun, zumindest ist dieser See dann schon nicht mehr Eugenias See.«

Lovett sagte das mit hörbarem Bedauern.

»Noch ist Eva Braun ja nicht hier, Lovett! Sondern nur wir.«

»Meinen Sie?«

Lovetts Stimme war plötzlich rau, es musste an seinem eisigen Ausflug liegen, er war sichtbar erschöpft.

»Ja, meine ich.«

Jetzt durfte Jean, der hier den ganzen Tag nur von Fenster zu Fenster getigert war, sich nicht von seinen plötzlich aufkommenden Rückenschmerzen hinreißen lassen, sondern musste diesen Jungen aufbauen.

Er erhob sich. Man konnte sich zusammenreißen, wenn es einem wirklich um jemanden ging, auch wenn man ein verzärtelter Krüppel war. Er machte die vier, fünf Schritte zu Eugenias Bartablett, um die Cognacflasche und zwei große Kristallschwenker zu holen. Lovett lehnte sich währenddessen wieder an den Kamin, legte den Kopf in den Nacken und schloss die Augen.

Schwindelte ihm? Er wurde doch nicht etwa krank?

Jean setzte sich auf einen seiner Mustersessel, stellte die Cognacflasche und die Kristallschwenker auf den Lärchenboden neben sich und wartete ab. Mit der Rechten strich er über das Hirschfell, das er für das Grandhotel bemustert hatte. Die Prototypen hatte Silva heute Morgen mit den Telegrammen geliefert und hier vor den Kamin gestellt, es waren Freischwinger-Sessel aus breitformatigen Eichenholzprofilen, die Jean mit Lama-, Ziegen- und Hirschfell hatte beziehen lassen. Das Hirschfell gefiel ihm am besten.

Man saß in diesen Freischwingern, einer neuartigen Konstruktion, die Jean sich von Gropius' Bauhaus-Möbeln abgeschaut hatte, stabil, doch im Schwebezustand. Jean drückte den Rücken in die Lehne, was ein gewisses Federn auslöste. In diesem Augenblick öffnete Lovett die Augen.

»Es gibt noch etwas, Jean. Es betrifft Eugenia und die Insel hier.«

Jean rutschte auf die vorderste Kante des Freischwingers.

»Enteignung«, fuhr Lovett fort, »ein brutales Wort. Ein Enteignungsantrag liegt vor, wie der Gutsverwalter von El Calafate sagt, aufgrund nationaler Interessen. Er scheint Teil des touristischen Gesamtplans, der auf die Inbetriebnahme des Grandhotels folgen wird. Ein zweites Hotelprojekt ist schon eingereicht, der zeichnende Architekt ist …«

Jean nickte nur.

»Sie haben es erraten. Das geplante Hotel wird Isla Victoria Lodge heißen und weniger monumental daherkommen als das Grandhotel, nämlich im einfachen Landhausstil. Eigentlich genau das Richtige für die Insel hier, keine Frage, maßgemacht für solche wie mich, die keinen Ballroom und keine High Society brauchen. Und doch ist das Ganze ein perfider Plan. Man lässt eine Eugenia Errázuriz die Grundidee entwickeln, das Pilotprojekt erarbeiten, das Risiko tragen, die Finanzierung aufstellen und dann …«

»Enteignet man sie. Sehr gut möglich, dass die Region damit durchkommt.«

»Sie meinen?«

»Diktatorische Systeme machen, was ihnen passt.« Jean dachte einen Moment nach. »Sie beanspruchen die ganze Insel?«

»Die ganze Insel, ja. Der gesamte Arrayanenwald soll zur touristischen Attraktion erschlossen werden, eine Art Freilufttheater tausendjähriger Myrten. Dazu wollen sie die Nordhälfte mit der Hafenmole und die Südhälfte mit dem Chalet.«

Und dem Reich der Pudú, dachte Jean, in dem Lovett ihm seine Bambi-Geschichte erzählt hatte. Aber er hütete sich, etwas zu sagen, um nicht wieder, wie schon an der Inselspitze, den altväterlich Vertrottelten abzugeben.

»Und dem Reich der Pudú«, kam es mit einem Lovett-Blick vom Kamin.

War das möglich?

Choike purrun?

»Noch mal, präziser.« Jean schaffte es, sachlich zu bleiben, er wollte es jetzt genau wissen. »Den Enteignungsantrag hat die Region gestellt? Oder ein Ministerium in Buenos Aires?«

»Nein, Bustillo natürlich.«

»Der Architekt.«

»Keineswegs.«

»Keineswegs?«

»Nicht der Architekt, nein, vielmehr der Nationalparkdirektor.«

»Das ist nicht wahr!«

Jean musste die Fassungslosigkeit ins Gesicht geschrieben sein. Lovett stieß sich wieder vom Kamin ab, nahm sich die Cognacflasche und schenkte ihm und sich selbst ein.

»Doppelagent. Ein Hamlet, erinnern Sie sich, bei Shakespeare?«

Jean nickte stumm und nahm einen Schluck.

»Wer war wohl der echte Shakespeare? William, der Dichter, oder doch Christopher Marlowe, sein Gönner? Und wer ist der echte Bustillo? Der Architekt oder doch der Nationalparkdirektor? Wer hat die besseren Beziehungen, wer den besseren Plan? Wer von beiden hat wen in der Hand und wer alle beide? *Quod me nutrit me destruit*«, er schwenkte sein Glas zu diesem Zitat, »was mich ernährt, zerstört mich, schrieb Marlowe an Shakespeare.«

»An dieser Enteignung bin ich schuld.«

Jean lehnte sich in seinem Freischwinger langsam nach hinten und legte den Kopf ans Hirschfell, es war wie Fliegen, wie ein Rückwärts-Austrudeln, ohne Schubkraft.

»Sie?«

»Ja, ganz sicher. Eugenia hat dieses Projekt für mich gewagt.«

»Ich verstehe.«

»Und das gesamte Vermögen ihrer Familie investiert. Ihre Kinder werden sie hassen.«

»Ach was! Eine Eugenia Errázuriz hat immer für sich selbst entschieden, bei jedem ihrer Projekte, für jedes ihrer Talente, reden Sie sich das nicht ein.«

»Nun gut, lassen wir die Familie beiseite. Aber sie, sie selbst? Ein solcher Verrat, hier, in ihrer Heimat, der bringt sie um.«

Sie würde nicht gegen bürokratische Windmühlen kämpfen,

das hatte sie nie getan, und das finge sie jetzt nicht mehr an. Sie würde genauso austrudeln wie Jean in diesem Augenblick, auf seinem Grandhotel Llao Llao Lounge Chair, rückwärts, ohne Antrieb. Sie würde sich abkehren von diesem Ort, womöglich gar von dieser Welt.

Von »Eleganz heißt Weglassen« zu »Eleganz heißt Loslassen« war es nur ein einziger Schritt.

46 *Huemul*

Nach dem We-Tripantu-Fest und dem ernüchternden Tag darauf brauchte Jean noch drei Wochen, um alle Prototypen der Empfangs- und Wohnbereiche des Grandhotels freigeben zu können. Zum Glück hatte er sich nach jahrelanger Entwurfserfahrung genügend im Griff, um beim äußerst beschränkten Zeitrahmen für dieses Riesenprojekt seiner ursprünglichen Idee ohne Abschweifungen treu zu bleiben. Und diese Idee war: Er würde das erste Grandhotel der Anden wie einen Handschuh umstülpen.

Was das hieß, einen Raum in einen anderen Raum wie einen Handschuh umzustülpen?

Er hatte die plastische Vorstellung davon am allerersten Nachmittag gehabt, als sie mit Silvas Pick-up die Küstenstraße bis nach Llao Llao gefahren waren. Und seit diesem ziemlich lange anhaltenden Trance-Zustand, während vor ihm Lovett mit Silva lachte und neben ihm Eugenia in verzaubertem Schweigen nach draußen schaute, hatte ihn die Idee nicht mehr losgelassen.

In der Folge hatte er die Andenlandschaft über Wochen erlebt und diese intuitive Idee des Umstülpens in ihrer ganzen Tiefe begreifen können: Alles, was hier in Patagonien wichtig war, geschah von Natur aus draußen, jenseits, nicht diesseits der hohen Panoramafenster eines Grandhotels. Die Protagonisten, der See, die Berge, die Gletscher, waren seit jeher da. Er musste die öffentlichen Räume also nur nach außen stülpen. Kein Detail in den Kaminzimmern und den Speisesälen, auf den Terrassen und Loggien dürfte von dieser großen Natur ablenken.

Man saß hier nicht an irgendeinem Kamin, man dinierte nicht an irgendeinem Tisch. Man befand sich in einem der erhabensten Naturszenarios dieses Planeten!

Die Räume zum Sehen und Gesehenwerden, zum Flanieren und sich Unterhalten mussten demnach ohne jeglichen Dekor, ohne eine einzige Farbe auskommen. Er reduzierte die Materialien auf den grauen Andengneis, dunkel geräucherte Eiche, Bronze und Schmiedeeisen und kombinierte schlammfarbenes Lama-Wildleder dazu.

Als Silva die ersten Bezugsproben sah, brachte er ihn aber, bestimmt, wie er sein konnte, für die Halle und die Kaminzimmer auf eine noch viel bessere Idee. Er legte ihm die seltensten Häute der Welt vor, die vom Huemul, dem Andenhirsch. Das Fell war feuerrot, dabei von samtenem Schimmer und doch ganz unvorhersehbar gezeichnet. Der Andenhirsch hatte wild zerstäubte weiße Rückenflecken, jedes einzelne Fell erzählte eine eigene Geschichte. Silva hatte ihm die zwei rötesten, die in der Jagdhütte von Las Rocas zu finden waren, ausgesucht, und gemeinsam hatten sie daraufhin bei den Jägern der Gegend die Felle für jedes einzelne ihrer Sitzmöbel bestellt.

Allem, was in diesem großen Haus hingegen privat war und auch bleiben sollte, was im Verborgenen, ja zwischen den Zeilen geschah, wollte Jean eine äußerst intim gehaltene Innenschau verleihen. Für die Wohn-, Schlaf- und Ankleideräume stülpte er den Handschuh also nach innen um, schuf eine kleine Welt in der Welt. Die Natur blieb draußen, und man konnte sich ganz auf sich selbst besinnen.

Die Farben hierfür waren selbstverständlich die ihm seit dem ersten Tag hier auf der Insel vertraut gewordenen Wollpullover- und Cordhosenfarben von Eugenias Vater, die Farben der heimischen Wildpflanzen: Wildrosenrosa, Lavendel, Birkengrün, Anemonengelb, Lupinenblau. Die Muster kamen aus Jeans zweiter Inspirations-Wunderkammer, den traditionellen Mapuche-Motiven von Ponchos und Satteldecken. Die sich dort in endlosen Ketten wiederholenden Pumas, Füchse, Lamas, Kondore und Wildlachse ließ er im wollweißen Negativ auf die farbigen Untergründe weben und wählte als Stoffqualitäten dicht gesponnene Gewebe, die raue Nutzungen und die hiesigen großen Temperaturschwankungen gewohnt waren: Schurwolle, Rohleinen und Filz.

Die Wildpflanzenfarben wirkten ungewohnt warm auf diesen flockigen Oberflächen, so warm, dass einen die Muster-Suite schon beim puren Hinschauen schläfrig machte. Als Möbelholz kombinierte er dazu sehr hell gebleichte, sägeraue Eiche, von der er die Bretter mit der wildesten Maserung wählte, man blieb beim Darüberstreichen beinahe an ihnen hängen.

Es fiel ihm auf, dass er hier in Patagonien, wo er im Gestaltungsprozess nichts vorgegeben hatte, sondern nur nachgefragt und hingeschaut, mehr gelernt hatte als je zuvor. Vorgeben führte anscheinend zu ständiger Wiederholung, Fragen hingegen zu ständigem Lernen.

Eine maximale Leere in den Räumen hatte er im Außen wie im Innen seines imaginären Handschuhs verteidigt, ja, er hatte die Leere zum Exzess getrieben, allein um Alejandro Bustillo zu ärgern. Doch der kam nie, der interessierte sich nicht für die Fertigstellung des Grandhotels, sicher hatte er Wichtigeres zu tun. Nur Pirovano kam mit dem Ferrocarril aus Buenos Aires angefahren und blieb die ganzen letzten vierzehn Tage von Jeans Aufenthalt hier. Eine Bereicherung, seine feine, stille Art. Eine Wohltat, der Respekt, den er den Tischlern von Las Rocas entgegenbrachte.

Jeans Arbeit war getan, Pirovano könnte anhand der von Jean freigegebenen Möbel-Prototypen, Oberflächen, Farben und Stoffe alleine weiterarbeiten. Zudem hatte seine Comte Manufaktur für den anstehenden Großauftrag des Grandhotels in den letzten Wochen drei Dutzend bewährte jüdische Polsterer, Kürschner, Schneider und Möbeltischler aus Deutschland und Polen verdingen können, denn die dringendsten Bestellungen von Jeans Bestellliste waren allesamt in Buenos Aires angekommen.

Er übergab die Fertigstellung von Eugenias Grandhotel in die besten Hände.

47 *Ferrocarril del Sur*

Heute im Morgengrauen hatte Jean mit Lovett den Ferrocarril nach Buenos Aires bestiegen, und es fühlte sich beinahe an wie ein Heimkehren.

Denn, Überraschung, Victoria hatte sie als Hausgäste zu sich eingeladen!

Und wie sie hier im ratternden Großraumabteil mit Pferdezüchtern, Schafhändlern, Weinverkäufern und dem einen und anderen distinguierten Ministerialbeamten saßen und Jean über seine zu Beginn so uferlos erscheinenden Grandhotel-Entwürfe nachdachte, fiel ihm auf, dass ein einziges heimisches Tier nirgendwo im ganzen Haus vorkam. Nicht unter den mit Silva ausgesuchten Fellen, nicht in den mit der Machi-Frau gewählten Mapuche-Motiven. Das sanfte Andenreh, Pudú.

Hatte er das Andenreh unbewusst Lovett überlassen?

Vielleicht. Das Rudel auf Eugenias Insel war sein Rudel geworden, und da er außer seiner Filmkamera kein technisches Werkzeug mitgebracht hatte, keinen Entwickler, kein Cut-Lineal, keinen Kleber und auch keinen Projektor, hatte er in der Zwischenzeit seine Schnittkiste von Hollywood nach Buenos Aires schiffen lassen. Dort würden seine Bambi-Bilder erstmals sichtbar. Jean war gespannt darauf.

Eugenia hatte sich seit mehr als einem Monat, ja, seit weit vor dem We-Tripantu-Fest, nicht mehr gemeldet. Kein Brief, kein Telegramm, auch die Las-Rocas-Freunde waren ohne Nachricht. Das fand Jean schon sehr eigenartig, doch sie musste ihre Gründe haben.

Hoffentlich hatte man ihr nichts von jenem hinterhältigen Enteignungsplan zugetragen?

Das Thema würde Jean nämlich gerne mit ihr persönlich besprechen und in Buenos Aires einen guten Anwalt für sie suchen, er hatte seiner Cousine Milly Loewi, die in New York eine angesehene Vertragsrechtsanwältin war, entsprechend telegrafiert.

Victoria hatte schon vor drei Wochen in einem ellenlangen Brief bekundet, wie sehr sie sich auf Jeans Besuch freue. Allerdings, schrieb sie, nicht in ihrem Weißen Haus, denn das Flachdach sei über den sehr verregneten Winter undicht geworden, ihr Verlag sei, wie sie den Vorfall köstlich beschreiben konnte, nur sechs Jahre nach Fertigstellung eine »Baustelle ohne absehbares Ende«. Sie liebe ihren Architekten Bustillo jetzt noch abgöttischer als Jean selbst!

Jean hatte ihr drei Worte zurücktelegrafiert: »Seither schwimmst Du?«

Darauf war ein zweiter Brief eingetroffen, das Erdgeschoss sei für den Verlag zum Glück weiter nutzbar, allerdings seien Silvina, ihre kleine Schwester, die Jean ja bald kennenlernen würde, und sie gezwungen gewesen, letzten Monat zurück in ihr Elternhaus nach San Isidro zu ziehen, ein »verstaubtes Geisterhaus weit draußen, im Norden der Stadt«, doch wenigstens sei dort viel Platz, und auch Eugenia habe sich inzwischen »sehr gut eingelebt«. Es tue ihr unendlich leid, sie habe ja bemerkt, wie sehr Jean ihr Weißes Haus auf Anhieb geliebt habe et cetera et cetera, der Brief war mehrere Seiten lang, doch, schließlich, sie würde sich endlos freuen, Jean und »den jungen Shakespeare«, von dem Eugenia wiederholt berichtet habe, bei sich willkommen zu heißen, und sei es auch nur für die wenigen Tage, die ihnen bis zu ihrer Abreise blieben.

Ah, endlich ein Lebenszeichen von Eugenia! Jean hatte sich beruhigt, sie war bei Victoria sicher bestens aufgehoben, und anscheinend schmiedete sie schon Pläne für ihre gemeinsame Rückreise nach Paris.

Dem Brief war ein ganzseitiges PS angehängt: Die Adresse, zu der Lautaro sie chauffieren würde, sei die Villa Ocampo, Calle Elortondo 1811, Ecke Calle Presidente Uriburu, und liege »am äußersten Rand des eigentlich sehr hübschen Dörfchens San Isidro«. Das sollte wohl heißen: »Achtung, Jean, ich begrabe Dich in einem Kaff am Land, in dem die Uhren noch wie im vorletzten Jahrhundert ticken.«

Sie war komisch! Und sie war klug!

Sie bedachte die veralteten Gesellschaftsnormen und die oligarchische Politik ihres Heimatlandes mit beißender Kritik, feierte aber zugleich seine einzigartig vielschichtige Kultur mit dem ihr eigenen Charme.

Eine tolle Haltung, eine Haltung, die diesem so komplexen 20. Jahrundert durch und durch angemessen war!

Während Jean ihre Briefe auf der Zugfahrt mehrmals las, sie schrieb zwar für seinen Geschmack zu langatmig, doch man kam nicht los davon, blieb er jedes Mal an den Straßennamen hängen.

Woher kamen sie ihm bekannt vor?

In den langen Stunden, die sie der Ferrocarril durch die staubige Pampa fuhr, dachte er diesen Straßennamen hinterher, und ungefähr auf der Höhe von Bahía Blanca, als man den Atlantik schon riechen konnte und Europa ihnen wieder näher rückte, fiel es ihm ein.

Vor ein oder zwei Jahren, er erinnerte sich nicht genau, hatte ein smarter junger Argentinier in seiner Boutique gestanden, der, das war Jean im Gedächtnis geblieben, mit leicht belgischem Akzent gesprochen hatte. Bei einem Treffen von nur zwei oder drei Stunden hatte dieser Argentinier die Gesamtausstattung einer Villa in Buenos Aires an der Kreuzung ebendieser Sträßchen Calle Elortondo und Calle Presidente Uriburu bestellt. Der Preis spielte keine Rolle, nur: »vom Besten« musste alles sein, er wollte die bekanntesten Pariser Künstler in seinen vier Wänden vereint wissen.

Jean liefen kühle Schauer über den Rücken.

Wie sehr musste sein Leben sich damals im Wahn zwanghafter Schlaflosigkeit abgespielt haben?

Er hatte keine Vorstellung mehr von diesem Mann!

Auch nicht von dessen Frau, er erinnerte sich nur dunkel, dass bei jenem Gespräch auch eine Frau anwesend war, eine schöne, irgendwie eigenwillige Frau, die ihm auf Anhieb sympatisch gewesen war. Genau erinnerte er sich nur an sein Erstaunen, dass in jenem Haus und in jener Stadt, Buenos Aires, für ihn damals ein weißer Fleck auf der Landkarte, alles sehr groß war und kostspielig aussehen musste.

Allein das Erdgeschoss der Villa dieser Herrschaften würde achthundert Quadratmeter messen!

Sie wünschten sich einen englischen Esstisch für vierundzwanzig Personen, die bekannte Villa Ocampo, ihre Nachbarsvilla, sagten sie, solle gegen ihr Haus wirken »wie ein Kutscherhaus«.

Jean hatte bei dieser Bemerkung schmunzeln müssen. Gab es ein schöneres Heim auf der Welt als Eugenias kleines Kutscherhaus in der Rue Masseran?

Die Villa Ocampo hatte ihm damals nichts gesagt, doch heute verstand er die Querverbindung!

Die argentinischen Herrschaften brauchten ein Kamin-, ein Lese- und ein Bridgezimmer, ein Studio mit Bibliothek, einen Salon, einen in der Garten-Dependance eingerichteten Ballsaal, Garagen für ihre zwei brandneuen Automobile, Remisen für ihre Kaleschen, Stallungen für die Kutsch- wie für die Reitpferde, einen Tennisplatz, ein Schwimmbad, ein Asado-Haus …

Und sie wollten dafür das, wie sie es nannten, »volle Jean-Michel-Frank-Programm«: durchgehendes Parquet de Versailles in französischer Eiche, durchgehende Pergament-Wandvertäfelungen wie bei den Grafen de Noailles am Place des États-Units, Giacometti-Lüster und -Leuchten, Bérard-Teppiche, Classen-Stoffe, Murano-Spiegel, Stuckarbeiten von Terry …

»Wie wäre es mit einer doppelgeschossigen Bibliothek in feinstem Boxcalf-Leder?«, hatte Jean gefragt. Es war eine verrückte, besser gesagt eine blödsinnige Idee, die ihm im Zugzwang dieses Das-Beste-vom-Besten-haben-Wollens eingefallen war.

Kein Mensch an jenem Ende der Welt bräuchte eine doppelgeschossige Bibliothek in feinstem Boxcalf-Leder!

»Ja, selbstverständlich«, hatte der Bauherr geantwortet.

»Magnifique«, hatte seine Frau weltgewandt ergänzt.

Na gut, Jean hatte sie in der Folge von Émile-Maurice Hermès cognacfarben bespannen lassen.

»Doch brauchen wir zu alledem, Cheri«, hatte die Frau des mit belgischem Akzent sprechenden Argentiniers am Ende des Gesprächs gefragt, »wirklich noch einen Paravent von Dalí? Was raten Sie, Monsieur Frank?«

Diese Frage war Jean in Erinnerung geblieben, allein weil er so spontan ablehnend und wahrscheinlich sehr undiplomatisch darauf reagiert hatte.

»Oh bitte … auf keinen Fall!«, hatte er sehr leise, aber bestimmt gesagt, und dabei war es geblieben.

Die Klientin hatte nicht weiter nachgefragt, dafür aber umgehend einen enormen, einen geradezu ungehörigen Auftrag unterschrieben. Dann war das Paar beschwingt die Rue du Faubourg Saint-Honoré hinunter davonflaniert.

Wenn Jean jetzt im ratternden Ferrocarril darüber nachdachte, bereute er den Rat bis heute nicht. Vor diesem Dalí musste man sich hüten, er brachte jedem Unglück, der sich auf ihn einließ.

Bedenklich jedoch, wie er dieses Haus noch vor ein, zwei Jahren vollkommen dem Ort entrückt entwerfen konnte, allein nach den maßlosen Wünschen zweier Auftraggeber, einem Grundriss, einem Schnitt und einer Adresse. Er hatte um kein Licht gewusst, um keinen Baum, keinen Himmel, keinen Duft, keinen Windzug in der Stadt, in die seine Möbel und Interieurs verschifft werden würden.

Heute wusste er ein wenig mehr, vor allem, dass er so nie mehr arbeiten würde. Das hatte er in den letzten Wochen und Monaten in Patagonien von Silva, von der Machi-Frau und von Hildegard und Alfred auf Las Rocas gelernt. Vielleicht nicht zuletzt von Lovett, der ihm im Großraumabteil gegenübersaß und sein Drehbuch Korrektur las.

Der sprach zwar nicht viel von seiner Arbeit, doch Jean hatte beobachten können, wie er an den langen gemeinsamen Abenden am Kamin zahllose Seiten zusammengestrichen und neu geschrieben hatte, weil das, was er hier sah und erlebte, nicht im Geringsten mit den fiktiven Orten und Inhalten zusammenstimmte, die er sich im Voraus, im fernen Palo Alto, ausgemalt hatte.

Man musste Mut haben, schon getane Arbeit nochmals neu zu tun. Und auch Demut. Lovett war ein Meister darin.

Wenn er dann von Mut und Demut genug hatte, ging er in die Küche und kochte.

48 *San Isidro*

Bei ihrer Ankunft, nach einem endlosen Tag Eisenbahnfahrt von Patagonien durch den ganzen Kontinent hindurch, dann sechshundert Kilometer die Atlantikküste hinauf stand Victorias Calèche am Bahnhof, und Lautaro fuhr sie die Avenida del Libertador entlang aus der Stadt hinaus. Eine Reise von einer weiteren guten Stunde unter den Jean wohlbekannten Jakarandas, die jetzt im Winter ohne Blätter wie grazile Kathedralengewölbe über der Straße schwebten. Die Wege kamen ihm jedoch längst nicht mehr so lang vor wie bei seinem ersten Besuch, die Stadt nicht mehr so groß, die Straßen nicht mehr so breit.

Wohl hatten die Bergwelten Patagoniens all seine Maßstäbe gelöscht?

Der Wind ging lau, es war an die zwanzig Grad warm, und überall saßen Menschen in den Cafés und Bars an der Straße. Sie waren in einem hellblauen Frühling zurück, keiner in dieser Stadt schien je einen Wintermantel zu brauchen.

Neben ihnen lag der Río de la Plata, sein Schlammbraun wurde auch in dieser Jahreszeit nicht blauer, und nach dem Recoleta-Platz, über den sie Lautaro ungefragt chauffierte, sicher damit Lovett die elegantesten Straßen der Innenstadt sehen konnte, fuhren sie weiter Richtung Norden und an Victorias Weißem Haus vorbei. Dort musste sie jetzt in ihrem Büro sitzen, in das es durch ein undichtes Flachdach hineinregnete.

Am Ende des Barrio Parque erreichten sie den Zoologischen Garten mit der monumentalen Botschaft der Vereinigten Staaten, dann das um vieles bescheidenere Belgrano, das Jean schon von seinen Besuchen bei den Bezieherinnen kannte. Nach den lichten Straßenzügen jenes jüdischen Viertels wurde die Stadt dann langsam zur Vorstadt, zunehmend niedrig bebaut und mit Märkten, Spielsälen und Tanzcafés entlang der Avenida del Libertador, die immer noch vierspurig war. Vicente López, Olivos und Martínez hießen die Vororte, die sie durchfuhren. Ein Geruch von Brackwasser kam ihnen entgegen, der wohl das nahende Tigredelta ankündigte.

Als sie in San Isidro, dem letzten dieser langen Reihe von Vororten, ankamen, dämmerte es schon, der Himmel war von einem Pink, das Elsa Schiaparelli begeistert hätte. Die Avenida verengte sich plötzlich zur Dorfstraße, und die Straßenteerung wechselte zu Kopfsteinpflaster, so dass die Ocampo-Calèche begann, laut zu rumpeln. Rechts und links musste man nur die Arme ausstrecken, um die Fassaden der eingeschossigen, weiß getünchten Kolonialhäuser berühren zu können, die zur Straßenseite hin sehr kleine Fenster mit rabenschwarzen Fenstergittern hatten, dafür durch die geschwungenen Einfahrten einsehbare, weite Innenhöfe, in denen sich Glyzinien und Bougainvilleas um alte Ziehbrunnen rankten.

Sie holperten auf den ovalen Kirchplatz zu, und nach einer Gruppe sicherlich zweihundertjähriger Ombús, die ihre Verwandten auf dem Recoleta-Platz an Höhe noch übertrafen, erwartete sie an der Hangkante zum Río de la Plata die Kathedrale. Eine neogotische Riesenkonstruktion mit Strebewerk und Guglien baute sich vor ihnen auf, sie war so unerwartet aus dem dunklen Blätterhimmel der Ombús aufgetaucht, dass sie Jeans Blick unvermittelt hinauf in den rosa Himmel riss.

Hinter dem Kirchplatz begann in San Isidro das weite Land. Sie fuhren an baumbestandenen, sicher mehrere Hektar großen Parkgrundstücken vorbei, die koloniale Herrenhäuser einrahmten. Hier, außerhalb des Dorfkerns, waren alle Bauten rosa, sonnengelb, hellgrün oder himmelblau getüncht, also in Jeans Farbfächer der Grandhotel-Suiten.

Wer in einem solchen Anwesen groß geworden war, war vom Schicksal gesegnet, besaß viele Quadratkilometer Land in der fruchtbaren Pampa, Tausende Schafe und Rinder, endlos sprudelnde Quellen, reich bestückte Jagdgründe, und das seit Generationen.

49 *Die Villa Ocampo*

Die Avenida del Libertador, die jetzt nur noch eine Landstraße war, endete am viel verzweigten Tigredelta, wohin die Einwohner dieser Riesenstadt an den Wochenenden rudern oder schwimmen gingen. Im Sommer hatte Jean nicht die Zeit gefunden, bis dorthin hinauszufahren, doch jetzt waren sie ganz nah an der dicht bewaldeten Wasserlandschaft mit ihrem weithin bekannten Tropenlicht.

Lautaro bog rechts ab und gleich nochmals rechts, auf ein Sträßchen, das nach wenigen Metern endete. Vor ihnen war nur ein einziges Haus zu sehen, sicher die Villa Ocampo, die zwar in einem düsteren, von Libanonzedern bestandenen Park lag, dafür aber direkt an der Hangkante und mit einem atemberaubenden Blick auf den Río de la Plata. Das schmiedeeiserne Gartentor ging auf, und Huenu stand da.

Während Lautaro sich in seinem üblich gewagten Bogen vom Kutschbock schwang, um die Schimmel abzuschirren und zur Remise zu führen, begleitete Huenu Jean und Lovett über einen gewundenen Kiesweg unter den bis zum Boden schleifenden Ästen der Libanonzedern zur im Halbrund geschwungenen Eingangstreppe. Abgesehen von der prominenten Lage direkt über dem Fluss und ihrem schon auf den ersten Blick beeindruckenden Arboretum kam die Villa Ocampo aber gar nicht protzig daher, wie das Jeans Bauherren in Paris angedeutet hatten. Eher, im Gegenteil, ein wenig finster vielleicht, mit ihrem steilen Tudordach und dem ochsenblutroten Putz. Eigentlich genau wie die altmodischen Figuren in Samt- und

Damastroben, die er bei den Anchorenas hatte beobachten können.

Die Worte »Geisterhaus« und »verstaubt«, mit denen Victoria ihre Villa beschrieben hatte, trafen es genau!

Hier lebten, wie schon im Plaza Hotel, die alten Zeiten fort, und Jean konnte sich schon auf der dritten Stufe der Eingangstreppe vorstellen, wie es im Inneren des Hauses aussähe. Genau wie in den Häusern seiner Jugend nämlich, bei Marcel Proust, bei Natalie Barney oder Jacques Fersen. Oder ganz einfach wie bei ihm zu Hause, in der Avenue Kléber.

In der Eingangshalle angekommen, die sich in ein doppelgeschossiges Atrium öffnete, entdeckten Lovett und er gleichzeitig das zederngrüne und weiße Glasdach, das in die Dachhaut eingelassen war und in dem der Blick sich fing. Es war der gleiche Effekt wie in der monumentalen Eingangshalle des Teatro Colón, man kam aus einer luftigen Stadt, einer in Licht getauchten Endlos-Bühne, in eine klotzige, finstere Kiste, und der Architekt belohnte einen mit einem überraschenden Blick zurück in den Himmel.

Vielleicht hatten die Ocampos zum Bau dieses Hauses ja den französischen Architekten des Teatro Colón verdingt?

Jemand spielte im einem der Salons, die auf den Fluss hinausgingen, Klavier. Beethoven, die *Appassionata.* Und während Huenu ihnen ihre Staubmäntel abnahm und im Eingangskabinett verstaute, tauchte eine betagte Mapuche in Häubchen und Schürze auf, knickste vor den beiden Neuankömmlingen und fragte Huenu sehr leise, ob der Señor Adolfo heute länger bleibe.

»Sicher nur bis zur Dämmerung, wie üblich«, antwortete Huenu für alle gut verständlich, und die Mapuche ging zurück ins Souterrain, wo sich die Hausküche zu befinden schien.

Das gefiel Jean. Huenu machte keinen Hehl aus den hausinternen Angelegenheiten, ja, man konnte meinen, die Mapuche hätten eine angeborene demokratische Ader. Sie behandelten alle gleich, sich selbst inklusive.

In der himmelhohen Eingangshalle brannte ein Feuer im Kamin, darüber hing das Porträt einer sehr apart aussehenden Dame mit ebenholzschwarzem Haar. Es musste die allseits verehrte Ramona Ocampo sein, Mutter von sechs wohlgeratenen Töchtern – die älteste von ihnen Victoria –, die, wie Eugenia erzählt hatte, für den liberaleren Teil der argentinischen Gesellschaft zeitlebens die wahre First Lady der Stadt gewesen war. Aus den Augen der Doña Ramona war abzulesen, dass sie, entgegen der bigotten María-Luisa Anchorena, ihre Kinder nicht aus blindem Gottesdienst, sondern aus schierer Lebenslust geboren hatte.

Huenu trug das Gepäck ins zweite Obergeschoss, nicht ohne zu erklären, dass Monsieur Jean und Monsieur Thaddeus die zwei nebeneinanderliegenden Zimmerchen in der Mansarde, doch immerhin mit Blick auf den Fluss, zugewiesen bekommen hätten, da das gesamte erste Obergeschoss »ungewöhnlich bewohnt« sei, wie er sich kurios ausdrückte. Neben Doña Victoria sei nämlich auch ihre kleine Schwester Silvina wieder ins Haus zurückgekehrt, zusätzlich zu Doña Eugenia, die man inzwischen »zur Familie« zähle und die sehr gerne »für immer hierbleiben« könne.

Leider habe er von Doña Victoria heute Morgen aber keine Anweisung zu irgendeinem Abendessen erhalten, denn sie bliebe bis spät am Abend im Verlag, da morgen die neue Ausgabe ihrer Zeitschrift erschiene. So würden die Herren in der Küche eine Käseplatte serviert bekommen, nichts Besonderes leider, nur das, was in der Speisekammer auszumachen war, und ein wenig Obst zum Nachtisch.

Nach der langen Reise würden sie dann vielleicht gerne früh zu Bett gehen?

Morgen Abend allerdings gäbe es ein würdiges Dîner hier im Haus, Doña Victoria habe auch die Nachbarn dazu eingeladen.

Es gelte, Silvina zu feiern!

Als Jean und Lovett sich in ihren Mansardenzimmerchen eingerichtet hatten und die Freitreppe hinunter zurück in die Eingangshalle kamen, hatte das Klavierspiel im Haus aufgehört. Huenu hatte vor dem Kamin im Eingang ein Tablett mit Gin, Eiswürfeln und Tonicwasser bereitgestellt, kam aber aus der Küche herauf, um auszurichten, der Señor Adolfo habe inzwischen leider gehen müssen, würde sie aber mit dem größten Vergnügen in den nächsten Tagen kennenlernen.

»Obwohl er mit seinem allerersten Roman sehr beschäftigt ist, Bioy Casares ist sein Familienname, und hier im Haus hält man große Stücke auf ihn, kommt er ein paar Nachmittage in der Woche zum Klavierspielen hierher«, ergänzte er vertraulich. Das habe Doña Ramona immer so sehr geliebt, und er tue das zu ihrer Erinnerung.

Huenu drehte sich ein halbes Mal um sich selbst, um das Gemälde der Hausherrin direkt im Blick zu haben: »Wie sagen Sie das in Ihren Sprachen? Ihre Seele möge ruhen? Wir Mapuche wünschen eher, ihre Seele möge leben!«

Weder Jean noch Lovett wussten darauf etwas zu erwidern, weshalb Huenu fortfuhr, der Señor Adolfo würde die alte Tradition des Ihr-am-Klavier-Vorspielens auch in diesem zweiten Jahr nach ihrem Tod fortführen, denn sie würde ihnen allen hier im Haus sehr fehlen.

»Unser Beileid«, sagte Jean, Lovett legte synchron dazu die Hand aufs Herz.

»Sie war eine große Frau, und wie sie musste auch die Musik sein, die im Haus gespielt wurde, Beethoven, Tschaikowsky, Rachmaninow. Musiker von Ihnen zu Hause, die Herren! Und doch Musiker, die die Melodien unserer Mapuche-Weisen wundersam aufzugreifen wussten. Am Ende von Doña Ramonas Leben gesellte sich auch noch Monsieur Strawinsky in diese Reihe, der nahm sich, wie schon Monsieur Rubinstein zuvor, tagelang Zeit, ihr hier am Flügel vorzuspielen.«

Huenu wies mit beiden Händen die doppelgeschossige Halle hinauf bis zum Himmelsfenster, in einer langsamen Geste, die der der Machi-Frau am Tag von Jeans Ankunft in Patagonien gleichkam: »Huenu, was in unserer Sprache ›Himmel‹ bedeutet, dankt dieser großen Frau. Und Sie wissen vielleicht, jetzt, wo Sie aus unserer Andenheimat wiederkehren, dass Huenu noch eine weitere Bedeutung hat? Je nachdem, ob man das Endungs – u als ›u‹ oder als ›ul‹ ausspricht, kann es auch meinen: ›eine Melodie in sich tragen, summen‹.«

»Man kann sich entscheiden«, stellte Lovett in den Raum.

»Jeden Tag, den das Leben uns schenkt.«

Er ließ sie allein mit der Einladung, vor dem kleinen Abendessen die Räume der Villa kennenzulernen. Es gebe da neben dem Musikzimmer die Hausbibliothek mit zwölftausend zum Großteil signierten Erstausgaben, das Lesezimmer, den Teesalon mit dem schönen Erker in den Zedernpark, das Esszimmer, das man morgen Abend erleben werde, und schließlich das Kaminzimmer, den Ort, wo Doña Ramona sich am meisten aufgehalten habe und wo sich die Geschichte dieses Hauses bündele.

Nach einem doppelten Gin Tonic und einem Rundgang durch alle diese Räume, die zwar im Dekor schrecklich überladen waren, doch gleichzeitig eine geradezu revolutionäre Strenge ausstrahlten, so dass man sich klein fühlte neben all den illustren Gästen, die dieses Haus in den letzten Jahren besucht hatten und von denen signierte Fotografien erzählten – Rabindranath Tagore, Albert Camus, Graham Greene, Federico García Lorca, Igor Strawinsky, Artur Rubinstein und, sieh an, auch Amelias Fliegerkollege Antoine de Saint-Exupéry –, machten sich Jean und Lovett zu ihrem intimen Abendessen auf. Über eine schon tausendfach gebohnerte Eichentreppe mit fein gearbeitetem Schmiedeeisengeländer gelangten sie von der Eingangshalle hinunter in die Küche.

Jean war entzückt, sie waren in Eugenias Kutscherhaus angelangt!

Schwarz-weiße, großformatige Bodenfliesen und ein wandbreiter gußeiserner Herd waren die Protagonisten in diesem Reich, alles andere rundherum, die Schränke, der große quadratische Tisch und seine Eckbank, waren milchweiß lackiert und wirkten wie schwerelos in den hohen Gewölben.

Durch zwei querformatige Souterrainfenster konnte man, einmal in der Eckbank sitzend, durch den Park zurück zum Eingangstor und auf die Calle Elortondo blicken. Darüber wippten die schweren Äste der Libanonzedern im Abendwind, sie zeichneten sich schwarz in einen dunkellila Himmel, an dem der Tag gerade verschwand.

Huenu stand neben dem Herd, in dem es unter der Gusseisenplatte fauchte und knisterte. Das Holz, das in diesem Park in direkter Nähe zum Tigredelta und bei der hier üblichen Luftfeuchtigkeit gelagert wurde, blieb wohl das ganze Jahr über klamm, das Gegenteil zu den Birken, Lärchen und Buchen auf der Isla Victoria.

Jean warf Lovett einen Blick zu, er schien dasselbe zu denken, nach Monaten autarker Hauswirtschaft auf Eugenias Insel hatten sie beide ein gutes Gefühl für Brennholzqualitäten entwickelt.

Huenu öffnete die Herdklappe, nahm den Eisenhaken und stocherte damit im Feuer herum, dass es gefährlich zischte. Dann richtete er sich wieder auf und lehnte den Haken senkrecht an den Herd. Seine schmale Gestalt stand exakt mittig vor dem Rauchabzug aus blank poliertem Kupfer, der die Küche und ihr Fensterband präzise in zwei Hälften teilte. Im Haus der

Doña Ramona war alles nach guter Mapuche-Ordnung ausgerichtet, exakt mittig geteilt, exakt symmetrisch, »im Gleichgewicht«. Jean erinnerte sich an die Geste von Silva, am Tag ihrer Ankunft am Nahuel-Huapi-See.

Ob sie dieses Haus wohl genießen könnten, fragte Huenu, oder ob es sie erdrücke, all die illustren Gäste, all die gewidmeten Fotografien?

Da weder Lovett noch Jean eine Antwort parat hatten, fuhr er fort: »Es war eine unerklärliche Ehre, dass die älteste, die außergewöhnlichste, aber auch die störrischste der sechs Ocampo-Schwestern meinen Bruder und mich aus unserer Heimat, dem Roten Land, südlich des Nahuel Huapi, geholt und als Kutscher und Butler verdingt hat. Denn sie ist«, er spähte dabei mit gestrecktem Hals zum Park hinaus, als ob Victoria jeden Moment ankommen könnte, »was man in unserer Sprache einen Himmelskrieger nennt.«

»Ein Himmelskrieger«, wiederholte Lovett genüsslich, »was für ein schönes Wort«, um dann schmunzelnd nachzuhaken: »Sie ist die störrischste unter den Schwestern?«

»Bei Weitem, ein Schafbock, ein Hörnervieh!«

Lovetts Schmunzeln verwandelte sich zu Huenus Antwort in ein gurrendes Lachen, er legte den Kopf an die lackweiße Rückenlehne der Eckbank und kippte ihn nach rechts und links. Jean suchte seinen Blick, doch er sah an die Gewölbedecke, als ob dort etwas Aufregendes zu entdecken sei.

»Ein Hörnervieh?«, fragte Jean in den Raum, um zu verstehen, ob Lovett damit auch ihn meinte.

Er erhielt keine Antwort.

Huenu aber begann an seinem Herd den Kopf hin und her zu wiegen, dazu raunte er ein kaum hörbares *»May may«*.

Ach so, dachte Jean, ein störrisches Hörnervieh war also … auch er?

Wenn er Lovett so erschien, wenn er in ihrem inzwischen

gut eingespielten Alltag so unbequem daherkam, wie konnte er ihn ertragen?

Wahrscheinlich durch die Leichtigkeit, die Lovett eigen war. Denn wenn Jean sich durch seine Pedanterien, und er hatte Dutzende davon, selbst verletzte und sicher auch ihn, konnte Lovett im genau richtigen Moment verschwinden, er entzog sich für ein paar Minuten, eine Stunde, einen halben Tag oder löste die Situation mit dem ihm eigenen Schmunzeln auf. Niemals bockte er zurück, niemals nahm er übel, aus irgendeinem Grund brachte er Jean zum Lachen, und im Firnament der Himmelskrieger war wieder Frieden.

»Doch die Hörnerviecher tun niemandem wirklich weh«, sagte da Huenu.

»Wer dann?«, wandte Lovett ihm den Kopf zu.

»Weh tun die Skorpione und die Schlangen, die man nicht hört, die man kaum sieht und die uns aussaugen, nachts, wenn wir schlafen, wenn wir lieben, wenn wir blind vertrauen.«

Ein Moment der Stille trat ein, dann flog über den Tisch hinweg der Lovett-Blick, und der war nicht, wie sonst, nur belustigt oder beruhigend. Für den Bruchteil einer Sekunde war ein ganz neues Glimmen darin.

Hatte Huenu die Herdklappe geöffnet, und das Flackern des offenen Feuers spiegelte sich durch den Raum?

Keineswegs, Huenu stand mittig vor seinem Herd, hatte die Hände vor der Brust gefaltet und schaute hinaus in den Abendhimmel.

Lovetts Blick hatte Jean gefangen, ganz unerwartet, es wurde ihm warm darin.

Hier saß er, der kleine Jean Cheri, der in seinem Leben zwar spät, aber doch gelernt hatte, einigermaßen nützliche Dinge zu gestalten, sie passabel zu kombinieren, verlässlich zu vollenden und korrekt abzurechnen. Der seit Jahren ein karges Mönchsleben führte, dessen starre Regeln er sich selbst auferlegt hatte, der aber in den letzten Monaten zumindest gelernt hatte, durchzuschlafen und normal zu essen.

Hier saß er in einer schwarz-weiß gekachelten Küche am südlichsten Ende der Welt und war dabei, sich hoffnungslos zu verlieben.

50 *Mitternacht*

Die Glocken der Kathedrale von San Isidro läuteten Mitternacht, sie waren in ihren Mansardenzimmerchen zurück, und Huenu hatte sich verabschiedet, nicht ohne anzukündigen, dass er das Frühstück in der Bibliothek serviere, dem Raum im Haus mit der schönsten Morgenaussicht auf den Fluss, wenn es den Señores recht sei, um neun Uhr?

Jean hatte sich ausgezogen und gewaschen und kam gerade aus der dachschrägen Ankleide, da stand Lovett in seiner Zimmertür. Es war kein Klopfen zu hören gewesen.

Jean hatte seinen Pyjama an, der war aus elefantengrauem Kinderflanell, er musste, wie er da in der Mitte des geranienrot geblümten Teppichs seines Dachzimmers stand, aussehen wie ein Spielzeug. Lovett trug einen Morgenmantel aus weißem Waffel-Piqué.

In Jeans Kopf spulten sich all ihre gemeinsamen Wochen auf der Isla Victoria ab, und es fiel ihm auf, wie gekonnt Lovett vermieden hatte, dass sich ihre Wege nach den abendlichen Gesprächen am Kamin gekreuzt hätten. Jean hatte keine Ahnung von seinem privaten Leben.

Duschte er abends oder nicht?

Was trug er zum Schlafen?

Wie erwachte er?

Lovett lehnte sich mit dem Rücken an die Zimmertür, dass sie in ihr Schloss klickte. Dann folgte das exakt gleiche Den-Kopf-nach-hinten-Lehnen wie vorhin unten bei Huenu in der Küche oder wie vor ein paar Wochen in Eugenias Chalet, als er ernüchtert von Villa La Angostura zurückgekehrt war, nur kippte er ihn jetzt nicht nach links und rechts. Es war also eine neue Geste, und Jean beobachtete sie fasziniert, man könnte sie als Einverständnis verstehen, vielleicht sogar als Hingabe.

Lovett war barfuß, er hatte schmale, lange Füße. Ein feiner blonder Flaum überzog seine Schienbeine und seine Brust, die der Morgenmantel zur Hälfte freigab.

Jean machte einen Schritt auf ihn zu, so war er in Reichweite. Lovett könnte ihn zu sich herziehen, wenn er wollte, oder er könnte ihn auf dem Geranienteppich ohne Halt stehen lassen. Jean hatte keine Vorstellung, wie solch eine Annäherungsszene nun weiterginge, alle Erinnerungen an René waren ausgelöscht, er wusste nur, dass er niemals in seinem Leben in einen warmen Blick gehüllt worden war oder mit einem gurrenden Lachen bedacht, sondern immer gleich genommen, eilig, ohne Respekt oder Zärtlichkeit, wie ein gefangen genommenes Tier, das benutzt wurde, dann weggedrängt und verscheucht.

Hier würde, wenn überhaupt, etwas ganz anderes geschehen, und das machte ihm Angst. Denn an Nicht-erwünscht-Sein, an Nicht-geliebt-Werden hatte er sich gewöhnt, das war ein Muster, das er kannte und ertrug.

Was aber, wenn ihn die Verliebtheit in Lovett, die nicht mehr zu verleugnen war, aus der Bahn würfe?

Wenn sie größer würde, als sein Kontrollzwang es zuließ, größer als alles, was ihn in seinen ärmlichen Regelwerken ausmachte?

Wenn seine Existenz sich auflöste in ihr?

Sicherheitshalber schloss er die Augen, »wer nichts sieht, ist nicht da«, das hatte er als Kind gelernt, wenn seine großen Brüder ihn in die Besenkammer gesperrt hatten und er dort Stunden im Finstern hatte hocken müssen, bis Nannchen ihn fand. Er hatte dann einfach die Augen geschlossen und sich anderswohin gedacht, und das hatte immer funktioniert.

Auch diesmal.

In der sich rasend in seinem Kopf drehenden Finsternis hörte er, wie die Glocken der Kathedrale ausläuteten. Dann blieb Stille – und Lovetts Hände, die sich auf seine Hüften legten. Der springende Punkt, diese Hüften, die gar nicht existieren, so schmal und eingefallen, wie sie waren, er schämte sich für sie, für seinen ganzen missratenen Körperbau, seine rachitische Erscheinung. Sicher roch er noch dazu schlecht, hatte sich nur mit der Ocampo'schen Sandelholzseife gewaschen, aber noch nicht die Zähne geputzt.

Er hörte aber ein: »Sie riechen gut«, dann passierte wieder eine ganze Weile nichts.

Auf seinen Hüftknochen konnte er Lovetts Pulsschlag verfolgen, er begann mitzuzählen, wie ihre Herzschläge sich annäherten. Inzwischen zog ihm ein unbekanntes Kribbeln die sonst immer taube Wirbelsäule hinauf bis in den Nacken, so dass ihm plötzlich wieder warm wurde wie vorhin in der Küche.

Doch jetzt! Ein Lufthauch traf seine Stirn aus dem Nichts und strich langsam über beide Augen, dann die Nase hinunter zum Mund. Eine kurze Atempause, dann wanderte der Lufthauch weiter, dem Kinn entlang zum rechten Ohr, zum linken, dann die Halsbeuge hinunter.

Doch das konnte Jean schon nicht mehr weiterverfolgen, er hatte den Boden unter den Füßen verloren und war auf dem Geranienteppich zusammengebrochen.

Er fand sich in Lovetts Armen wieder, der mehrmals seinen Namen rief, um ihn in die Wirklichkeit zurückzuholen. Es war ja klar, morgen früh würde Jean in Victorias Mansardenbett erwachen und dieser Traum wäre ausgeträumt.

51 *Der erste Tag im nächsten Leben*

Er war in Victorias Mansardenbett erwacht, Lovett neben ihm. Er atmete beim Schlafen vollkommen lautlos, so wie man sagte, dass Engel atmen. Wenn man an Engel glaubte.

Jean glaubte jetzt an sie, alles andere war Nebensache.

Heute war der erste Tag im nächsten Leben des Jean-Michel Frank, Montag, der 19. Juli 1937, ein strahlender Frühlingstag, die Bougainvillea an Victorias Veranda griff über die Balustrade bis auf den kleinen Eisentisch, an dem er jetzt saß und die Post las, die das Plaza Hotel ihm hierher nachgesandt hatte. Am Freitag ginge das Postschiff der Norddeutschen Lloyd zurück nach Cherbourg. Jean hatte also fünf Tage, die er nutzen musste, um Eugenia zu Dr. Rosen zu überreden, »der Beste in der Stadt«, wie seine New Yorker Cousine Milly ihm schrieb.

Es war typisch, ja zu erwarten gewesen, dass Eugenia hier in Argentinien keinen Anwalt kannte. Für das Riesenprojekt des Grandhotels, für das sie mit ihrer Isla Victoria haftete, hatte sie sicherlich keinen Vertrag prüfen lassen, hatte investiert ohne Absicherung und auf Vertrauen gesetzt. Es war typisch, denn so hatte sie ihr Leben lang gelebt.

In ihren Jahren in Paris hatte sie die Apanagen aus Chile in die Entwicklung ihrer Talente investiert und am Ende nicht nachgerechnet. Und dieses Vertrauen hatte sich bewährt, all ihre Investitionen waren aufgegangen und hatten sich in mehrfachem, ja inzwischen unschätzbarem Wert zurückgezahlt.

Doch jetzt dieser Komplott, die Brüder Bustillo, diese Lügner!

Wie der eine ihn bei den Anchorenas vorgeführt hatte wie einen Trottel, wie der andere ihn im Zum Roten Land ausgefragt hatte, bloßgestellt, dann über die mögliche Ansiedlung von Juden wieder gefügig gemacht.

So fiel man herein auf Manipulation!

Das schiere Böse, das alles wohlbedachte Tun als sinnlos entwertete, hatte Jean bisher noch nicht kennengelernt, jetzt wusste er, was es war: die Überflüssigmachung des Menschen als Mensch. Denn ob er im Grandhotel gute oder schlechte Arbeit geleistet hatte, war den Bustillos nachweislich egal. Keiner war neugierig gewesen, hatte ihn bei der Arbeit besucht oder gar die Ergebnisse nachgeprüft. Nichts als einen Namen hatten sie eingekauft, Jean-Michel Frank, den die große Eugenia Errázuriz durchgesetzt hatte und der in Versalien auf den Hotelprospekten stehen würde. Ein Name, der eine vermeintliche Weltoffenheit der vor Ort Verantwortlichen bewies, einer, dem man Vertrauen geschenkt hatte, trotz seiner verfemten Rasse.

Der arme Bürgermeister, der ein Geschenk für seine Stadt war, er bliebe nicht mehr lange im Amt, und in seiner Schule bekäme er bald Lehrverbot.

Der arme französische Botschafter auch, sein sanftes Verkehrskonzept war sicher längst von den Ingenieuren des Nationalparks kopiert, er würde zur Hoteleröffnung zu einem Glas Champagner auf die Grandhotel-Terrasse geladen, und das war's.

Jean zitterte vor Wut, doch er riss sich zusammen. Er durfte hier auf Victorias Veranda nicht mehr an diese Nebenakteure denken, sondern nur noch an Eugenia!

Er würde als Allererster aus dieser Grandhotel-Erfahrung lernen. Gleich zwei Gerichtsverfahren würde er, wie Milly ihm dringend in ihrem Brief riet, von Dr. Rosen einleiten lassen: Eugenia Errázuriz gegen Dr. Exequiel Bustillo, den Nationalparkdirektor, in dem es um die Enteignung von Eugenias Insel und also um viel Geld ging, dann Jean-Michel Frank gegen Alejandro Bustillo, den Architekten.

Obwohl, wie Lovett richtig gesagt hatte, welcher war wer, welcher log besser? Welcher spielte den Hofnarr, welcher den Königsmörder?

Hier, in dieser zweiten Klage, würde es nicht um Geld gehen, sondern allein um die Ehre, Jean würde seiner Meldepflicht als Innenausstatter nachkommen, nichts weiter. Damit würde er sich gegen Bustillos Planungsfehler betreffend Feuer- und Fluchtwegsverordnungen absichern, denn diesem in Samt gepackten Oberkünstler machte er nichts mehr leicht.

Sollte auch nur ein einziger Baumangel, ein einziger Funktionsausfall im Grandhotel auftreten, stünde Herr Bustillo allein dafür gerade!

Lovett trat mit Huenu aus dem Haus, wie scheu er heute Morgen war, in keinem Moment sah er Jean direkt an. Huenu berichtete, alle drei Damen wären am Abend mit der frisch gedruckten #34 des *Sur*-Magazins aus der Stadt zurück und man werde um acht dinieren.

»Doña Eugenia ist mit den Ocampo-Schwestern im Verlag?«

»Sie kommt erst im Laufe des Tages vom Land zurück.«

»Ach, vom Land?«, wunderte sich Jean.

In jedem Fall müsste er ihr heute Abend diese schlechten Neuigkeiten überbringen, und wenn sich heute Abend nicht die Gelegenheit ergäbe, dann gleich morgen früh.

Enteignung, welch ein magerer Dank!

Bis dahin waren es aber noch einige Stunden, und Jean und Lovett gingen los, die kleine Calle Elortondo bis zur Calle Presidente Uriburu hinüber, dann die steile Hangkante hinunter und das Küstensträßchen am Río-de-la-Plata-Delta entlang bis zum Tigredelta. Manchmal streifte Lovetts Hand Jeans Hand beim Gehen, manchmal umgekehrt. Sie liefen bis zum ersten

Flussarm des Tigre, der in senfgelbem Vormittagslicht dalag, dann immer weiter seinen Mäandern entlang, bis irgendwann der Weg aufhörte. Manchmal musste Jean stehen bleiben, doch er war nur außer Atem, nichts tat ihm weh.

War das so, wenn man schlicht und einfach glücklich war?

Als sie am späten Nachmittag in die Villa Ocampo zurückkehrten, wurde ihm klar, dass in Zeiten wie diesen Glücklichsein ein Luxus war. Vor dem Kamin in der Eingangshalle hatte Huenu sein übliches Tablett mit Gin, Eiswürfeln und Tonicwasser bereitgestellt, heute mit zwei venezianischen Kelchen, die das Licht der Abendsonne in Bougainvillea-Pink aufs Silbertablett brachen. Ein Luftpostbrief von Metro-Goldwyn-Mayer, Los Angeles, lag daneben, an Lovett adressiert. In dem stand ohne weiteren Kommentar, dass man die angeforderte Schnittkiste nicht abgesandt habe, weil aus dem Bambi-Film ein Trickfilm geworden sei, mit neuen Drehorten, neuen Dialogen, kurz, einer ganz neuen Geschichte. Lovetts bisher geleistete Arbeit würde, in Anbetracht des veränderten Storyboards, wie man so etwas in der Filmindustrie wohl nannte, weder vergütet, noch würden seine Beiträge weiterhin eingebunden. Unterzeichnet: Louis B. Mayer.

Jean zog sich der Magen zusammen. Für dieses neue Storyboard, diese Veränderung, ja Entfremdung des orignalen Felix-Salten-Stoffes, hatte sich Herr Louis B. Mayer also zum Datum des Schreibens, am Montag, dem 12. Juli 1937, vor genau einer Woche, entschieden?

Wo er doch wusste, dass Lovett seit Monaten am Drehbuch schrieb, die Salten-Dialoge einbaute und stundenlanges Material von Natur- und Tieraufnahmen abgedreht hatte?

Ein klarer Fall von Vertragsbruch.

Ein drittes Gerichtsverfahren stünde also an: William Thaddeus Lovett gegen Louis B. Mayer und die Metro-Goldwyn-Mayer.

Der verhinderte Jurist in Jean hatte plötzlich gut zu tun.

Lovett stand am Kamin und schüttelte sein Glas, dass das Eis darin klirrte. Sein Endlos-Blick durch die Eingangshalle war der Blick der Pudú von Victorias Insel auf ihren prachtvollen See, ohne Ziel, immer auf der Flucht und deshalb nicht erstaunt, täglich mit neuen Unwirtlichkeiten konfrontiert zu werden. Doch es war eine neue Ruhe in diesem Blick, er schien irgendwo angekommen.

»Sei's drum«, sagte er, stellte sein Glas aufs Kaminsims und ging die paar Schritte bis ins Musikzimmer, in Richtung der Abendsonne. »Ich kann das Material anders verwenden.« Sicher stand er vor den hohen Fenstertüren zum Fluss. »Fürs Theater. Oder, noch besser, für einen Bambi-Fortsetzungsroman.«

»Mit Salten selbst?«, half ihm Jean.

»Natürlich! Edel illustriert, mit künstlerischem Wert, nicht in Walts sich den Massen anbiedernder Trickfilm-Manier.«

Dieser Junge nahm nichts übel, er plante keine Vergeltung, er dachte voraus, nicht zurück.

Wie frei von sich selbst musste man sein, um das eigene Tun so bedingungslos zu verschenken?

Jean würde in seiner Lage hadern, grollen, kämpfen. Und diesmal, das entschied er in diesem Moment, in dem Lovett zurück zum Kamin kam und sein Glas in die Hand nahm, würde er wirklich kämpfen. Lovetts Lage war jetzt auch seine Lage. Er würde sich wehren, sowohl für Lovett als auch für Eugenia. Gegen Lüge, Niedertracht und Betrug stand der Kampf. Verteidiger in Demütigungsfragen, er war ein Experte darin.

52 *Geliehene Hausherren*

Das Dîner begann mit einer Verspätung.

Sie seien zu siebt, der Señor Adolfo werde nicht rechtzeitig vom Land zurückkommen, er sei zu sehr in sein Schreiben vertieft. Huenu erzählte das beiläufig, als Jean und Lovett aus ihren Mansardenzimmerchen die Freitreppe herunterkamen, angeschirrt im Smoking, den Huenu ihnen irgendwoher aus den Garderoben der Villa besorgt hatte.

Vielleicht trug Jean den von Victorias Vater?

Und Lovett den des Adolfo Bioy Casares?

Der Roman des Señor Adolfo spiele auf einer unbekannten Insel, er gerate auf der Flucht dorthin und würde von seltsamen Figuren bedroht, die von furchterregenden Krankheiten befallen seien. In Wahrheit seien diese aber nur Imitationen der Wirklichkeit, die er selbst erfände.

Habe der Señor Adolfo nicht eine seltsame Phantasie?

Huenu stellte diese rethorische Frage in den Raum, während er Champagner-, Whisky- und Gingläser auf das Tablett vor dem Eingangskamin reihte. Er trug einen weißen, rohseidenen Kaftan und passende dreiviertellange, schmale Hosen mit kleinen Wadenschlitzen, eine *mise*, die Jean derart gefiel, dass er sich vornahm, Victoria zur Begrüßung zu sagen, man müsse dieses ganze Haus einfach von oben bis unten in den Huenu-Look kleiden.

Victoria ließ vom Verlag aus anrufen, hier am Weltende von San Isidro hatte man offensichtlich nicht nur die größten Villen und prachtvollsten Parks des Kontinents, sondern auch schon eine eigene Telefonleitung, sie könne leider erst aus der Stadt losfahren, wenn das #34-Heft aus der Druckerei geliefert würde, also wohl in einem guten Stündchen, und so lange solle Huenu bitte Drinks servieren, »aber von den ernsthaften«.

Huenu referierte diesen Auftrag wörtlich, Jean und Lovett dankten, blieben aber gern bei ihren Gin Tonics am Kamin, bis es irgendwann am Gartentor klingelte.

Huenu öffnete die Eingangstür, und man sah eine junge Dame unter den nachtschwarzen Libanonzedern durch den Park spazieren, gefolgt von einem sehr hochgewachsenen jungen Herrn. Augenscheinlich waren sie beide hier zu Hause, denn weder ein Automobil noch eine Calèche waren auf dem Sträßchen vor dem Gartentor zu sehen. Jean nahm dementsprechend an, dies sei Silvina, Victorias kleine Schwester, die heute Abend, so hatte Huenu erzählt, ihre allererste Veröffentlichung in Victorias Literaturzeitschrift feiern würde.

Heute Abend würde also ein Wagnis manifest, das Victoria eingegangen war, sie hatte einen Text ihrer eigenen Schwester in das Programm der Zeitschrift aufgenommen. Das würde man ihr in strengen Literatenkreisen übel nehmen, so wie man den beiden in strengen Aristokratenkreisen sicher auch einiges übel nahm, besser gesagt nicht nur einiges, nein, wahrscheinlich alles, was sie seit ihrer Jugend so trieben.

In einem Kontinent, in dem Frauen noch als Eigentum des Hauses gehalten wurden und keinerlei individuelle Rechte besaßen, verkörperten Victoria und Silvina die Emanzipation schlechthin!

Jean und Lovett standen als geliehene Hausherren in der Eingangshalle, während Huenu die Mäntel versorgte und das junge, sehr elegante Paar auf Jean zustürmte wie alte Bekannte.

»Es war … im Sommer?«, begrüßte Jean sie, in der vagen Annahme, sie hätten sich auf einem der Abendessen in der Stadt kennengelernt, die er Anfang März mit Eugenia besucht hatte.

Wahrscheinlich bei Corina Kavanagh?

»Sommer war es, ja!«, antwortete Silvinas Begleiter, sicher dieser Beethoven spielende Adolfo, dessen Zweit-Smoking vielleicht Lovett trug.

Hatte er es doch noch geschafft, rechtzeitig vom Land zum Dîner zurückzukommen?

Jean war sich sicher, diesen smarten Typen schon irgendwo gesehen zu haben.

Doch wo?

Er gewann Zeit, indem er zurückblieb, als das Paar durch die Salons zu streifen begann. So sah also ein Nachwuchsschriftsteller mit, wie Huenu gesagt hatte, »seltsamer Phantasie« aus, der es geschafft hatte, sich mit der kleinen Schwester der großartigen Victoria Ocampo zu verloben. Eugenia hatte erzählt, er sei an die zehn Jahre jünger als Silvina, was in einer Stadt wie Buenos Aires ja schon an sich ein Skandal war.

Zehn Jahre jünger als sie sah er aber gar nicht aus?

Jean ging den beiden duch die Bibliothek ins Kaminzimmer nach, sie waren sichtlich an große Räume, an Häuser mit weiten Wegen gewöhnt, durchmaßen die Salons mit langen Schritten. Ein Paar wie von Huxley oder Fitzgerald beschrieben, aus der gesellschaftlichen Spitzenklasse, die sich in Europa seit dem Krieg nicht mehr in dieser Selbstsicherheit darstellte.

Nicht, dass Jean das bedauerte, im Gegenteil.

Huenu beobachtete ihn, wie er dieses Paar beobachtete, und Jean zwinkerte ihm kurz zu. Huenu zwinkerte zurück, dann begann er voller Schwung, die Drinks zu mischen.

»Man sollte hier wirklich einmal leer räumen«, sagte Silvina, während sie sich ein Damastfauteuil beim Kamin aussuchte und auf die übervollen Bücherschränke, die tristen Vitrinen, den finstren Brokat der Vorhänge wies.

Das war mutig, fand Jean, sie sprach hier über ihr eigenes Elternhaus!

»Monsieur Frank musst du das nicht sagen«, antwortete ihr Begleiter schmunzelnd, bevor er sich auf dem Sessel neben ihr niederließ, »doch er reißt sich ja nicht um Aufträge, im Gegenteil, er wehrt sich ja förmlich«, erklärte er jetzt zu Lovett gewandt. »Wie lange standen wir auf seiner Warteliste, bis er uns schließlich eines Nachmittags in der Rue du Faubourg Saint-Honoré empfing?«

Jean fiel es jetzt wie Schuppen von den Augen.

Jene Villa war's!

Jene »Alles vom Besten«-Villa hier in der Nachbarschaft, das mussten die Bauherren sein, an die Jean sich vage erinnert hatte, als ihm Victoria die Adresse ihrer Villa Ocampo schrieb!

Wie hießen sie bloß?

»Sie sind also nicht …«, begann er, indem er sich dem Paar gegenüber auf das ebenso damastbezogene Sofa setzte.

»Enttäuscht? Oh, ganz und gar nicht«, fuhr der junge Herr fort, und jetzt bemerkte Jean auch den belgischen Akzent, »eher haben Sie, Monsieur Frank, guten Grund, enttäuscht zu sein. Der Bau unseres Hauses verzögert sich seit geschlagenen zwei Jahren, weil der Architekt, es ist auch Victorias Architekt, wissen Sie … nun ja, kein weiterer Kommentar. Wir campieren inzwischen in unserem alten Gartenhaus.«

»Gartenhaus?«, wiederholte Lovett vom Kamin herüber.

»Unser bisher unbebautes Grundstück liegt gleich in der nächsten Querstraße, deshalb fühlt Victoria sich ja verpflichtet, uns ab und an bei sich durchzufüttern.«

»Doch Ihre Möbel und Leuchten und Stoffe«, ergänzte seine Frau, die Jean für Silvina gehalten hatte, »und die fabelhafte Boxcalf-Bibliothek sowie alles weitere Drum und Dran sind derweil bestens verwahrt, Monsieur Frank. Bei der Manufaktur Comte ist man gut aufgehoben, die haben trockene Lagerräume und eine sehr freundliche Belegschaft, es ist wie in einer Familie. Und Ihr Herr Pirovano ist ein wahrer Schatz!«

»Gerade waren wir mit ihm in Patagonien«, warf Lovett ein.

»Ja, das Grandhotel, über das ganz Buenos Aires spricht«, schwärmte sie.

»Und Monsieur Frank ist hier, um uns exklusiv zu berichten«, ergänzte ihr Mann unverfroren.

»Liebling«, zischte seine Frau ihn mit betont zärtlichem Ton nieder »verzeihen Sie, Monsieur Frank, wie töricht von uns! Sie haben sicher schon die nächsten Projekte im Kopf und sind auf dem Sprung zurück nach Europa.«

»Tatsächlich wird er dringend in New York erwartet«, warf Lovett trocken ein.

Was war denn das?

Wusste er von Neuigkeiten, die Jean unbekannt waren?

Ging es etwa um den Rockefeller-Auftrag?

Ein verschmitzter Lovett-Blick flog zu ihm herüber, der sagte, man müsse die Verwirrung noch verwirrender machen, wenn sie schon so herrlich verwirrt war.

»Bevor Sie abreisen, muss ich Sie unbedingt treffen, geschäftlich.« Der Ton des jungen Herrn wurde dringlich.

»Jorge, bitte!«

Und in diesem Augenblick war Jeans Puzzle komplett: Die beiden waren das Ehepaar Jorge Born, er aus Antwerpen, sie eine der hiesigen Aristokratinnen mit drei Vor- und vier Nachnamen, vereint in einer millionenschweren Ehe aus Großgrundbesitz, Viehzucht und einer international aufgestellten Futtermittelindustrie.

Die Villa von Hunderten Quadratmetern im »vollen Jean-Michel-Frank-Programm«, für die Jean erstmals eine unbezahlbare Bibliothek bei seinem Sattler Hermès hatte fertigen lassen, war gleichzeitig die Villa, für die er sich heftigst gegen einen Dalí-Paravent gewehrt hatte.

»Ich habe Ihnen eine Idee zu unterbreiten, Monsieur Frank, und die wiegt schwerer als jedes verrückte Grandhotel irgendwo in der Andenwildnis.« Jorge Born erhob sich aus seinem Sessel und begann, mit langen Schritten vor den Fenstertüren zum Fluss hin und her zu gehen, sein Glas in der Hand.

»Es ist immerhin das Projekt von Madame Errázuriz.«

Das war Lovett, bravo!

Jean warf ihm einen überraschten Blick zu.

»Nun, verzeihen Sie, wir schätzen sie ja alle hier, die Gute«, antwortete Jorge Born mit einem geradezu gnädigen Ton.

Was erlaubte er sich?

Lovett stellte umgehend sein Glas auf den Kamin und machte sich zur Verteidigung bereit, doch Born fand einen galanten Ausweg:

»Keiner bezweifelt ihre Weitsicht, wir haben ihren Einfluss ja sehr wohl in Paris erleben können, und unsere Freundin Victoria hat uns dann peu à peu den gesamten ›Eugenismo‹ nach Buenos Aires importiert«, er sah Lovett dazu direkt an und drehte sich dann wieder zu Jean, »aber ich brauche Sie, Monsieur Frank, diesmal nicht nur für einen Nachmittag, wie damals in Paris. Seit unserem Besuch bei Ihnen haben sich hier in Argentinien, nein, besser gesagt in ganz Südamerika einige wirtschaftliche Horizonte aufgetan. Ich habe mein Familienunternehmen«, er stockte, da seine Frau sich in ihrem Sessel geschmeidig zu ihm hinlehnte, »*unser* Familienunternehmen, Matilde divina, inzwischen industrialisiert, Sie verstehen?«

Jean nickte.

Jorge Born nickte.

Seine Frau, die, ja, natürlich, Matilde hieß, nickte.

»Neben Weizen, Ölen und Futtermitteln produzieren wir neuerdings ein revolutionäres Material, nämlich Jute, ein reines Naturprodukt, das wird Ihnen gut gefallen! Und das könnten wir gemeinsam in einer eigenen Kollektion …«, er blieb auf seinem Weg der Fensterfront entlang stehen, stellte sein Glas auf das Tischchen neben Jeans Sofa und fischte ein Zigarettenetui aus der Brusttasche, »ich meine mit Ihrem großen Namen neben unserem Namen …«

Im Kaminzimmer stellte sich eine erwartungsvolle Stille ein.

»… patentieren.«

Selbst Huenu, der gerade mit einer Kristallschale frischer Eiswürfel hereinkam, blieb reglos im Türstock zur Eingangshalle stehen.

»Ebenso stellen wir inzwischen Farben her«, fuhr er fort, nahm eine schmale Zigarette aus seinem Silberetui, klopfte sie auf dem Deckel ab und steckte sie sich an, »also Lacke und Spritzgrundierungen für die auch hier in Südamerika aufstrebende Automobilindustrie. Und auch da dachte ich an eine Frank'sche Eisenglimmer-Farbpalette?«

»Jorge, ich bitte dich, lass doch Monsieur Frank erst einmal seinen Drink …«

Huenu begriff sofort, reichte zunächst frisches Eis herum und kam dann mit der Ginflasche und dem Tonic-Siphon hinterher. Als er die Runde gemacht hatte, zog er sich in die Eingangshalle zurück.

»Beginnen wir doch lieber mit«, fuhr nun Matilde Born fort, »einer Einladung? Einer Einladung an Monsieur Frank und Monsieur Lovett? Die Herren kehren in einigen Monaten, sagen wir im hiesigen Spätsommer, der wirklich *agréable* ist, nach Buenos Aires zurück, mit den komfortabelsten Linien, die wir ausmachen können. Vielleicht hat bis dahin Victorias Architekt«, sie rutschte auf die vordere Kante ihres Fauteuils und machte eine komische Geste des Jemandem-den-Hals-Umdrehens, »tatsächlich unser Haus fertig gebaut? Und Monsieur Frank und ich könnten die Möbel gemeinsam stellen? Daneben hättest du, Jorge, alle Zeit für eure Geschäfte.«

Jorge Born blieb stehen und zog den Rauch seiner Zigarette

ein. Als flotter, manchmal überflotter Belgier wusste er sehr wohl, was eine durch und durch wohlerzogene Frau wert war.

Matilde Born schloss mit: »Und Sie, Monsieur Lovett, werden dann Jorges Überraschung für Monsieur Frank mitentdecken? Den Dalí-Paravent, den er in Paris schließlich doch durchgesetzt hat, gegen Monsieur Franks und meinen Rat. Ich hasse diesen Dalí, wenn ich das so sagen darf, ohne als Kulturbanause zu gelten, er macht mir Angst. Mein Mann aber findet ihn tiefgründig, so voller Mystik … Nun ja, *les jeux sont faites*, der Paravent steht inzwischen schon bei uns in der Garage. Und so verhext, wie man uns vielerseits gewarnt hat, wird er ja wohl nicht sein?«

Sie hatten den Dalí also doch gekauft. Jean fiel auf seinem Sofa in sich zusammen.

Wer konnte wissen, was dieser Paravent in ihrem immer noch zu erbauenden Haus an Unheil anrichten würde?

Doch er musste solch dunkle Vorahnungen zügeln, alle Geschichten, die er in den letzten Jahren über Dalí-Werke und von ihnen verursachtes Unglück gehört hatte, konnten auch Zufälle sein oder Gerüchte oder, auch das war möglich, schiere Bosheit.

»Vielleicht nicht«, sagte er so leise, dass Jorge Born die paar Schritte von der Fensterfront auf ihn zukam und sich beinahe tröstend zu ihm aufs Sofa setzte.

»Auf jeden Fall auf ein baldiges Wiedersehen bei uns!«, prostete er Jean zu.

»Und vorher gute Reise nach Europa, nach New York und zurück zu uns nach Argentinien!«, ergänzte Matilde Born mit erhobenem Glas.

Jean warf einen kurzen Blick auf Lovett, der lehnte mit verschränkten Armen am Kamin und schaute, nach dieser doch noch gut ausgegangenen Szene, belustigt hinaus auf den Fluss und auf die Lichter der Fischerboote, die jetzt zum nächtlichen Fang ausliefen. Seine Augen hatten sich zu schmalen Schlitzen verengt, die Schultern zogen langsam den Bewegungen der fernen Lichtpunkte nach.

Würde Jean noch einen einzigen Tag ohne ihn leben können?

53 *Das Dîner*

Victoria kam herein. Sie war aufgekratzt und bester Laune, herrschte zwar Huenu wegen ihrer eigenen Verspätung an, schmiss ihren Gästen dafür aber ein verschnürtes Päckchen *Sur*-#34-Hefte, in schlammgrünes Packpapier verpackt, auf den blutroten Mahagoni-Kamintisch.

Dann fragte sie mit ihrer dunklen Stimme: »Nehmt ihr mich auch nackt, wie ich bin? Oder muss ich mich anziehen?«

Lovett, der Einzige in der Runde, der ihr noch nicht vorgestellt worden war, schwang sich vom Kamin auf sie zu und verbeugte sich mit einem verhaltenen Handkuss, im genau richtigen Maß zwischen Bewunderung und Eroberung. Matilde Born drehte sich leicht zu Jean her und zwinkerte ihm zu, in ihrem Blick stand: »Große Klasse, der Junge.«

»Und dies ist William Shakespeare?«, fragte Victoria belustigt.

»Am Broadway ist ›nackt‹ das neue *›dressed‹*, darf ich berichten«, konterte Lovett.

»Erst recht für dich, Victoria«, ergänzte Matilde Born, »die du so elegant in deinem Verlag sitzt, als wärst du ständig auf dem Weg ins Teatro Colón! Monsieur Frank, Monsieur Lovett, bei uns in Argentinien nennt man sie *›La paqueta‹*, das Geschenkpaket.«

Huenu servierte Victoria ihren Drink, und Jean konnte seine Huenu-Look-Pointe anbringen. Dann aber trat Eugenia durch die Flügeltür der Bibliothek.

Sie trug eine schwarze, bodenlange Wollkutte, ihre Wangen waren ungewöhnlich gerötet, als wäre sie vom Land bis hierher zu Fuß gelaufen. Sie war schlecht frisiert, ihr volles weißes Haar schien in den letzten zwei Monaten schütter geworden, und sie ging wankend, ein wenig, wie man gemeinhin annimmt, dass Schlafwandler gehen. Sie kam direkt auf Jean zu, doch sie umarmte ihn nicht, sondern gab ihm die Hand.

Sie gab ihm die Hand!

Jean spürte Jorge Borns Seitenblick, und jetzt war ihm die Bedeutung der Bemerkung von vorhin, das »wir schätzen sie ja alle hier, die Gute«, klar. Die Borns mussten Eugenia seit geraumer Zeit in dieser Verfassung erleben.

Lovett machte von der Tür zur Eingangshalle aus, wo er Victoria begrüßt hatte, umgehend die Runde um die Sofagruppe und stellte sich neben Jean, er dachte wohl, das mache Eugenia das Erkennen leichter. Doch sie gab auch ihm die Hand und fragte, ungewöhnlich laut: »Die Herren?«

Hatte sie einen Unfall gehabt?

War sie erkrankt?

Oder hatte das Gehör verloren?

»Sie trägt die Kutten meiner Mutter Ramona«, zischte Victoria augenrollend Jean und Lovett zu, sie schlug dazu flüchtig ein Kreuz, »möge ihre Seele leben! Eugenia hat in eurer Abwesenheit ein neues Refugium gefunden, bei uns auf der Estançia. Corina und Adolfo …«, sie warf einen Seitenblick auf Matilde Born, die in diese Geschichte eingeweiht zu sein schien, »leisten ihr dort Gesellschaft.«

Jean sah Matilde Born den Kopf in den Nacken biegen und in einen vermeintlichen Himmel blicken. Die Eugenia-mit-Corina-und-Adolfo-auf-der-Estançia-Geschichte schien die Nachbarschaft seit Wochen zu beschäftigen.

Die »gute Gesellschaft« musste in Buenos Aires noch viel verrückter sein, ja noch viel mehr am Wahnsinn vorbeischrammen als zu Hause in Paris!

Man hatte die gleichen gesellschaftsumwälzenden Probleme,

doch es galt, sie in einer verschwindenden und demnach inzestuösen Minderheit zu bewältigen.

Wie viele Familien gehörten in Argentinien wohl zu dieser Minderheit? Fünfzig?

Höchstens hundert.

Wie weit war die nächste Weltmetropole New York entfernt?

9000 Kilometer.

»Eugenia?«, fragte Jean recht laut, vielleicht hatte sie ja wirklich einen Hörsturz erlitten.

Matilde Born verstand ohne Worte, erhob sich und zog ihren Mann aus dem Kaminzimmer auf einen Spaziergang durch die Salons.

»Eugenia, Liebling, wie geht es dir?«, fragte er nochmals.

»Es geht mir gut. Und Ihnen?«

»Das ist Jean, Eugenia-Schatz! Jean, dein geliebter Jean«, soufflierte Victoria.

»Ach, Jean! Sie sehen ja prächtig aus!«

Das war nicht möglich, Sie siezte ihn.

»Sie haben wohl endlich gut geschlafen?«

»Wunderbar, ja«, er konnte auf dieses »Sie« nicht eingehen, »dein Inselhaus, der See, das Licht. Du hast uns so sehr gefehlt!«

»Ihr mir nicht«, sagte sie schlicht und setzte sich in die präzise Mitte des Sofas. »Wo ist mein Whisky, Huenu?«

Sie trank Whisky?

»Jean, du musst verstehen …«, begann Victoria.

»Kein Wort«, zischte Eugenia sie an, »kein Wort zu wo und mit wem ich meine Zeit verbringe.«

»Erzählst du's uns?« Jean versuchte, sich zu beruhigen.

Vielleicht sprach er zu einer Gemütskranken, wie seine Mutter es von einem Tag auf den anderen geworden war?

Oder zu einer von einem geheimnisvollen Leiden Befallenen?

Oder zu nichts von alledem, vielmehr zu einem in eine Scheinwelt geflüchteten, bockigen Kind?

Es war irreal.

»Kein Wort, Eugenia-Schatz, versprochen, kein Wort«, Victorias Ton blieb zwar leise, wurde aber bestimmt, so wie man, eben, mit bockigen Kindern sprach, die nicht die eigenen waren und die man dennoch ein wenig erziehen wollte. Sie kannte Eugenias Meine-Zeit-ist-meine-Zeit-Theater anscheinend auswendig und wollte nicht den ganzen Abend damit füllen.

»Gar nichts Besonderes, Jean«, wandte sie sich an ihn, weil Eugenia nicht antwortete, »sie fährt mit mir morgens in die Stadt, ich gehe in den Verlag, und sie geht … spazieren.«

»Spazieren«, sagte Jean in dem Versuch, es gelassen klingen zu lassen.

»Donnerstags dann fahre ich aufs Land«, warf Eugenia ein.

Huenu kam mit ihrem Whisky, den Victoria entgegennahm und ihr reichte: »Überhaupt, Eugenia-Schatz, Corina fragte mich heute übers Telefon, ob du nächstes Wochenende nicht etwas länger bleiben willst?«

Nächstes Wochenende? Sie führen am Freitag mit der Madrid nach Cherbourg zurück!

»Ja, unbedingt.« Eugenia nahm einen langen Schluck aus ihrem Glas. »Vielleicht können wir schon morgen fahren?«

Das war der Irrsinn hier!

Victoria fand das augenscheinlich auch und stand auf. Huenu, der gerade wieder mit frischen Eiswürfeln aus der Eingangshalle hereinkam, berichtete, man habe eben aus der Stadt angerufen, Doña Silvina sei noch beim Radio aufgehalten worden und komme, sie sei untröstlich, erst zum Hauptgericht zu Tisch.

»Also beginnen wir ohne sie«, entschied Victoria.

Lovett begleitete die beiden Damen ins Esszimmer, während Jean die Borns aus der Bibliothek zurückrief, sie überließen Victoria die Tischordnung und setzten sich. Huenu servierte Kürbiscremesuppe mit einem ordentlichen Schuss Sherry darin.

Der Duft allein lenkte Jean etwas von dem gerade im Kaminzimmer erlebten Irrenhaus ab. Es war ein Duft, der eine Farbe hatte.

Natürlich schaute er aber genau in dem Moment wieder zu Eugenia hinüber, in dem sie ihren Whisky, den sie sich vom Kaminzimmer hatte hinterhertragen lassen, mit gezieltem Schwung in die Suppentasse goss, samt Eiswürfeln. Lovett, der zwischen ihr und Victoria saß, schickte Jean einen Bitte-kein-Drama-Blick.

Stille also. Alles begann zu löffeln. Und Jean begriff in diesem präzisen Moment, mit dem Sherry-Kürbis-Duft in der Nase, wie wortlos dieser Junge, den ihm der Entwicklungsroman eines Rehs ins Leben geworfen hatte, ihn verstand. Wie sie gemeinsam ernst sein konnten und komisch, wie sie sich aneinander rieben und maßen, auch manchmal erschöpften, doch dann erlösten. Das war so dahingegangen und hatte sich verdichtet, ohne Fragen, ohne Brüche, ohne Diskussionen, seit Monaten. Und seit gestern Nacht ging es nicht mehr nur so dahin. Es ging unter die Haut.

Matilde Born, deren Tischherr Jean war, begann währenddessen flüsternd aus dem Nähkästchen zu plaudern. Ramona, Victorias Mutter, diese betörende Schönheit und geheime First Lady der Stadt, sei gegen Ende ihres Lebens dem Whisky verfallen, eine nicht wirklich überraschende Entwicklung, da sie ja mütterlicherseits von altem Mapuche-Häuptlingsblut sei und diese bekanntermaßen jede Art von Suchtmitteln guthießen, »solange sie die Seele wärmen«, wie man auf Mapudungun sagte. Die seit jeher hier im Haus dienenden Mapuche hätten ihr zunehmendes Auf-die-Estançia-Flüchten bald nicht mehr kontrollieren können.

»Dort draußen in Pergamino, mehr als zweihundert Kilometer vor der Stadt, hat sie den Remisenkeller nach und nach mit Eichenfässern bester schottischer Blends gefüllt. Ramona lief von hier zu Hause weg wie wir als Kinder zum Spielen an den Fluss.«

Sie hielt kurz inne.

»Wobei, darf ich das fragen, Monsieur Frank, wohin läuft man wohl von zu Hause weg als Kind in Paris?«

Diese Matilde Born dachte mit feiner Klinge.

»Nun, auf der Estançia der Ocampos, weit draußen im Westen«, fuhr sie fort, ohne eine Antwort wirklich erwartet zu haben, »hatte Ramona an die dreißigtausend Hektar Pampa um sich herum, das wäre bei Ihnen in Frankreich, schätze ich, viermal die Fläche der Region Paris? Da traf sie nur Tausende von Rindviechern und ein paar Dutzend Gauchos, aber keine einzige zickige Verwandte aus der Stadt, die unliebsame Details ausplaudern konnte. Außer natürlich die Eingeweihten, ihre viel jüngere, doch beste Freundin Corina, Sie haben sie im Sommer in ihrem Hochhaus an der Plaza San Martín kennengelernt, nicht? Corina ist Ihr größter Fan in der Stadt, auch mich hat sie damals zu Ihnen nach Paris geschickt.«

Die letzten zwei Sätze sagte sie etwas lauter in Richtung Lovett, sie schien verstanden zu haben, dass der hier war, um sowohl Eugenia als auch Jean zu verteidigen.

»Und es ist ja nur zu verständlich, dass Corina gerne zu Ramona aus der Stadt floh«, wurde ihr Ton wieder vertraulich, »bei all den Querelen, die ihr diese bigotte Kuh von Anchorena bereitet hat! Außer ihr war da aber auch noch … unser Phantast mit von der Partie«, sie wies mit dem Blick auf Silvinas noch leeren Stuhl, »man erkläre mir, was er ständig von, sagen wir, reiferen Damen will? Er ist schon ein wenig speziell, der gute Adolfo, unter uns gesagt, ein Spinner.«

Jetzt nickte sie in Richtung von Victoria.

»Nur Victoria, dieser tolle Kerl, konnte jenen Springinsfeld salonfähig machen, und auch das nur mit Aussetzern. Warum zum Beispiel ist er heute Abend nicht hier, um Silvina zu feiern?«

»Eine Huxley'sche Kommune also, diese Estançia in Pergamino?«, fragte Jean nach und musste dabei mit einem gewissen Grauen an Jacques Fersens Villa auf Capri denken und wie er sich dort über Jahre gemeinsam mit René das Gehirn leer gedrogt hatte.

»Nun«, wandte sich Matilde Borns gut gespielte Erbostheit jetzt in ein verständnisvolles Lächeln, »seit Neuestem findet auch unsere wunderbare Eugenia Gefallen an jenem … Exil.«

Sie legte ihre linke Hand sehr kurz und sehr sachte auf Jeans Unterarm, eine delikate Geste, mit der sie wohl sagen wollte, dass im »Fall Eugenia« noch nicht alles zu spät sei. Dann schlug ihr Ton ins Lustige um.

»Ich denke, Sie und ich können«, sie schüttelte sich dabei wie ein nasser Foxterrier, »Glen Grant Pure Malt nicht einmal riechen.«

Während Jean tatsächlich schmunzeln musste, diese Matilde Born hatte ein komisches Talent, sah er aus den Augenwinkeln, wie Eugenia im selben Moment, weit schneller als alle anderen, ihre Suppe ausgelöffelt hatte und laut über den Tisch sagte: »Guut!«

Das war ja nicht auszuhalten!

Bevor die nächste peinliche Situation entstehen konnte, flüsterte er seiner Tischdame jetzt »Bitte, verzeihen Sie« zu und erhob sich, um zum anderen Tischende zu gehen und die offensichtlich betäubte oder fiebrige oder tatsächlich schlicht betrunkene Eugenia aus dieser unwürdigen Lage zu befreien. Er würde sie kurz auf die Veranda führen, ein wenig frische Luft könnte Wunder wirken. Doch er stand noch nicht, da kam Silvina herein.

Auch sie war nicht umgezogen. Sie trug den Huenu-Look, aber in Jersey und Schwarz, man hätte sie eher in einem Literatencafé in Saint-Germain-des-Prés vermutet als in diesem von Damastvorhängen erstickten Esszimmer. Silvina hatte nicht das dunkle, dichte Sandelholz-Haar ihrer Schwester, sondern kastanienbraune Locken zu hellem Teint und einem korallenroten Mund. Auch wenn sie eine gewisse Eile von draußen mit hereinbrachte, lächelte sie in die Runde, wohl merkend, dass da eine Spannung im Raum lag. Huenu hielt ihr den Stuhl und strahlte dabei. Es war klar: Silvina war der Sonnenschein des Hauses.

Noch im Stehen begrüßte sie Jean und Lovett über den Tisch hinweg mit *»Les garçons!«*, die Borns mit *»Les voisins!«*.

Das war gekonnt. Und witzig!

Sie machte Huenu, der ihr den Stuhl heranschieben wollte, ein »Einen Moment bitte«-Zeichen und begann, obwohl noch alle bei der Suppe waren, eine flinke Runde um den Tisch, um alle Gäste zu umarmen. Eine unkonventionelle, doch umso liebenswürdigere Geste, die ihre jugendliche Frische unterstrich.

Wie alt mochte sie sein, so alt wie Matilde Born, also vielleicht Mitte dreißig? Oder sogar jünger, Mitte zwanzig wie Lovett?

Nach ihrem Studium an der École des Beaux-Arts hatte sie sich, das wusste Jean aus den Pariser Cafés, der phantastischen Literatur zugewandt, und heute, heute Abend erschien ihr erster Text.

Sie musste innerlich beben!

»Wir haben gehört …«, sagte Jean, wahrscheinlich etwas zu feierlich, und stand, als sie bei ihm angelangt war, zur Gänze auf.

»Bleib sitzen, Jean, bitte«, duzte sie ihn familiär, und das, obschon sie Jean noch nie begegnet war.

Jetzt stutzte sie, schien nachzudenken, was genau er gesagt hatte, und drückte ihn etwas hastig zurück auf seinen Stuhl: »Ihr habt gehört, wie das?«

In ihrer Stimme war die Eile zurück, mit der sie hereingekommen war.

»Nun, die druckfrische *Sur* liegt drüben auf dem Tisch! Noch eingepackt, wir warteten, sie gemeinsam zu öffnen.«

»Ach, *Viaje olvidado*? Das #34-Heft?« Sie schenkte Jean ein hingehuschtes Lächeln. »Danke, doch ich meinte nicht den Text.«

»Wir aber sehr wohl!«

Victoria hatte jetzt ihre Suppe ausgelöffelt, sie war sichtlich stolz auf diese kleine Schwester, man hatte den Eindruck, sie stand hinter ihr wie ein Feldherr. Silvina beendete ihre Runde und setzte sich, Huenu servierte ihr. Sie schaute niemanden mehr an und konzentrierte sich auf ihre Suppentasse.

Ihre verhaltenen Bewegungen verfolgend, erinnerte Jean sich an seine ersten Eröffnungscocktails, die bald zu Soireen in der Oper und in den angesagtesten Salons der Stadt ausarteten. Er erinnerte sich an die Angst, die er vor vielen Menschen, in viele Dialoge verwickelt, gehabt hatte, die Furcht vor den unkontrollierbaren Schwingungen, die ihre Gespräche im Raum entwickelten. Um sich vor solcher Bedrängnis zu schützen, hatte er Verhaltensmuster entdeckt, die er wie ein Forscher an sich selbst ausprobiert und die ihm zunehmend geholfen hatten, solche Situationen anzunehmen, leichtzunehmen.

Das Abstand- und Zeit-Gewinnen sowie das Sich-ab-und-an-ganz-auf-sich-selbst-Konzentrieren waren hierbei die allerwichtigsten Tricks!

Man konnte Menschen eine Treppe hinauf vorgehen lassen und gewann Zeit, ihren Gang zu studieren. Man konnte sie auffordern, in einen Ausblick, ein Kunstwerk, einen Duft, die Musik einzutauchen, und sie dabei beobachten.

Und man konnte, die Quelle aller zu erobernder Selbstsicherheit, dazu schweigen!

Genau wie Jean vor zehn Jahren musste es jetzt Silvina gehen, sie musste sich an den Trubel um ihre eigene Person erst gewöhnen.

»Und da ist auch eine Premiere für mich dabei, in diesem Heft«, Victoria übernahm jetzt die Konversation, damit die

Kleine essen konnte, »so widersprüchlich, so absurd, so phantastisch Silvinas Kurzgeschichte ist, so ebenso phantastisch ist die Fügung, die uns einen weiteren Text für dieses Heft bescherte. Neben T.S. Eliots *Rhapsody on a Windy Night* bringen wir nämlich eines von Federico García Lorcas *Poemas póstumos.* Das Originalmanuskript lag diesen Frühling einfach im Verlagsbriefkasten, nur wenige Wochen nach Federicos tragischem Ende. Und er hat es mir gewidmet, seiner ›Himmelskriegerin‹. Keiner hat herausfinden können, wie dieses Gedicht aus dem von den Franco-Faschisten besetzten Spanien bis zu uns nach Buenos Aires gelangen konnte, doch heute ergibt all das Sinn, denn es beginnt wie unser Abend hier.«

Sie schaute den Gästen ihrer Tischrunde einem nach dem anderen aufmunternd in die Augen, als ob sie damit sagen wollte, Kinder, lasst uns Eugenias Zustand nicht so tragisch nehmen:

»*Sí, tu niñez ya fábula de fuentes*, Kindheit, du Quell aller Märchen …«

»Kindheit! Schön!«, unterbrach Eugenia laut.

»Ja, das wunderbare Kindheit-am-Meer-Gedicht«, sagte Lovett ganz ruhig, seine Stimme war rau, als käme sie von weit her. Er umarmte Eugenia dazu von der Seite wie ein eben heimgekehrter Sohn.

»In Ribera geschrieben, im Sommer 1910«, ergänzte Silvina, die eben ihren Löffel abgelegt hatte und wieder aufsah, »1910, stell dir vor, Wil, da warst du noch nicht einmal geboren.«

»Und du keine zehn«, erwiderte Lovett.

Das war ja eine Entdeckung!

Die beiden kannten sich?

Sie nannte ihn bei seinem ersten Vornamen, William, den er nie benutzte? Jean wurde umgehend kalt.

Schlitterte er da in die gleiche Abhängigkeit, in die gleiche Machtlosigkeit wie mit René, der für alle zu haben gewesen war?

Nein, zwischen Silvina und Lovett konnte es nur eine intellektuelle Freundschaft gegeben haben oder geben, denn sie lächelte jetzt ein für alle und niemand bestimmtes Lächeln über den Tisch und begann, zu deklamieren:

»Der Zug und die Frau, die den Himmel erfüllen,
Die scheue Einsamkeit der Herbergen,
Masken aus vielen Mustern.
So ist die Kindheit am Meer und ihre Stille …«

Keiner am Tisch rührte sich, während Huenu abservierte und die betagte Mapuche-Köchin eine Kasserolle mit duftendem Coq au Vin hereintrug. Huenu servierte erneut, bei Eugenia beginnend, während die Köchin eine Silberplatte mit herrlichem Gemüse nachreichte.

Als allen serviert war, hob Victoria ihr Weinglas: »Auf Silvina! Auf unsere frisch gedruckte #34! Und auf den armen García Lorca, den man auf offener Straße aus dem Hinterhalt erschoss.«

Alle tranken und begannen, das Hühnchen zu genießen, und doch schien es, als ob jeder die eben gehörten Gedichtzeilen in Gedanken für sich wiederholte.

In das beredte Schweigen deklamierte Lovett nach einigen Augenblicken die weiteren Zeilen, sie endeten mit:

»Sie schmerzt an den Fußsohlen
Wie unter der Haut Deiner Stirn
Sie schmerzt am frischen Stamm
Der erst letzte Nacht gefällt.«

Bei dieser Passage schaute er Jean über den langen Tisch hinweg direkt in die Augen und überließ die abschließenden drei Zeilen des Gedichts galant Silvina, die nahtlos fortfuhr:

»Geliebter,
Du mein Feind!
Friss diese bittre Wurzel!«

Stille zwischen den Damastvorhängen. Alle legten wie auf Kommando ihr Besteck auf die Teller.

»Geliebter, Du mein Feind?«, fragte Matilde Born.

»Friss diese bittre Wurzel!«, schrie Eugenia sie an.

Es musste irgendetwas geschehen, sonst würde Jean gleich aus der Haut fahren, während der Rest der Tischrunde zu weinen begänne. Er erhob sich also, um zum Kamin zu gehen und das noch verschnürte Paket der *Sur*-#34-Hefte zu Tisch zu holen, wenigstens geschähe dann an diesem Abend irgendetwas Erfreuliches.

Doch Silvina hielt ihn mit dem Blick zurück, dann mit den Worten: »Bitte, Jean, bleib hier. Ich muss euch noch etwas berichten.«

Der arme Coq au Vin würde heute nicht mehr aufgegessen, alle sahen zu ihr hin.

»Ich war auf der Heimfahrt vom Verlag noch bei Radio Nacional, da hörte ich die Direktübertragung der Abendnachrichten. Eugenia, es tut mir sehr leid.«

Was? Man hatte das Bustillo'sche Enteignungsansuchen schon öffentlich gemacht?

Über den Tisch flog Lovetts Bitte-kein-Drama-Blick, sonst regte sich niemand.

»Was tut dir leid?«, fragte Victoria, sie zog das »Was« lange hin, sie wusste anscheinend, worum es ging.

»Das mit Amelia, Amelia Earhart natürlich. Ihr habt es ja in den letzten Wochen in den Zeitungen verfolgen können«, wandte Silvina sich Lovett zu, »nein, ihr herrlich verwilderten patagonischen *garçons* wohl eher nicht, wie es mit ihrer Weltumrundung so lief. Zunächst der verpatzte Start in Brasilien, der ganze Mai ging dahin, um das Radarsystem zu erneuern, die Bodenantennen zu wechseln. Erst am 1. Juni konnten Fred und sie losfliegen, und dann schien es ja auch zügig voranzugehen. Westafrika, Kalkutta, Rangun, am 29. Juni waren sie um drei Viertel der Erde herum und landeten in Neuguinea, ihr wisst, der Osthälfte des indonesischen Inselarchipels. Jetzt nur noch eine läppische Pazifik-Überquerung, die hat Amelia in den letzten Jahren dreimal geschafft, und sie wären zu Hause. Sie starteten am 2. Juli von Lae in Richtung Howlandinsel, ihrem allerletzten Zwischenstopp.«

»Und kamen dort nicht an, wie wir wissen«, Victoria wurde jetzt sichtlich nervös und suchte, über Lovett hinweg, Eugenias Hand auf der Tischdecke. »Ein Navigationsfehler, oder das Radarsystem war kaputt, oder die Funkempfangsantennen waren wieder locker, wie schon ganz zu Beginn, bei ihrem Fehlstart in Newark. Dieser Fred Noonan muss ein echter Glückspilz sein!«

Eugenia entzog Victoria ihre Hand.

»Aber man hat sie doch gesucht?«, fragte jetzt Matilde Born. »Hat nicht Eleanor Roosevelt, oder besser die US-Marine, sämtliche Kriegsschiffe in den Pazifik gesandt?«

»Ein immenser Aufwand«, ergänzte ihr Mann über den Tisch hinweg, »fünf Millionen Dollar Staatsausgaben, die wird der Präsident verantworten müssen.«

»Die ist sie wert«, entschied Victoria. »Wo hat man sie herausgefischt, Silvina, spuck's aus?«

»Ein paar Tausend Meilen weiter nördlich, Richtung Japan?«, schätze Jorge Born. »Da baut man gerade an der Zero, dem japanischen Kamikaze-Bomber der neuesten Generation. Amelia Earharts Electra ist das begehrte Vorbild.«

Eugenia rutschte ruckartig vom Tisch weg, nahm ihr leeres Whiskyglas und verschwand ins Kaminzimmer.

»Nirgendwo, leider. Weder vor Neuguinea noch abgedriftet nach Australien oder nach Japan«, antwortete Silvina langsam.

»Heute Abend um 21 Uhr wurde die Suche offiziell eingestellt.«

»Eingestellt«, echote Victoria tonlos.

»In den letzten zwei Wochen wurden weder Wrackteile gefunden noch irgendwelche Lebenszeichen ausgemacht. Mit allergrößter Wahrscheinlichkeit sind Amelia und ihr Navigator also …«

Stille bei Tisch.

Jean hörte Matilde Born einatmen.

»Tot!«, schrie Eugenia von nebenan.

Man vernahm das Klirren von Eiswürfeln, dann Schritte, die Flügeltüren zur Eingangshalle fielen ins Schloss.

Lovett und Jean sprangen gleichzeitig auf. Als sie vor dem Kamin ankamen, war Eugenia verschwunden.

54 *Am Tigre*

Es war der Morgen nach Amelias und Freds Tod.

Oder wie sollte man sagen: Für-tot-Erklärung? Verabschiedung in die Schwerelosigkeit?

Jean ließ Huenu noch vor dem Frühstück beim Lloyd-Terminal im Puerto Nuevo anrufen und seine Postschiff-Passage für den kommenden Freitag zurück nach Frankreich auf die Woche darauf verschieben.

Wie könnte er Eugenia in ihrem Zustand hier zurücklassen? Und wie hatte er sich vorstellen können, Lovett davonzufahren?

Er hätte die Gangway der Madrid nach Cherbourg bestiegen und Lovett die der Pennsylvania nach New York?

Als Eugenia zum Frühstück erschien, das Huenu wie üblich in der Bibliothek servierte, luden Jean und Lovett sie zu einem Spaziergang zum Tigre ein, und sie sagte einfach: »Ja, gerne.«

Sie trug einen rauchgrauen, sehr aparten Rock zu einer von Cocos Ton-in-Ton-Boucléjacken, als ob die Kuttenmanie Vergangenheit wäre. Sie schien ausgeschlafen und war frisch frisiert. Huenu erlaubte sich zwischen dem Kaffee-Eingießen und dem Toast-Servieren mehrere Komplimente, sie antwortete mit mädchenhaften Augenaufschlägen.

Hatte Jean den Abend gestern nur geträumt?

Als Victoria und Silvina zum Kaffee herunterkamen und gleich darauf in den Verlag fuhren, gingen sie los. Jean hatte sich vorgenommen, die Themen Amelia, Ramona, Estançia oder Glen Grant Pure Malt tunlichst zu vermeiden, doch es kam ohnehin zu keiner Unterhaltung, sie marschierten wortlos bis ins

Herz des Tigredeltas. Nach guten zwei Stunden kamen sie dort an und setzten sich in den Ruderclub, den Jean und Lovett tags zuvor zwar ausgemacht, aber nicht besucht hatten.

Jean bestellte zwei Karaffen Sodawasser.

»Ein paar Empanaditas dazu?«, fragte der Ober.

»Auch ein paar mehr«, antwortete Lovett.

Jean sah ihn an, der Schreck von gestern Abend schien auch ihm noch in den Knochen zu sitzen.

Als der Ober das Wasser einschenkte und ein Blechtablett mit dampfenden Empanadas auf den nackten Holztisch stellte, ein Ruderclub war kein Segelclub, und genau deshalb war dies der perfekte Ort für ihre Unterhaltung, begann Eugenia: »Ich muss euch etwas sagen, Jungs.«

Sie kosteten die Empanadas mit den bloßen Fingern, es gab Spinatfüllung, Rote Bete, scharfe Paprika und Ingwer. Draußen hob sich der Morgennebel über dem Tigre, und das Licht verfärbte sich in das typische Safrangelb.

Der Ober hatte verstanden, dass sie hier länger sitzen würden, also fachte er den Kanonenofen an der Bartheke an, so dass es in dem kleinen Clubraum herrlich zu knistern begann, die Frühlingsmorgen konnten hier am Wasser merklich frisch sein.

»Auf Amelia zunächst«, wagte Jean jetzt doch, eines der heiklen Themen von gestern anzusprechen, und hob sein Wasserglas.

»Auf Amelia, ja«, antwortete Eugenia mit einer großen Weichheit in der Stimme, »doch waren wir wirklich verwundert gestern, wir drei? Erinnert euch an unsere Ankunft.«

»Auf der Gemeindewiese«, sagte Lovett.

»Zum Roten Land«, ergänzte Jean.

»Wo wir alle die Szene vor dem Podium beobachten mussten und nichts tun konnten«, fuhr sie fort.

»… gegen diesen Walt und das Seagull-Seafood-Geschenk«, ergänzte Lovett.

Ein Moment der Stille trat ein, alle schauten auf den gelben

Fluss, Eugenias Augen wurden in diesem Licht bernsteinfarben. »Ein Omen bleibt ein Omen«, flüsterte sie.

Sie tranken ihre Gläser aus, das prickelnde Wasser tat bis in die Seele gut.

»Doch ganz abgesehen von Amelias und Freds Verschwinden, das ja vielleicht doch nicht gleich den Tod bedeutet, muss ich euch etwas sagen.«

Täuschte sich Jean, oder war da wieder das Blitzen in ihren Augen, wie damals mit Amelia im Kutscherhaus in der Rue Masseran?

Was würde sie ihnen heute eröffnen?

Sie mache sich ans andere Ende der Welt auf, um Amelia zu finden?

Sie zöge mit dem ominösen Adolfo auf die Ocampo'schen Estançia?

Sie reise mit Jean zurück nach Paris?

»Nämlich, auf kurz oder lang werde ich … hierbleiben.«

»Ich auch«, brummelte Lovett genüsslich mit der ersten Empanada im Mund.

»Natürlich«, bestätigte Eugenia.

Wieder ein Moment der Stille.

Hatte Jean etwas verpasst?

Hatten die beiden sich gestern Abend nach der Szene bei Tisch noch gesprochen?

Eugenia war fähig!

Ein nächtlicher Dialog in ihrem Boudoir, während der Mond durch die Äste der Libanonzedern vor den Fenstern griff.

»Darf ich erfahren, was ihr so plant?« Jean wusste, das klang ähnlich zickig wie damals im Kutscherhaus, als Eugenia ihm dargelegt hatte, das gesamte Interieur des Grandhotels baue er mit einem einzigen Tischler am See.

Doch was war das hier überhaupt für eine Unterhaltung, beim Ernst der Lage?

Jean müsste Eugenia dringend in die drohende Enteignung ihrer patagonischen Güter einweihen. Er müsste Lovett zu einem Prozess gegen die Metro-Goldwyn-Mayer-Ganoven überreden. Amelia und Fred waren tot. In Europa drohte Krieg, Juden und andere Minderheiten wurden verfolgt und denunziert.

Und hier saßen zwei, mampften dampfende Teigtäschchen und strahlten sich an?

»Planen wir etwas, William Thaddeus?«, Eugenia ließ sich Lovetts zwei Vornamen auf der Zunge zergehen. »Wie Sie so schön heißen, William klarerweise nach Shakespeare, Thaddeus hingegen aus dem Hebräischen, der Beherzte, nicht wahr?«

Es war unglaublich, Eugenia hatte sich in den wenigen Stunden von gestern Abend bis heute Mittag in die unfehlbare Eroberin zurückverwandelt, die sie sein konnte, wenn jemand sie wirklich interessierte.

Über den Tisch traf Jean Lovetts Bitte-kein-Drama-Blick.

»Beherzt? Das passt gut«, begann er, »denn Jean, ich muss Ihnen etwas sagen. Ich werde nicht gegen Metro-Goldwyn-Mayer klagen. Warum sollte ich? Eugenia, wissen Sie, die ganzen Monate auf Ihrer Insel und meine Arbeit dort waren umsonst, denn wie wir seit gestern wissen, entzieht mein Produzent mir den Auftrag. Oder besser, die Bambi-Geschichte wird nicht in der Natur *dar*gestellt, sondern im Studio *nach*gestellt. Auch eine Variante, Walts Variante, und vielleicht die bessere? Also werde ich nicht klagen. Denn der Film, seien wir ehrlich, ist nicht mein Metier, sondern die Bühne. Das Filmen wollte ich nur einmal ausprobieren. Die Wochen und Monate bei Ihnen am See, Eugenia, haben mich mehr gelehrt als jede Rolle bisher. Ich werde dem Filmen also dankbar entsagen und wieder spielen, an mein Stanford Theatre zurückkehren oder etwas anderes finden.«

»Etwas anderes finden, das klingt gut«, Eugenia war wieder

ganz die Alte, »das hat sich bei mir auch immer gefunden, wenn die Zeit reif war.«

Was sie da sagte, war wahr. Sie hatte sie alle gefördert und geprägt, doch dann auch wieder ziehen lassen, wenn die Zeit reif war. Nur Jean war ihr geblieben, das eigentlich schon aufgegebene Kind, das doch noch reüssierte. Nur er war ihr geblieben, weil er sie zu lieben gelernt hatte.

War er inzwischen überflüssig? Vielleicht sogar eine Last, mit seiner ewigen Auge-um-Auge-Gerechtigkeitswut?

Doch Gerechtigkeit musste doch existieren!

»Wenn die Zeit reif ist, genau, Eugenia«, packte Jean die Gelegenheit beim Schopf, »hier und jetzt ist die Zeit reif für etwas, das wir dir längst berichten wollten. Wir haben vor Ort, noch am See, von Neuigkeiten erfahren, die dich sehr dauern werden. Aber es gibt Lösungen für sie, bleib ganz ruhig.«

Zu diesem Thema bräuchten sie jetzt doch etwas Echtes zu trinken, er machte dem Ober ein Zeichen, der rief »Rot oder weiß?« von der Theke her, Jean nickte zu »weiß«, und er brachte im Handumdrehen eine Karaffe und drei kleine Wassergläser.

Gar nicht so übel für einen Ruderclub!

Während er einschenkte, nahm Eugenia wieder unbeirrt ihren Gesprächsfaden auf: »Ich bleibe nicht ruhig, Jean, ich bleibe hier. Muss ich mich wiederholen?«

»Eben, darum geht es ja! Deine Insel könnte …«

»Enteignet werden, ich weiß. Und, du glaubst es nicht, Jean Cheri, ich habe mich dazu schon rechtlich beraten lassen, zum ersten Mal in meinem Leben! Denn bei dieser Enteignung geht es um ein Erbe, das ich meinen Eltern verdanke, nicht um meinen eigenen Verdienst oder einen guten Blick, den ich wohl mit euch sechs …, nun, wenn wir Amelia wirklich verloren haben, nur mehr fünf, aber vielleicht jetzt doch wieder sechs?« Sie nahm Lovetts Hand.

Sie nahm Lovetts Hand!

»… ganz gleich, mit euch, meinen Talenten, bewiesen habe. Ein anvertrautes Erbe ist aber nicht eigene Leistung, sondern die uns anvertraute Leistung von anderen und muss deshalb verteidigt werden. Ich erlaubte mir also, an die Nichte deiner Mutter, an Milly Loewi in New York, zu schreiben. Sie hat sich auf Vertragsrecht spezialisiert, und sie schrieb mir gar nicht erst zurück, nein, sie rief gleich direkt in Victorias Villa an. Sie empfahl mir ihren besten Kollegen in der Stadt, einen gewissen Dr. Rosen, und mit dem traf ich mich gleich nach meiner Ankunft hier Anfang Juni, bevor mich Corina in Ramonas Whisky-Exil verschleppte.«

Jetzt sah sie Jean direkt in die Augen: »Und tu nicht so entsetzt, Jean! Weißt du noch, wie du dich aufgeführt hast, wenn du von deinem Jacques Fersen aus Capri zurückkamst? Deine arme Mutter und ich, wir hatten keine Worte, besser gesagt, wir hatten nur eine einzige Medizin: Ab an die frische Luft!«

Jean öffnete spontan beide Arme in einer Geste des »Genau, wo wir heute sind!«.

Eugenia musste schallend lachen, und ihr Lachen war ansteckend, sogar der Ober an der Bar lachte mit.

»Ich könnte diese Enteignung natürlich anfechten, in anderen Zeiten hätte Dr. Rosen mir auch dazu geraten, doch heute, in Anbetracht der aktuellen Weltlage und der politischen Situation in diesem Land, ist das ein hoffnungsloses Unterfangen, tut mir leid.« Um ihren Mund machte sich ein Zug breit, den Jean noch nie an ihr gesehen hatte.

War es Enttäuschung? Oder gar Bitterkeit?

»Der Staatspräsident ist ein Hitlerfreund und Judenhasser, ich kenne niemand und will niemand kennen, der ihn gut kennt. Genauso wenig will das Dr. Rosen. Nationale Interessen gehen über private, und da ich zu blauäugig war, mich rechtzeitig vertraglich für die Grandhotel-Investition abzusichern, können die Herren Bustillo heute machen, was sie wollen.«

»Nicht ganz«, warf Jean ein, »zumindest ich zeige deinen Oberkünstlerarchitekten wegen Verletzung der Feuer- und Fluchtwegsverordnungen an.«

»Ha!« Ihre Bitterkeit war wie weggewischt. »Das machst du gut! Das Haus brennt beim ersten Funkenflug wie eine Fackel!«

»Genau.«

»Doch das bringt uns meine Insel, die sie wollen, nicht zurück.«

Das kam ohne Groll, als reine Tatsache. Es war nicht ihre Art, übel zu nehmen, sie konnte es einfach nicht, stattdessen umklammerte sie jetzt Lovetts Hand mit beiden Händen.

Sie waren ein schönes Paar, wie sie da so im gelben Flusslicht saßen, den Blick wieder hinaus aufs Wasser gerichtet. Ihre Augen hatten die gleiche tief liegende Glut, die golden an die Oberfläche glomm.

»Die Insel können sie aber gerne behalten«, fuhr sie jetzt fort, »uns bleibt ja das lebenslange Wohnrecht im Chalet, das ist grundrechtlich gesichert, da können sie sich auf den Kopf stellen. Und dieses Wohnrecht habe ich, und ich werde dich jetzt duzen, Thaddeus, du wirst gleich erfahren, warum«, sie sah Jean kurz in die Augen, »diesem meinem letzten Ziehkind hier übertragen. Dr. Rosen hat die Notariatsakten aufgesetzt, und ich habe unterschrieben. Jetzt habe ich Ruhe.«

Lovett löste seine Hand aus ihrem Griff, er rutschte mit seinem Stuhl vom Tisch weg und stand auf.

»Das kann ich nicht annehmen«, sagte er, er wurde rot dabei und wusste nicht, wohin mit seinen Händen.

»Papperlapapp, du hast gar keine Wahl. Du hast Amelia und Fred vor dem Möwenpaket gerettet, leider war's zu spät, aber du hast es versucht. Du hast Leben zurück in mein altes Chalet, ja, auf die ganze Insel gebracht. Angefangen bei Silva, hast du alle verzaubert, und diesen Jean hier hast du umgestülpt wie einen Handschuh. Schau ihn dir doch an, man könnte sich geradezu in ihn verlieben!«

Jean drohte ihr mit der Serviette und zog Lovett zum Tisch zurück.

Der Ober servierte das leere Empanada-Blechtablett ab und deckte Teller und Besteck auf, immer auf den nackten Tisch.

Es gab keinen besseren Ort für dieses Gespräch!

Als Lovett wieder saß, tranken sie einen ersten Schluck von dem glasklaren Wein. Der Ober kam mit einem neuen Blechtablett aus der Küche, einen gartenfrischen Endiviensalat darauf, den sie gar nicht bestellt hatten, der aber genau das war, was sie jetzt gerne genießen würden.

Während sie die ersten Blätter kosteten, die Endivien waren mit einer delikaten Senf-Vinaigrette angemacht, enthüllte Eugenia ihren nächsten Plan. Sie schob Lovett ihr Weinglas zu und ließ sich dafür das Wasserglas füllen, dann begann sie: »Ich werde hierbleiben, nicht in Buenos Aires und auch nicht auf der Isla Victoria, nein, in meiner chilenischen Heimat Valparaíso, da, wo ich als Kind in die Klosterschule ging. Das letzte Geld, das mir bleibt, wenn überhaupt etwas bleibt, werde ich in ein kleines Haus stecken, das ich mir schon vor ein paar Jahren hoch über der Pazifikküste planen ließ.«

Ein kleines Haus hoch über der Pazifikküste?

Eugenia war wie immer weit der Zeit voraus.

Jean musste kurz innehalten.

Wenn eines Tages für ihn alles zu Ende wäre, wenn keine Bestelllisten mehr zu erledigen, keine Grandhotel-Fluchtwege mehr abzusichern, keine Born-Villen mehr einzurichten wären, wenn Lovett ihn für einen Jüngeren, Begabteren, Reicheren, Gesünderen und vor allem viel Attraktiveren verlassen hätte oder vielleicht sogar für eine Frau, dürfte er dann zu Eugenia zurückkehren?

Unter ihnen das Meer, um sie der Wind, vor ihnen nur noch der Himmel?

»Du bekommst eine ziemlich große Küche, Jean«, sagte Eugenia im selben Augenblick, »die macht die Hälfte meiner wenigen Quadratmeter aus und ist fast so geräumig wie die in deiner Rue de Verneuil. Und auch eine Ecke zum Schlafen finde ich dir.«

Er liebte sie!

»Mein kleines Haus wird aus Granit gebaut sein und ein offen schwingendes Dach haben, wie die Flügel eines Schmetterlings. Dort am Steilhang gibt es nichts als Felsen, und man kann auch nichts anderes herankarren, das musste der Architekt erst einmal schlucken. Inzwischen hat er's verdaut.«

»Wie heißt der Ort?«, wollte Lovett wissen.

»Zapallar, ein Paar-Seelen-Dorf in der Bucht von Cachagua, gleich unterhalb von Valparaíso, ein Ort, der bisher kaum einem Menschen ein Begriff war. Doch dank meines Projekts ist er inzwischen, man könnte sagen, weltbekannt.«

»Der Architekt ist nicht etwa Bustillo?« Jean wurde immer neugieriger.

»Ach woher, doch auch dieser Schweizer ist kein Engelchen«, musste sie wieder lachen, »noch nicht einmal auf dem Gelände trassiert hat er, nun ja, ich gebe zu, er ist in Europa und Amerika ziemlich berühmt, das Projekt schon veröffentlicht. Stellt euch vor, es hängt in New York an den Wänden des Museum of Modern Art! Er nennt es sein ›wichtigstes Projekt‹ neben der Villa meiner Freunde Savoye bei Paris, die er gleichzeitig geplant hat. Ich fürchte nur, diese meine schlichte Klause könnte seine so pompös inszenierte Fünf-Punkte-Ideologie ins Wanken bringen.«

»Welcher Schweizer, doch nicht der Sturschädel Le Corbusier?«, wollte Jean wissen.

»Doch, doch, und wir müssen Thaddeus erzählen, dass Blaise Cendrars, unser Literatenfreund, ihn schon vor Jahren zu uns nach Biarritz schleppte, erinnerst du dich, Jean? Es war der Sommer, in dem Blaise von seiner ersten Reise nach Venezuela und Brasilien zurückkehrte und sein *D'Oultremer à Indigo* bei mir auf der Pergola begann. Du mischtest Pferdehaar-Paste in der Küche, Pablito ritzte tanzende Nackte auf die Wände der Remise …«

Lovett kreuzte bei diesen letzten Sätzen plötzlich sein Besteck auf dem Teller und schaute gebannt hinaus aufs Wasser, als kehrten lang erwartete Reisende im Kanu zum Ruderclub zurück. Jean hatte ihn noch nie so abwesend gesehen, es war, als hätte man ihn mit einer einzigen Geste aus der Wirklichkeit gewischt.

Und da begann er zu deklamieren, mit diesem surrealen Ton aus dem Off, den Jean schon gestern an ihm erlebt hatte, als der Brief von Louis B. Mayer eingetroffen war.

»Sechsundneunzig Tage war ich den Orinoco-Fluss hinaufgefahren, sechsundneunzig Tage im Kanu, und als ich wieder an der Küste anlangte, war ich mager, sonnenverbrannt, übersät von Mückenstichen und krank, aber stolz, denn in meiner Pflanzensammlung trug ich eine wilde Blume aus dem Urwald mit mir, eine Blume der Einsamkeit, eine unbekannte Blume, die sich niemals verpflanzen ließe.«

Seine Stimme gewann mit jedem Wort an Tiefe, sie war die Ruhe, das Glück selbst. »Eine Blume der Einsamkeit«, wiederholte er, dann rief er den Blick von der Weite des Tigre auf seine Hände zurück, wohl musste er die nächsten Sätze in seinem Gedächtnis ordnen.

»Eine unbekannte Blume, die sich niemals verpflanzen ließe. Es ist eine Liliensorte, die man nur in der Tiefe des Orinoco-Urwalds finden kann. Die Indios nennen sie ›die Blume, die die Farbe wechselt‹. Und wirklich ist ihre Blüte frühmorgens reinweiß, gegen zehn Uhr vormittags wird sie leicht rosé, mittags feuerrot. Zu Beginn des Nachmittags kleidet sie sich in Orangetöne«, er wies mit beiden Händen auf den Fluss vor ihnen, der sich im frühen Nachmittagslicht gerade in Apricot umfärbte, »die dann wenig später zu Lila werden. Über den Abend verwandelt sich das Lila in Hellblau, in Himmelblau und schließlich in Phosphorgrün, in dem diese zauberhafte Lilie die Nacht verbringt, um sich dann, im Morgengrauen, wieder in Reinweiß zu entfärben.«

Lovett hielt kurz inne und sah Eugenia an.

»Das schrieb Blaise Cendrars unter Ihrer Pergola in Biarritz, Eugenia. Reinweiß im Morgengrauen war aber nicht nur seine Orinoco-Lilie, sondern auch Ihre Isla Victoria am Morgen von We Tripantu und an vielen Morgen danach.«

Eugenia nahm umgehend seine Hand.

»Du siehst, es ist dein Chalet, Thaddeus.«

»Du hast es also mit Le Corbusier versucht, wie schon vor dir Victoria?«, kam Jean zum Thema zurück.

»Ja, natürlich! Denn für mich durfte er keine Betonkäfige und Fensterbänder von anderen Projekten abkopieren, sondern musste mit dem Zapallar-Hanggranit umgehen lernen. Er schrieb, erst wütend, dann zunehmend über sich selbst erstaunt, er habe erstmals ein gesamtes Bauwerk aus den Ressourcen eines Ortes entworfen. Sagen wir lieber: entwerfen müssen.« Sie kicherte dazu.

Eugenia hatte dem Besserwisser Le Corbusier ein Projekt diktiert?

Wie gerne würde er seinem Freund Loos davon erzählen, wenn er bloß noch am Leben wäre!

»Aber jetzt«, sie trank einen Schluck und drehte sich ganz zu Lovett, »brauche ich dich, mein Junge! Du begleitest bitte unseren Star-Décorateur am Freitag nach Paris. Mich lasst ihr noch ein paar Tage hier, ich fahre nach Chile und bereite den Bau meines allerletzten Projekts vor. ›Villa Eugenia‹ hat Le Corbusier mein kleines Haus in einem Anflug von Charme genannt, die Pläne liegen schon fix und fertig in meinem Boudoir.«

Beim Zurückspazieren erfuhr Jean noch, dass sie die Miete für das Pariser Kutscherhaus der Grafen Beaumont gegen einen ihrer letzten Picassos auf die kommenden fünfzig Jahre im Voraus abgegolten und das dortige Wohnrecht auf ihn übertragen habe.

»In fünfzig Jahren bist du Mitte neunzig, Jean Cheri, der einzige Frank, der ein so gesegnetes Alter erreicht. Das Kutscherhaus wird euch beiden gut stehen.«

Hatte Eugenia alles zwischen Lovett und ihm durchschaut?

Sie hakte sich gut gelaunt bei ihm ein und flüsterte, mehr zu sich selbst als zu ihm: »Ein guter Junge, habe ich's doch gesagt.«

Einen Atemzug und einen blitzschnellen Tonwechsel später war aber wieder die große Mäzenin in ihr zurück: »Denn, seien wir ehrlich, die Rue de Verneuil ist doch eigentlich die ideale Design-Fabrik? Du machst eine Schau-Werkstatt daraus, wie jene Dessauer Bauhaus-Schule, die man unter dem Tölpel von Hitler schließen musste.«

Das war eine brillante Idee!

Jean dachte sie für ein paar Augenblicke durch, während sie leise zu lachen begann, ihr mädchenhaftes Lachen, das bezaubernd war.

Eleganz hieß nicht nur Weglassen, Eleganz hieß Loslassen. Eugenia hatte alles abgegeben, sie hing an nichts mehr.

III

Aufbruch
Lissabon, Buenos Aires, New York

55 *Zurück zum Kassenbuch*

Die Deckenventilatoren der Allegro-Bar des Palacio Pestana jagten einander gegenseitig durch den Raum, während Jean sein rotes Kassenbuch öffnete, die vielen beschriebenen Seiten durchblätterte und die erste leere Doppelseite fand. Hierher notierte er das heutige Datum: Lissabon, Samstag, 22. Juni 1940.

In diesem roten Buch hatte er sein Dasein vor Lovett zusammengefasst, und es war mit ihm von Patagonien über Buenos Aires nach Paris zurückgereist, dann im Mercedes Landaulet seiner Mutter bis hierher nach Lissabon.

Seit er vor dreieinhalb Jahren im Zum Roten Land Lovett begegnet war, hatte sein Leben eine neue Wendung genommen.

Wer hätte in dieser Zeit, die ihn zu einem neuen Jean-Michel Frank gemacht hatte, je das Bedürfnis gehabt, mitzuschreiben?

Doch ab heute war wieder alles anders, im schlimmsten Fall wie vor der Flucht nach Patagonien, die Eugenia so voller Liebe inszeniert hatte. Ganz Europa und auch Jean selbst schienen einen letzten Moment ihrer Existenz zu erleben. Adolf Hitler hatte es wahr gemacht und einen Krieg begonnen. Wer konnte, floh aus Deutschland und Polen, aus Österreich, Italien und Spanien, aus Holland, Dänemark und Belgien, seit letzter Woche auch aus Frankreich.

Jean hatte den ganzen Nachmittag Zeit, er müsste mehrere Stunden in der Bar dieses herrlich altmodischen Hotels verbringen und auf die anderen warten. Deshalb hatte er das Kassenbuch aus seinem Überseekoffer geholt und mit hier herunter in die Bar gebracht, wo er sich ans hinterste Tischchen, gleich vor die Fensterfront zum Atlantik, gesetzt hatte.

Es tat gut, letzte Momente aufzuschreiben, statt sie in einem immer enger werdenden Herzen mit sich herumzutragen.

Seit gestern Abend wusste er, die Vereinigten Staaten würden es nicht werden. Es gäbe keinen gemeinsamen Aufbruch mit Lovett und Elsa und den Dalís nach New York, denn er erhielt kein Visum.

Wer hätte voraussehen können, dass das Debakel mit Herrn Rockefeller solch fatale Folgen haben würde?

Er schraubte seine schwarze Füllfeder auf, setzte sich so gerade wie möglich auf sein Sesselchen und begann mit der ersten Zeile.

Vor beinahe genau drei Jahren, am 19. Juli 1937, waren Amelia Earhart und Fred Noonan für verschollen erklärt worden. Kurz nach ihrem letzten Funkspruch von Nadzab, der Aerostation von Lae in Neuginea, war der Kontakt abgerissen, auf der Howlandinsel war die Electra nie angekommen. Obwohl die amerikanische Regierung die bisher größte Suchaktion in der Geschichte ihrer Luftfahrt mit 64 Flugzeugen und acht Kriegsschiffen einleitete, konnten weder das Flugzeug noch Wrackteile ausgemacht werden. Und das war und blieb eigenartig.

Saßen Amelia und Fred seither als allererste Kriegsgefangene des tatsächlich wahr gewordenen Kriegs in einer japanischen Kamikazefliegerbasis fest, wie Jorge Born schon in der Villa Ocampo angenommen hatte?

Born arbeitete mit seinen Farbwerken der gesamten südamerikanischen Transport- und Rüstungsindustrie zu, wahrscheinlich hatte er über die internationalen politischen Absprachen besser Bescheid gewusst als jeder andere bei Victorias Dîner.

Auf der Überfahrt nach Cherbourg eine Woche später hatte Jean immer wieder an die letzten Momente denken müssen, in denen er Amelia und Fred noch erlebt hatte. Denn die letzten Momente blieben einem lebhafter in Erinnerung als die ersten. Die letzten Augenblicke mit einem Menschen, einem Ort, einer Melodie, einem Duft. Immer wieder hatte er die Szene am Abend ihrer Ankunft in Patagonien vor sich gesehen, wie sie alle überwältigt und ermüdet vor dem Zum Roten Land gestanden hatten und Amelia und Fred in der Bürgermeisterlimousine davongefahren waren.

Jean war mit Lovett nach Paris zurückgekehrt, wie Eugenia es gewünscht hatte, und sie waren glücklich seither, es war ein sprachloses Glück.

Knapp sechs Monate nach ihrer Rückkehr, präzise gesagt am 9. Januar 1938, war das Grandhotel mit einem Sommerball und dem ersten Feuerwerk, das die Anden je gesehen hatten, eröffnet worden. Ganz Buenos Aires, ja ganz Südamerika tanzte auf seinen Terrassen, die internationalen Journale schrieben vom »neuen Anden-Stil«, den der französische Star-Décorateur Jean-Michel Frank, keine Rede mehr vom deutschen Juden, hier entwickelt habe und den die wie Pilze aus dem Boden schießenden Chalets und Villen in der Bucht von Llalo Llao unaufhaltsam aufgriffen.

Wussten die Journalisten, wie komisch sie waren?

Llao Llao hieß: viele Pilze!

»Überraschend«, »poetisch«, ja »sinnlich« waren die Adjektive der Kritiker, »mit einfachsten Mitteln« mache das Design-Wunder Frank »einen Ort zur Bühne, nicht nur zum Bühnenbild«. Matilde Born sandte die komplette Sammlung der Zeitungsausschnitte in die Rue de Verneuil.

Diese Frank-Euphorie machte Jean nur aus einem Grund Freude: Bei Pirovano gingen täglich Folgeaufträge ein, und er konnte einen Ableger seiner Comte Manufaktur in Bariloche gründen, selbstredend in der Werkstatt von Hildegard und Alfred auf Las Rocas. Die »Bestellungen« auf Poulencs Liste, die seit Jeans Rückkehr aus Buenos Aires stets prall gefüllt war, befanden sich in regelmäßigem Rhythmus zu Schiff nach Buenos Aires.

Nur eineinhalb Jahre später, am 26. Oktober 1939, war das Grandhotel bis auf seine Grundmauern niedergebrannt. Zum Glück wurde niemand verletzt, da das Haus erst am folgenden Wochenende zur Sommersaison eröffnet hätte. Doch das Sockelmauerwerk, sämtliche Blockwände und der Dachstuhl mussten neu aufgebaut und die komplette Einrichtung ersetzt werden. Die Versicherung zog sich aus der Affäre, indem sie den Architekten auf Planungsmängel verklagte. Diese Klage stützte sich auf eine Anzeige wegen Nichteinhaltung fundamentaler Bauvorschriften, die der beauftragte Inneneinrichter, »Jean-Michel Frank, Eigentümer der gleichnamigen Boutique, Rue du Faubourg Saint-Honoré, Paris«, wie er von der Baupolizei Buenos Aires geführt wurde, noch vor seiner Projektübergabe im Juli 1937 erstattet hatte. Alejandro Bustillo wurde schuldig gesprochen und verpflichtet, die Planung und Bauaufsicht der Wiedererrichtung unentgeltlich – und im Eiltempo – zu leisten.

Den Totalersatz der unzureichend versicherten Innenausstattung, und diese Forderung hätte Bustillo in den Ruin getrieben, trug ein privater Fond, den sein Bruder Exequiel Bustillo über das Nationalparknetzwerk etabliert hatte. Die Liste der Spender wurde von den zwei Hitlerschergen angeführt, deren Namen Jean Jahre zuvor bei seiner Ankunft in Patagonien beim Tischgespräch im Zum Roten Land geflüstert hatte. Die fortschreitende Eroberung des »Lebensraums im Süden« war also keine Phantasie mehr, sondern beklemmende Realität.

Weder aber musste Exequiel Bustillo als Nationalparkdirektor zurücktreten, noch verlor Alejandro Bustillo seine Kammerzugehörigkeit.

Lovetts Frage am eisigen Abend seiner Rückkehr von Villa

La Angostura, wer in diesem Shakespeare'schen Drama denn wen in der Hand habe und wer alle beide, war die richtige Frage gewesen. Beide Brüder mussten dem reaktionären argentinischen Staatspräsidenten Roberto María Ortiz im großen Stil zugearbeitet haben, dass er sie jetzt jeglicher Verantwortung enthob.

Warum sonst diese nahe am Amtsmissbrauch vorbeischrammende Protektion?

Victoria hatte ihm nach Paris geschrieben, dass sich in der bekanntermaßen ebenso reaktionären argentinischen Society inzwischen Stimmen gegen den unzuverlässigen Architekten-Künstler erhoben hätten. Matilde Born zum Beispiel habe Bustillo schlichtweg den Auftrag zur Bauausführung ihrer Villa in San Isidro entzogen. Gegen den Staastpräsidenten aber, den sicherlich ebenso selbstherrlichen Ortiz, wagte bisher keiner etwas laut zu sagen. Die Oligarchie schützte ihre Privilegien und verkaufte sich dafür, genau wie es gerade auch in Spanien, Deutschland, Österreich und Italien geschah, an ihre eigenen potenziellen Henker.

Nur Victoria machte den Mund auf, Jean hatte ihre Leitartikel in ihrer Zeitschrift *Sur*, die sie ihm stets druckfrisch nach Paris senden ließ, mit Begeisterung gelesen!

In ihren langen Briefen hatte sie ihm die Erläuterungen dazugeliefert, und er hatte sich über ihre Offenheit gewundert. Solche verfolgbaren, ja verklagbaren Briefe hatte er sich mit Thomas Mann und Poulenc nie geleistet.

Im Monat der Absolution der Brüder Bustillo verabschiedete Ortiz auch das Antisemitengesetz, in Anlehnung an das faschistische Rassengesetz Italiens, das im November 1938 als Maßnahme zur »Verteidigung der arischen Rasse« dekretiert worden war. Es war alsbald sämtlichen argentinischen Botschaften strikt untersagt, »Unerwünschten« und »Ausgestoßenen«, also klarerweise der verfemten Rasse, Einreisevisa auszustellen, nicht für zwei Wochen, nicht für drei Monate, erst recht nicht lebenslang. Kein einziger Name auf Jeans Bestellliste käme jetzt noch in Argentinien unter.

Welch ein Glück, dass sie mit Poulenc und Thomas Mann nie auch nur einen Tag hatten verstreichen lassen, ohne zu reagieren, beziehungsweise die Bestellungen einzuschiffen!

Doch das war hier von Lissabon aus gesehen Vergangenheit. Sobald Jean im erstbesten Exil angelangt wäre, müssten sie gemeinsam ein neues Netzwerk für Aufenthalts- und Arbeitsbewilligungen aufbauen …

Erst ein paar Tage nach der Lektüre der beklemmenden Neuigkeiten zum argentinischen Antisemitengesetz hatte Jean die Konsequenzen erkannt, die jenes Ortiz-Dekret für ihn selber hätten: Das Jute- und das Lackprojekt mit Jorge und Matilde Born, zwei faszinierende Aufträge, die Jean viel zu lang vor sich hergeschoben hatte, waren Geschichte. Das so bombastisch daherkommende Rockefeller-Projekt hatte ihn von einer Reise nach Argentinien abgehalten, nun war klar, dass er nicht mehr dorthin zurückkehren könnte, zumindest nicht gleich. Vielleicht sogar lange nicht oder niemals mehr.

Jean hatte mehrere Wochen darum getrauert und sich an die jeweils letzten Momente an jedem einzelnen Ort dieses grenzenlosen Landes erinnert.

An den Abschied von Eugenias Isla Victoria, seinen letzten Blick von Silvas Kahn zurück auf die kleine Hafenmole, das Räucherhäuschen und das Chalet am Hang.

An Silvas totenstille Umarmung, als sie am Bahnhof angelangt waren und in den einzigen Waggon des Ferrocarril del Sur einstiegen, der bis Buenos Aires durchfuhr.

An das wahrscheinlich für lange Zeit letzte Ankommen am Retiro-Bahnhof von Buenos Aires, Lautaro stand wie immer in seiner Calèche bereit.

An den Abschied von San Isidro, Victoria, Silvina und Huenu unter den taufeuchten Libanonzedern des Ocampo-Parks.

An das Auslaufen der Madrid aus dem Hafen von Puerto Nuevo schließlich, diesmal unter einem jungen, sehr zackigen Kapitän, der sich semmelblond grinsend an der Reling des A-Decks aufgebaut hatte.

Gute vier Monate zuvor war Captain Cohn mit Jean und Eugenia hier eingelaufen, jetzt lag der Río de la Plata brauner und schwerer vor dem Horizont als je zuvor.

Was würde auf dieses Land zukommen? Und was auf Europa?

Ein einziger Umstand hatte Jean seither daran gehindert, in eine echte Depression zu fallen. Lovett, der mit ihm kam und blieb.

In diesem Augenblick, in dem er seinen Namen schrieb, beharrte dieser Engel im amerikanischen Konsulat darauf, vielleicht doch noch irgendeine Art von US-Visum für Jean zu erhandeln.

Zumindest ein Transitvisum für ein paar Tage?

Einmal vor Ort angelangt, würde seine Cousine Milly sich einsetzen. Sie versetzte Berge.

56 *Weggefährten*

Im September 1939, ein Jahr nach ihrer gemeinsamen Rückkehr nach Paris, war Hitler in Polen einmarschiert. Ein weiterer Krieg begann in diesem jungen Jahrhundert, der Jean noch beim Dîner in der Villa Ocampo, als Jorge Born die Bemerkung zu Amelias rätselhaftem Verschwinden gemacht hatte, als Dystopie erschienen war. Im April und Mai darauf fielen die Nazitruppen in Dänemark und Norwegen, in den neutralen Staaten Niederlande, Belgien und Luxemburg ein.

Am 14. Juni 1940, vor einer Woche, war Paris drangekommen. Jean hatte seine Anzüge in zwei Koffer gepackt und diese in den Mercedes Landaulet seiner Mutter geladen, der, immer noch fahrtüchtig, im Werkhof der Rue de Verneuil stand. Chanaux kam die Schlüssel zur Boutique in der Rue du Faubourg Saint-Honoré abholen, sie würden sie vorübergehend schließen. Poulenc nahm die Schlüssel der Rue de Verneuil und der Rue Masseran in Verwahrung.

Eugenia, die sich nach ihrer Rückkehr nach Europa in die Mimoseraie in Biarritz zurückgezogen hatte, würden sie nach ihrem Aufbruch aus Paris auf dem Weg zum Hafen von Lissabon besuchen. Zu Jeans Erleichterung hatte sich ihre kleine Schwester Josefina, die, man konnte sagen, nach alter Familientradition, mit einem in Europa verdingten Diplomaten verheiratet war, seit Kriegsbeginn ebenso mit ihren Kindern in Biarritz verschanzt, so war zumindest immer jemand von der Familie um sie, sollte sie doch nochmals in ein Glen-Grant-Pure-Malt-Loch fallen.

Letzten Mittwoch, dem 19. Juni, stand zur Abfahrt aus Paris auch Nannchen im Hof der Rue de Verneuil bereit. Jean kamen beinahe die Tränen, als er sah, wie sehr sie an Gewicht verloren hatte. Nannchen war an die neunzig und hatte doch die raue Zeit der deutschen Kriegsdrohungen vollkommen selbstständig in seinem Elternhaus in der Avenue Kléber überstanden. Sie sollte mit ihnen bis nach Biarritz mitfahren, es war Eugenias Idee gewesen.

Jean hatte das Haus in der Avenue Kléber ziemlich bald nach seinem Umzug in die Rue de Verneuil verkauft, und damals war der Immobilienmarkt noch ein exzellenter Markt gewesen, er hatte sich die Käufer aussuchen können und so lange gewartet, bis Nannchen überzeugt gewesen war. Ihre Wahl war auf ein junges Paar aus dem Spitzer-Clan gefallen, das ihr ohne Zögern das von Jean geforderte lebenslange Wohnrecht einräumte. Sie hatte in ihren lichten zwei Zimmern im Mezzanin wohnen bleiben können und das Gartenhaus weiter betreut, das auf den Hinterhof zu den ehemaligen Remisen ging. Hier hatte sie das kleine Meer von Lilien und Orchideen gepflegt, die Jeans Mutter über Jahrzehnte gezogen hatte.

Doch in den letzten zwei Jahren, in denen die Spannungen in der Nachbarschaft zugenommen hatten, musste sie gelitten haben. Jean war ja schon lange nicht mehr im XVI. Arrondissement rund um den Trocadéro-Platz unterwegs, doch Poulenc, der weiterhin im Palais seiner Mutter wohnte, hatte berichtet, dass an den Litfaßsäulen entlang der Avenue Kléber jetzt Hassparolen gegen Juden angeschlagen waren, dass die Zeitungshändler keine Tageszeitungen mehr an »gewisse Gesichter« verkauften, dass die Marktfrauen sich von bestimmten Kunden abwandten.

Auch wurde denunziert. In einer protestantisch-jüdischen Nachbarschaft, die seit mehreren Generationen friedlich zusammenlebte, wurden ältere Juden auf der Straße angehalten und nach ihrem Arbeitsplatz befragt, alleinstehende jüdische Frauen wurden in die Treppenhäuser verfolgt, um »Hausbesucher« oder versteckte Mitbewohner zu erschnüffeln, jüdische Kinder durften nicht mehr mit Arierkindern spielen.

Am Gitter des Spielplatzes vom Trocadéro-Park hing ein Schild mit der Aufschrift: *»La France pour la France!«*

Die Hitlerparole »Deutschland den Deutschen«, die die Franzosen noch wenige Jahre zuvor verlacht hatten, hatte man jetzt eins zu eins übernommen ...

Hierher hatte Jeans Mutter ihre drei Söhne einst im Leiterwagen zum Spielen gezogen, das war keine dreißig Jahre her. Keiner der französischen hochwohlgeborenen Nachbarn hatte sich über ihre Gesellschaft beklagt, im Gegenteil. Bei den Marktfrauen entlang der Avenue Kléber hatte sie über Jahrzehnte eingekauft, die Nachbarn, die jetzt die Straßenseite wechselten, wenn ihnen Juden entgegenkamen, hatte sie täglich gegrüßt, zu Weihnachten und Ostern liebevoll beschenkt.

Es war eine Schande. Und diese Schande schien sich seit vielen Monaten in der Stadt etabliert zu haben, lange bevor die Wehrmacht ihre Truppen schickte.

Eigentlich durfte man solche tagtäglichen Beleidigungen ja gar nicht ernst nehmen, doch wer hatte das dem armen Nannchen je erklärt?

Jean jedenfalls nicht. Keiner war da gewesen, ihr die vermeintliche Existenz einer Rassen-Schuld auszureden. Jean hatte sie in den vergangenen drei Jahren, seit der Abreise nach Patagonien, dem sich lange hinziehenden Grandhotel-Projekt, der Ankunft mit Lovett in Paris, dann den Querelen um das Rockefeller-Projekt in New York einfach vergessen.

Er musste sie jetzt auf der Fahrt nach Biarritz verwöhnen, hatte er sich, als er sie im Hof der Rue de Verneuil umarmte, vorgenommen, sie musste endlich wieder einmal etwas essen. Bei Eugenia in der Mimoseraie angekommen, wäre sie dann in Sicherheit. In ihrem hohen Alter und ohne weitere jüdische Verwandte oder Angehörige, die in Eugenias Anwesen auffallen könnten, würden ihr die Schergen der Besatzertruppen sicher nicht von Paris aus hinterherschnüffeln. Und wenn, würde Jean Nannchen umgehend auf seine Bestellliste setzen und, auf seinen eigenen Spuren, nach Amerika einschiffen. Irgendwoher bekäme er ein Visum für sie, war er sich bei ihrer Abfahrt aus Paris noch sicher.

Von wegen!, dachte er jetzt, wie er hier in der Bar des Palacio Pestana an seinem Tischchen am Fenster saß. Er bekam nicht einmal ein Visum für sich selbst.

Schließlich war auch Elsa Schiaparelli mit von der Partie. Zu Elsa musste Jean hier in seinem roten Kassenbuch etwas ausholen, er begann einen neuen Absatz.

Sie war eine seiner ersten Bauherrinnen gewesen, die Couturière mit dem shocking pinken Modesalon am Place Vendôme, und sie war auch in all den folgenden Jahren an seiner Seite geblieben. Eine der wenigen, die er je in die Rue de Verneuil zu einem Abendessen in der Küche eingeladen hatte.

Für Lovett, immerhin das Patenkind ihrer Kundin – und vielleicht auch Geliebten? – Greta Garbo, hatte sie bei seiner Ankunft in Paris einen kleinen Begrüßungscocktail in ihrem Modesalon gegeben. Seither erschienen Jean die beiden wie Verbündete. Dank ihrer Auslandsaufträge in Hollywood hätte Elsa gut und gerne im besetzten Paris bleiben können und hätte noch immer reichlich zu tun gehabt, doch musste es ihr in den letzten Monaten in der Stadt wie Nannchen ergangen sein. Sie wurde verfolgt.

Zwar hatte sie keine Rassenprobleme, dafür aber *problèmes de conduite*, wie man im Französischen so schön sagte, Probleme, die die »gute Führung« betrafen. Seit Jeans Freund Adolf Loos ihr seine New Yorker Nichte Anita mit den ersten großen Hollywood-Schauspielerinnen, der Swanson und der Crawford, in den Modesalon geschickt hatte, war ihr Erfolg nicht mehr abgerissen, ebenso wenig aber auch der Klatsch über ihr Privatleben.

Dieser Klatsch war dem Paris der wilden 1930er herzlich egal gewesen, im Gegenteil, die durch alle Pariser Cafés geisternde Mär von einer Affäre mit Greta Garbo hatte ihrem Geschäft nur gutgetan.

Wer kleidete sich nicht gerne in die Roben der »Göttlichen«?

Doch diese Zeiten waren unwiederbringlich vorbei, Paris war ein verlogenes Spießerkaff geworden, in dem jeder »ordentliche Bürger« das Recht hatte, verfemte Rassen und abartige Minderheiten auf der Straße anzuspucken. Die inzwischen überall präsenten Moral-Denunzianten hatten Elsa wiederholt von ihrem Salon bis in ihre Wohnung verfolgt, und da hatte sie, die sonst nicht zimperlich war, es zunehmend mit der Angst zu tun bekommen.

Sie hatte Jean und Lovett in den letzten Monaten oft in der Rue de Verneuil besucht, nur um bei gedünstetem Fenchel oder einem Käseomelette in der Küche zu sitzen und laut zu … fluchen!

In ihrem dunkel rollenden römischen Akzent klangen ansonsten unsägliche Ausdrücke einfach herrlich, Lovett war begeistert und dolmetschte simultan, so verrucht, wie er nur konnte.

Elsa hatte entgegen Jeans Erwartungen sofort zugesagt, als Lovett sie am Tag des Einmarschs der Hitlertruppen zur Fahrt nach Lissabon und weiter nach New York eingeladen hatte. Sie kam ohne Koffer, allein mit einer kleinen Reisetasche, dafür im schwarzen Tailleur.

Sie sagte: »Anita nimmt mich im Notfall auch nackt.«

Victoria im fernen Buenos Aires würde Elsa nicht nur als Couturière lieben!

Könnten sie sich doch eines Tages kennenlernen …

57 *Der Reiseplaner*

Wer hatte das alles abgewickelt, als wäre es ein Kinderspiel?

Lovett.

Sie hatten sich seit dem Tag, an dem Eleanor Roosevelt sie einander im Zum Roten Land vorgestellt hatte, also seit drei Jahren und drei Monaten, kaum je getrennt. Oder, um genau zu sein, nur für die wenigen Tage, die Lovett bei Salten in Wien verbracht hatte.

Denn Lovett hatte seine neue Bambi-Idee aus dem Kaminzimmer der Villa Ocampo gleich nach der Metro-Goldwyn-Mayer-Absage Schritt für Schritt umgesetzt. Zunächst hatte er Salten endlich persönlich kennenlernen wollen. Er war dreimal nach Wien gereist, um ihn in seiner Wohnung zu besuchen, denn ins Café Museum ging er nicht mehr, und eine mögliche Fortsetzung von Bambi zu konzipieren. Schließlich hatte er ihn überzeugt, indem er ihm angeboten hatte, gemeinsam an der Geschichte dieses alleingelassenen Rehs weiterzuschreiben.

Salten drohte damals gerade der Bankrott, weil er im zunehmend Hitler-verbrämten Wien keine Artikel mehr veröffentlichen, keine Stücke mehr aufführen konnte und ihn sein viel zu zeitkritisches Kabaretttheater in die Schuldenfalle trieb. Felix Salten, der hochgelobte Theatermann und Kritiker, der Hofmannsthal und Schnitzler, Karl Kraus und Frank Wedekind durch seine Stücke geformt, in seinen Kritiken bekannt gemacht hatte, fand zu den allgemein herrschenden Judenhasszeiten niemanden mehr, der ihm finanziell oder politisch beistand. Die berüchtigte Café-Museum-Clique, wohlgemerkt allesamt

Juden, die ihm ihren ganzen Erfolg verdankten, wandten sich geschlossen von ihrem betagten Gönner ab.

Lovett hatte ihm gegenüber anscheinend den richtigen Ton getroffen. Nicht nur hatte er Salten zum Weiterschreiben motivieren können, sondern auch von seiner gestalterischen Idee begeistert, dem »künstlerisch anspruchvollen Kinderbuch«. Sie hatten den renommierten Federzeichner Hans Bertle für die Illustrationen gewinnen können, und Saltens Bankrott wurde, man höre und staune, durch den Verkaufserfolg des Bambi-Folgeromans abgewendet. Er war wieder in der Lage, seine Miete zu bezahlen, Kohlen zu kaufen, und konnte sich dann und wann ins Sacher setzen und einen Tafelspitz bestellen.

Inhaltlich wurde der neue Bambi eine ernsthafte Figur, mit der man mitlebte und mitlitt. Er verteufelte die Menschen nicht mehr strikt, sondern beobachtete sie und machte sich ein differenziertes Bild von ihnen, genau wie von den mit ihm im Wald lebenden Tieren.

Man merkte genau, dieses Rehböckchen war gereift, und so begegnete er auch der Liebe. Er gab den Großteil seiner Gewohnheiten und alten Freundschaften auf und wagte sich auf fremdes Terrain, mit dem Traum, eine Familie zu gründen.

Diese Geschichte rührte Jean noch heute an. So wie er selbst mit den Hirschfellen eines Mapuche-Tischlers und den Pumasilhouetten einer Machi-Frau den neuen »Anden-Stil« geschaffen hatte, der reißend Absatz fand und in Fotografien und Artikeln um die Welt ging, so lag die Fortsetzung von *Bambi* bald auf allen Ladentischen. *Bambi's Children* erschien in New York und bewusst nicht in deutscher Sprache, sondern in Lovetts schönem Englisch. Salten verbat den Vertrieb in Österreich und Deutschland in weiser Voraussicht. Wenige Wochen nach dem Anschluss an Nazideutschland im März 1938 verriet Saltens Wahlheimat Wien ihn nämlich erneut. Er wurde anonym aufgrund von Staatsverrat denunziert und ohne irgendeine Beweisaufnahme mit sofortiger Wirkung unter Hausarrest gestellt.

Glücklicherweise war seine Tochter Katja, die in die Schweiz geheiratet hatte, gerade in der Stadt und telegraphierte Lovett umgehend nach Paris. Dank der Mithilfe des amerikanischen Generalkonsuls Leland Morris, den Lovett in Wien mit Salten bekannt gemacht hatte, gelang ein Husarenstück: Morris konnte dem alten Herrn aufgrund seines »internationalen Ansehens« und seines »unschätzbaren Dienstes an der amerikanischen Kultur«, tatsächlich wurde Saltens erster Bambi-Roman ja gerade aufwendig von Metro-Goldwyn-Mayer verfilmt, ein Einreisevisum in die Schweiz und ein Transitvisum in die USA beschaffen.

Um die Nazi-Bewacher im Wohnhaus von Salten abzulenken, kam Morris zu einem Mittagessen zu Besuch und täuschte beim Dessert einen Schwächeanfall vor. Beim Eintreffen des Rettungswagens und im Zuge der allgemeinen Aufregung um die Unversehrtheit eines hohen ausländischen Diplomaten konnte Salten über die Dienstbotentreppe in den Hinterhof entkommen, wo seine Tochter ihn in ihrem Automobil mit Zürcher Kennzeichen erwartete. Er floh am helllichten Tag aus seinem geliebten Wien, zwei Koffer im Kofferraum, genau wie Jean vor drei Tagen aus seinem geliebten Paris geflohen war.

Katja hatte ihren Vater heil bis nach Zürich gebracht, Lovett hatte Jean mit Nannchen und Elsa heil bis nach Lissabon gebracht.

Mit Lovett war Jean dieser Aufbruch vorgekommen wie eine Spazierfahrt in den Süden. Er hatte gar keine Zeit gefunden, nachzudenken, übel zu nehmen oder bitter zu werden. Hitler marschierte in Paris ein, das hieß, sie reisten ab.

Und zwar umgehend.

Lovett hatte alles Notwendige, alles, an dem Jean wochenlang herumgeplant und organisiert hätte, in achtundvierzig Stunden in die Wege geleitet. Und hatte auch denen unter die Arme gegriffen, die trotzig waren wie Nannchen oder zögerlich wie Elsa.

Nannchen, die noch nie bis ins Baskenland gereist war, maximal mit Jeans Mutter zum Weinkaufen ins Loiretal, hatte er mit den schönen Gärten der Mimoseraie gelockt. Elsa mit der Schiffsreise nach New York, wo Anita Loos sie für eine neue Filmproduktion sehnlichst erwartete. Anita schrieb nämlich an der Fortsetzung ihrer göttlichen Komödie *The Women*, der erfolgreichsten Metro-Goldwyn-Mayer-Produktion des Vorjahres, für die Elsa die Kostüme entworfen hatte, und siehe da, ihre Hauptdarstellerinnen Norma Shearer und Joan Crawford, die zu den Anproben nach Paris gekommen waren, hatten für den Folgefilm eine erneute Ausstattung mit Elsa-Schiaparelli-Roben zur Vertragsbedingung gemacht!

58 *Adieu, Paris!*

Und wie sie da versammelt im Hof der Rue de Verneuil standen, ging alles ganz schnell. Als hätten sich alle abgesprochen, stiegen Elsa und Nannchen auf die Rückbank, Poulenc drückte Jean auf den Beifahrersitz des Mercedes und schloss den Schlag, Lovett fuhr los und winkte zum offenen Fenster hinaus. Die Reifen des alten Landaulet quietschten auf dem Kopfsteinpflaster, Jean kam nicht einmal dazu, sich nochmals umzusehen, da bog Lovett schon bei der ersten Kreuzung von der Rue de Verneuil nach rechts ab und lenkte den Wagen die Rue de Beaune hinunter auf den Quai Voltaire.

Ein paar Augenblicke vergingen, in denen keiner etwas sagte.

Dann begann Nannchen, mit ihrer immer noch vollen Stimme Jeans Lieblings-Cole-Porter-Song zu singen, während sie der Seine entlang aus der Stadt hinausfuhren:

»In olden days, a glimpse of stocking
Was looked on as something shocking.
But now, God knows …«

Sie zog ihren Hutkoffer von der Ablage und trommelte gemeinsam mit Elsa den Refrain mit:

»Anything goes.«

Die nächste Strophe, immerhin war er der junge Shakespeare, musste Lovett singen:

»Good authors too who once knew better words,
Now only use four-letter words
Writing prose …«

Und alle fielen ein:

»Anything goes.«

Jetzt kam Elsa dran:

»If driving fast cars you like,
If low bars you like,
If old hymns you like,
If bare limbs you like,
If Mae West you like,
Or me undressed you like,
Why, nobody will oppose …«

Die anderen fielen wieder ein:

»Anything goes.«

Großes Finale, sie sangen alle gemeinsam, Jean inklusive:

»The world has gone mad today
And good's bad today,
And black's white today,
And day's night today,
And that gent today
You gave a cent today
Once had several chateaux.
When folks who still can ride in jitneys
Find out Vanderbilts and Whitneys

Lack baby clothes
Anything goes.«

In dieser Zusammensetzung würde ihnen bis nach Biarritz nicht langweilig!

Jean drehte sich zu Elsa und Nannchen um, im Fenster des Fonds wurde der Eiffelturm immer kleiner.

Und hier war er, der letzte Moment, der Moment des Abschieds.

Adieu, Paris!

Adieu, Rue de Verneuil!

Adieu, kleine Lackfabrik, in der er schließlich doch noch glücklich geworden war.

59 *An der Grenze*

Der Ober kam zu Jeans Tisch.

»Senhor Frank, darf ich Ihnen etwas bringen?«

»Nein danke, ich warte noch ein Weilchen.«

»Vielleicht einen Kaffee? Sie wissen, wir haben die exzellente brasilianische *torrefação*.«

»Eher einen Kamillentee«, scherzte Jean. »Nein, wenn Sie sich schon bis zu mir hierher in die hinterste Ecke der Bar bemüht haben, gerne … ein Glas Weißwein.«

Der Ober salutierte wie ein Kapitän zur See und blickte durch die hohen Fenstertüren hinunter auf den Hafen, wo die zwei blau-weiß-roten Schlote der Manhattan aus dem diesigen Nachmittagslicht bis zu ihnen heraufblinkten.

»Sie haben noch Zeit bis zum Auslaufen, Senhor Frank. Genießen Sie das Panorama.«

Ich werde noch viel mehr Zeit hier in Lissabon haben, als der Gute annimmt, dachte sich Jean, sagte aber nichts.

Von Paris waren sie die Jean seit seiner Kindkeit vertraute Route nach Chartres, Orléans und Blois gefahren, hatten dann die Loire und das malerische Aquitanien gekreuzt, bis sie in Bordeaux angekommen waren. Hier legte Elsa ihr Geständnis ab: In Arcachon, oberhalb vor Biarritz, würden Salvador Dalí und seine Frau auf sie warten, um, etwas eng vielleicht, aber dafür in bester Gesellschaft, mit ihnen bis nach Lissabon zu fahren.

Dalí, ausgerechnet!

Jean war fuchsteufelswild auf sie geworden, doch Lovett und

Nannchen hatten ihn überraschend schnell beruhigen können, in Zeiten wie diesen müsse man zusammenhalten, ob man sich nun sympathisch sei oder nicht. Noch dazu, hatte Nannchen eingeworfen, würde sie selbst ja nur noch der Küste entlang bis nach Biarritz mitfahren, und »so Wallis-Simpson-schlank«, wie sie momentan sei, würde der Mercedes das spielend schaffen. Alle hatten gelacht, und Jean hatte ihnen recht geben müssen. Die Dalís hatten zwar sicher keine Rassenprobleme und waren auch keinen Bedrängnissen wegen vermeintlich fehlender »guter Führung« ausgesetzt, doch wer wusste schon, wer oder was sie aus dem Land trieb?

Gab es Neider, die ihn aufgrund seiner gewagten Sujets angezeigt hatten?

Dieser Salvador war ja ein ungemein produktiver Maler, ob man seine psychoanalytischen Sujets nun liebte oder nicht. Und er hatte Elsa oft genug zu verrückten Ideen für ihre Kollektionen angeregt: Die Damen in ihren Tailleurs gingen als Krebs, als Uhr, als Giraffe oder als Märchenprinz mit pinkem Aschenputtelschuh auf dem Kopf. Solcher Unfug verkaufte sich bei den Ehefrauen – oder Geliebten – amerikanischer Ölmagnaten wie wild!

Oder war da etwas Vergeltungswürdiges in der nebulösen Vergangenheit seiner Frau?

Sie hatte den Poeten Paul Éluard verlassen, um sich jenen Maler-Star zu angeln, und nannte sich Gala. Sicher war sie keineswegs adelig und keineswegs aus russischem Zarenhaus, wie sie vorgab, doch musste man ihr zugestehen, sie war eine begnadete Verkäuferin, sie vermarktete die Figur Dalí, seine sich ständig wiederholenden Inhalte genauso gut wie sich selbst als seine Muse.

Ein bewegender Moment der Reise war die Ankunft in der Mimoseraie am nächsten Tag, wo sie eine Eugenia antrafen, die zwar herrliches Gemüse gekocht und den Tisch im Garten schön gedeckt hatte, aber genau wie Nannchen gefährlich abgemagert war. Bei ihrem kurzen Mittagessen erinnerte Jean sie daran, Nannchen, die ihr in diesem heiklen Moment der Himmel als Gesellschaft schickte, bitte niemals bei ihrem echten Namen zu nennen, da ihr die Nazi-Schergen sonst leicht auf die Spur kommen konnten.

Eugenia antwortete lachend, »Nannchen« habe sie ohnehin nie gut ausspechen können, da sei ihr »Nanita« oder, unter den gegebenen Umständen vielleicht am allerbesten, einfach »Jeanne, brav auf Französisch«, lieber. Nannchen wählte sogleich »Jeanne«, und dabei blieb es dann tatsächlich.

Eine denkwürdige Situation ergab sich, als Elsa nach dem Kaffee noch das von Picasso ausgemalte »blaue Zimmer« sehen wollte und Eugenia sie von dort weiter in ihr Boudoir führte, wo ein Voile-Vorhang hinter ihrem Eisenbett die Sammlung ihrer letzten Picassos versteckte.

»Wenn die Nazis kommen«, sagte sie mit der ganzen Verachtung, derer sie fähig war, »werden sie diesen Alkoven verschonen, denn sie werden nicht wagen, mich alte Dame aus meinen Kissen zu ziehen.«

Ihr Galgenhumor katapultierte sie alle wieder in die Wirklichkeit zurück. Die Mimoseraie war an jenem 20. Juni noch ein Ort der Sicherheit, doch wie lange würde diese Sicherheit währen?

Aus heutiger Sicht, von seinem Bartisch vor der Weite des Atlantik, wagte Jean zu hoffen, dass Eugenia und Nannchen sich gut vom Garten ernähren könnten und dass keiner der Nachbarn sie denunzieren würde. Denn würde die in Amerika so bekannte *Queen of Clean* jemals ein US-Visum erhalten, wo man sie inzwischen stets mit Jean in einem Atemzug nannte? Und erst recht Nannchen?

Als sie sich endlich hatten losreißen können und durch das Baskenland an die Grenze Portugals gelangten, war zu ihrer aller Überraschung erst einmal Endstation. Als Jude mit anscheinend nicht mehr ganz unbekannten Kontakten zur Résistance, also ein besonders suspektes Exemplar der verfemten Rasse, musste Jean nämlich zunächst eine Durchreisegenehmigung nach Lissabon aushandeln. Er war der Einzige der Reisegruppe, der kein Visum in der Tasche hatte.

Lovett war US-Staatsbürger, Gala hatte von ihrem New Yorker Galeristen eine US-Aufenthaltsgenehmigung von sechs Monaten erhalten, Dalí und Elsa besaßen aufgrund ihrer künstlerischen Reputation sogar eine US-Arbeitserlaubnis für die Dauer von drei Jahren. Nur Jean wartete noch auf Nachricht von der Botschaft in Paris.

Doch ohne Visum oder eine Arbeitserlaubnis für die Vereinigten Staaten war die Durchfahrt durch Portugal zum Einschiffen auf die Manhattan, die schon im Hafen von Lissabon vor Anker lag, ganz und gar keine Selbstverständlichkeit. Jean stand machtlos vor einem ungehaltenen Zollbeamten, so wie er immer machtlos vor seinem ungehaltenen Vater gestanden hatte.

Er ließ in die amerikanische Botschaft nach Paris kabeln, ohne Erfolg. Die Akte Frank lag dort auf Eis. Lovett versuchte es währenddessen mit einem Anruf bei dem ihm bekannten amerikanischen Generalkonsul in Wien, doch jedwelche Antwort oder Entscheidung könnte Stunden dauern. Demnach lud Jean seine Reisegesellschaft ein, ohne ihn nach Lissabon weiterzufahren, er nähme den nächstmöglichen Zug, das Hotel in Lissabon sei gebucht, und bis zur Abfahrt des Schiffes blieben ihnen noch zwei Tage. Keiner aber, außer Gala, die an ihre bevorstehende Ausstellung in New York dachte und betonte, dass sie und ihr Salvador keinesfalls das Schiff versäumen dürften, wollte ihn hier allein lassen. Sogar Dalí selbst wehrte sich, was ihm erstmals einen sympathischen Zug verlieh.

Der Nachmittag zog sich in die Länge, doch Lovett hatte mit seinem Telefonat nach Wien einen gewissen Erfolg. Sein dortiger Freund Leland Morris, der schon Salten gerettet hatte, empfahl ihm, Aristides de Sousa Mendes do Amaral e Abranches, den portugiesischen Konsul in Bordeaux, zu kontaktieren, der schien in Fluchthilfekreisen bekannt dafür, Juden unzählige Ausreisevisa beschafft zu haben. Nur einer wie er könne die Grenzpolizei von der Dringlichkeit von Jeans Reise nach New York überzeugen.

Doch von welcher Dringlichkeit?

Keiner erwartete Jean in New York. Kein Galerist, keine Drehbuchautorin und keine Filmproduktion. Erst recht kein Bauherr, denn mit Herrn Rockefeller hatte Jean sich für immer überworfen.

Dieser de Sousa Mendes do Amaral e Abranches, der Erste außerhalb Argentiniens, der in Jeans kostbarer Sammlung von Zeitgenossen mit vier Nachnamen einen Platz fand, müsste glatt für ihn lügen.

Was er dann auch getan hatte!

Am Abend erhielten sie gegen ein kleines Vermögen an »Bearbeitungsgebühren«, sei's drum, zwar keine Durchreisegenehmigung bis Lissabon, aber immerhin ein Teilreisevisum bis in die Universitätsstadt Coimbra, auf halbem Weg zwischen Porto und der Manhattan.

Dieses Visum galt für Jean sechsunddreißig Stunden, keine Minute länger. Wenn er in dieser Zeit kein Einreisevisum für die Vereinigten Staaten erhalten hätte, würde er festgenommen und ausgewiesen.

Doch, ausgewiesen wohin?

Er rätselte den ganzen Weg nach Coimbra, in welches Land er von hier aus wohl weiterreisen könnte.

Frankreich, Italien, Spanien, Deutschland und Österreich kamen nicht infrage, die Schweiz ließe ihn genauso wenig wie

Portugal ins Land, und weiter nach Osten, in die Tschechei oder die Türkei, wollte er nicht, das wäre, seinem Gefühl nach, zu weit weg vom Atlantik, zu weit weg von diesem neuen, diesem einzig denkbaren Horizont Amerika, zu weit weg auch, er konnte das inzwischen geradeaus zu Ende denken, ohne dass ihn schwindelte, von Lovett.

60 *Auf Lebenszeit*

Etappensieg, immerhin hatten sie es gestern Abend bis nach Lissabon geschafft!

Jean las das abgestempelte und mit Siegelband versehene Blatt Canson®-Papier, das vor ihm auf dem Bartisch lag, nochmals und nochmals durch. Hier standen ihre beiden Namen zum ersten Mal gemeinsam auf einem offiziellen Schriftstück, und sie wurden als *»family«*, als gemeinsam Reisende geführt:

> These visas were issued by Aristides
> de Sousa Mendes in Bordeaux on June 20, 1940.
> Visa Recipients, family:
> FRANK, Jean-Michel
> Age 45 | Visa #2526
> LOVETT, William Thaddeus
> Age 26 | Visa #2486

Sie waren also hier angelangt, aber nicht, wie es Jean bis zuletzt gehofft hatte, mit einem amerikanischen Einreisevisum, sondern mit einem argentinischen.

Es war Lovetts Idee gewesen, sie war ihm gekommen, als sie gestern in Coimbra eintrafen, und diese Idee, wie ja eigentlich alle seine Ideen bisher außer seinem Bambi-Film mit jenem intriganten Walt, hatte auf Anhieb funktioniert. Zwar waren auch in Argentinien die Feinde aufgestellt, zwar waren Juden laut Staatspräsidentendekret auch dort unerwünscht, doch Lovett hatte mit Victoria in einem kurzen Telefonat in den *Sur*-Verlag einen Plan ausgeheckt. Sie musste daraufhin, mit gezücktem Florett und sekundiert von Matilde Born, ins Büro des Innenministers marschiert sein und erreicht haben, Jean aufgrund »höchster Verdienste um die Nationalkultur« unverzüglich und auf Lebenszeit einzubürgern.

Auf Lebenszeit!

Es war kaum zu glauben ...

Doch genau so hatte man es aus der Casa Rosada gestern Nachmittag ins Konsulat nach Coimbra gekabelt. Der argentinische Konsul, ein gewisser Esteban Sánchez de Giménez y Pereyra, so viel zu Jeans Nachnamensammlung, war wortlos von seinem Schreibtisch aufgestanden und hatte sich im Nebenzimmer telefonisch bei der Botschaft in Lissabon rückversichert. Dann war er mit hochrotem Kopf und sichtlich verdattert zu Jean zurückgekehrt, hatte sich von seinem Sekretär neben dem Visum »auf Lebenszeit« gleich auch einen hellrosa Übergangspass aushändigen lassen und Jean höflichst erklärt, wo er in der Capital Federal Buenos Aires, nämlich in der Calle Sarmiento gleich über dem Puerto Nuevo, den dauerhaften Reisepass abholen könne, und zwar auf seinen Namen deponiert, umgehend nach seiner Ankunft mit dem Postschiff.

Unfassbar, irgendwo konnte Jean jetzt also hin, zumindest!

Doch allein.

Lovett hatte einem Engagement am Stanford Theatre zugesagt, und das musste er annehmen. Jean würde sich weiterhin um ein Visum für die Vereinigten Staaten bemühen, zumal von Buenos Aires aus, wo er sich ein wenig auskannte und wo er nicht wie in Portugal nach sechunddreißig Stunden verhaftet und ausgewiesen würde. Nur: die gemeinsame Ankunft in New York, so wie er es mit Lovett geplant hatte, würde es nicht geben.

Für New York bräuchte Jean Geduld, und die musste er aufbringen, denn nur in Amerika gäbe es, bei aller Liebe zu Victoria und Matilde, in der momentanen Weltlage echte Chancen, ein neues Netzwerk freier Geister aufzubauen.

Vielen Juden, Hunderten, Tausenden müsste noch aus Deutschland und Österreich zur Flucht verholfen werden. Die aus Frankreich, Italien gar nicht mitgezählt. Denn aus den östlichen deutschen Gebieten und aus dem besetzten Polen erfuhr man von Hitlers neuester Idee: von organisierten Deportationen, von Arbeitslagern, in denen man Juden, Zigeuner, Sozialisten und Homosexuelle wegsperren würde. Tatsachen anscheinend, keine Schauermärchen, auch wenn Jeans Vetter Otto, ja, der hatte seine Familie noch immer nicht in Sicherheit gebracht, das in seinen Briefen vehement bestritt und in seiner adretten Amsterdamer Prinsengracht Puddingpulver und Gelierzucker verkaufte, als wäre die Welt ein Kindergeburtstag.

Jean müsste mit Thomas Mann und Poulenc, sobald er Buenos Aires erreicht hätte, weiterarbeiten, neue »Transportwege« finden, vielleicht nach Mittelamerika?

Oder Kanada? Oder Australien?

Doch vielleicht würde Jean, obschon »lebenslang eingebürgert«, in Buenos Aires bespitzelt, vielleicht unter Druck gesetzt und bedroht? Die wirkliche Freiheit für seine Fluchthilfe, und die war ihm momentan wichtiger als jeder neue Auftrag, genösse er nur in den Vereinigten Staaten, wo Franklin D. Roosevelt für eine klare demokratische Linie stand. Und mit Milly hatte Jean in New York eine Stütze, nein, mehr als eine Stütze, eine Heimat.

61 *Rockefellers Rache*

Schon bei seinem allerersten Besuch in jener Stadt am Hudson im Sommer 1935, er war auf dem Weg nach San Francisco zu Templeton Crocker gewesen, hatte er das Gefühl gehabt, endlich zu verstehen, was die Redensart »frischer Wind« bedeutete. Solch »frischer Wind« machte das Lebensgefühl von New York aus. Deshalb vielleicht hatte er sich dort auch bei jedem seiner weiteren Besuche seiner Mutter so nahe gefühlt.

Hier und jetzt hingegen, in dieser portugiesischen Allegro-Bar, die heute gar nicht fröhlich schien, unter den hetzenden Ventilatoren und einem Tonnengewölbe, das das Möwengekreisch vor den Fenstern, das Gläsergeklirr am Bartresen und das Gerumpel der Drehtür neben der Rezeption im Raum verfielfältigte, schien eine Zeit zu enden.

Drei Jahre Glück. Die einzige Zeit in Jeans Leben, die für ihn leicht gewesen war.

Sein Blick fiel hinunter auf das dunstige Hafenbecken, der Atlantik war in der Schwüle des frühen Nachmittags kaum zu sehen, es war mehr die Ahnung von einem Meer, die Vision eines Seewegs. Dafür Möwen überall, sie stürzten vor der Terrasse in Sturmwolken hinab zum Wasser, sie schrien ihn an, sie lachten ihn aus. Sie hatten recht.

Am Einser-Pier gleich bei der Einfahrt des Hafens lag die Manhattan, sie war von hier oben klein wie ein Spielzeugschiff. In ein paar Stunden würde Jeans Passage verfallen sein, außer es geschah noch ein Wunder.

Doch, warum Wunder?

Er hatte gar keines verdient. Er war an seiner Lage selber schuld. Noch nie hatte er sich mit einem Bauherrn zerstritten – außer mit einem, und der war ihm jetzt zum Verhängnis geworden. Der ewiggestrige John D. Rockefeller musste dahinterstecken, dass seine erneute Einreise nach Amerika so vehement und effektiv bekämpft wurde.

Er war erst letzten Herbst in New York gewesen, vor nicht einmal neun Monaten, und zuvor regelmäßig alle drei Monate, er hatte Rockefellers Sohn ein Apartment an der Fifth Avenue eingerichtet, und dieses Apartment war, den Zeitungsartikeln und Millys Kommentaren nach zu urteilen, zum letzten Schrei der East Coast geworden. Ein weiterer Auftrag war die beinahe logische Folge gewesen, er war dafür mit Lovett auf der Normandie, einem Prachtstück von Ocean Liner, den sein Kollege Ruhlmann eingerichtet hatte, nach New York gereist. Doch diesen Januar, ohne Angabe von Gründen, hatte Rockefeller ihm sein schon beauftragtes Projekt des Rockefeller Center entzogen. Die Direktionsetagen der neunzehn, von Raymond Hood in feinstem Art déco geplanten Bürotürme wären Jeans größtes und teuerstes Projekt bisher gewesen, nach dem Grandhotel hätte es den anhaltenden Durchbruch in die »große Dimension« bedeutet. Und während er es in Patagonien tatsächlich geschafft hatte, mit einfachsten Mitteln und einem unsagbar reduzierten Budget zu arbeiten, hätte er in den Türmen an der Fifth Avenue wieder einmal aus dem Vollen schöpfen können wie in der Villa von Jorge und Matilde Born.

Und das auf dreißigtausend Quadratmetern!

Nach Vollendung dieses Vorzeigeprojekts, des größten privaten Immobilien-Investments aller Zeiten, hätte man ihn als Gestalter vielleicht endlich einmal ernst genommen, unabhängig von seinen politischen Ideen, seinen Neigungen und seiner Rasse.

Rockefeller musste aber in der Zwischenzeit von Jeans

Freundschaft zu Thomas Mann, der ja in die USA emigriert war, und seiner unbequemen linken Clique erfahren haben.

Vielleicht auch, niemals blieben Dinge ganz geheim, von ihrem gemeinsamen Fluchthilfe-Netzwerk?

Nur, konnte das allein der Grund sein, einen professionellen Großauftrag zu kündigen?

Hatte man Rockefeller nicht vielmehr unter Druck gesetzt?

Poulenc hatte herausgefunden, dass zu Jahresende die nördlichsten zwei Bürotürme von einer interessanten Gruppierung deutschnationaler Industriekonzerne als die »Deutschen Häuser« gemietet worden waren, es handelte sich um die IG Farben und die Krupp Werke.

Musste eine solche Mieterschaft einen jüdischen Innenausstatter nicht um jeden Preis verhindern wollen?

Jean hatte jedenfalls reagieren müssen, denn eine solche Auftragsstornierung war für seine Boutique nicht gutzumachen, Chanaux und er selbst hatten seit seiner Rückkehr aus Argentinien enorme Vorarbeiten für Herrn Rockefeller geleistet. Er hatte das laufende Projekt also freundlichst zurückgezogen, sei's drum, für Feinde zu arbeiten war ohnehin keine Freude, zumindest aber auf die Bezahlung der Planungskosten und der Musteranfertigungen bestanden. Rockefeller hatte sich geziert und, wie Milly sofort herausfand, ihn überall in der Stadt schlechtgeredet. Und obwohl Jean der New Yorker Klatsch nicht gleichgültiger hätte sein können, lag ihm doch viel an der Wertschätzung seiner Pariser Atelier-Arbeit.

Was, wenn es sich herumspräche, dass Jean-Michel Frank es sich leisten konnte, jahrelange Vorarbeiten einfach in den Wind zu schreiben?

Rockefeller hatte Zeit geschunden, war geschäftlich verreist, dann wochenlang zur Kur, so hatte Jean Milly beauftragt, einen netten Anwaltsbrief zu schreiben.

Sie hatte dringend davon abgeraten.

Jean hatte bockig darauf bestanden, hier war die Quittung. Dumm genug war er gewesen, sich mit dem Vater des aktuellen Presseattachés des Weißen Hauses anzulegen. Es musste Rockefeller gerade einmal einen Nebensatz beim Lunch gekostet haben, um Jeans nächste Einreise in die USA auf »Datum unbekannt« zu verschieben.

62 *Abschied von Lovett*

Während Jean hier in der Bar des Palacio Pestana warten musste, konnte er nichts, aber auch gar nichts tun, als sich über seine Sturheit zu ärgern. Lovett belagerte das amerikanische Konsulat, Elsa war unten in der Stadt auf die Post gegangen, und die Dalís lösten ihre Koffer aus dem schicken Hotel Francfort in der Rua de Santa Justa aus, in dem sie letzte Nacht schlussendlich untergekommen waren, da ihnen der alte Palacio zu verstaubt schien.

»Eine Zumutung«, fand Gala.

Die Arme!

Jetzt hörte Jean Lovetts Schritte in der mit den hier typischen *Azulejos* gekachelten Rezeption, sie gingen präzise im Takt, als ob ein Metronom mit ihnen mitliefe, doch waren sie leicht, wie ohne Gewicht. Sie hielten am Bartresen am Ende der Rezeption an. Jean hörte schon am Ton, in dem Lovett beim Ober zwei Gin Tonic bestellte, dass auch heute kein Visum für ihn zu erhandeln gewesen war. Jean-Michel Frank, der störrischste aller Schafböcke, der das Talent besaß, es sich in den passendsten Augenblicken mit den wichtigsten Akteuren zu verscherzen, würde hier in Lissabon zurückbleiben, wenn die Manhattan in zwei Stunden nach New York ausliefe. Er würde hier ausharren bis morgen oder übermorgen, oder bis wann immer das Postschiff nach Buenos Aires vorbeikäme. Um die Fahrpläne der Norddeutschen Lloyd hatte er sich bisher nicht gekümmert. Er hatte eben doch auf ein Wunder gehofft.

Lovett würde alleine nach New York übersetzen und die Kontakte für die Bestellliste aufnehmen, ein Konto einrichten, die Gästewohnung im obersten Stock von Millys Apartmenthaus in der 63. Straße beziehen. Er war in alles eingeweiht.

Sollte Jeans Umweg über Buenos Aires länger dauern als vier Wochen, sprich, verhinderte Rockefeller sein Visum weiterhin mit Staatsgewalt, würde Lovett allein voraus nach Kalifornien fahren, wo sein alter Intendant ihn als Romeo für eine neue Shakespeare-Inszenierung engagiert hatte. Seine Juliet hieß Vivien Leigh, war eine blutjunge englische Schauspielerin und hatte gerade in ihrem ersten Hollywood-Film reüssiert.

Würde die Herbstspielzeit am Stanford Theatre ein Erfolg, winkte ihnen ein Anschlussvertrag für den Frühling darauf, zwar nur in einem Studiotheater, aber immerhin am New Yorker Broadway!

Würde Jean bei der Premiere in Palo Alto dabei sein können?

»*Is love a tender thing,* ist Liebe ein zartes Ding?«, würde Romeo seinen besten Freund Mercutio fragen und sich, trotz aller Unbill, die sie uns zufügt, »*it is too rough, too rude, too boisterous, and it pricks like thorn,* sie ist zu rau, zu grob, zu ungestüm und sticht wie Dorn«, schließlich zur Liebe bekennen.

Jean wollte unbedingt mit Lovett jenen Weiten Westen kennenlernen, jene Pazifikküste, an die auch Thomas Mann aus Princeton weiterziehen wollte und die ihm so verheißungsvoll erschien. Mann war derart erfüllt von jenem Aufbruch, dass er in seinem letzten Brief begeistert zu Lovetts Stanford-Premiere zugesagt hatte. Er würde, wenn er dürfe, seine Frau Katia mitbringen.

»Er würde, wenn er dürfe«, schrieb ein Nobelpreisträger!

Es war unglaublich, wie gut einem ein Mensch gefallen konnte, den man noch nie im Leben gesehen hatte …

In diesem Brief, dem letzten Brief, den Jean in der Rue de Verneuil entgegengenommen hatte, kommentierte Mann ebenso, wie immer todernst und urkomisch zugleich, die Neuigkeiten aus seiner alten Heimat: »Nun denn, der Krieg ist schrecklich, Frank, aber den Vorteil bringt er mit sich, dass er Hitlern davon abhält, weiterhin Kulturreden zu halten.«

Jean hatte die Passage gestern am späten Abend, als sie endlich in Lissabon angekommen waren und bei einem Drink hier in der Bar saßen, Elsa und Lovett vorgelesen, und sie hatten alle herzlich lachen müssen. Doch bis in jenen Weiten Westen würden Wochen, vielleicht Monate vergehen, in denen Jean sich wieder an sich selbst gewöhnen, auf sich selbst besinnen, sich selbst genügen müsste.

Ihm wurde schlecht bei dem Gedanken.

Er würde die Manhattan ablegen sehen und dabei noch einen Gin Tonic trinken oder zwei. Er würde weiter in sein Kassenbuch schreiben, aufstehen, auf der Terrasse hin und her gehen, in die Ferne schauen und dann irgendwann in der Ecke am Fenster eindösen, bis der Ober käme und ihn aufs Zimmer schickte. Draußen würde es immer noch schwül sein, aber dunkel inzwischen, und das würde ihm plötzlich bewusst werden. Er würde aus heiterem Himmel Rückenschmerzen bekommen wie seit drei Jahren nicht oder einen flauen Magen oder Schüttelfrost und Kopfsausen. Er würde an der Fenstertür seines Zimmers stehen, um ihn herum das hämische Lachen der Möwen, und wissen, er war allein.

Lovett kam zum Tisch, er war blass. Bevor der Ober mit seinem Tablett den Bartresen umrundete und im selben Moment Elsa mit den Dalís aus der Rezeption in die Bar einbog, sagte er leise: »Ein Geschenk, Jean, dass ich Sie wiederfand.«

Wiederfand? Fand man sich wieder in vielen Leben?

Doch bevor Jean diesem kurzen Satz weiter nachdenken konnte, gab es jetzt letzte Drinks mit ihren Reise-Freunden.

Obwohl, Freunden?

Elsa war eine Freundin, das war klar, verlässlich, trotz ihrer Abstürze von Himmel-hoch hinab nach zu-Tode-betrübt, immer am Rand der Katastrophe und immer unglücklich verliebt, nie entschieden, ob in jüngere Frauen, die sie ausnutzten, oder ältere, die sich an sie ketteten. Einen »Lebensreise-Freund« hätte Jean sie nennen können, wenn er einer wäre, der Freunde sammelte. Doch er sammelte ja nichts. Keine Möbel, keine Gemälde, keine Objekte, keine Erstausgaben. Auch keine Freunde. Er hatte das Glück, Leere schaffen zu dürfen und diese Leere mit schönen, raren Dingen zu füllen. Für andere, er selbst brauchte nichts. Nur Eugenia hatte er gebraucht, jetzt brauchte er Lovett.

Dalí, der schöne Dalí, der den armen García Lorca in unerlöster Liebe in den Tod hatte rennen lassen, »Geliebter, Du mein Feind!«, man konnte es sich bildlich vorstellen, war ohnehin keinem ein Freund. So wenig wie diese Gala, die sich an ihn gehängt hatte, um ein Geschäft aus ihm zu machen.

Dalí erzählte, während er sich mit Gala zu Jean setzte, ein Namedropping ohne Ende, sie würden gleich nach ihrer Ankunft in New York weiter nach Caroline County in Virginia reisen, wo sie mit Henry Miller und Anaïs Nin bei der bekannten Kunstmäzenin Caresse Crosby eingeladen seien, bis die Retrospektive von ihm und Joan Miró, er nannte sich selbst immer zuerst, eröffnet würde.

»Selbstverständlich im Museum of Modern Art«, ergänzte Gala beflissen, »mein Mann hat sich definitiv von den Surrealisten abgewandt und zeigt eine Retro-Klassik nach Velázquez und Ingres.«

»Retro-Klassik«, wiederholte Lovett gespielt interessiert.

»Ach, mein Lieber, für immer ein Surrealist zu bleiben ist doch, wie wenn man sein ganzes Leben nur Augen und Nasen malt?«, sagte Dalí ein schon für die New Yorker Presse eingelerntes Stehsätzchen auf.

»Sehen Sie, Thaddeus, wir spürten das schon, bevor wir uns zu dieser Reise entschieden«, Gala lehnte sich in ihrem Fauteuil zurück und schlug aufreizend die Beine übereinander, »klassische Kunst gefällt den Amerikanern, wie Sie ja einer sind, doch ungemein?« Sie steckte sich eine Zigarette an, ihr Verkaufserfolg in New York war ihr sicher.

Sollte Jean zu solchem Geplänkel Stellung nehmen?

Nein. Dalí und er, sie lebten in verschiedenen Welten. Einer wie Jean schuf Dinge um ihrer selbst willen, nicht für den kommerziellen Gewinn. Aber er war ja auch Handwerker, nicht Künstler.

Elsa blieb die ganze halbe Stunde, die sie hier zusammensaßen, vollkommen still. Das war die Stille ihrer »Zu Tode betrübt«-Phasen. Lovett müsste zu Schiff auf sie achtgeben.

Jean sah kurz zu ihm hinüber, während Dalí neben ihm wieder vor sich hin monologisierte. Lovett nickte mit den Augenlidern.

Da stand Elsa plötzlich unvermittelt auf und holte sich einen Sessel vom Nebentisch, um sich dicht neben Jean zu setzen. Gala musste dafür etwas von ihm wegrücken und war nicht erfreut, denn Jean war der Einzige, den sie hier für geschäftlich interessant hielt, einen wie ihn durfte man demnach mit niemand anderem teilen. Elsa aber, der solches Getue ein Graus war, sprach mit sehr leiser Stimme, in den längeren Pausen hörte man das Zittern ihres Atems: »Auf der Post habe ich mit … Anita in New York telefoniert.«

»Sie freut sich sicher«, beruhigte sie Jean.

»Schon, aber …«

»Aber? Was ist los mit Loos?«

Das war ein Wortspiel, das Jean für Adolf Loos, Anitas Onkel, auf der Baustelle von Tristan Tzaras Haus am Montmartre erfunden hatte. Loos hatte keinen großen Sinn für Humor gehabt und kein Wort Französisch gesprochen, also hatte Jean ihn oft aus dramatischen Situationen mit den Pariser Handwerkern, die genauso arrogant sein konnten wie Loos selbst, retten müssen. Er hatte den vor Wut kochenden Kollegen mit einem »Was ist los mit Loos?«, mit französischem Akzent ausgesprochen, abgelenkt, um ihn schließlich bei einem Gläschen Rotwein oder einem Pastis in der Bar nebenan zur Ruhe zu bringen.

In diesem präzisen Moment, mit der zitternden Elsa neben sich, fehlte Loos Jean plötzlich beinahe körperlich. Der simple Klang seines Namens schrieb eine Note Wehmut in die Luft, als ob er eben aus dem Raum gegangen und nur sein herber Duft, sein oft mürrisches Schweigen zurückgeblieben wären.

»Anita Loos? Die berühmte Drehbuchautorin? Die, die die großen Rollen für die Crawford, die Garbo und die Dietrich schreibt?«, klinkte sich Gala jetzt ein.

Keiner bemühte sich um eine Antwort, hingegen fragte Jean: »Was also gibt es Neues aus New York?«

»Anita erzählt von deutschen Auffanglagern, Arbeitsdienst und einem Programm, das als ›Volkssäuberung‹ zitiert wird, so stehe es heute in der *New York Times*. Roosevelt soll aufgrund dieser Nachrichten einen Kriegseintritt erwägen, der Völkerbund in Genf beruft gleich morgen eine außerordentliche Sitzung ein.« Die, wie sie schrieben, »organisierte Deportierung von Juden und sonstigen Abartigen«, wie Hitler sie nenne, sie schickte Jean einen wie immer tragischen Elsa-Blick, solle im Osten des Reichs passieren. »Doch was denn bitte, Jean, soll man sich vorstellen unter Volkssäuberung?«

Gala, die spitze Ohren hatte, wusste gleich eine Antwort: »Säubern, sauber machen, entfernen, Darling. So wie du dein Bett von Isadora Duncan säubern musstest, jedes Mal wenn dein entzückender Graf de Wendt sie dir ins Haus geschleppt hatte.«

Es war ja wahr, Elsa war als junges Mädchen einem obskuren Schweizer Aristokraten in die Hände gefallen, der ihre Mitgift mit seiner Lieblingstänzerin durchgebracht hatte. Kein Wunder, dass sie Männer seither suspekt fand.

Doch musste man sie heute und in dieser Situation daran erinnern?

Elsa aber hörte, Jean war erstaunt, geübt weg und holte ihre Handtasche hervor. Sie nahm, gar nicht mehr zitternd, sondern plötzlich ganz bei der Sache, einen Luftpostbrief heraus: »Den fand ich postlagernd für dich, Jean. Aus Amsterdam. Ich fürchte, dringend. Denn es gibt ja bekanntlich«, schloss sie mit einem vernichtenden Seitenblick auf die Dalís, »auch noch Menschen, die echte Probleme haben.«

Der Concierge kam in die Bar und bat die Herrschaften, die auf der Manhattan gebucht waren, in die schon vor der Rezeption bereitstehende Calèche.

Alle standen auf. Gala richtete sich ihren glockig fallenden Rock mit zwei präzisen Schlägen ihrer Seidenhandschuhe und ging eilig davon, ohne sich zu verabschieden.

Als gäbe es in einer Calèche bessere und schlechtere Sitzplätze!

Dalí rannte ihr zunächst kopflos hinterher, wandte sich vom Ende des Bartresens aber nochmals zu Jean um, als ob ihm jetzt erst eingefallen wäre, dass der ja nicht mitfuhr. Sein kurzes Winken aus dem Handgelenk, eine machtlose Geste zwischen Geliebtwerdenmüssen und Nichtliebenkönnen, machte ihn zur Karikatur seiner selbst.

Inzwischen wurde Jean aber schon von Elsa umarmt, die aus heiterem Himmel zu schluchzen begann. Lovett fand nur Gelegenheit für ein kurzes Berühren von Jeans Unterarm, denn er hatte zu tun, sie zu stützen und einigermaßen geradeaus an die Bar zu führen, dann an der Rezeption entlang und durch die geöffneten Flügeltüren ins Freie. Vom Trittbrett der Calèche, im noch offenen Schlag stehend, wandte er sich nochmals zu Jean um, sein letzter Blick war wie sein allererster vor drei Jahren im Zum Roten Land, ernst und doch unendlich zart.

Um jede Art von Drama zu vermeiden, nahm er spontan die

Pose der Freiheitsstatue an, Jean an seinem verwaisten Bartisch und er in seiner offenen Calèche mussten gleichzeitig laut lachen. Da schloss der Concierge den Schlag, die Pferde zogen an, und Lovett fiel zielgerade auf Elsas Schoß.

Noch vor einer halben Stunde hatte die Welt Jean zu erdrücken gedroht, jetzt lachte er laut, er konnte gar nicht aufhören damit und trat mit dem Brief in der Hand auf die Terrasse der Allegro-Bar. Kein schwüler Nachmittagsdunst lag mehr über dem Hafen, vielmehr war Wind aufgekommen, und der Himmel war endlos und von tiefem Blau. Huenu kam ihm in den Sinn, dessen Name »Himmel« bedeutete oder auch »eine Melodie in sich tragen, summen«. Und tatsächlich, für ihn ganz ungewöhnlich, summte Jean vor sich hin.

Alles schien leicht in diesem großen Blau.

63 *Der Brief der kleinen Anne*

Doch da war der Brief. Er begann mit: »Lieber Onkel Jean«.

Die kleine Anne hatte länger nicht geschrieben, und das war Jean zwar aufgefallen, doch hatte er in den Tagen vor dem Aufbruch aus Paris vielleicht doch mehr abzuwickeln gehabt, als er sich selber eingestand. Im Nachhinein betrachtet hatte er eine Aktivität mit dem Umsatzvolumen einer mittleren Fabrik zwar für »unbestimmte Zeit« ruhend gestellt, sich aber alle Wege und Türen zur uneingeschränkten Wiederaufnahme offengehalten. Von heute auf morgen könnte er wieder in Paris aktiv sein, wenn es die politischen Umstände zuließen.

Eine Pflanze im Ruhezustand, einen Organismus im Winterschlaf, die hatte er sowohl in seiner Boutique in der Rue du Faubourg Saint-Honoré als auch im Atelier in der Rue de Verneuil und im Kutscherhaus in der Rue Masseran zurückgelassen, und die Idee dieser vielfachen Verwurzelung in Paris, der Stadt, die so ganz und gar seine Stadt war, beruhigte ihn.

Als er den Brief überflogen hatte, nahm er das Wort »Verwurzelung« vorsichtshalber zurück. Die kleine Anne wollte wissen, ob er wirklich zu Schiff nach Amerika führe, wie ihre Mutter ihr im Geheimen berichtet habe, denn vor ihrem Vater dürfe man den Namen von Onkel Jean nicht mehr erwähnen. Ihre Mutter habe ihr erklärt, der Vater habe große Zweifel an Onkel Jeans Einschätzungen des Zeitgeschehens und an seinem Talent in Betriebsführung. Wenn er von ihm spreche, nenne er ihn einen »Kretin« oder auch einen »Angsthasen«.

Was ein »Kretin« denn sei, solle der Onkel Jean ihr doch bitte bei Gelegenheit erklären, weil die Mutter so tue, als wüsste sie es nicht. Was aber ein Angsthase sei, das sei ihr ganz klar, und sie frage sich, wie man den Onkel Jean einen Angsthasen nennen könne, wo er doch den Mut habe, zum wiederholten Mal auf ein Schiff zu steigen und um die halbe Welt zu fahren!

Überhaupt, Amerika, da wolle sie so gerne mit, da gäbe es sicher eine Schule mit echten Kindern, keine drögen Hausaufgaben allein mit Margot und der Mutter, Tag um Tag, und da würde sie dann später den Beruf erlernen, der ihr Leben einzigartig machen würde: »Denn eines Tages will ich unbedingt neben Mann und Kindern etwas haben, dem ich mich ganz widmen kann«, schrieb sie, dann folgte ein ungewöhnlich großer Abstand.

Auf der zweiten Luftpostpapierseite des Briefes stellte dieses Mittelschulkind, das, weil ein Judenkind, in einem fremden Land mit einer fremden Sprache leben musste und vorsichtshalber zu Hause unterrichtet wurde, eine bedrückende Frage. Sie leitete diese Frage ganz harmlos ein: Es mochte von jetzt an sehr lange dauern, bis sie wieder einen Brief verschicken könne, und Onkel Jean solle bitte nicht denken, sie habe ihn vergessen, denn sie denke jeden Tag an ihn, wenn sie in das Tagebuch schreibe, das sie begonnen habe zu verfassen und worin sie die täglichen Ereignisse zu Hause, aber auch ihre Gedanken und Träume und Ängste aufschreibe. Es mochte von jetzt an nur sehr lange dauern, die Seiten, die an ihn gerichtet seien, in einen Brief abzuschreiben und dann abzusenden, denn der Vater habe angedeutet, dass sie, wenn die Umstände hier in Holland sich nicht änderten, bald in ein Versteck ziehen würden.

Jean musste sich bei dieser Zeile an das schmiedeeiserne Terrassengeländer lehnen.

Ob der Onkel Jean das eine gute Idee fände?

Hier schrieb eine Elfjährige, die man in den Untergrund, vielleicht in den Abgrund schickte und die doch leben wollte, eine Aufgabe finden, die der Welt nützlich wäre und die sie, zumindest im Kleinsten, unsterblich machen könnte. »Denn«, schrieb sie, »ich will ja nicht umsonst gelebt haben wie die meisten Menschen!«

Hätte Otto, dieser Trottel, der Wirklichkeit nicht früher ins Gesicht sehen können?

Hätte er nicht auf vermeintliche Sicherheit, vermeintlichen Komfort verzichten können und seinen großbürgerlichen Hintern in Bewegung setzen, die ach-so-nette Wohnung, die Jean seit Jahren finanzierte, verlassen und sich aufmachen in die Schweiz, wohin die Frank-Vettern der Münchner Linie und auch die Spitzer-Cousins schon längst geflohen waren?

Oder nach England, wohin Ottos Frankfurter Bruder emigriert war?

Auf welche Versprechen, auf welche Aussichten hin blieb er in den Niederlanden?

Und welche Rolle spielte Edith, seine Frau, dabei? War es am Ende vielleicht sie, die Otto hielt?

Eine Tochter aus bestem Hause, dem betuchten Holländer-Clan, die trotz unbegrenzter Möglichkeiten nie weiter als von Frankfurt nach Amsterdam gereist war, und zwar bisher ohne Rückfahrkarte.

War sie es, die in Wirklichkeit der Angsthase war?

Den Packen frischer Tagebuchhefte, den Onkel Jean ihr zum Geburtstag geschickt habe, werde sie ins Versteck mitnehmen, schloss die kleine Anne ihren Brief, vorausschauend, wieder Mut machend, man las ihr feines Lächeln zwischen den Zeilen. Sie werde darin alles festhalten, die wahren Geschehnisse erzählen, doch mit verschlüsselten Figuren, die dann nur von ihm, Onkel Jean, entschlüsselbar wären: »Genau wie in großen Romanen, in denen es um Ideale, um Verfolgung, um Flucht und um immer neuen Aufbruch geht.«

64 *An Bord der Argentina*

Gute acht Monate waren seit dem Aufenthalt im Palacio Pestana in Lissabon vergangen.

Jean saß in der Cafeteria des A-Decks auf der Argentina, es war Samstag, der 8. März 1941, und aus der Ferne war über dem Hudson River schon die Skyline von New York zu sehen.

Er las den Eintrag aus Lissabon nochmals, es waren nur wenige Seiten, die ihm dennoch die Tränen in die Augen trieben. Seit der Allegro-Bar und der Abfahrt von Lovett nach New York hatte Jean dieses Buch nicht mehr aufgeschlagen. Es war mit ihm mit dem Postschiff von Lissabon nach Buenos Aires gereist und hatte seither auf seinem kleinen Kontortisch in der Comte Möbelmanufaktur in der Calle Arenales gelegen. Von dort war er vor fünf Tagen aufgebrochen, um sich auf die Argentina einzuschiffen, ohne Koffer, ohne Garderobe. Nur Hut und Staubmantel hatte er ergriffen, seinen Regenschirm und dieses rote Kassenbuch.

Denn das Visum für die Vereinigten Staaten war endlich eingetroffen!

Aufgerüttelt durch den Brief der kleinen Anne, hatte Jean noch von Lissabon aus, am 23. Juni 1940, dem Morgen nach Lovetts Abfahrt, an Milly gekabelt und Alarm geschlagen. Sie hatte ihn umgehend im Hotel zurückgerufen und versprochen, sich umfassend zu informieren. Acht Tage später, in Buenos Aires gelandet, hatte er von Victoria, die in der Zeit seiner Unerreichbarkeit auf See die Gespräche mit Milly weitergeführt hatte, den Weg erfahren, den man einschlagen könnte, würden die Andeutungen der kleinen Anne sich bewahrheiten. Da Anne und auch ihre Schwester Margot ja noch minderjährig seien, bräuchte es dazu selbstverständlich die Zustimmung ihres Vaters. Jeans Vetter Otto musste sich bereit erklären, bei Erhalt der Visa seine Geschäfte in Amsterdam niederzulegen und sich umgehend mit Frau und Kindern nach New York einzuschiffen. Im Moment des Eingangs dieser Zustimmung würde Milly eine Petition an die amerikanische Botschaft in Den Haag senden, die dann aber aufgrund des hohen Antragsaufkommens ein begleitendes »Dringlichkeitsschreiben« benötige. Je höher die Position des Empfehlungsschreibers, desto besser natürlich, und Jean könne sich dazu in der Zwischenzeit Gedanken machen.

Jemand um ein Empfehlungsschreiben für sich selbst oder einen direkten Angehörigen bitten?

So etwas hatte er noch nie getan, das war ja geradezu erbärmlich. Doch für die kleine Anne würde er es tun, er würde sich, einmal im Leben, an Eleanor Roosevelt wenden.

Milly kontaktierte ihn in den folgenden Wochen, in denen Jean in Buenos Aires notgedrungen wieder seine Arbeit mit Pirovano und der Comte Möbelmanufaktur aufnahm, regelmäßig und konstruierte die Argumente für eine dauerhafte Einbürgerung der Familie Otto Frank in die USA. Der Empfehlungsschreiber beziehungsweise die Empfehlungsschreiberin würde um die vier Visa aufgrund »Familienzusammenführung« und »geplanter Firmenvergrößerung« ansuchen, Milly hatte nämlich herausgefunden, dass Edith Franks Brüder, Julius und Walter Holländer, schon vor zwei Jahren, im Frühling 1939, von Frankfurt, wo sie in ein Arbeitslager eingewiesen worden waren, nach New York hatten fliehen können und dort ein inzwischen florierendes Importhaus aufgebaut hatten, die B. Holländer Inc. Sie hatte die Brüder Holländer persönlich aufgesucht, und die beiden würden bezüglich des Visa-Ansuchens von Otto Frank tatsächlich bestätigen, auf die »internationale kaufmännische Expertise« ihres Schwagers zählen zu wollen. Jetzt müsse Jeans Vetter nur noch bereit sein, sich und seine Familie in ein Schiff über den Atlantik zu setzen.

Wie effektiv diese Milly arbeitete!

Nur eine Woche später, Anfang August 1940, lag die Kopie eines offiziellen Schreibens auf seinem kleinen Kontortisch in der Comte Möbelmanufaktur, das bestätigte, dass die Amerikanische Botschaft in Den Haag die »Akte Otto Frank« verlässlich bearbeiten werde, sobald die notwendigen Dokumente seitens des Antragstellers eingegangen wären.

Jean musste sein Kassenbuch kurz zuklappen, die Argentina verlangsamte die Fahrt, bald würden sie in den Hafen von New York einlaufen. Er saß vor der breiten Glasfront der Cafeteria und schaute in den grauen Morgen, der in schweren Wolken über der Stadt hing. Die Silhouette von Manhattan war jedes Mal beeindruckend, er zog, wie schon in all den vergangenen Jahren, seinen Hut vor ihr.

Nach acht Monaten Exil in Buenos Aires war er heute zurück in der Welt, zurück in der Sicherheit eines demokratischen, freien Staates. Von hier würde er wieder agieren können.

Rockefeller hin oder her, es gab noch andere Menschen in diesem Amerika!

Von hier würde er die »Akte Otto Frank« endlich wieder öffnen können, denn seit Monaten antwortete Otto weder auf seine Briefe, noch war seine Firma telefonisch angeschlossen, noch konnte man kabeln. Telegramme wurden ihm zurückgeschickt. Es war nicht zu verstehen.

Klar erkennbar waren jetzt, während das Schiff seine Bahn durch die Upper New York Bay zog, die neu erbauten Türme des Rockefeller Center, und gleich würde ihn zu seiner Linken die Freiheitsstatue grüßen, so schwungvoll wie Lovett vor dem Palacio Pestana, aus der offenen Calèche.

Schon aus großer Distanz war an den Hafendocks das Gewusel auszumachen, das Ocean Liner immer verursachten. Am Pier von Staten Island würde am Heck der Argentina die Import-Fracht ausgeladen, noch bevor die Besatzung die Gangways für die Passagiere installierte. Planwagen und Kühllaster fuhren schon jetzt in Doppelreihen zum Quai und bildeten im Kreis parkende Lastergruppen, die an die Wagenburgen in Wild-West-Filmen erinnerten. Argentinien lieferte Fleisch und Meeresfrüchte vom Feinsten, und die besten Importeure standen Schlange.

Ob Lovett gekommen war, ihn abzuholen?

Nächste Woche war seine *Romeo and Juliet*-Premiere am Broadway, also hatte er sicher tägliche Proben. Und wahrscheinlich hatte er ihn ohnehin vergessen, einen, der acht Monate in Argentinien herumgesessen hatte und von dort nicht weggekommen war. Einen, der jeden Tag versucht hatte, ihn anzurufen oder zumindest zu kabeln oder zu telegrafieren. Lovett hatte immer seltener geantwortet, war kaum mehr erreichbar gewesen. Es musste lästig sein, sich mit einem Schwarzseher wie Jean aus der Entfernung auszutauschen. Endlich aber war das Visum eingegangen, und Jean hatte diese Passage erwischt, die ihn rechtzeitig zu Lovetts Premiere ankommen ließe. Er hatte in seinem kleinen Appartement, das er sich über der Comte Manufaktur in der Calle Arenales gemietet hatte, alles stehen und liegen lassen, Victoria war ihn persönlich mit Lautaro abholen gekommen und hatte ihn bis zum Puerto Nuevo chauffiert. Zum Abschied hatte sie nur »Verschwinde!« gesagt und ihn in Sekundenschnelle auf den Mund geküsst.

Von einem Tag auf den anderen war er aus Buenos Aires aufgebrochen, und das bescherte Pirovano ein ziemliches Debakel, hatten sie doch ganze neun laufende Baustellen: die Stadthäuser der Acevedos und der Santamarinas, von Santiago Soulas und Francesco Muratore in Buenos Aires, Fritz Mandls Landhaus in La Cumbre, seinen Sommersitz, das Hotel Horizonte sowie das Sommerhaus von Luis María Carreras Saavedra in Mar del Plata. Als Kirsche auf der Torte hatte Jean gerade das Projekt für den Salon der gefragtesten jungen Aristokratin der Stadt mit geschlagenen fünf Nachnamen begonnen, Carlita Martínez de Hoy de Hoz de Ramos Mejíja.

Er war wie in Trance gewesen, als der Umschlag von der Botschaft bei Comte einging, hatte er doch die letzten acht Monate damit zugebracht, von morgens um sechs bis nach Mitternacht an seinem Arbeitstisch zu sitzen, um seine wieder aufgeflammte Schlaflosigkeit zu verscheuchen.

Er hatte wieder aufgehört zu essen und sich mit Dial Ciba betäubt, um nachts wenigstens drei oder vier Stunden wegdämmern zu können. Die Apotheker in Buenos Aires waren ein freundlicher Menschenschlag, er hatte sich von diesem hypnotischen Beruhigungsmittel, das man hier *»la droga de Proust«* nannte, immer fünf Flacons im Voraus besorgen können.

Passend dazu war vor drei Wochen, Mitte Februar, ein Brief von Eugenia in ungewöhnlich unregelmäßiger, ja stockender Handschrift angekommen. Es musste selbst in Biarritz ein schneidend kalter Winter sein, und anscheinend hatten sie kein Holz und keine Kohle mehr zum Heizen. Sie schrieb, »Jeanne« halte sie bei Laune, auch wenn das magere Essen, das ihr Garten hergebe, für zwei reichen müsse und es eiskalt sei im Haus. Zur Abwechslung lese sie aber Stendhals *Chartreuse de Parme* und die Bibel, und die würden ihr Mut fürs Jenseits machen. Sie bitte Jean demnach, nicht allzu bald zu ihr zurückzueilen, denn sie habe beschlossen, sich niemandem mehr herzuzeigen, nicht Pablito, nicht Cendrars und erst recht nicht ihm: *»Ya yo soy muy vieja y enferma con todo lo que da mi edad«*, sie sei schon so alt und krank, schrieb sie, das war natürlich ein für sie typisches *fishing for compliments*, doch dann fuhr sie fort mit: »*Yo me detesto*«, ich hasse mich. Und das war ernst gemeint.

Sie wolle, schrieb sie, dass Jean sich an sie erinnere, wie sie gewesen sei, und nicht als abgemagerte, von der Kälte entstellte Alte. Sie werde sich bis zum Kriegsende littéralement unsichtbar machen und dann bei Nacht und Nebel nach Chile, an ihre Steilküste am Ende der Welt, verschwinden.

Konnte man jemand mehr lieben, als er sie liebte?

Bevor Jean aus Buenos Aires aufgebrochen war, man wusste bei solch lebensgefährlichen Reisen über die Weltmeere ja nie, was geschehen würde, hatte er aber noch die Zeit gefunden, mit Dr. Rosen eine sofortige Verfügung aufzusetzen, und die gesamten Eingänge auf seinem Konto Eugenia überschrieben. Er war in seiner Exilheimat Buenos Aires nämlich durchaus erfolgreich gewesen, und all dieser Erfolg gehörte ihr.

Als er jetzt in der Cafeteria der Argentina stand, ließ er die Zeit in Buenos Aires Revue passieren, die ihm zumindest beruflich Glück gebracht hatte. Gleich nach seiner Ankunft aus Lissabon letzten Juli hatte Pirovano ihn eingeladen, einen Vortrag bei der Asociación Amigos del Arte zu halten, um ihn dem breiten Publikum der Stadt vorzustellen. Jean hatte in der ersten Reihe, nicht weit von Victoria und Matilde entfernt, seine besonderen Freunde, die Brüder Bustillo, im Publikum ausgemacht und hatte so den ganzen Abend von keiner Gestaltungsphilosophie und keinem einzigen seiner Projekte in Paris, San Francisco oder New York, schon gar nicht vom Grandhotel in den Anden gesprochen, sondern ausschließlich von Eugenia: »Eugenia Errázuriz hat ein Stilbewusstsein, das so leicht ist wie eine Feder, so leicht wie … Nichts. Doch wer hätte dieses Nichts vor ihr erfunden? Wer hätte den Geschmack von Eugenia vor Eugenia gehabt?«

An Victorias Augen hatte er ablesen können, dass sie im Geiste mitschrieb, die langen Gesichter der Brüder Bustillo hingegen wurden zum Stadtgespräch. Die Wochenendbeilage der *Nación*, das Design-Magazin *Saber Vivir* und die *Revista de Arquitectura*, hatten berichtet, und in den acht Monaten seines Aufenthalts hatte er in Buenos Aires und Mar del Plata dreizehn Projekte realisiert. Alle Einkünfte aus dieser Tätigkeit lagen jetzt auf einem Treuhandkonto bei Dr. Rosen, Eugenia könnte endlich ihre Villa Eugenia am Hang von Zapallar erbauen …

Doch jetzt: New York, nach acht zwanghaft mit Arbeit gefüllten Monaten! Jean konnte vor Aufregung kaum atmen. Er trat aus der Cafeteria in den feuchten Morgen und bis an die Reling, von wo er jeden Zentimeter der wartenden Menge weit unter ihm absuchen konnte. Von Lovett keine Spur. Sicher hatte er seine Nachrichten, die lächerliche Flut von Telegrammen zu seiner heutigen Ankunft nicht erhalten. Wahrscheinlich hatten auch Milly und Elsa ihn nicht erreicht.

Oder sie hatten ihn erreicht, und er war dennoch nicht gekommen?

Dann hatte Lovett ihn, wie Jean gleich nach ihrer ersten Nacht und also zu Recht gefürchtet hatte, für einen Jüngeren, Begabteren, Reicheren, Gesünderen und vor allem viel Attraktiveren verlassen. Oder vielleicht sogar für eine Frau.

65 *Bei Milly*

Als Jean die Argentina am Pier von Staten Island verließ, war Lovett tatsächlich nicht da. Nicht am Fuß der Gangway, nicht bei der Kofferausgabe, nicht bei der Passkontrolle.

Bei der Gesundheitskontrolle, die Jean als Zumutung empfand, weil der Public Health Officer ihn alle möglichen intimen Dinge fragte, an allen nur denkbaren intimen Orten anfasste und ihn mit seinen 51 Kilo in die Kategorien »unterernährt« sowie »niedrigste Vitalitätsparameter« einstufte, war ihm die Zeile aus Eugenias Brief wieder eingefallen: *»Yo me detesto«,* sie hasse sich und sie wolle, dass Jean sich an sie erinnere, wie sie gewesen war.

Wäre das nicht auch das beste Rezept für Lovett und ihn?

Lovett war aller Wahrscheinlichkeit nach nicht gekommen, weil ihm graute, einen Jean wiederzusehen, der einem Toten ähnelte, so wie damals im Zum Roten Land.

Vor acht Monaten in Lissabon hatte eine Zeit geendet – drei Jahre Glück. Vielleicht sollte er diese Erinnerung nicht aufs Spiel setzen?

Erst recht nicht Lovett zu irgendwelchen Kompromissen drängen?

Und doch: In der Limousine, die ihn in Millys Apartmenthaus in die 63. Straße, Ecke Lexington Avenue bringen sollte, blätterte Jean in seinem Taschenkalender nach dem Namen des Studiotheaters am Broadway und wies den Fahrer spontan an, ihn dort abzusetzen und auf ihn zu warten. Lovett musste gerade bei seiner Probe sein.

Im Theaterfoyer angelangt, erklärte man ihm aber, dass weder Lovett noch Miss Leigh, seine Juliet, heute Morgen zur Probe erschienen seien. Jean ließ sich in die 63. Straße bringen, da fand er Lovetts Spuren im Gästeapartment, als wäre er gerade einmal zum Zeitungholen hinunter auf die Straße gegangen. Dort unten landete Jean auch gleich wieder, ließ sich zu Milly in die Kanzlei chauffieren, dann zu Elsa und Anita.

Nichts. Niemand hatte eine Ahnung, niemand hatte etwas von Lovett gehört. Er ging zu Fuß weiter, ziellos, den ganzen Tag, ohne anzuhalten.

Es war schon fast dunkel, als er in die 63. Straße zurückkehrte, die Zeitungshändler brüllten die Schlagzeilen der Abendausgaben über die Trottoirs, wie das in dieser lauten Stadt üblich war. Sie riefen: »Deutsche Luftwaffe fliegt verzweifelte Angriffe auf London: 500-Tonnen-Sprengbomben«. Jean war entsetzt, dass die Menschen auf den Straßen von Manhattan sich für den Krieg in Europa offensichtlich genauso wenig interessierten wie die in Buenos Aires.

Mit einem druckfrischen Exemplar der *New York Times* in der Gästewohnung angekommen, las er die Anreißer auf der Titelseite. Unter der Überschrift *»Is Love a Tender Thing?«* stand: »Schauspielhoffnung Thaddeus Lovett durch einen fatalen Unfall in den Docks von New York lebensgefährlich verletzt und gemeinsam mit Miss Vivien Leigh, seiner Juliet und Augenzeugin des Dramas, ins Staten Island Hospital eingeliefert. Miss Leigh: *›I'm heartbroken.‹*«

Jean blieb mitten im Raum stehen und las die Schlagzeile noch einmal, dabei spürte er plötzlich seine Beine nicht mehr. Er hangelte sich der Fensterfront entlang und rettete sich auf den Sessel bei Millys Empiresekretär.

Der dazugehörige Artikel erzählte von den *Romeo and Juliet*-Proben im Broadway Studio Theatre, die seit zwei Monaten liefen, und der bevorstehenden Premiere. Er erzählte von der

Eskapade, die das neue »Traumpaar der Nation«, Lovett und Miss Leigh, früh am Morgen und trotz der anberaumten Generalprobe in den Hafen von Staten Island unternommen habe, da Mister Lovetts Gefährte, der weltbekannte Designer Jean-Michel Frank, zu Schiff aus Buenos Aires ankäme.

»Mister Lovetts Gefährte«, stand da.

Jean hielt beim Lesen inne. Er brauchte einen Moment, um zu ermessen, was dieses Bekenntnis, dieses Wort »Gefährte« ihm bedeutete.

In seinem Leben hatte er einen Menschen geliebt, der ihn bis in den Tod verleugnet hatte, und dann einen zweiten, der ihn, wie Jean einst René, offiziell seinen Gefährten nannte.

Der Artikel ging weiter, der zeichnende Journalist, ein gewisser D. Oom, berichtete, wie am Quai, an dem die Argentina angelegt hatte, einer der Kühllaster, die zum Heck des Schiffes fuhren, wo die Fracht von Fisch und Meerestieren gelöscht wurde, aus der vorgesehenen Fahrtrasse ausgeschert und »wie ferngesteuert und ohne sichtbaren Grund« auf die kleine Reportergruppe um Lovett und Miss Leigh zugesteuert sei. Es war, stand da, und das war kaum zu glauben, ein Laster der amerikanischen Seagull-Seafood-Konservenproduktion.

Das Omen vom Zum Roten Land hatte jetzt also auch Lovett eingeholt?

Der musste sich schützend vor seine Juliet gestellt haben und so vom Laster erwischt worden sein. D. Oom berichtete, dass eine Ambulanz ihn mit Herzstillstand ins Staten Island Hospital gebracht und das New York Police Department die Ermittlungen zum Unfallhergang aufgenommen habe.

Sein Zustand sei »hoffnungslos«, wurde der diensthabende Oberarzt der Staten Island Emergency zitiert, Lovett hinterlasse keine direkten Angehörigen.

Jean stand langsam auf.

Lovett war von einem Seagull-Seafood-Laster totgefahren

worden. Er hatte sich heute Morgen am Quai eingefunden und sich dort sogar fotografieren und interviewen lassen, gemeinsam mit seiner Juliet, Miss Leigh, mit der er das »neue Traumpaar der Nation« bildete. Doch er hatte sich vor laufenden Kameras zu ihm, Jean bekannt, kurz bevor er verunfallte. Jean wäre nie mehr allein, er hätte einen Gefährten, der auf ihn wartete, wo immer man hinkäme nach dem Tod. Er ging schwankend zum Fenster und öffnete es, der eisige Wind vom East River blies herein. Er stand dort in seinem Leinenanzug, doch er spürte die Kälte nicht.

Ja, so ging diese Geschichte zu Ende. Eine Liebesgeschichte, die er unverhofft und unverdient hatte erfahren dürfen. Zeit, die ihm leicht gewesen war in diesem Leben. Doch diese Zeit war vorüber. Er schaute hinunter in die lärmige 63. Straße. Passanten gingen von der Arbeit nach Hause, Limousinen stauten sich hupend an den Ecken zur Lexington und zur Third Avenue, ein Baukran schwenkte sich zum Feierabend ein.

Er würde hier stehen bleiben, bis es ganz dunkel war. New York wäre ein Lichtermeer und unten auf der Straße kein Mensch mehr, den er stören könnte, wenn er müder und müder würde und schließlich zusammenbräche. Er würde sich ein paar Gläser Armagnac von Millys Bartablett genehmigen, dazu ein ganzes Fläschchen Dial Ciba, das der zugegeben blendend aussehende Public Health Officer heute Morgen in keiner Weise als suspekt eingestuft hatte, nachdem Jean seine fünf etikettenlosen Flacons als Broncho-Vaxom, Linderung seiner chronischen Bronchitis, deklariert hatte. Umso besser. Die New Yorker Polizei würde den Gründen seines Freitods klarerweise nachforschen, und man würde auf seine Angaben bei der Gesundheitskontrolle stoßen. Milly könnte diese grausame Geste in ihrem Haus besser verstehen, wenn sie annähme, er sei chronisch, ja terminal lungenkrank gewesen und man hätte ihn ohnehin nicht retten können.

Er würde sich, Schluck um Schluck, Lovetts Worte in Lissabon wiederholen: »Ein Geschenk, Jean, dass ich Sie wiederfand.«

Proust kam ihm in den Sinn, der Jeans jetzigen Zustand sublim beschrieben hatte, das Leid, das ein emotionaler Schock auslöste und das uns unwiderruflich veränderte. Man konnte die Hintergründe des Gefühlsausbruchs in Erfahrung bringen, man konnte sich Metamorphosen und Kompromissen hingeben, gar neue Projekte erdenken, doch all das verlangte weniger Mut, als dem Schmerz direkt ins Auge zu sehen.

»Dem Schmerz direkt ins Auge sehen!« Jean schrie diesen Befehl mehrmals in die laute Stadt hinaus.

Vor dem Armagnac und dem Dial Ciba würde er aber zu Milly hinuntergehen und ihr zwei Nachrichten ins Postfach legen. Sie kam, wusste Jean von seinen früheren Aufenthalten hier, immer erst gegen zehn Uhr abends aus der Kanzlei zurück, da wäre für ihn schon alles überstanden.

Jean schrieb die erste Nachricht, die Bitte, sich um seine Nichten Anne und Margot in Amsterdam zu kümmern, auf ein Blatt ihres Briefpapiers mit dem eleganten Reliefdruck »186 East 63rd Street, New York«, das auf dem Sekretär bereitlag.

Auf ein zweites Blatt schrieb er diese Nachricht, seine letzten Zeilen in diesem Leben:

> »Ich tue dies ohne Grund, doch ich bin krank. Ich bitte meine Freunde, die so gut zu mir waren, um Verzeihung. Danke, dass Ihr mir beistehen wolltet, doch mir fehlt die Kraft, weiterzuleben. Ich bin zu krank.«

Zu den zwei Seiten legte er das rote Kassenbuch mit einem weiteren Blatt, auf das er Eugenias Adresse schrieb:

La Mimoseraie
22 Avenue de la Marne
Biarritz
France

Epilog

Milly Loewi identifizierte die Leiche ihres Cousins, des letzten Sohns ihrer Tante Nanette, nachdem sie ihn am späten Abend des 8. März 1941 gemeinsam mit ihrer Köchin tot in ihrem Gästeapartment aufgefunden und die Polizei verständigt hatte. Das rote Kassenbuch sandte sie mit einem die Umstände erklärenden Brief nach Biarritz.

Die *New York Times* veröffentlichte in der Ausgabe vom 11. März einen zweispaltigen Nachruf auf Jean-Michel Frank. Jean Cocteau steuerte aus Paris einen kurzen, bewegenden Text bei. Er endete mit den Zeilen: »Sein Tod ist wie das Fallen eines Vorhangs zwischen der Welt des Lichts und der Welt der Finsternis.«

Victoria Ocampo und Matilde Born initiierten eine Sondernummer der Wochenendbeilage der argentinischen Tageszeitung *La Nación*, die seine Projekte der letzten Monate besprach: »Was Jean-Michel Frank Buenos Aires vermachte.«

Ansonsten wurde sein Tod kaum wahrgenommen, in Europa war Krieg, Millionen Juden gingen einer gewaltsamen »Endlösung« entgegen. Jean-Michel Frank geriet in Vergessenheit.

Eugenia Errázuriz lebte bis zu ihrer Abreise nach Chile im März 1948 weiterhin in Biarritz. Ihren Alterssitz, die von Le Corbusier geplante Villa Eugenia am Pazifik-Steilhang hoch über Valparaíso, erbaute sie nicht mehr, wohl aber ging dieses Projekt als Le Corbusiers außergewöhnlichster Entwurf in die Architekturgeschichte ein. Die strikte gestalterische Besinnung auf den

Ort, die Eugenia in langwierigen Diskussionen mit dem Architekten durchgesetzt hatte, machte den »Plan N°9017«, wie die Villa Eugenia im Archiv der Fondation Le Corbusier geführt wird, zu einem Pionierprojekt der sich ab den 1970er Jahren formierenden Nachhaltigen Architektur.

Eugenia, die sich, zurück in Chile, im Damenstift ihrer Kindheit in Valparaíso niederließ, starb am 26. November 1949 neunundachzigjährig an den Folgen eines Unfalls: Ein Seagull-Seafood-Kühllaster erfasste sie auf dem Weg zum Gemüsemarkt, den sie täglich besuchte. Ihre Isla Victoria im Nahuel-Huapi-See des patagonischen Hochlands sah sie nie wieder.

Das am Nahuel-Huapi-See errichtete Grandhotel Llao Llao wirtschaftete während des Zweiten Weltkriegs und in der Nachkriegszeit äußerst erfolgreich, schloss aber in den 1970er Jahren die Tore, als sich die Idee des Naturtourismus weltweit verbreitet und neue Ziele entdeckt hatte. 1993 wurde das Haus grundlegend umgestaltet und als Golfressort wiedereröffnet, das Originalmobiliar von Jean-Michel Frank war bei einem Großbrand im Oktober 1939 zerstört worden.

Eugenias Chalet auf der Isla Victoria, die Ende 1939 enteignet wurde, konnte erst im Jahr 1943 nach den Plänen des Architekten Alejandro Bustillo zur Isla Victoria Lodge ausgebaut werden, da sich auf Betreiben der Mapuche die Handwerker vor Ort weigerten, sich des Umbaus anzunehmen. Die Isla Victoria Lodge wurde im Dezember 1943 eröffnet und ist bis zum heutigen Tag in Betrieb.

Eva Braun, die Geliebte von Adolf Hitler, ließ ihre von Alejandro Bustillo geplante Estançia Inalco in der Bucht von Villa La Angostura im Nahuel-Huapi-See ebenfalls im Dezember 1943 fertigstellen. In der Region hält sich bis heute das Gerücht, sie sei dort mit Adolf Hitler im Geleit seiner Vertrauten

Reinhard Kopps und Martin Bormann Ende 1945 nach gelungener Flucht aus dem Berliner Führerbunker angelangt. Die Fluchtroute soll von Berlin nach Linz, dann von Barcelona per U-Boot nach Buenos Aires und über Land weiter nach Patagonien geführt haben. Hitler, seit seiner Ankunft in Patagonien »Wolf« genannt, soll auf dem autark geführten Inalco-Anwesen mit Eva Braun und ihren gemeinsamen zwei Töchtern bis in die frühen 1960er Jahre gelebt haben.

Der spanische Falangist Ángel Alcázar de Velasco veröffentlichte 1960 seine Erinnerungen an die letzten Tagen des Nazireichs, die er in der Folge mit dem amerikanischen Journalisten Harry Cooper weiter ausführte. *Escape from the Bunker* von 1984 stellte alle seitens der Alliierten produzierten Fakten zu Hitlers und Eva Brauns Selbstmord im Berliner Führerbunker am 30. April 1945 infrage. Harry Cooper forschte fortan vor Ort in Buenos Aires und Patagonien, und weitere Journalisten veröffentlichten ihre Recherchen: Patrick Burnsides *El Escape de Hitler* erschien im Jahr 2000, *Grey Wolf: The Escape of Adolf Hitler* von BBC-Reporter Gerrard Williams und Simon Dunstan 2011. Der patagonische Journalist Abel Basti veröffentlichte in der katalanischen Tageszeitung *La Vanguardia* vom November 2011 Berichte von Augenzeugen und Auszüge aus FBI-Akten, kurz darauf brachte der langjährige CIA-Agent Robert Baer den US-Dokumentarfilm *Hunting Hitler* heraus. Der deutsche Regisseur Michael Kloft widerlegte aber in *Zeugen des Untergangs – Die verschollenen Interviews von 1948* anhand der Recherchen des US-Juristen Michael A. Musmanno sämtliche dieser Gerüchte.

Angebliche Fotos von Hitler mit Eva Braun im Garten der Estançia Inalco werden weiterhin im Internet verbreitet, das Anwesen steht seit Jahren zum Verkauf.

Der Sohn und der Enkelsohn des Tischlergesellen Silva leben noch heute auf der Halbinsel von Las Rocas. Unerwünschte Besucher verscheuchen sie nach guter Mapuche-Tradition mit der Schrotflinte.

Amelia Earhart und Fred Noonan kehrten von ihrer Weltumrundung nie zurück. Obwohl die US-Navy ihre Suche von der pazifischen Howlandinsel, dem Ort ihrer letzten geplanten Zwischenlandung, auf 400 000 Quadratkilometer ausdehnte, konnten keinerlei Wrackteile ihrer Lockheed Electra gefunden werden.

Bis zum heutigen Tag halten sich zwei Thesen, nach denen entweder eine Notlandung auf der damals unbesiedelten Gardner-Insel angenommen wird, hier wurden an der südlichen Inselspitze Seven Site menschliche Knochen und Navigationsgeräte gefunden, oder eine Notlandung in den japanischen Gewässern der Marshallinseln und in der Folge eine Gefangennahme und Exekution durch die japanische Kriegsmarine.

Amelias letzter Funkspruch an die sie im Hafen von Howland erwartende US-Fregatte Itasca vom 2. Juli 1937, 7.42 Uhr lautete: »ITASCA WE MUST BE ON YOU BUT CANNOT SEE U BUT GAS IS RUNNING LOW BEEN UNABLE TO REACH YOU BY RADIO WE ARE FLYING AT 1000 FEET.« Die Itasca nutzte daraufhin ihre ölbefeuerten Kessel, um Rauchsignale abzugeben, ohne Erfolg. Amelia und Fred sahen die Fregatte nicht, also waren sie nicht dort, wo sie ihren Berechnungen nach sein mussten. Tatsächlich hatten die beiden die gesamte Weltumrundung weitgehend im Sichtflug gemeistert, da die am Bauch des Fliegers angebrachten Funkempfangsantennen seit ihrem allerersten Fehlstart in Newark nur unzuverlässig funktionierten. Hier, beim Anflug auf die Howlandinsel, wurde ihnen der immer wieder aussetzende Funkkontakt zum Verhängnis, Amelia und Fred hatten sich bei den schlechten Sichtverhältnissen mit größter Wahrscheinlichkeit meilenweit verflogen.

Victoria Ocampo machte im Zuge des in den frühen 1940er Jahren in Argentinien aufkommenden Faschismus den Aufruf gegen Populismus und Demagogie zu ihrer Mission. Nach der Machtergreifung Juan Peróns, dem man direkte Kollaboration mit den italienischen Faschisten und den deutschen Nationalsozialisten nachweisen konnte, arbeitete sie seit 1946 kontinuierlich daran, die Figur seiner jungen Frau, der Schauspielerin Evita, als Produkt seiner Machtpolitik zu desavouieren. Ebenso warnte sie vor Peróns Taktik, sich die breiten Massen durch die Einführung des Frauenwahlrechts als Wahlvieh gefügig zu machen.

Auf Einladung der britischen Regierung war sie die einzige südamerikanische Beobachterin der Nürnberger Prozesse und lernte dort Hannah Arendt kennen, deren erste Artikel sie ab 1936 in ihrer Literaturzeitschrift *Sur* veröffentlicht hatte.

Im April 1953 wurde sie ohne Angabe von Gründen von der Staatspolizei verhaftet und wochenlang im Strafverbrechergefängnis Buen Pastor in Buenos Aires festgehalten. Erst aufgrund internationaler Proteste durch Aldous Huxley und die *New York Times*, den indischen Premierminister Jawaharlal Nehru und die chilenische Literatur-Nobelpreisträgerin Gabriela Mistral wurde sie am 2. Juni 1953 entlassen.

Vor ihrem Tod im Jahr 1997 überließ sie die Villa Ocampo in San Isidro, in der führende Denker, Schriftsteller und Musiker der Zeit ein und aus gegangen waren, der UNESCO, die sie der Öffentlichkeit bis zum heutigen Tag als Museum erhält. Das nach ihren Vorgaben erbaute *Sur*-Verlagsgebäude im Barrio Parque von Buenos Aires, die erste nach modernen Gestaltungskriterien erbaute Stadtvilla Südamerikas, wird heute als Kulturzentrum des Fondo Nacional de las Artes genutzt.

Das Nachbarhaus der Villa Ocampo in San Isidro, die von Jean-Michel Frank eingerichtete Villa der Industriellenfamilie Born, wurde in den 1970er Jahren zum Schauplatz der spektakulärsten terroristischen Erpressung, die das Land je gesehen hat. Die beiden Söhne von Matilde Born, Jorge und Juan, konnten zwar gegen ein hohes Lösegeld befreit werden, blieben aber zeitlebens seelisch versehrt. Seither ist jeder Besuch der Villa Born, die als einziges erhaltenes Gesamtkunstwerk Jean-Michel Franks in Südamerika gilt, untersagt.

Matilde Born schrieb vor ihrem Tod ihre Erinnerungen an die Gestaltung ihrer Villa auf, die mit dem Besuch der Jean-Michel Frank Boutique in Paris begonnen hatte. Im Rahmen jener Reise hatte ihr Mann bei einer Auktion in Paris einen Paravent von Salvador Dalí ersteigert, eine Wahl, von der ihnen Jean-Michel Frank vehement abgeraten hatte. Der Paravent zeigt ein Kind an der Hand seiner Mutter, im Hintergrund steht eine gespenstische Dame im wallend schwarzen Gewand, an einem wüstenartigen Horizont liegt das Gerippe eines gestrandeten Schiffs.

Jean-Michel Franks Pariser Compagnon Adolphe Chanaux wurde nach Franks Flucht im Juni 1940 vom NS-Militärbefehlshaber in Frankreich zu verdächtig erscheinenden Kassenbüchern verhört, die bei einer Razzia in der Rue de Verneuil beschlagnahmt worden waren. Erfolglos, Chanaux konnte sämtliche Posten auf den Bestelllisten mit Lieferungen für laufende Entwurfs- und Ausstattungsaufträge belegen. Gleichzeitig wurde der mit Frank befreundete Komponist Francis Poulenc wegen Kollaboration mit der Résistance angezeigt. Das Verfahren des NS-Militärbefehlshabers stützte sich auf Poulencs Vertonungen von regimekritischen Gedichten von Paul Éluard und auf die von den Nachbarn beobachteten, häufigen Besuche in Jean-Michel Franks Wohnhaus in der Rue de Verneuil. Poulencs Rechtsanwältin Milly Loewi gelang es aber, diese Besuche als »künstlerische Zusammenarbeit« zu belegen. Als Beweismittel dienten ihr die in den Druckwerken der Poulenc-Partituren verzeichneten persönlichen Widmungen an Jean-Michel Frank.

Jean-Michel Franks ebenfalls von der Nachbarschaft denunzierte Zofe, eine deutsche Jüdin namens Nathania Schilling, die seit Juni 1940 aus der Stadt abgängig war und die man Informanten zufolge im Südwesten Frankreichs, nahe der spanischen Grenze, vermutete, wurde angesichts ihres hohen Alters als »mit größter Wahrscheinlichkeit verstorben« aus den Akten gestrichen.

Das Dossier 31 921 zu Jean-Michel Frank wurde am 4. März 1942 aufgrund unzureichender Beweismittel geschlossen.

Milly Loewis Bemühungen, Einreisevisa für die vier Angehörigen der Familie Otto Frank in die Vereinigten Staaten bei der amerikanischen Botschaft in Den Haag zu beantragen, waren dank Jean-Michel Franks Ansuchen um ein Empfehlungsschreiben bei Eleanor Roosevelt erfolgreich. Allerdings vergeblich, da Otto Frank seine Frau und seine Töchter seit Anfang Juli 1942 im Hinterhaus seines Kontors in der Amsterdamer Prinsengracht versteckt hielt. In der Nachbarschaft hatte er vorgetäuscht, die Familie sei zu ihren Verwandten in die Schweiz geflüchtet. Die Franks wurden demnach offiziell als emigriert geführt, die in die Prinsengracht 263 zugestellten US-Einreisevisa wurden mit folgendem Vermerk an Milly Loewi zurückgesandt: »Unzustellbar, Empfänger in die Schweiz verzogen.«

Anne Frank, Jean-Michel Franks Lieblingsnichte, starb im Frühjahr 1945, wenige Wochen vor Kriegsende, im Konzentrationslager Bergen-Belsen am Fleckfieber. Kurz zuvor waren ihre Schwester Margot und ihre Mutter Edith ebenso verstorben. Der einzige Überlebende der Familie war ihr Vater Otto, der sich, aus dem Konzentrationslager Auschwitz zurückgekehrt, zunächst in den Niederlanden niederließ. Die Fluchthelferin Miep Gies übergab ihm das in der Prinsengracht aufgefundene Tagebuch seiner Tochter, das er redigierte und veröffentlichte. 1947 auf Niederländisch und 1950 erstmals auf Deutsch erschienen, wurde das *Tagebuch der Anne Frank* 2009 ins Weltdokumentenerbe der UNESCO aufgenommen.

Otto Frank siedelte mit seiner zweiten Frau in die Schweiz über, wo er 1980 starb. Ein Besuch bei den Brüdern seiner verstorbenen Frau, Julius und Walter Holländer, in New York endete mit einem handgreiflichen Hinauswurf.

Thaddeus Lovett überlebte den Unfall im Hafen von New York entgegen den ärztlichen Prognosen. Mit Herzstillstand ins Staten Island Hospital eingeliefert, konnte seine beim Aufprall eines Seagull-Seafood-Transportlasters gerissene Lunge in einer achtstündigen Operation gerettet werden. Er verließ das Krankenhaus Ende März und spielte die vertagte Premiere von *Romeo and Juliet* Ende April am Broadway.

Die Shakespeare-Inszenierung lief als eine der erfolgreichsten Produktionen der 1940er das gesamte Jahr 1941 und wurde zum Meilenstein in der Karriere von Vivien Leigh, die fortan von kommerziellen Hollywood-Produktionen Abstand nahm und sich anspruchsvollen Autorenstücken von George Bernard Shaw, Tennessee Williams oder Anton Tschechow widmete. Vivien Leigh wurde früh als depressiv diagnostiziert. Zeitlebens lungenkrank, starb sie am 7. Juli 1967 in einem Londoner Sanatorium an Tuberkulose.

Thaddeus Lovetts fragiler Gesundheitszustand hatte ihn noch vor Jahresende 1941 zum Abbruch der Vorstellungen gezwungen, weshalb er die Zeit der Rekonvaleszenz nutzte, um seinen ihm bis dahin unbekannten Vater, den Kameramann William H. Daniels, in Los Angeles aufzusuchen. In New York zurück, bewarb er sich um die Assistentenstelle des Kulturattachés der amerikanischen Botschaft in Rom, die er aufgrund seiner Qualifikationen erhielt. Von Rom aus konnte er Eugenia Errázuriz fortan nicht nur regelmäßig selbst in Biarritz besuchen, sondern auch kunstbeflissene amerikanische Diplomaten und Militärs in die Mimoseraie schicken, eine Geste, die im besetzten Frankreich wahre Wunder bewirkte. Eugenia schrieb ihren in Paris verbarrikadierten Freunden von »lebenserhaltenden Picknicks« dank der »von Lovett gesandten Colonels, Generäle und Exzellenzen«.

Seit dem Tod von Jean-Michel Frank, gefolgt vom Tod ihres Sohnes Maximiano bei einem Reitunfall im Herbst 1942, dachte sie aber mehr und mehr ans Heimkehren. Der erste Überseeflug der zivilen Luftfahrtgeschichte im Prototyp der De Havilland Comet brachte sie bald nach Kriegsende, im März 1948, über den Atlantik nach Chile. Begleitet wurde sie von Lovett und ihrem jungen Airedale Terrier Pudú.

Nach Eugenias Unfalltod im darauffolgenden Jahr kehrten Lovett und Pudú auf die Isla Victoria zurück.

Dank

Ich danke Ariane Huici-Lopez, Fotografin in New York und Eugenia Errázuriz' 1945 in Biarritz geborene Großnichte, für ihr Vertrauen.

Für die wertvolle Unterstützung meiner Recherchen danke ich Maureen Amelia Teitelbaum und Julie Pierotti, Kunsthistorikerinnen in London und am Dixon Museum Memphis, Alejandro Canseco Jérez, Herausgeber der Briefe von Eugenia Errázuriz an Pablo Picasso, Vérane Tasseau, Dokumentaristin der Picasso Administration Paris, Christine Deloffre, Präsidentin der Association PICABRAQ-Sorgues1912 Paris, Isabelle Rouge-Ducos, Chefkonservatorin des Musée national Picasso Paris, Frédéric Vacheron, UNESCO-Direktor der Villa Ocampo Buenos Aires, Pierre-Emmanuel Martin-Vivier, Laurence Benaïm und Maarten van Buuren, Biographen von Jean-Michel Frank, und Thierry Spitzer, Präsident des Comité Jean-Michel Frank Paris.

Alle Protagonisten und Schauplätze dieses Romans sind authentisch, alle Ereignisse und Gespräche können sich so, aber auch anders zugetragen haben.

Das Comité Jean-Michel Frank verwahrt die in Englisch verfassten letzten Worte Jean-Michel Franks, die ich hier im Original wiedergeben möchte:

»I do this for no reason, but ill-health. I ask my friends who have been so good to me to forgive me. I thank them deeply for trying to help me but I have no strength left to go on. I am too ill.«

Venedig, am 8. März 2021,
Jean-Michel Franks achzigstem Todestag

Jana Revedin

Quellen

Ángel Alcázar de Velasco, Martin Bormann did not die in Berlin: I took him to South América. Paris 1960

ders., Escape from the Bunker: a Letter to Harry Cooper. Hernando 1984

Robert Baer, Hunting Hitler. History Chanel 2015; dt. Hitlers Flucht – Wahrheit oder Legende?. History 2015

Alberto Bellucci, Alejandro Bustillo and the Bariloche Style, in: The Journal of Decorative and Propaganda Arts 18, Argentine Theme Issue, New York 1992

Laurence Benaïm, Marie-Laure de Noailles: La vicomtesse du bizzare. Paris 2001

dies., Le chercheur de silence: Jean-Michel Frank. Paris 2017

Adolfo Bioy Casares, La invención de Morel. Buenos Aires 1940

James Buresh, Jean-Michel Frank in Argentina. Ausstellungskatalog Gallery BAC, New York 2010

Maarten van Buuren, Een ruimte voor de ziel. Opkomst en ondergang van Jean-Michel Frank (1895–1941). Rotterdam 2013; dt.u.d.T. Ein Raum für die Seele: Leben und Werk von Jean-Michel Frank. Frankfurt a.M.: S. Fischer 2016

Alejandro Canseco Jerez, Le Mécenat d'Eugénia Errázuriz. Paris 2000

ders., Les Lettres d'Eugénia Errázuriz à Pablo Picasso. Université de Metz 2001

Blaise Cendrars, D'Oultremer à Indigo. Paris 1940

Natalie Clifford Barney, Quelques Portraits-Sonnets de Femmes. Paris 1900

dies., Pensées d'une Amazon. Paris 1920

Comité Jean-Michel Frank, www.comitejmf.com

Harry Cooper, Hitler in Argentina: The Documented Truth of Hitler's Escape from Berlin. Hernando 2006

René Crevel, Detours. Paris 1924

ders., La mort difficile. Paris 1926

Nancy Cunard, Outlaws. London 1921

dies., Sublunary. London / New York 1923
dies., Black and White Man Ladyship. London 1931
Claude Delay, Chanel solitaire. Paris 1983
Simon Dunstan / Gerrard Williams, Grey Wolf: The escape of Adolf Hitler. London 2011
Amelia Earhart, 20 Hrs. 40 Min.: Our Flight in the Friendship. New York 1928
dies., The Fun of It. New York 1933
Jacques d'Adelswärd-Fersen, Messes noires. Lord Lyllian. Paris 1905
ders., Et le feu s'éteignit sur la mer. Paris 1909
Anne Frank u.a.: Geschichten und Ereignisse aus dem Hinterhaus. Hg. von Otto Frank. Frankfurt a.M.: S. Fischer 1947
Anne Frank, Gesamtausgabe. Tagebücher – Geschichten und Ereignisse aus dem Hinterhaus – Erzählungen – Briefe – Fotos und Dokumente. Hg. vom Anne Frank Fonds. Frankfurt a.M.: S. Fischer 2013
Federico García Lorca, Poemas póstumos, in: Sur, Buenos Aires 1937; Nachdruck: Buenos Aires 1949
Sigfried Giedion, Befreites Wohnen. Zürich: Orell Füssli 1929
Walter Gropius, Die Machbarkeit der Bauhaus Idee, Bauhaus Weimar Rundbrief, 3. Februar 1922
ders., Idee und Aufbau des Staatlichen Bauhaus Weimar. München / Berlin: Bauhausverlag 1923
ders., Total Theatre and the experiments of the Bauhaus collective, in: Sur, Buenos Aires 1931
ders., Architektur. Wege zu einer optischen Kultur. Frankfurt a.M.: S. Fischer 1959
Charles-Édouard Jeanneret alias Le Corbusier, Villa Eugenia, Valparaíso 1930; geführt im Archiv der Fondation Le Corbusier als nicht realisiertes Projekt N°9017; https://scielo.conicyt.cl/pdf/arq/n49/art33.pdf
ders., L'Architecture Vivante: Maison Savoye (1928–1930), Pavillon Suisse de la Cité Universitaire (1931), Maison Errázuriz (1930), Plan »Voisin« de París (1930), Cité-refuge de l'Armée du Salut (1931). Paris 1931
ders., Villa Errázuriz (1930), Villa Mandrot (1931), Clarté Building (1933), Villa Savoye (1930). Monografische Austellung im Museum of Modern Art, New York 1935
Ollie Johnston / Frank Thomas, Walt Disney's Bambi. The Story and the Film. New York 1990
Traudl Junge / Melissa Müller, Bis zur letzten Stunde. Hitlers Sekretärin erzählt ihr Leben. München: Claassen 2002

Eve M. Kahn, The Man in the gray Flannel Suit: How Parisian decorator Jean-Michel Frank redefined the look of luxury, in: Tablet Magazine, New York, 20.9.2006

Michael Kloft, Zeugen des Untergangs – Die verschollenen Interviews von 1948. SAT 1, 2013

Carol Ann Lee, Anne Frank. Die Biographie. München: Piper 2000

dies., The Hidden Life of Otto Frank. New York 2003

Adolf Loos, Ornament und Verbrechen, in: Fremdenblatt, Wien 1910; Nachdruck in: Ornament und Verbrechen. Ausgewählte Schriften – Die Originaltexte. Hg. von Adolf Opel. Wien: Prachner 2000

ders., Ins Leere gesprochen. Paris / Zürich: Georges Crès et Cie 1921

Anita Loos, Gentlemen Prefer Blondes. The Illuminating Diary of a Professional Lady, ill. von Ralph Barton, in: Harper's Bazaar 1925

Anita Loos / Francis Scott Fitzgerald, The Women. Drehbuch zum gleichnamigen Metro-Goldwyn-Mayer-Film, Regie: George Cukor, Kostüme: Elsa Schiaparelli. Hollywood 1939

Anita Loos / Sidonie-Gabrielle Claudine Colette, Gigi. Paris 1942; übers. ins Spanische von Victoria Ocampo, in: Sur, Buenos Aires 1946; adaptiert zum Broadway-Musical (1951) und verfilmt von Metro-Goldwyn-Mayer nach dem Drehbuch von Anita Loos, Regie: Vincente Minelli, Hollywood 1958, preisgekrönt durch 9 Oscars in allen nominierten Kategorien (1959)

Klaus Mann, The Turning Point: Thirty-Five Years in this Century. New York 1942

Thomas Mann, Deutsche Ansprache: Ein Appell an die Vernunft, Rede vom 17. Oktober 1930, gehalten im Beethovensaal Berlin, in: Essays, Bd. 3. Frankfurt a.M.: S. Fischer 1994

ders., Bruder Hitler, in: Das neue Tagebuch, Société Neerlandaise d'Editions, Paris 1939

Pierre-Emmanuel Martin-Vivier, Jean-Michel Frank, l'étrange luxe du rien. Paris 2006; engl. u.d.T. Jean-Michel Frank: The strange and subtle luxury of the Parisian haute-monde in the Art Deco period. New York 2008

ders., Jean-Michel Frank, un décorateur dans le Paris des années 30. Paris 2009

Melissa Müller, Das Mädchen Anne Frank: Die Biographie. Frankfurt a.M.: S. Fischer 1998

Silvina Ocampo, Viaje Olvidado, in: Sur, Buenos Aires 1937

Victoria Ocampo, San Isidro. Mit einem Gedicht von Silvina Ocampo und 68 Fotos von Gustav Torlichent, in: Sur, Buenos Aires 1941 dies., Autobiografía, in: Sur, Buenos Aires 1979–1984; dt.u.d.T. Mein Leben ist mein Werk. Eine Biographie in Selbstzeugnissen. Hg., übers.u.komm. von Renate Kroll. Berlin: Aufbau 2010

Fernande Olivier, Picasso und seine Freunde. Erinnerungen aus den Jahren 1905–1913. Zürich: Diogenes 1989

Roger Peyrefitte, L'exilé de Capri. Paris 1959

Julie Pierotti, The Real Beauty: The artistic world of Eugenia Errázuriz. Memphis 2018

Cole Porter, Anything Goes, Titelsong des Musicals Anything Goes, Uraufführung am 21. November am Alvin Theatre, New York 1934

Francis Poulenc, J'écris ce qui me chante. Paris; Nachdruck u.d.T. J'écris ce qui me chante: Textes et entretiens, réunis. Hg. von Nicolas Southon. Paris 2011

Marcel Proust, Du coté de chez Swann. Paris 1913

Jana Revedin, Jeder hier nennt mich Frau Bauhaus. Das Leben der Ise Frank. Köln: DuMont 2018

dies., Margherita. Berlin: Aufbau 2020

Eleanor Roosevelt, It's up to the Women. New York 1933

dies., This Is My Story. New York 1937

Felix Salten, Bambi. Eine Lebensgeschichte aus dem Walde. Berlin: Ullstein 1923

ders., Bambi's Children. Mit 18 ganzseitigen Federzeichnungen von Hans Bertle. Zürich: Unionsverlag 1939

Leopold Diego Sanchez, Jean-Michel Frank. Paris 1980

Elsa Schiaparelli, Shocking Life. Die Autobiografie der Elsa Schiaparelli. Berlin: Partas 2014

Jody Shields, The Queen of Clean: Eugenia Errazuriz, in: New York Times, 11.10.1992

Sousa de Mendes Foundation, http://sousamendesfoundation.org/family/frank-lovett